Daniel Katz

Treibholz im Fluß

Roman

Aus dem Finnischen von Stefan Moster

Klett-Cotta

Dank

Die vorliegende Übersetzung wurde großzügig unterstützt von FILI – The Finnish Literature Information Centre

Die Originalausgabe erschien 2001 unter dem Titel »Laituri matkalla Meeren« im Verlag WSOY, Helsinki, Finnland.

Klett-Cotta
Für die deutsche Ausgabe

Printed in Germany
Umschlag: Philippa Walz, Stuttgart
unter Verwendung eines Fotos von getty images, Formula Z/S
Gesetzt aus der Bembo von Dörlemann Satz, Lemförde
Auf säure- und holzfreiem Werkdruckpapier gedruckt
und gebunden von Clausen & Bosse, Leck
ISBN 3-608-93628-9

In jenem Jahr, vor nicht allzu langer Zeit, begannen die Herbststürme früher als sonst. Der Regen setzte ein, als im August die Schule anfing, und hielt bis September pausenlos an. Der Fluß, der träge durch die schmale, fruchtbare Ebene rann und nach dem heißen Sommer deutlich schmäler geworden war, schwoll zum reißenden Strom an. Von den Bauern wurde die tiefliegende Ebene pompös als Prärie bezeichnet, der Fluß war seit undenklichen Zeiten als Söligaån, Trödelfluß, oder vertraulicher als Söligan, Trödler bekannt, und unter diesem Namen war er jahrhundertelang in die Meeresbucht geflossen. Als vor einem Vierteljahrtausend beschlossen wurde, die Dörfer, die sich um die Mündung des Flusses gruppiert hatten, zusammenzulegen, und sie auf Geheiß des schwedischen Königs, oder besser der Königin, zur Stadt – sie sei hier N. genannt – erhoben wurden, war den Bürgern dieser Stadt der Trödelfluß nicht mehr gut genug, und sie tauften den Fluß nach der frischgebackenen Stadt ebenfalls auf den Namen N. Sie waren nämlich stolz auf ihr kümmerliches Städtchen, und Stolz schwächt die Phantasie und verdrängt jedes Stilempfinden.

Der Gebrauch des Buchstabens N als Bezeichnung für die Stadt und den Fluß beweist kein sonderlich entwickeltes Stilgefühl, mag einer murren. Der Benutzer des Buchstabens N beruft sich zu seiner Verteidigung auf Anton Tschechow, der in den meisten seiner Geschichten Städte, Dörfer, ja sogar Personen bloß mit einem großen Buchstaben bezeichnete. Manchmal war es der Anfangsbuchstabe des Namens, aber nicht immer. In dieser Geschichte ist er es nicht. Was in Tschechows Geschichten gut genug war, muß auch hier gut genug sein. Und auch wenn die Formulierung »in jenem Jahr« nicht eindeutig die Frage beantwortet »in welchem Jahr?«, so gibt sie doch immerhin zu verstehen, daß die Erzählung in einem bestimmten Jahr angesiedelt ist, zum Unterschied von allen anderen Jahren. In der heutigen Prosa fallen die Zeitangaben oft wesentlich ungenauer aus.

Ivo Andric, der später noch das ein oder andere Mal Erwähnung finden wird, und zwar jedesmal unter seinem eigenen Namen, beginnt sein berühmtes Buch *Die Brücke über die Drina* mit dem Satz: »Den größeren Teil ihres Laufs fließt die Drina zwischen steilen Bergen durch enge Schluchten ...« Bereits im übernächsten Satz erwähnt er die Stadt Wischegrad, »wo die Drina in jähem Sturz aus der tiefen und engen Klamm hervorbricht, die die Butkower Felsen und die Uzawer Berge bilden«. Auf diese Weise nennt Andric sowohl die Stadt als auch den Fluß, der sie durchfließt, gleich auf der ersten Seite, und daneben noch die Namen einiger Landmarken. Aber seine Erzählung beginnt Anfang des 16. Jahrhunderts und endet mit dem Ersten Weltkrieg, und es sind nicht mehr viele Türken, Bosniaken, Serben, Kroaten oder Juden aus jener Zeit am Leben, weder die namentlich genannten noch die namenlosen, und diejenigen, die noch leben, pfeifen auf dem letzten Loch. Selbst der Autor ist bereits in den vornehmen Himmel der Nobelpreisträger aufgefahren. Nur die Brücke über die Drina steht noch immer in Wischegrad, von vielen Kriegen ramponiert. Freilich verbindet sie nicht mehr die christlichen Viertel der Stadt mit den muslimischen, denn die Moslems sind vor dem letzten, dem vorerst letzten ethnischen Krieg geflohen, diejenigen jedenfalls, die die Serben noch nicht umgebracht hatten.

Die Vorbilder für die Figuren dieser Geschichte hingegen sind, während dies niedergeschrieben wird, noch am Leben. Sie treten nicht unter ihren eigenen Namen auf, aber würden Stadt und Fluß beim richtigen Namen genannt werden, könnten sie sich durch Schlußfolgerungen leicht in der Geschichte wiederfinden und anfangen, wegen Kleinigkeiten Scherereien zu machen. Vorläufig besteht diese Gefahr nicht. Sie wissen nicht, in welchem Buch sie auftreten. Während dies niedergeschrieben wird, hat das Buch keinen Namen.

Erster Teil

Erstes Kapitel

Ein Bootssteg auf der Reise ins Meer

In jenem Jahr, vor nicht allzu langer Zeit, begannen die Herbststürme früher als sonst. Angespornt von Regen und Wind, trat der saumselige Fluß N. über die Ufer und machte sich herrisch auf den Feldern der Prärie breit. Die Strömungsstellen bekamen eine bedrohliche Lebhaftigkeit. Auf der Höhe von Henry Loimus Ländereien machte der Fluß eine jähe Biegung auf Henrys Haus zu, aber ein hoher Uferhang hielt den natürlichen Drang des Wassers einigermaßen auf. Auch früher schon hatte das strömende Wasser dem Bootssteg übel mitgespielt. In jenem Jahr machte sich der Strom wütender als je zuvor über ihn her.

Henry Loimu hörte den Wetterbericht im Radio, in dem ein Anhalten des starken Windes die ganze Nacht hindurch angekündigt wurde. Es war bereits spät am Abend, die Dunkelheit senkte sich allmählich herab, und zwischen den schnell dahinziehenden Wolken blitzte der Mond hervor. Henry zog sich den Parka über, setzte zum Schutz vor dem Regen die Kapuze auf und ging in Gummistiefeln zum Steg, um nachzusehen, welche Verwüstungen der Sturm angerichtet hatte. Das flache Boot lag umgedreht und für die Fluten unerreichbar an Land, aber die Anlegestelle befand sich in der Gefahrenzone. An dem fest verschraubten Holzsteg war als Verlängerung eine hölzerne Pritsche auf zwei Pontons angebracht, die, verankert zwischen zwei in den Boden gerammten Pfählen, frei dem Wasserstand auf und ab folgen sollte. Allerdings war es bei der Planung geblieben, mangels der Pfähle waren die Planken der schwimmenden Pritsche gegen den festen Teil des Stegs gedrückt worden. Das steigende Wasser hatte die Pritsche über die Höhe des Stegs hinaus gehoben, die schnelle Strömung und der Wind waren zu Hilfe gekommen, hatten einige Planken losgerissen, und nun waren die rasenden Naturgewalten im Begriff, die schwimmende Pritsche in Strömungsrichtung zu drehen. Nur die beiden letzten, mit groben Nägeln befestigten Bretter hielten sie noch an Ort und Stelle.

Henry hatte einen Hammer, Nägel und ein Seil bei sich. Er hatte sich auszurüsten gewußt, denn die Pontonpritsche hatte sich früher schon einmal quer gestellt. Er band das Seil an einer Eberesche am Ufer fest, das andere Ende wollte er zwischen den Pontonhalterungen durchschieben, um die Pritsche in ihre ursprüngliche Position ziehen zu können. Anschließend würde er die Planken festnageln. Falls das nichts nützte, würde er die Planken lösen und die Pritsche an Land ziehen.

Eines der Bretter, die die Pontonfässer festhielten, knarrte zur Warnung, dann bog es sich los. Henry ließ das Seil fahren, sprang mit erhobenem Hammer auf die Pritsche, einen Nagel in der ausgestreckten Hand, einen zweiten zwischen den Zähnen, um das Brett wieder anzunageln. Er wollte gerade mit dem Hammer auf den Nagelkopf schlagen, als eine wütende Sturmbö die schwimmende Pritsche packte und mit aller Kraft wegdrückte. Henry schlug sich auf den Daumen, heulte auf, schleuderte den Hammer in hohem Bogen ins Wasser und steckte den Daumen in den Mund. Im dem Moment lösten sich die beiden letzten Planken knirschend vom festen Teil des Stegs, und die schwimmende Pritsche trieb auf ihren Pontons mit der Strömung davon. So gut er konnte saß Henry zwischen den Pontons, das Brett sorgte für noch mehr Geschwindigkeit und drehte sich langsam dabei. Die Enden der Befestigungsplanken hingen im Wasser, das wackelige Brett neigte sich, die Pontons lagen tief im Wasser, trugen jedoch. Den scharfen Rand der Brettkante zwischen den Beinen, hielt Henry zwischen ihnen das Gleichgewicht.

Er sah sich als Buster Keaton inmitten des reißenden Mississippi auf dem Dachfirst eines schwimmenden Hauses sitzen, erkannte daran aber keinerlei Komik. Die Strömung war schnell, das Wasser kalt und der Grund schlammig. Außerdem war er kein guter Schwimmer. Am Rand der Stadt ging der Fluß in eine flache, steinige Stromschnelle über, wo die Anfänger unter den Wildwasserkanuten der Gegend ihre Fertigkeiten trainierten. Die schnelle Strömung des Hochwassers quirlte in der Stromschnelle gnadenlose Wirbel auf, die ihn, Henry, hin und her werfen würden, falls es ihm nicht gelänge, sein Floß ans Ufer zu steuern. Der Stromschnelle würde er nicht heil entkommen.

Er schob ein Bein tiefer ins Wasser und versuchte, es als Steuerruder zu benutzen. Der Gummistiefel schlürfte gierig. Als er das Bein aus dem Wasser zog, löste sich der Stiefel, schaukelte einen Moment, füllte sich und ging unter.

In der Flußbiegung trieb das Floß auf das Ufer zu und prallte gegen die Böschung, trennte sich wieder und wurde fortgerissen. Henry beschloß, nicht zu springen, da er vermutete, die Stelle sei unnötig tief. Und dann war es zu spät. Von nun an verlief das Flußbett gerade, das Floß hielt sich in der Mitte des Flusses, bis sich sein Kurs langsam nach links verlagerte, auf das gegenüberliegende Ufer zu. Dort hatte er noch nie angelegt. Er kannte dort niemanden. Er hörte helles Lachen und sah eine Frau im Regenmantel auf dem Uferfelsen stehen. Ihre nassen Haare bedeckten ihr Gesicht zur Hälfte, der zwischen den Wolken hindurchschimmernde Mond erleuchtete die andere Hälfte, und die war in diesem Licht beängstigend schön. Wie Dampf quoll der Atem aus dem Mund der Frau. Henry starrte ihr Halbmondgesicht an, und für einen Augenblick war es ihm gleichgültig, wohin ihn die Strömung trug. Er fragte sich, warum der Atem der Frau dampfte, obwohl die Temperatur nicht unter null Grad lag. Dann sah er, daß sie eine Pfeife rauchte und den Qualm direkt nach oben blies. Die Frau winkte ihm zu wie einem beliebigen Bootsfahrer. Er bezwang seine Lust, zurückzuwinken, öffnete den Mund, um um Hilfe zu rufen, wagte aber auch das nicht.

Er fuhr mit dem Rücken zur Fahrtrichtung und bemerkte den Steg erst, als sein Floß mit dem linken Ponton gegen den senkrechten Pfahl stieß. Er fiel nach hinten, schlug sich den Hinterkopf an dem Pfahl an, hielt sich dann mit beiden Händen daran fest und blieb hängen. Das Floß löste sich und setzte seine Reise fort. Er schlang die Beine um den Pfahl, glitt aber automatisch nach unten, bis die Füße im Schlammboden steckten. Bis zu den Achseln stand er nun im Wasser. Die Schöße des Parkas trieben neben ihm wie die Blätter einer Seerose.

Zwischen den beiden Pfählen waren Planken als Sprossen angenagelt. Schwer und triefend kletterte er die Anlegestelle hinauf. Er war so nass und schmutzig wie der Fährmann der Unterwelt, der in den Totenfluß gefallen war.

Das Pontonfloß setzte seine Reise in die Stadt N. und von dort bis ins Meer fort, falls es die Stromschnelle überstand. Die Frau war verschwunden.

Zweites Kapitel

Halten Sie den Daumen hoch

Der Bootssteg gehörte zu einem großen Haus. Es hatte drei Stockwerke, war aus weißen Backsteinen gemauert und durch dunkelbraune, senkrechte Rundbalken gegliedert. Das Dach war schwarz und wirkte schwer, die Dachhaut war merkwürdig unterbrochen und überstehend, wie die Dächer eines jütländischen Bauernhauses. Es wich vom Ortsbild ab. Rund um das Haus liefen aus runden Natursteinen errichtete Wälle.

Durch das Flußknie wurde das Ufergrundstück eingefaßt. Die Veranda des Hauses war erleuchtet, denn es war bereits dunkel geworden. Von dort waren Stimmen und Musik zu hören. Henry konnte keinen anderen Weg einschlagen als durch den Garten, entweder direkt zum Haus oder daran vorbei zur Straße. Als Mann mit nur einem Stiefel schlurfte er auf das Haus zu.

In der Nähe bellte dumpf ein alter Hund, und schon kam ein großer Schäferhund um die Hausecke und tapste auf Henry zu. Beide blieben gleichzeitig stehen. Der Hund legte die Ohren an und knurrte. Henry redete ihm mit besänftigenden Worten zu und machte einen Schritt rückwärts. Der Hund fletschte die Zähne. Henry blieb reglos stehen, der Hund drückte sich flach auf den Boden und knurrte leise.

Henry steckte vier Finger in den Mund und blies, bekam aber nur ein Zischen und Speichel heraus. Seine Finger schmeckten nach Erde. Beim zweiten Versuch presste er einen langen, schneidenden Pfiff heraus. Der Schäferhund sprang auf, bellte und rannte im Kreis, er wußte nicht, was man von ihm erwartete.

Das war Henrys Geheimwaffe. Dieser ohrenzerreißende Pfiff drang durch jeden Straßenlärm, er konnte Fußgänger aufhalten und für einen Moment ihr Handeln, ihr Sprechen, ihr Denken unterbrechen. Seine Schwingungsfrequenz stieg auf fünfzehntausend Hertz an, wo er zu einem undefinierbaren, aperiodischen Alarmton wurde und aus allen Richtungen gleichzeitig zu kommen schien. Wer ihn hörte, war für einen kurzen Moment gelähmt, und wer im Begriff war, eine Dummheit zu begehen, erhielt die Gelegenheit, seine Meinung zu ändern und die Dummheit bleiben zu lassen.

In der Kröpeliner Straße in Rostock, einer Fußgängerzone, hatte er einmal einen jungen Mann gerettet, der von einer Bande verprügelt wurde. Kein Außenstehender hatte es gewagt, sich einzumischen, worauf er dreimal seinen Pfiff erschallen ließ. Er hielt sich dabei hinter einer Litfaßsäule versteckt, um nicht mit den Fingern im Mund angetroffen zu werden. Die Pfiffe verwirrten die Schläger dermaßen, daß sie ihr Opfer in Ruhe ließen und ausspuckend davongingen. Auch das Opfer war verwirrt, es dauerte eine Weile, bis es auf die Idee kam, zu fliehen.

Der Schäferhund lief im Kreis und bellte, rannte aber nicht davon. Die Tür zur Veranda des weißen Hauses ging auf, und ein Mann erschien, der den Hund beim Namen rief. Es klang wie »Mauser«. Mauser, falls das sein Name war, bellte einen hysterischen Rapport über den Zwischenfall und gab zu verstehen, daß der Fall noch nicht erledigt war.

Der Mann rief den Hund zu sich und schob ihn auf die Veranda. Er schloß die Tür und ging auf Henry zu. Er war ein kräftig gebauter Mann mittleren Alters mit dunklen, an den Schläfen ergrauten Haaren, und seine Nase war schief wie bei einem Boxer.

»Willkommen. Kommen Sie von weit her?« fragte er. Er betonte die Wörter fremdartig.

»Von hinter dem Flußknie«, sagte Henry und bat um Verzeihung, auf dem Grundstück des Mannes an Land gegangen zu sein.

»Irgendwo muß der Fährmann ja landen«, sagte der Mann mit seltsam singendem Tonfall.

Er sprach ein weiches, leicht palatalisierendes Finnisch. Seine Intonation war merkwürdig, und seine Wortwahl ebenfalls. Es dauerte eine Weile, bis sich seine Redeweise Henry erschloß. Nach Wiederholungen und Mißverständnissen verstanden sie einander aber schließlich doch. Die Art, wie der Mann sprach, ist in der Form, in der Henry sie hörte, unmöglich mit Wörtern aufzuzeichnen. Will man nun aber die Rede des Mannes, wie Henry sie verstand, in schriftlicher Form wiedergeben, muß man sich zunächst vorstellen, *was* Henry hörte, dann, wie er das, was er hörte, verstand, und schließlich muß man aus all dem eine Synthese bilden und diese dergestalt vortragen, als hätte der Mann sie in seiner eigenen Sprache geäußert.

»Wir nehmen es nicht übel«, sagte der Mann in seiner synthetischen Sprache.

Henry fragte sich, ob die Pluralform den Hund einschloß, und entgegnete, er sei ganz zufällig zum Fährmann geworden. Von Beruf sei er Lehrer. Der Mann sagte, Lehrer seien im Hause stets willkommen. Lehrer verrichteten anspruchsvolle und nützliche Arbeit für schlechten Lohn und erhielten oft nicht den Dank, der ihnen zustünde. Er selbst sei von Beruf Tierarzt und Pferdezüchter.

»Das heißt, ich war es seinerzeit, in Bosnien«, sagte der Mann und blickte in die Ferne, als sähe er dort Bosnien liegen.

Henry blickte in dieselbe Richtung, sah aber nur dichten Nadelwald. Der Mann versank in Gedanken, oder er wartete darauf, daß er gefragt wurde, warum gerade dort.

»Warum gerade dort?« fragte Henry.

»Ich bin dort geboren«, sagte der Mann. »Ich habe dort gelebt, habe im Staatlichen Gestüt gearbeitet. Ich kümmerte mich um die Pferde, sehr unterschiedliche Pferde, von weißen, tanzenden Lipizzanern bis zu bosnischen Arbeitsponys. Ich bin selbst Bosnier. Bosnischer Serbe. Dann brach der Krieg aus, wie Sie mit Sicherheit wissen. Das war ein trauriger Krieg, auch aus der Sicht der Pferde. Die Soldaten aßen sie auf. Ihr kräftig schmeckendes, aromatisches Fleisch wurde von Arkans serbischen Tigern ebenso verschlungen wie von den Moslem-Askaris Bosniens, nur die Arten des Schlachtens unterschieden sich. Die Serben schossen ihnen direkt in die Stirn, die Moslems schnitten ihnen zuerst die Halsschlagader auf und ließen das Blut abfließen, erst dann schossen sie. Das mag grausam klingen, aber es ist nichts im Vergleich zu den phantasievollen Methoden, mit denen sich Serben und Moslems gegenseitig abschlachteten. Man hat mir erzählt, daß die Moslems ein rundliches Bardigiano-Pferd namens Strullero für am schmackhaftesten hielten. Ich war nicht entzückt von dieser Mitteilung. Für die Serben war das Fleisch einer Trakehnerstute das delikateste von allen.«

Der Mann schüttelte die Kriegserinnerungen ab, als er hörte, wie Henry mit den Zähnen klapperte.

»Kommen Sie herein, Sie zittern ja vor Kälte«, sagte er, und da Henry seinen Körper nicht sogleich in Bewegung zu setzen vermochte, fuhr er fort: »Nun kommen Sie schon. Selbst wir Serben fressen keine Menschen. Jedenfalls nicht bei lebendigem Leib. Ich heiße Jowan Markovic. Zu Ihren Diensten.«

Er verneigte sich leicht und ein klein wenig spöttisch.

»Henry Loimu«, sagte Henry und verneigte sich ebenfalls. »Ich wollte nicht stören.«

»Sie stören überhaupt nicht«, versicherte Jowan. »Sie kommen zur rechten Zeit. Im Haus wird gefeiert. Die anderen Gäste brechen zwar bereits auf, aber das macht nichts. Sie sind jetzt der Ehrengast. Der Herr und die Frau des Hauses werden sich freuen.«

Henry fragte, ob es sich schickte, unangemeldet und auch noch ohne Schuhe bei dem Fest einzudringen. Das war nichts als Ziererei, denn er wollte nichts anderes, als ins Warme zu kommen.

»Ich werde Sie melden. Im Grunde habe ich das bereits getan«, sagte Jowan.

»Wenn Sie es sagen«, meinte Henry. Auf einem von Apfelbäumen gesäumten Gartenweg gingen sie auf das Haus zu.

»Sie haben ausgesehen wie Buster Keaton, der mitten im reißenden Mississippi auf dem Dach eines schwimmenden Hauses sitzt«, sagte Jowan. Er hatte Henrys Flußfahrt vom Verandafenster aus verfolgt.

»Ich habe meine Lage nicht in komischem Licht gesehen«, entgegnete Henry.

»Das kann man verstehen: Die Strömung ist schnell, das Wasser kalt und der Grund schlammig«, sagte Jowan.

»Nicht zu vergessen die Teufelsschnelle am Stadtrand«, ergänzte Henry.

Vor der Glastür blieb Jowan stehen. Auf der Veranda rannte der Hund außer sich hin und her.

»Sie kommen doch in friedlicher Absicht?« wollte Jowan wissen.

Henry sagte, er sei in keiner bestimmten Absicht gekommen, sondern ganz aus Versehen, aber falls Absichten erforderlich wären, so seien sie garantiert friedlicher Art. Jowan nickte ernst und fragte dann, ob Henry eine Waffe bei sich habe.

»Bestimmt nicht«, sagte Henry und stieß ein nervöses Lachen aus.

»Natürlich nicht«, bestätigte Jowan und lachte seinerseits kurz auf, schloß aber sogleich die Frage an, ob der Gast mit einer Leibesvisitation einverstanden sei. Henry hob die Hände, Jowan untersuchte routiniert die Jackentaschen, tastete unter den Armen und tätschelte die nassen Hosenbeine. In der Hosentasche fand er ein Taschenmesser und klappte vielsagend die schärfste Klinge aus.

»Ich habe immer ein Taschenmesser dabei«, erklärte Henry.

Jowan ließ die Klinge zuschnappen und gab das Messer zurück.

»Und damit haben Sie völlig recht«, sagte er. »Ein Taschenmesser kann einem in der Not das Leben retten. Oder das Leben beenden. Das geht durch.«

»Kaum«, sagte Henry. »Dafür ist es zu stumpf.«

Jowan präzisierte, daß es bei seiner Kontrolle durchgehe, weil die Klinge kürzer sei als eine Handbreit.

»Vielleicht bin ich übervorsichtig«, sagte er. »Aus alter Gewohnheit. Man kann nie wissen.«

Henry fragte, was man nicht wissen könne. Jowan sagte, genau das könne man nicht wissen. Es tue ihm leid, wenn ihm Mißtrauen und Vorsicht in Fleisch und Blut übergegangen seien. Das sei nicht angeboren, er sei nicht vom Charakter her argwöhnisch. Wenn er es jetzt sei, dann habe ihn der Krieg so geformt.

Er öffnete die Verandatür und packte Mauser am Halsband.

Der Hund zerrte energisch in Henrys Richtung, bellte aber nicht.

»Sie bluten am Daumen«, stellte Jowan fest und schlug vor, den Hund das Blut ablecken zu lassen. Henry gefiel der Gedanke nicht, aber Jowan erklärte, im Flußwasser hielten sich tückische Mikroben auf, und die Spucke eines Hundes sei stark antiseptisch. Henry widersetzte sich trotzdem, denn er vermutete, der Blutgeschmack könne sich auf das Urteilsvermögen des Hundes auswirken.

»Haben Sie keine Angst«, sagte Jowan, »er hat gerade gegessen. Halten Sie den Daumen hoch.«

Henry hob den Daumen, und Jowan befahl: »Lizaj!« Der Hund sah Henry an und dann Jowan, der nickte. Darauf leckte der Hund zärtlich und andächtig das Blut vom Daumen.

Jowan sah dem Vorgang nachdenklich zu.

»In der Nähe des Dorfes Koprivna in Bosnien sah ich im zweiten Monat des Krieges, wie ein triefender Mann dem Fluß Bosna entstieg und erschöpft am Ufer liegenblieb. Ich schloß, daß er durch den Fluß getaucht war, um seinen Verfolgern zu entkommen. Er lag dort und sammelte Kräfte wie der verrückte, wasserscheue Quastenflosser aus der Tertiärzeit, der als erster an Land kroch, seine Kiemen gegen eine primitive Lunge tauschte und nicht mehr die Absicht hegte, in sein früheres Element zurückzukehren. Ich betrachtete ihn vom Rücken meines kalabrischen Pferdes aus. Ich war dabei, meine letzten sechs verbliebenen Pferde auf der Uferweide einzusammeln und auf die Höhenzüge zu treiben, wo sie vor den Kämpfen in Sicherheit waren, die von der Stadt Doboj her wieder näher rückten. Serbische Flugzeuge hatten die Stadt am Tag zuvor bombardiert. Meine Vermutung war, daß der Mann vor den Bombardements geflohen war. Er stand auf und stolperte mir entgegen. Ich ritt zu ihm hin, um ihn zu fragen, vor wem er floh und wohin er gehörte, bereit, ihm zu helfen, ohne mich um seine Volkszugehörigkeit oder seine Religion zu kümmern. Das kann ich beschwören. Ich bin kein Nationalitätenfanatiker. Ich bin ernsthaft der Ansicht, daß man Flüchtlingen helfen soll. Schon damals ahnte ich, daß ich selbst eines Tages zum Flüchtling werden könnte, und so ist es ja dann auch gekommen.

Als ich den Flüchtling erreicht hatte, bat er um Wasser. Ich reichte ihm die Feldflasche, er trank einen großen Schluck und bedankte sich. Ich fragte ihn, ob er aus Doboj geflohen war und wie die Lage in der Stadt war. Er schüttelte den Kopf und schwieg lange, als hätten ihn schmerzliche Erinnerungen der Sprache beraubt. Dann lebte er plötzlich auf, ergriff das Pferdehalfter und zog eine halbautomatische Pistole aus der Tasche. Er richtete sie auf mich und befahl mir, abzusitzen. Dann schwang er sich flink auf das Pferd und befahl mir, mich flach auf den Boden zu legen, die Hände hinter dem Nacken zu verschränken und mich nicht umzublicken. Er borge sich das Pferd. Nach dem Krieg würde er es zurückbringen, sagte er und lachte.

Ich mußte nicht lachen. Ich wußte nicht, ob er Serbe, Moslem, Soldat oder Zivilist oder gar ein gewöhnlicher

Flußräuber war. Dann hörte ich ihn auf meinem Rajko davongaloppieren. Vor wem er floh, wohin er unterwegs war und wie es ihm und dem Pferd erging, das habe ich nie erfahren. Jetzt verstehen Sie vielleicht meine Vorsicht.«

»Es ist mir klar geworden«, sagte Henry ungeduldig.

»Unten ist die Sauna noch warm«, erklärte Jowan. Erleichtert setzte sich Henry in Bewegung, aber Jowan hielt ihn zurück: »Eine Frage noch. Sind Sie zufällig Moslem? Ich frage nur aus Neugier, ohne Hintergedanken.«

»Bestimmt nicht«, sagte Henry.

»Es kam mir nur durch Ihren Vornamen ›Harun‹ in den Sinn«, erklärte Jowan.

Henry verstand nicht, was er meinte.

»Harun«, wiederholte Jowan. »Ihr Name.«

»Er lautet nicht Harun«, sagte Henry und wurde allmählich gereizt. »Ganz und gar nicht. Ich heiße Henry, mit y.«

Jowan nickte billigend und strich sich übers Kinn.

»Ja, richtig«, sagte er. »Nicht, daß es etwas zu bedeuten hätte. Ich habe viele muslimische Freunde. Oder hatte. Eigentlich war sogar meine Frau einer. Kein Freund, aber Moslem. Aber speziell zu diesem Fest hätte ich vielleicht keinen Moslem eingeladen.«

»Was wird im Haus denn gefeiert?« fragte Henry.

»Ich bin nicht sicher«, antwortete Jowan. »Ich habe vergessen zu fragen. Die Herrschaften feiern bei jeder Gelegenheit.«

Als sie die Treppe zur Sauna hinabstiegen, dachte Henry, daß er den Namen des Hausherrn nicht kannte und nicht wußte, wer er war, aber aus irgendeinem Grund erschien es ihm verkehrt, jetzt noch danach zu fragen, da sie bereits auf dem Weg in die Sauna waren.

Drittes Kapitel

Für das Töten gab es einen klaren Befehl

Ich tue, was der Oberst zu befehlen für richtig hält, aber ich sage, das wird nicht gutgehen, dachte Jowan, als sie die Treppe ins Untergeschoß hinabstiegen.

Er hatte Henrys unbeabsichtigte Flußfahrt von da an beobachtet, als dieser hinter der Halbinsel zum Vorschein gekommen war wie ein auf den Wellen reitender Triton. Erst nachdem er das Fernglas zu Hilfe genommen hatte, hatte er unter dem Triton das tief im Wasser liegende Pontonfloß erkannt. Als der Flußwanderer gegen den Bootssteg geprallt, ins Wasser geglitten und dann schwerfällig auf den Steg geklettert war, hatte er seinen Hund Maotse losgeschickt, den Fährmann in Empfang zu nehmen. Er hatte Maotse befohlen, den Mann aufzuhalten und nicht vorbeizulassen. Seiner Meinung nach handelte er damit vernünftig und logisch. Eine seiner Aufgaben bestand darin, das Haus vor Eindringlingen zu schützen, ob es sich nun um Hiesige oder um Fremde handelte. Das war verständlich, wenn man die eingeschränkte Handlungsfähigkeit des Oberst und auf der anderen Seite die große Mobilität von dessen Ehefrau in Betracht zog. Er, Jowan, verfügte über das Recht, zum Aufhalten von Eindringlingen die Mittel einzusetzen, die seiner Auffassung entsprachen, selbstverständlich innerhalb des gesetzlichen Rahmens. Freilich kannte er die Gesetze dieses Landes nicht sonderlich gut, aber er glaubte nicht, sie zu brechen, wenn er von Zeit zu Zeit jemanden aufhielt, der sich Zutritt verschaffen wollte. Bislang hatte sich niemand beschwert. Ohnehin versuchte selten ein ungebetener Gast, auf das Grundstück des Oberst vorzudringen. Vielleicht war das ein Beweis dafür, daß sich Jowans Ruf als unbestechlicher Wächter des Hauses von Oberst Suoponki weit herumgesprochen hatte. Oder aber die Frau des Oberst bewegte sich neuerdings in engeren Kreisen.

Durch das Tor brauchte man es von der Straße aus gar nicht erst zu versuchen. Falls sich jemand durch den Wald zum Haus schleichen wollte, würde Maotse sogleich über ihn herfallen. Er war darauf trainiert, Eindringlinge so lange in Schach zu halten, bis einer von den Hausbewohnern kam. Machte der Eindringling dann Schwierigkeiten, erhielt der Hund die Erlaubnis, zu beißen, aber nicht in den Hals. Für das Töten gab es einen klaren Befehl: »Tung!« Bislang hatte Jowan ihn noch nicht erteilen müssen.

Im Schutz der Dunkelheit konnte man leicht vom Fluß aus das Ufer erreichen und im Schutz der Obstbäume in den Garten huschen. Für diesen Fall hätte man am ganzen Uferabschnitt entlang helle Lampen anbringen müssen, die mittels Bewegungsmelder automatisch angingen. Der Oberst hielt das nicht für notwendig. Noch nie sei jemand unangemeldet aus dem Fluß gekommen. Jetzt war es passiert.

Nachdem er Maotse dem Ankömmling entgegengeschickt hatte, war er zum Oberst gegangen, um ihm mitzuteilen, daß ein junger Mann den Bootssteg erklommen hatte, der so aussah, als wüßte er nicht, wo er hingeraten war. Als man aber ihn nach seiner Meinung fragte, hatte er geantwortet, die Unwissenheit könne ein Täuschungsmanöver sein. Er konnte sich nicht erinnern, den Mann schon einmal gesehen zu haben, es handelte sich jedenfalls nicht um einen Nachbarn. Da der Oberst gerade die Gäste zur Tür begleitete, flüsterte er es ihm ins Ohr. Der Oberst mußte lachen, er forderte Jowan auf, den Mann ins Haus zu bitten, wenn dieser sich bei diesem schlechten Wetter schon die Mühe eines Besuchs mache.

Dieser Lehrer, der den Fluß hinuntergefahren war, kam vielleicht nicht in böser Absicht, aber ganz gleich was seine Absichten auch sein mochten, Jowan traute ihm nicht. Wäre es nach ihm gegangen, hätte er ihm das Boot geliehen und ihn auf den Weg geschickt. Er hatte gesehen, wen der Lehrer entzückt angestarrt hatte, als er mit dem Rücken zur Fahrtrichtung dahingetrieben war. Es hatte ihm gar nicht verborgen bleiben können. Und das würde nicht gutgehen. Da half es auch nicht, daß der Lehrer ungewollt hierher geraten war, daß er ans Ufer getrieben worden war wie der schiffbrüchige Odysseus auf die Insel der Phaiaken, nackt und halb tot. Jetzt war er jedenfalls hier. Die Königstochter Nausikaa war die erste, die ihn vom Ufer aus erblickte. Und König Alkinoos würde ihn nun empfangen wie einen geachteten Gast, der von weit her gekommen war. Oder wie einen Freier. Dieser Vergleich hinkte freilich, denn diese Nausikaa hier war die Ehefrau des Alkinoos.

Odysseus durfte also nicht davongejagt werden. Das Haus gehörte dem Oberst, und er bestimmte. Jowan gehorchte. Das gehörte zu ihrer Vereinbarung. Jowan hatte selbst auf dieser Regelung bestanden.

Viertes Kapitel

Ein Sprung in die Arme der Amöbe

Auf der Bank im Umkleideraum der Sauna lag zerknüllte Wäsche. Am Haken hing eine einzige Garnitur Kleider. Jowan sagte, er habe geglaubt, die Sauna wäre frei. Er blickte durch das Fenster hinein.

»Söderholm schläft auf der Pritsche«, sagte er. »Ich dachte, er ist fort. Ich hatte ihm ein Taxi gerufen und ihn zur Tür begleitet, aber dann sind Sie aus dem Fluß aufgetaucht wie ein Wassergeist, und der Hund fing an, Krach zu schlagen, Sie haben gepfiffen wie ein betrunkener Hajduk, und ich bin in den Garten gegangen.«

Jowan betrat in Kleidern die Sauna. Henry zog seine nassen Sachen aus und machte eine von den Bierflaschen auf, die im Umkleideraum bereitstanden. Nachdem er getrunken hatte, fing er an vor Kälte zu zittern. Auf dem Tisch klingelte ein Handy. Es klingelte so hartnäckig, daß er rangehen mußte.

»Ist Rauno da?« fragte eine schmutzige Frauenstimme.

»Welcher Rauno?« fragte Henry.

»Was heißt hier welcher Rauno«, äffte ihn die Frau nach. »Rauno fucking Landrat natürlich. Ist er da?«

Henry überlegte kurz und sagte dann mit veränderter Stimme: »Ich weiß nicht. Jedenfalls nicht in der Sauna.«

»Warum haben Sie Raunos Handy in die Sauna mitgenommen?« fragte die Frau.

»Das Handy ist im Umkleideraum. In der Sauna sitzt Söderholm.«

»Kenne ich nicht«, sagte die Frau. »Wenn Sie Rauno sehen, sagen Sie ihm einen schönen Gruß von mir.«

»Von wem?« fragte Henry.

»Von mir. Sagen Sie ihm, ich komme, wenn ich komme.«

»Sie kommen, wenn Sie kommen.«

»Ich bin bei einer Freundin.«

»Bei einer Freundin.«

»Ich sage nicht, bei welcher. Das geht Sie auch nichts an.«

»Wenn Sie vielleicht Ihren eigenen Namen nennen würden«, schlug Henry vor.

»Er weiß Bescheid. Suchen Sie ihn!«

»Ich kann jetzt nicht. Ich bin dabei, in die Sauna zu gehen.«

»Stehen Sie mit blanken Eiern da?« fragte die Frau und brach in ein geschmackloses Lachen aus.

»So kann man es auch nennen«, gab Henry zu. »Ich schlage vor, Sie rufen den Festnetzanschluß des Hauses an und fragen diejenige Person, die dort abnimmt.«

»Welche Nummer?«

»Ich weiß nicht.«

»Nicht? Von welchem Haus rufen Sie denn an?«

»Ich habe nicht angerufen. Sie haben angerufen.«

»In welchem Haus rufe ich dann an?«

»Das kann ich nicht sagen.«

»Sie sind mir ein Schwachkopf«, lachte die Frau. »Sagen Sie ihm, daß ich genauso ein Recht zum Feiern habe wie er. Sagen Sie ihm, er soll sich zum Teufel scheren!«

Solveig legte auf.

Henry stellte fest, daß es Solveig wieder einmal geschafft hatte, sich zu betrinken. Als er zum Steg gegangen war, war sie noch nüchtern gewesen. Jetzt hatte sie nicht einmal seine Stimme erkannt. War ihr überhaupt aufgefallen, daß er verschwunden war, und auf welche Weise? Kapierte sie überhaupt noch irgend etwas? Warum belog sie ihren Mann? Warum mußte sie überhaupt ihren Mann anrufen und dann auch noch lügen? Einen Moment lang dachte Henry daran, zurückzurufen und ihr zu sagen, wo er war und was geschehen war, aber er ließ es bleiben.

Jowan kam mit schweißnassem, rotem Gesicht aus der Sauna.

»Er geht gleich. Ich kann ihn allerdings auch sofort entfernen, wenn Sie lieber allein in der Sauna sein wollen.«

»Ist nicht nötig.«

»Er ist ein bißchen betrunken, aber ungefährlich.«

»Die Frau des Landrats hat angerufen und nach dem Landrat gefragt«, sagte Henry und streckte die Hand mit dem Handy aus. Jowan hielt es sich ans Ohr und sah Henry fragend an.

»Sie hat das Gespräch unterbrochen, nachdem sie den Landrat zur Hölle gewünscht hat«, sagte Henry. »Ist er hier?«

»Hier ist kein Landrat«, antwortete Jowan.

»Er ist schon seit Jahren kein Landrat mehr. Er wird nur so genannt«, sagte Henry und erwähnte den Namen.

»Er ist schon vor einer Stunde gegangen. Ich hole Ihnen trockene Kleider«, sagte Jowan, steckte das Handy ein und ging nach oben.

Söderholm saß auf der obersten Pritsche. Er war ein alter Mann. Er führte die Daumenseite der Hand als Schirm an die Stirn und kniff die Augen zusammen, um zu sehen, wer hereinkam. Henry sagte ihm guten Tag. Der Alte erwiderte, er müsse leider seinen Saunagefährten fragen, wer er sei, da er in der Sauna so gut wie nichts sehe. Das komme daher, fuhr er fort, ohne Henry die Gelegenheit zu geben, seinen Namen zu nennen, daß er so eine starke Brille trage. Ohne sie könne er Gesichter nur aus unmittelbarer Nähe erkennen, nicht bei einer solchen Beleuchtung. Er sehe nur die Umrisse des Gesichts, unter Umständen noch die Nase, er sehe, daß im Gesicht eine Nase sitze, oder er glaube jedenfalls, es zu sehen, weil er wisse, daß es normalerweise so sei. Die Augen könne er nur erahnen, wenn die Augenbrauen dicht seien. Die Gesichtszüge blieben ihm natürlich verborgen. Es könne durchaus passieren, daß ihm einer Grimassen schneide und er es in der Sauna nicht sehe. Würde er aber mit Brille in die Sauna gehen, beschlüge sie, und er sehe erst recht nichts.

Der Alte drängte Henry eine flache Halbliterflasche Wodka auf. Henry ergriff sie und verbrannte sich die Finger. Als er einen Schluck nahm, verbrannte er sich zuerst die Lippen, dann den Rachen.

Söderholm füllte die Schöpfkelle zur Hälfte mit Wasser, goß den Rest aus der Flasche dazu und schleuderte alles in Richtung Ofen, wobei das meiste gegen die Wand spritzte. Der Ofen zischte nur noch wehmütig, aber der Alkoholdampf schmerzte in den Augen. Söderholm bedauerte, daß zwei Italiener einst den Strom erfunden und dadurch die elektrischen Saunaöfen ermöglicht hatten. Er tastete nach seiner Flasche, aber sie war leer. Er warf Henry einen mißtrauischen Blick zu. Dieser machte sich die Stille zunutze und nannte seinen Namen.

Mit Augen wie Striche sah der Alte ihn an und brummte, woraus Henry schloß, daß das Gedächtnis des Alten ins Leere trat. Um es wieder in Fahrt zu bringen, erzählte er, wie er vor Jahren als Sommeraushilfe bei den N.er Nachrichten einen Artikel über Söderholm geschrieben habe, in dem es um Erdstrahlung ging.

»Ich kann mich erinnern«, sagte Söderholm. »Du hast Fragen gestellt, ich hab erzählt, und du hast alles aufgeschrieben. Du hast die falschen Fragen gestellt, aber ich hab dir die richtigen angeboten. Immerhin ist ein Artikel daraus geworden.«

Söderholm trat als Experte für Erdstrahlung auf. Er behauptete, sie messen zu können und maß sie auch, ungebeten, manchmal aber auch auf eine Bitte hin und gegen Bezahlung. Er maß die Erdstrahlung in Häusern, Wäldern, auf Feldern, überall. Für diesen Zweck besaß er zahlreiche Gerätschaften, am liebsten aber benutzte er einen Ring, der am Ende eines Fadens baumelte. Fing der Ring an zu kreisen, verlief unter ihm ein Erdstrahlungszentrum. Und das wiederum konnte, laut Söderholm, bei dem darauf schlafenden oder sitzenden Menschen Rückenschmerzen und Migräne verursachen oder die Gicht verschlimmern. Es konnte auch Impotenz verursachen oder zumindest die Bereitschaft zum Liebesspiel schwächen. Söderholm zufolge genügte es, sein Bett oder seinen Sessel vom Zentrum der Strahlung wegzurücken, dann hörten die Beschwerden auf. Legte man Metallplatten um das Bett herum aus, sammelten sie die Erdstrahlung, worauf sie mittels dünner Kupferdrähte anderswohin geleitet werden konnte, etwa in Heizkörper.

Söderholm erzählte, er habe seine Messungen mittlerweile auf die Strahlung ausgedehnt, die aus dem menschlichen Körper komme und die ein Fortsatz der Erdstrahlung sei. Er nannte sie korporale Eigenstrahlung. Es handelte sich um die Strahlung von einem Körper zum anderen und zurück, sie trat ausschließlich bei sehr engem Hautkontakt auf, in der Regel zwischen Ehepartnern oder Paaren, am häufigsten im Bett. Ihrem Wesen nach mußte sie als elektromagnetische Linearstrahlung gelten, sie bewegte sich auf nur einer Wellenlänge, und zwischen ihr und der Materie bestand eine heftige Wechselbeziehung, da sich auch die Materie aus geladenen Elektronen zusammensetzte, die von der elektromagnetischen Strahlung derart in Fahrt gebracht wurden, daß sie zwischen den erhitzten Körpern hin- und herschossen.

Er hatte festgestellt, daß es zwei Arten von Korporalstrahlung gab, eine mit Plus- und eine mit Minuszeichen. War die Eigenstrahlung beider Parteien mit dem gleichen Zeichen versehen, stießen sich die Körper ab wie gleiche magnetische Pole. Waren die Strahlungen jedoch von unterschiedlichen Vorzeichen, zogen sie sich gegenseitig an.

Söderholm verfügte über eine fertige Theorie, aber Experimente hatten keine stattgefunden, denn ungeachtet seiner Vorschläge hatten die Ehepaare der näheren Umgebung ihn nicht die Strahlung zwischen ihren sich annähernden Körpern messen lassen. Dabei hatte er für diesen Zweck eine empfindliche, nur zwei Zentimeter dicke Silbersonde entwickelt, die er zwischen ihre sich bewegenden Körper geschoben hätte, und zwar an Stellen, wo ohnehin ein schmaler Spalt für eine Sonde offengeblieben wäre.

»In Anbetracht der Tatsache, daß du nicht an Erdstrahlung glaubst, ist dein Artikel durchaus sachlich ausgefallen«, sagte Söderholm. »Allerdings hat das Ganze nichts mit Glauben zu tun. Es basiert auf wissenschaftlichen Fakten. Glaub mir. In dieser Sauna zum Beispiel ist die Strahlung gering und außerdem gutartig, das spüre ich in den Knochen. Aber ganz in der Nähe, im Umkleideraum nebenan und im Schwimmbecken dahinter, ist sie stark, da verbirgt sich eine richtige Energieladung … Dort befindet sich sowieso ein böses Feld, dort können schlimme Sachen passieren. Ich zeig's dir, ich hab einen Ring in der Hosentasche.«

Söderholm stand auf, machte einen Schritt ins Leere und wäre auf den Kopf gefallen, hätte Henry den dünnen, glitschigen Altmännerkörper nicht aufgefangen und auf die unterste Pritsche gesetzt. Sogar die Haut des Alten roch nach Alkohol.

»Hier sind auch böse Strömungen«, sagte Söderholm.

Die Tür ging auf, und Jowan teilte mit, es sei zum wiederholten Male ein Taxi für Söderholm gerufen worden. »Der Herr Lehrer kann in den Pool springen, wenn er möchte.«

Jowan drückte einen Schalter. Bleiche Leuchtröhren sprangen vor den Fenstern des Umkleideraums an. Henry hatte sie für Außenfenster gehalten, aber jetzt breitete sich jenseits der Wand ein gut zehn Meter langer Swimmingpool aus. Die Wände waren blau gekachelt, das türkisfarbene Wasser schimmerte in klinischer Reinheit. Die reglose Wassermasse sprudelte leise an den Rändern.

»Springen wir in den Teich!« rief Söderholm enthusiastisch.

»Zieh dich lieber an«, riet Jowan. »Der Herr Lehrer darf das Becken für sich alleine haben.«

Er öffnete die Tür. Widerstrebend ging Henry in den Raum mit dem Bassin. Die kühlere Luft dort war unangenehm. Er stand am Rand der tieferen Beckenseite und roch das Chlor im Wasser. Das ungraziöse Strampeln im kalten Fluß brannte als Erinnerung auf der Haut. Er fühlte sich wieder wie als Kind. Er mußte springen. Man erwartete von ihm, daß er sprang, da er nun einmal an den Beckenrand gekommen war. Vom Rand gab es kein ehrenhaftes Zurück mehr, außer durch das Wasser.

Und wie als Kind brachte er sich durch Autosuggestion in ein peinigendes Phantasiespiel: Sah man die Wassermasse lange genug mit zusammengekniffenen Augen an, verwandelte sie sich allmählich in ein gewaltiges einzelliges Urtier, das dem unbedarften, einsamen Taucher auflauert.

»Ich habe Kleider mitgebracht. Der Herr Lehrer kann sich dann oben sehen lassen, wenn er soweit ist«, sagte Jowan. Seine Stimme hallte hart von den Wänden der kleinen Schwimmhalle wider.

Söderholm bettelte um einen letzten Cognac. Henry sprang mit geschlossenen Augen der Riesenamöbe in den Rachen. Sie verschlang ihn gierig und raubte ihm den Atem. Das Wasser fühlte sich kalt an, obwohl es das nicht war, die Kälte stach in die Seiten und in die Fußsohlen, ließ aber bald nach. Ein paarmal tauchte er von einem Ende zum anderen, seine Hände schaufelten das türkisfarbene Wasser zur Seite, er trat auf der Stelle darauf herum und ließ sich dann bis auf den Boden sinken. Die Arme um die Knie geschlungen blieb er auf dem Kachelboden sitzen und stellte sich vor, wie es wäre, auf dem schlammigen Grund des Flusses zu liegen und nicht mehr nach oben zu gelangen.

Er rief sinnlose Befehle ins Wasser. In Erinnerung an seine Militärzeit brüllte er: »Minen suchen und unschädlich machen!« und »Brücke auf- und abbauen!« Er stellte sich vor, wie die Befehle als Luftblasen an die Oberfläche stiegen, wo sie zerplatzten und in dem naßkalten Raum widerhallten. Er stieß sich ab und schnellte nach oben, um den letzten Widerhall seiner Worte zu hören, aber da war nichts. Natürlich nicht.

Als er aus dem Becken stieg, sah er, wie Jowan den alten Söderholm zur Treppe scheuchte und hinter ihm nach oben stieg.

Henry brachte seine Kleider in die Sauna und hängte sie zum Trocknen über die Pritschen. In der Jackentasche waren nasse Geldscheine, ein paar Quittungen und ein Foto. Auch das alles breitete er zum Trocknen aus. Das Foto zeigte zwei Frauen, die eine davon war seine Ex-Frau. Sie hatten gemeinsam das Haus am Fluß gekauft und darin knapp drei Jahre gewohnt. Am Ende des dritten Jahres war die Frau ausgezogen. Den Hund hatte sie zurückgelassen. Ihre Mutter hatte sie mitgenommen. Die Mutter war die zweite Frau auf dem Foto. Sie hatte das letzte Jahr bei ihnen im Haus gewohnt. Als Henry ihre Tochter heiraten wollte, stemmte sich die Mutter gegen die Verbindung, indem sie sagte, sie wisse genau, was Henry für einer sei. Das hinderte die Mutter aber nicht, bei ihnen einzuziehen.

Dies war das einzige Foto, das Henry von seiner Frau hatte, und sie war nicht einmal allein darauf zu sehen. Alle anderen Fotos, jedes einzelne, hatte seine Frau in Alben geklebt, die sie mitgenommen hatte. Henry konnte seine Schwiegermutter nicht abschneiden, denn seine Frau stand auf dem Foto hinter ihr, nach vorn gebeugt, die Arme um ihre Schultern gelegt, die Wange an der Wange ihrer Mutter. Und jetzt war auch dieses Bild ruiniert. Henry hätte seine Frau zwar bitten können, ihm ein neues Bild zu schicken, aber das schien problematisch und hätte zu Mißverständnissen geführt. Hätte er ein Bild von seiner Frau allein, hätte er es sich manchmal an verregneten Tagen angesehen und an die guten Stunden zurückgedacht und sich gewünscht, es wäre kein Groll mehr zwischen ihnen.

Er steckte das feuchte Foto ins Portemonnaie, für das es zu groß war. Dann trocknete er sich ab und zog die Kleider an, die Jowan für ihn hingelegt hatte: Unterwäsche, Bauernhemd und Kordhose. Er schlang sich ein Handtuch als Turban um den Kopf und zog die karierten Strümpfe sowie die Rüsselpantoffeln im türkischen Stil an.

Fünftes Kapitel

Die Feier im Haus des Oberst

Henry stieg die Treppe hinauf und betrat gleichzeitig mit Jowan, der Söderholm zum zweiten Mal zum Taxi begleitet hatte, die Eingangshalle. Jowan bat ihn, kurz zu warten, öffnete die Tür zum Wohnzimmer, trat ein und sagte:

»Herr Oberst, der Gast hat sauniert, ist parfümiert und in saubere Kleider gehüllt.«

Im Zimmer saß ein großer Mann mit dem Rücken zur Tür am Klavier. Er spielte ein monotones Stück und hörte nicht auf, als Jowan zu ihm sprach. Auf dem Klavier stand ein Grogglas, daneben lag ein offener Geigenkasten.

»Danke, Jowan. Bring ihn herein«, sagte der Oberst.

Jowan lotste Henry ins Zimmer. Dieser wollte das Klavier ansteuern, um dem Oberst die Hand zu geben, aber Jowan schüttelte den Kopf und drückte ihm einen dampfenden Grog in die ausgestreckte Hand, während er ihn zugleich bekannt machte: »Oberst Suoponki ... Lehrer Henry mit y.«

Für einen Moment hörte der Oberst zu spielen auf, drehte sich aber nicht zum Händeschütteln um.

»Henry wie?« fragte er.

»Henry Loimu«, ergänzte Henry.

»Hoffentlich sind Sie nicht ausgekühlt«, sagte der Oberst und setzte sein Spiel fort. »Wenn der Herbststurm wütet, ist es nicht klug, im Fluß zu baden.«

»Ich hatte nicht vor, zu baden«, erklärte Henry. »Ich wollte den Bootssteg reparieren. Er löste sich und so weiter.«

»Ich verstehe«, sagte der Oberst. »Der Strom riß Sie mit sich fort. So ist das Leben. Herzlich willkommen. Fühlen Sie sich wie zu Hause. Hoffentlich erkälten Sie sich nicht.«

»Es wird schon gehen, dank Ihrer Sauna und diesem Grog«, sagte Henry und nahm einen großen Schluck.

»Keine Ursache. Schließlich wohnen wir am selben Fluß. Wir sind beinahe Nachbarn, auch wenn wir uns noch nie begegnet sind. So geht es Menschen oft, die an verschiedenen Ufern eines Flusses leben. Der Fluß trennt effektiv, in der Stadt nicht so sehr wie hier auf dem Land. Auch Grenzen werden stets an Flüssen entlang gezogen, wann immer die Möglichkeit dazu besteht. Selbst wenn man mit dem Boot unterwegs ist, besucht man lieber die Menschen, die am selben Flußufer leben, ist Ihnen das schon einmal aufgefallen?«

»Ich habe noch nie darüber nachgedacht«, sagte Henry.

»Über dieses Thema habe ich mal einen Artikel für die geopolitische Zeitschrift Geopolis geschrieben. Viele Leser äußerten ihre Verwunderung darüber, daß sie noch nie über die Bedeutung von Flüssen als einschränkender Faktor für die Kontakte zwischen Dörfern, Sippen und Familien nachgedacht hatten, insbesondere in Gegenden, wo Brükken spärlich sind. Aber Sie haben den Fluß ja mutig überquert.«

»Vielleicht weil ich Ihren Artikel nicht gelesen habe«, sagte Henry.

Der Oberst nickte amüsiert. »Haben Sie unterwegs zufällig eine jüngere Frau wie eine Sirene am Ufer stehen sehen?« fragte er dann.

»Ich habe sie flüchtig gesehen.«

Der Oberst drehte sich auf seinem Stuhl zur Hälfte um. Er trug eine schwarze Brille.

»Sie ist meine Frau«, sagte er. »Sie steht oft am Ufer und blickt ins vorüberfließende Wasser. Sie liebt übertretende Flüsse. In ihrem Heimatdorf in Bosnien pflegte sie an der Bosna zu stehen und zu hoffen, die Frühjahrsüberschwemmung würde sie mitnehmen, wohin auch immer. Dort bin ich ihr begegnet, und später nahm ich sie mit. Ich fragte sie, was sie in dem Fluß gesehen hatte, außer Wasser. ›Ich sehe das Leben‹, sagte sie. Als sie zum ersten Mal eine Leiche vorbeitreiben sah, hörte sie auf, zum Fluß zu gehen. Jetzt steht sie wieder am Ufer und hält nach dem Leben in den Strudeln des Stroms Ausschau. Ob das ein gutes oder ein schlechtes Zeichen ist?«

Henry antwortete, das könne er nicht einschätzen, da er die betreffende Person nicht kenne, ihm sei jedoch aufgefallen, daß die Frau am Ufer gelacht habe. Der Oberst hielt das für ein gutes Zeichen. Henry vermutete, daß die Frau des Oberst höchstwahrscheinlich über ihn, Henry, gelacht habe.

»Das ist auf jeden Fall ein gutes Zeichen«, schloß der Oberst. »Sie waren ein komischer Anblick, wie Sie auf den Pontons übers Wasser schaukelten. Offen gesagt habe auch ich lachen müssen.«

Hatte also auch er Henrys Flußfahrt vom Fenster aus zugesehen?

»Ich habe es nicht mit eigenen Augen gesehen«, sagte der Oberst. »Man hat es mir erzählt. Und ich hätte unter keinen Umständen gelacht, wenn ich gewußt hätte, daß Sie Lehrer sind. Schließlich ist Autorität für einen Lehrer eine ebenso todernste Angelegenheit wie für einen Offizier. Welche Fächer unterrichten Sie?«

In der Tür erschien eine dunkelhaarige Frau mit einer geraden Pfeife im Mund, dieselbe Halbmondfrau, die auf dem Uferfelsen gestanden, gelacht und ihm zugewinkt hatte. Sie blieb im Türrahmen stehen, betrachtete Henry stumm, bog den Kopf zurück und blies den Rauch zur Decke. Henry erwartete, daß sie hereinkam und daß der Oberst sie einander vorstellte, aber die Frau kam nicht, und der Oberst stellte sie auch nicht vor.

»Also welche Disziplin? Ich habe es nicht gehört«, sagte der Oberst.

Henry errötete ob seines Schweigens, wandte sich dem Oberst zu, der das Gespräch eigensinnig mit Mollklängen begleitete, und sagte:

»Geschichte.«

Dann wandte er sich wieder zu der Frau um, der Frau des Oberst, er konnte nicht anders als sie anschauen.

»Geschichte, ja? Ein so junger Mann? Erinnern Sie sich an vieles aus der Geschichte?« wollte der Oberst wissen.

»An relativ viel von dem, was ich vor nicht allzu langer Zeit gelesen habe«, antwortete Henry und wunderte sich über die Frage.

»Ich meine nicht das, was Sie gelesen haben. Ich meine, ob Sie jemals mit der Geschichte aneinandergeraten sind.«

»Wie man es nimmt. Wir leben schließlich ununterbrochen in der Geschichte. Die Gegenwart ist bald Geschichte. Jeder Augenblick ist Geschichte. Auch dieser Augenblick.«

Während er dies sagte, warf Henry erneut einen Blick zur Tür, um zu sehen, ob die Frau begriffen hatte, daß er mit »diesem Augenblick« speziell den Augenblick ihrer beider Begegnung meinte. Aber die Frau war bereits verschwunden. Sie hatte einen blauen Rauchkringel hinterlassen, der auf die Decke zuschwebte.

Es war das zweite Mal, daß sie sich mit einem Zaubertrick zum Verschwinden gebracht hatte.

»Das ist nur Theorie«, sagte der Oberst. »Daß wir in einer historischen Zeit leben. Das wird unablässig behauptet, selbst wenn nichts weiter geschähe, als daß bald die Jahrtausende wechseln. Oder daß vielleicht eine Frau zur Präsidentin gewählt wird. Oder daß Sie hier hereingeschneit kommen und wir so miteinander reden. Aber wenn man der Geschichte tatsächlich begegnet, walzt sie über einen hinweg wie ein kurzsichtiges, wütendes Nashorn. Sind Sie schon einmal früher auf diese Art von Geschichte gestoßen?«

Henry dachte darüber nach. Falls man, gab er zu, unter Geschichte ein besonders dramatisches oder umwälzendes Ereignis verstehen wolle, sei er seines Wissens noch nicht persönlich darauf gestoßen.

»Ich schon«, sagte der Oberst. »Zuerst in Lissabon. Dann in Somalia. Und schließlich in Bosnien. Dort wurde man von der Geschichte angefallen. Sie explodierte unmittelbar vor den Augen. Wie Dynamit. Können Sie mit Dynamit umgehen?«

»Sprengladungen beherrsche ich«, sagte Henry. »Ich bin Reserveleutnant bei den Pionieren.«

»Das kann Ihnen von Nutzen sein«, sagte der Oberst. »So wie ich die Sache sehe, ist Geschichte explosive Materie. Pures Dynamit. Und der Geschichtsunterricht kann die Zündschnur sein. Oder die Zündkapsel.«

»Das sehe ich nicht so«, merkte Henry an. Der Oberst überging die Bemerkung.

»Sehen Sie also zu, daß Sie mit Ihrem Unterricht keine

Landmine legen. Die Geschichte drängt geradezu danach zu explodieren. Es können sechs oder hundert oder sechshundert Jahre vergehen, aber früher oder später explodiert sie.«

»Da bin ich anderer Ansicht, wenn Sie gestatten«, sagte Henry. »Nur indem wir aus der Geschichte lernen, vor allem aus unserer eigenen Geschichte, können wir eine Vorstellung von uns selbst und vom heutigen Tag entwickeln und versuchen, unsere Fehler von früher nicht noch einmal zu machen.«

Er war tatsächlich dieser Meinung, aber dennoch klang der Satz in seinen Ohren gekünstelt.

»Ja, so heißt es immer«, sagte der Oberst skeptisch. »Jowan, erzähl doch mal, was du von der Geschichte deines Volkes weißt!«

»Welches Volk meinen Sie? Serben, Bosnier oder Jugoslawen?« fragte Jowan diensteifrig.

»Da sehen Sie es«, sagte der Oberst an Henry gerichtet. »Sofort wird es kompliziert, und der Grund dafür sind die miteinander konkurrierenden Geschichtsauffassungen innerhalb ein und desselben multiethnischen Staates.«

Jowan sagte, was das ehemalige Jugoslawien anginge, so sei es bei den Olympischen Spielen in Helsinki ins Finale gekommen, aber Ungarn habe gewonnen. Der Oberst fragte, ob das seiner Ansicht nach ein wichtiges historisches Ereignis gewesen sei. Für Jowan war es das. Es gab vielleicht wichtigere, aber er hatte den Fußball gewählt, weil es sich dabei um ein relativ neutrales Thema handelte. Ihm waren auch andere Dinge bekannt, zum Beispiel daß im Jahr 1914 in Sarajewo, in der Nähe der Princip-Brücke, die über den Fluß Miljacka führte, ein gewisser Gavrilo Princip, ein bosnischer Serbe, auf den österreichischen Erzherzog und dessen Frau geschossen hatte. Damals hatte die Brücke natürlich einen anderen Namen getragen, es war die Lateiner-Brücke gewesen.

Der Oberst wollte wissen, was Jowan von diesem Mord hielt. Jowan erklärte, er halte ihn für einen vollkommen berechtigten Meuchelmord, denn Österreich habe seit Jahrhunderten Bosnien und vor allem die Serben tyrannisiert. Zwar hatte sich an diesem Attentat der Erste Weltkrieg entzündet, aber der wäre ohnehin ausgebrochen. Deutschland hatte es so beschlossen. Außerdem fing Österreich den Krieg an, indem es ihn den Serben erklärte. Was die Brücke betraf, so würde sie heute Erzherzog-Franz-Ferdinand-Brücke heißen, wenn Österreich den Krieg gewonnen hätte.

Jowan nannte weitere historische Daten, wie das Jahr 1804, als die Serben unter der Führung von Karadjordj anfingen zu rebellieren, zuerst gegen die örtlichen Janizaren und dann gegen den Sultan selbst, und Hackfleisch aus der großen Armee machten, die dieser geschickt hatte, um sie zu bezwingen. Schließlich hatte der Sultan den Serben die partielle Autonomie zugestehen müssen. Sofort brach in Serbien ein schwerer Machtkampf zwischen Karadjordjevicen und Obrenovicen aus, er dauerte hundert Jahre, und in dieser Zeit waren die beiden Geschlechter abwechselnd an der Macht und ermordeten und vertrieben so gut es ging die Fürsten und Könige, die dem anderen Geschlecht entstammten und die zumeist Alexander, Milos, Milan oder Mikael hießen.

Jowan erwähnte auch das Jahr 1805, in dem Napoleon Dalmatien, Istrien und Slowenien eroberte und die Illyrischen Provinzen gründete, die unter der Führung von Marschall Marmont standen. Die Soldaten dieses Marschalls trugen ein Scharmützel mit bosnischen Freischärlern aus, die vom schrecklich großen und häßlichen Aga von Bihac angeführt wurden. Der Aga ritt stets an der Spitze seiner Truppen und jagte den Franzosen einen solchen Schrecken ein, daß sie sich aus dem Staub machten. Aber dann entdeckten die Franzosen in ihren Reihen einen einäugigen Riesen aus der Auvergne mit Namen Fermont, steckten ihn in die Uniform eines Leutnants und ließen ihn vorangehen. Als die Bosnier dann unter Führung des Aga angriffen, traf dieser als erstes auf Fermont, der ihn mit seinem einen, blutunterlaufenen Auge so fürchterlich anblickte, daß der Aga für einen Moment die Handlungsfähigkeit verlor und sich ihm seine alten, sorgfältig geheimgehaltenen Sünden brennend in die Erinnerung drängten, und in ihrem Fahrwasser die Sûra al-naml aus dem Koran, in der von den Ungeheuern und Wundern des Jüngsten Gerichts berichtet wird, besonders von dem unter der Erde lebenden Monster namens El-Dschessâsah, das auch »Spion« genannt wurde und das sich der Aga ungefähr so wie Fermont vorgestellt hatte. Die kurze Zeit, die der Aga in ein ängstliches Gebet vertieft war, machten sich die Franzosen zunutze, um eine Einkesselungsbewegung zu machen, die sie zu einer vernichtenden Zangenbewegung ausbauten, worauf es ihnen gelang, den Bosniern schwere Verluste zuzufügen. Den Aga trampelte sein eigenes Pferd tot, Fermont verlor auch sein zweites Auge, blieb aber am Leben und durfte die Leutnantsuniform behalten, die ihm reichlichere Almosen garantierte, wenn er in Clermont-Ferrand um sein Brot betteln würde. Für die Geschichte sind diese Kämpfe ohne Bedeutung, denn schon 1813 vertrieben die Österreicher die Franzosen aus Illyrien.

Jowan wanderte in der Geschichte weiter zurück und

stoppte im Jahr 1389, als die Türken unter Sultan Murad dem Ersten in Kosovo Polje die von Prinz Lazar angeführten vereinigten serbisch-bosnischen Truppen besiegten. Der Oberst fragte, ob sich Jowans Ansicht nach aus der Geschichte seines Landes eine Lehre oder eine Schlußfolgerung ziehen ließe.

»Zumindest die, daß die Moslems uns verfolgen«, sagte Jowan. »Die Kroaten ebenfalls, von den Albanern ganz zu schweigen.«

Der Oberst wollte wissen, ob Jowan das ernst meinte oder ob er einen Scherz machte. Jowan gab zu, nicht ganz im Ernst gesprochen zu haben, verneinte aber die Frage nach dem Scherz.

»Über ernste Dinge Scherze zu machen gehört nicht zu meinen Gepflogenheiten«, sagte er. »Ich möchte daran erinnern, daß wir zu Ehren der Schlacht von Kosovo Polje jedes Jahr ein Gedenkfest veranstalten und den Moslems blutige Rache schwören.«

Henry wunderte sich, warum man für so eine alte Geschichte Blutrache schwören mußte.

»Damit solche Bluttaten nicht mehr vorkommen«, sagte Jowan. »Sie haben doch selbst gesagt: ›Nur indem wir aus der Geschichte lernen, vor allem aus unserer eigenen Geschichte, können wir eine Vorstellung von uns selbst und unseren Erzfeinden entwickeln und verhindern, daß wir wieder die alten Fehler machen, wenn es das nächste Mal knallt.‹«

»So habe ich das nicht gesagt«, wandte Henry ein.

»So ist es aber«, sagte Jowan und fing an, mit kräftiger Nasalstimme Vuk Karadzics epische Weise von der glorreichen Zerstörung des serbischen Königreichs zu singen:

»Oh Lazar, du leuchtender Zar,
wähle dir dein Reich!
Soll es im Himmel liegen
oder auf der heiligen Erde des Kosovo?«

Der Oberst griff nach der Geige und versuchte Jowans Gesang zu begleiten, indem er die Saiten zupfte wie ein Guslispieler:

»Gelüstet dich nach irdischen Mächten,
sattle dein Roß, die Lenden gürte,
stürze rasend entgegen den Türken,
kämpfe zwei Tage und Nächte.
Der Tod durchpflügt deine Reihn,
du wirst nie wieder lebend in Serbien sein ...«

Der Oberst stimmte mit tiefem Bariton in das Lied ein:

»Willst du aber dich anders entscheiden
kann die Niederlage zum Siege sich weiten,
deine Schar wird sich nicht halbwegs beugen,
sondern bis zum letzten Mann in den Himmel
aufsteigen.«

Jowan und der Oberst schwiegen bewegt. Der Oberst dankte Jowan für die erhellende Geschichtsstunde.

»Ist es das, was wir hier feiern, die vernichtende Niederlage?« wollte Henry wissen.

»Nein«, sagte der Oberst. »Die wird am 28. Juni gefeiert.«

»Dann wird in die Luft geschossen, und wir heulen wie die Wölfe«, sagte Jowan.

»Ein Jammer, daß Sie sich nicht dann zu uns verirrt haben«, meinte der Oberst. »Sogar die Polizei war hier, der Form halber. Sie wußten schon, was gefeiert wurde und auf welche Art. Es ist insofern ein unbelastetes Jubiläum, als es auch die Moslems feiern könnten, wenn sie wollten. Ihr habt schließlich letzten Endes gesiegt.«

»Wir? Wer wir?« wunderte sich Henry.

»Eure Leute. Die Moslems. Jowan hat gesagt, daß Sie Moslem sind.«

»Das bin ich nicht«, beteuerte Henry mit Nachdruck und sah Jowan mißbilligend an. »Ich dachte, das wäre längst deutlich geworden.«

»Es hat auch früher schon Verwechslungen gegeben«, erklärte der Oberst. »Es ist vorgekommen, daß Menschen nicht zugeben wollten, Moslems zu sein, oder sie haben es einfach vergessen. Das ist bedauerlich und absolut unnötig. Unser Haus steht auch Moslems offen. Das heißt, es würde ihnen offenstehen, wenn es ein offenes Haus wäre.«

»Ich bin trotzdem keiner«, sagte Henry.

»Du hast es mit eigenen Ohren gehört«, sagte der Oberst zu Jowan. »Er ist keiner. Somit ist der Fall erledigt.«

Jowan machte eine Verbeugung und entfernte sich.

»Was die Geschichte anbelangt, so ist das Wichtigste bereits gesagt«, erklärte der Oberst, als wäre damit seine negative oder zumindest reservierte Haltung gegenüber dem Geschichtsunterricht erschöpfend begründet.

»Ich verstehe Ihren Standpunkt«, sagte Henry, obwohl er keineswegs begriff, worauf der Oberst mit diesem Gespräch hinauswollte. Er stellte das Glas auf dem Couchtisch ab, dankte für die Gastfreundschaft und sagte, er müsse jetzt leider gehen.

»Ich verstehe«, sagte der Oberst. »Womöglich wartet jemand zu Hause auf Sie.«

»Nein, da wartet gewiß niemand mehr«, sagte Henry, obgleich er sich dessen nicht sicher sein konnte.

»Dann hetzen Sie doch nicht so, bleiben Sie noch ein bißchen«, bat der Oberst. »Meine Frau will unbedingt für Sie spielen. Ich bin vielleicht parteiisch, aber ich übertreibe kaum, wenn ich behaupte, daß sie eine außerordentliche Geigerin ist.«

Ohne daß Henry es bemerkt hatte, hatte sich die Frau wieder im Türrahmen materialisiert, als hätte sie nur auf das Lob ihres Mannes gewartet. Jetzt hatte sie keine Pfeife mehr im Mund. Sie lächelte Henry mit geöffneten Lippen an. Ihre untere Zahnreihe war blütenweiß und auf charmante Art ungleichmäßig.

Ohne zur Tür zu blicken, sagte der Oberst: »Da kommt sie ja schon! Meine Frau Mavra, der Herr Lehrer Loimu. Sie sind sich ja schon begegnet, einen flüchtigen, möglicherweise historischen Augenblick lang.«

Mavra streckte die Hand aus, mit dem Rücken nach oben, wie zum Handkuß. Henry ergriff sie und wollte sie an die Lippen führen, da zog die Frau sie zurück und sagte lachend:

»Guten Tag, Herr Lehrer ... Buster Keaton!«

»Ich bitte an ihrer Stelle um Verzeihung«, grinste der Oberst. »Sie ist ein echtes Naturkind. Lassen Sie sich dennoch von ihrem Spiel erwärmen. Mavra, molim te!«

Sechstes Kapitel

Mavra

Henry erriet, daß es serbisch war und »bitte sehr« oder »leg los« bedeutete. Wie auch immer. Mavra klemmte die Geige unters Kinn, spannte den Bogen und stimmte ein wenig. Der Oberst schlug die ersten Töne an, Mavra setzte mit dem Auftakt ein. Henry trat zurück, setzte sich in einen Sessel und löste das Handtuch von seinem Kopf. Der Turban kam ihm auf einmal lächerlich vor. Jowan erschien wie aus dem Nichts, reichte ihm ein neues Glas mit dem heißen Getränk und blieb taktvoll zwei Schritte links hinter dem Sessel stehen, die Hände auf dem Rücken.

Das Stück erinnerte an eine russische Volksmelodie, sein Rhythmus schaukelte und humpelte mit Rückschlägen hin und her, die Melodie war lustig, scherzend und schmerzhaft traurig.

Mavra bekam ein Doppelkinn, wenn sie die Geige an den Hals drückte, aber als sie den Blick zur Decke hob, verschwand das Doppelkinn. Ihre schwarzen Haare schwangen im Takt des Spiels wie in der Shampooreklame, ihr Busen hob und senkte sich, sie preßte die Lippen zusammen, und ihre Wangen wurden rot. Sie senkte den Blick und richtete ihn auf Henry. Dieser errötete zu seiner eigenen Verwunderung und starrte zurück, obwohl er nicht sicher sein konnte, ob die Frau ihm tatsächlich in die Augen schaute oder durch ihn hindurch, oder ob sie überhaupt etwas sah, wenn sie spielte. Von Zeit zu Zeit schloß Mavra die Augen, öffnete sie wieder und ließ das Weiße darin aufblitzen, wenn ihr Blick über die Decke und die Wände schweifte. Bald darauf heftete sie den Blick wieder auf Henry, dann auf Jowan, dann suchte sie einen Fixpunkt am großen Aquarium neben der Tür.

Sie rollt die Augen wie eine Schamanin, aber offensichtlich spielt sie für mich, besonders für mich, dachte Henry, und der Gedanke erregte ihn. Spielte sie nur auf Befehl des Oberst oder um wiedergutzumachen, daß sie über das Mißgeschick eines anderen am Fluß gelacht hatte? Spielte das eine Rolle?

Henry hatte noch nie jemanden so spielen gehört. Es schnitt ihm ins Herz und in den Bauch und ihm wären fast die Tränen gekommen. Er betrachtete den Perserteppich unter seinen Füßen, folgte mit den Augen den Mäanderschlingen, die an dessen Rand entlangliefen, und ahnte die ganze Zeit, was ihn quälte. Als er wieder die Frau ansah, blickte sie fest zurück, und diesmal eindeutig sehend. Als sich das Hauptthema der Melodie zum letzten Mal wiederholte, kurz bevor sich das Tempo zu einem friedlichen Schluß hin verlangsamte, spürte Henry sein Herz einen Moment stillstehen, und er verliebte sich in die Frau des Oberst.

Für die Dauer von fünfzehn Sekunden, die Zeit, die vom Moment des Verliebens bis zum letzten Ton des Stükkes verging (er überprüfte die Sekunden später mit Hilfe der CD, die er sich gekauft hatte), vermochte er sich zu sagen, daß er sich in die Frau eines anderen Mannes verliebt hatte, daß die Situation unmöglich war, daß er das mit nichts würde rechtfertigen können, er würde es gar nicht erst versuchen. In seinem Leben vollzog sich gerade eine grundlegende Veränderung, hatte sich vielleicht schon vollzogen. Von nun an würde er so handeln, als wäre er überhaupt nicht verantwortlich für das, was er tat, sagte oder dachte.

Als die Musik aufhörte, senkte die Frau des Oberst den Kopf zu einer kleinen Verbeugung. Henry sprang auf und hob die Hände zum Applaus, aber als einziger zu klatschen, kam ihm idiotisch vor, darum verneigte er sich seinerseits tief vor der Geigerin und ihrem Mann, dem Oberst. Er hätte sich gern bedankt, aber er fand keine Worte. Mavra legte ihre Geige in das Futteral und verschwand wieder im Nebenraum.

Da er Henrys Verwirrung als gastierendes Publikum ahnte, kam der Oberst zu Hilfe und bedauerte, daß er nicht daran gedacht hatte, den Titel des Stücks zu nennen: Das »Russische Lied« aus Strawinskys Oper, die zufällig den gleichen Namen trage wie seine Frau: *Mavra.* Strawinsky habe sie für den amerikanischen Geiger Samuel Dushkin bearbeitet, der dem Meister bei der Bearbeitung zur Hand gegangen und dadurch in die Musikgeschichte eingegangen sei. Der Oberst und seine Frau hätten dieses kleine Duett als Willkommensmusik für Herrn Loimu gewählt, der so überraschend als ihr Gast aufgetaucht sei. Sie hätten auch etwas Längeres gespielt, aber vermutlich dränge es den Gast, nach seinem unglücklichen Abenteuer nach Hause zu kommen, ob ihn dort nun jemand erwarte oder nicht.

»Nur der Hund«, sagte Henry.

»Das Warten eines Hundes ist ein zyklisches Stück Ewigkeit«, sagte der Oberst. »Jowan wird unseren Gast sicherlich gern nach Hause fahren, nicht wahr?«

Jowan trat einen Schritt vor wie aus der Reihe und sagte: »Selbstverständlich.«

Der Oberst rief zur Tür hin, der Besuch sei im Gehen begriffen, Mavra kam mit der Pfeife im Mund hereingewirbelt, hielt die Hand zum Kuß hin und zog sie erneut an sich, bevor Henry sich noch entschließen konnte, sie zu küssen oder sie zu drücken.

Endlich fand er die passenden Worte, dankte dem Oberst und seiner Frau für die Gastfreundschaft, die Sauna, die Kleider und die angenehme Hausmusik sowie dem Herrn Jowan für die Hilfsbereitschaft, und sagte, er könne ohne weiteres zu Fuß nach Hause gehen, da es aufgehört habe zu regnen. Der Oberst lehnte das entschieden ab und erinnerte seinen Gast daran, daß er, wolle er auf die andere Seite des Flusses gelangen, zunächst mehrere Kilometer bis zur nächsten Brücke zu gehen hätte, und nachdem er diese überquert hätte, müßte er auf der anderen Seite wieder zurückgehen, was sinnlos und anstrengend wäre, vor allem wenn man die vorausgegangene Flußfahrt des Gastes in Betracht ziehe, außerdem solle man sich nach der Sauna ohnehin nicht sportlich betätigen, schon gar nicht in zu weiten, geliehenen Kleidern und türkischen Pantoffeln. Mavra warf einen Blick auf die spitzen Puschen an den Füßen des Gastes, nahm die Pfeife aus dem Mund, brach in Lachen aus und lief aus dem Zimmer.

»Sie lacht oft aus reiner Schüchternheit«, erklärte der Oberst.

Sie war kaum halb so alt wie ihr Mann. Warum lebte sie mit einem so alten Mann zusammen, fragte sich Henry. Was sah sie in dem? Jetzt hat sie auch mich gesehen und lange angeschaut und mich mit ihrem Spiel verzaubert, aber trotzdem ist sie noch immer mit dem Oberst verheiratet.

Laut sagte er, daß er es ihr ganz und gar nicht übel nehme. Er lachte auf und bewegte die Zehen in den Pantoffeln, um zu demonstrieren, daß er über sich selbst lachen konnte. Der Oberst blickte jedoch nicht auf die Leihpantoffeln, der Oberst blickte aus dem Fenster in die Ewigkeit. Zerstreut streckte er die Hand nach dem Grogglas auf dem Klavier aus, bekam es aber nicht zu fassen, sondern stieß es um. Er fluchte und versuchte ungeschickt, das Glas aufzufangen, was ihm aber nicht gelang. Das Glas fiel auf den Fußboden, ohne zu zerbrechen, und rollte unter das Sofa.

Jowan beeilte sich, das Klavier ab- und die Flüssigkeit vom Fußboden aufzuwischen. Henry war über die Ungeschicklichkeit des Oberst erstaunt.

»Soll ich noch einmal dasselbe bringen?« fragte Jowan.

»Wenn es dir nichts ausmacht«, sagte der Oberst, stand vom Klavierstuhl auf und wandte sich zum ersten Mal direkt Henry zu. Seine Brille war rund und undurchsichtig schwarz, sie hatte Ränder, die am Gesicht anlagen wie eine Schwimmbrille und ebenfalls schwarz waren. Er streckte den Arm zum Händedruck aus, dabei wies die Hand eine Spur an Henry vorbei.

Henry verwünschte seine Einfältigkeit. Das hätte er doch merken müssen! Der Oberst war blind. Auch das noch.

»Dann auf Wiedersehen«, sagte der Oberst. »Kommen Sie wieder einmal zu Besuch. Nehmen Sie die Straße. Falls Sie unbedingt zu Wasser kommen wollen, suchen Sie sich ein sichereres Fahrzeug aus.«

Sie gaben sich die Hände. Die Hand des Oberst war groß, trocken und kräftig.

Siebtes Kapitel

Eine Frau wie ein Schatten

Auf dem Heimweg saß Henry still im weißen Mercedes des Oberst und versuchte, an dem Bild festzuhalten: Mavras leuchtendes Gesicht, der ausdrucksvolle Busen und die linke Hand, die am Hals der Geige flatterte wie ein großer Zitronenfalter.

Seine Gedanken liefen im Kreis, als hätten sie sich im dichten Wald verirrt. Er hörte auf seine innere Stimme, und die schrie ihm zu, was er bereits wußte: ... unsinnig, wahnsinnig, idiotisch, pathetisch, peinlich, schamlos ... Er hörte das Gebrüll, stellte sich aber taub.

Jowan beobachtete seinen Fahrgast im Rückspiegel. Ohne etwas vom vorbeisausenden Wald zu sehen, saß dieser da, sein Mund war zu einem abwesenden und doch allwissenden Lächeln erstarrt.

Jowan umklammerte fest das Lenkrad und behielt wegen der Elche beide Straßenränder im Auge.

Der Lehrer hatte sich also in Mavra verliebt. Da gab es keinen Zweifel. Zumal er nicht der erste war. Nicht der erste und gewiß nicht der letzte.

So passierte das also, hier und jetzt, im ersten Moment, auf den ersten Blick, blitzschnell, auf rätselhafte Weise?

(Hätte ich es ahnen können, hätte ich diesen Fährmann eigenhändig erwürgt und in den Fluß geworfen.)

Im katatonischen Zustand des Verliebtseins saß der Lehrer auf dem Rücksitz und vermochte kein Wort zu sagen. Dann riß er sich für einen Moment von seinen Phantasien los. Er machte den Mund auf und gestand, er habe nicht von Anfang an begriffen, daß der Oberst blind sei, sondern erst, als der Oberst aufgestanden sei, um ihm die Hand zu geben.

Jowan sagte, das sei verständlich, denn am Klavier habe sich der Oberst kaum bewegt, und er habe auch den Gast nicht angesehen.

»Genau daran hätte ich es erkennen müssen«, sagte Henry. »Aber er täuschte mich, indem er seine Frau so souverän auf dem Klavier begleitete. Immerhin ist das auch für Sehende eine schwierige Begleitung.«

»Vor allem für Sehende«, sagte Jowan. »Der Oberst pflegt zu sagen, er dürfe immerhin Fehler machen. Niemand runzelt die Stirn über einen Blinden, der ein bißchen betrunken ist. In Wahrheit spielt der Oberst allerdings nicht falsch, nicht mal wenn er betrunken ist.«

(Vielleicht hätte ich ihn nicht erwürgt, sondern nur ein bißchen an ihm geritzt, ihm mit dem eigenen Taschenmesser hier und da einen Schnitt versetzt.)

Henry wollte wissen, ob Mauser, der Schäferhund, der Blindenhund des Oberst war.

»Maotse«, sagte Jowan.

»Entschuldigung?«

»Er heißt Maotse, und er ist nicht dafür ausgebildet«, sagte Jowan. Der Oberst benutze keinen Blindenhund. Im Gelände und in der Stadt sei er zumeist mit seiner Frau oder mit Jowan unterwegs. Sei er allein, bediene er sich eines Stocks aus Bambus, denn die weißen Blindenstöcke möge er nicht.

Für eine Weile herrschte wieder Stille im Wagen.

(Zum Glück habe ich ihn nicht aufgeschlitzt. Und ihm nicht überall Löcher verpaßt. Oder ihn erwürgt. Er hätte nicht verstanden, warum. Würde ich es jetzt tun, würde er es noch immer nicht kapieren. Er befindet sich in einem Zustand der Unzurechnungsfähigkeit, ihm fehlt das volle Verständnis. Man muß ihn aufklären.)

Jowan brach die Stille, indem er erzählte, der Oberst sei erblindet, als er in Bosnien als Kontrolloffizier im Dienste der UNO tätig gewesen sei. Er war mit seinem Jeep auf eine Mine gefahren, und zwar in den Trebovac-Bergen, in der Nähe von Doboj, dort, wo die kurvenreiche Gebirgsstraße im Dorf Zelinja endet.

Dies erzählte Jowan aus eigenem Antrieb, denn er vermutete, es sei eine der Fragen, die Henry beschäftigten und die er früher oder später ohnehin gestellt hätte. Er erzählte es ihm, damit er es wußte und anbiß und aus der Information die richtigen Schlußfolgerungen zog, was immer diese auch sein mochten.

Er erzählte auch, daß der Oberst an anderen Stellen seines Körpers verwundet worden sei. Wo und wie schlimm, konnte er nicht sagen, denn das war Sache des Oberst und überdies eine intime Angelegenheit.

Henry schien darüber nachzudenken sowie darüber, was er dazu sagen sollte. Schließlich sagte er, er halte es für ein großes und ehrenvolles Opfer, bei einem Friedensauftrag verwundet zu werden. Er sagte, er empfinde Dankbarkeit und Mitgefühl für den Oberst. Er fügte hinzu, das möge pathetisch klingen, aber es treffe zu.

»Der Oberst hätte ja ebensogut ums Leben kommen können«, sagte Henry.

In Jowans Ohren klang dieser Satz wie laut vorgetragenes Wunschdenken, auch wenn es der Lehrer sicherlich nicht so gemeint hatte. Jedenfalls nicht, als er es sagte. Vielleicht glitt sein Gedanke erst danach in einen anderen über: Warum hatte der Oberst nicht ebensogut sterben können? Und dann tadelte er sich selbst für diesen niederträchtigen Fehlgedanken. Wie aber wischt man einen Fehlgedanken aus?

Jowan stellte sich vor, daß sich in Henrys Kopf noch eine weitere Wunschvorstellung verirrt hatte: daß Mavra den Oberst aus Mitleid geheiratet hatte. Oder um dem Krieg und dem Elend zu entkommen. Oder eventuell aus beiden Gründen. Er stellte sich vor, wie Henry überlegte, welcher Grund für Mavra der wichtigere gewesen war. Henry sähe Mavra gern als heilige Klara, die ihr irdisches Glück opferte, um ihrem Franz von Assisi nachzufolgen, ihrem verwundeten Helden, dem blinden Oberst. Aber er versteht auch den anderen Grund, billigt ihn und rühmt Mavra sogar für ihren gesunden Selbstschutzinstinkt, der sie hierher gebracht hat, zur Freude für Henrys Auge und als Objekt seiner vor einer halben Stunde entflammten Liebe. Sein überhitztes Gehirn und sein pochendes Herz wehren den Gedanken ab, Mavra könnte dem Oberst aus einem anderen Grund ihre Zustimmung gegeben haben, zum Beispiel aus purer Liebe. Er hält eine solche Variante nicht für möglich. Es paßt nicht in den Kopf eines jungen Mannes, daß das Gefühl, das ihn ergriffen hat und das er sich selbstverständlich gestattet, weil es schicksalhaft und unwiderstehlich ist, nicht einzigartig und einmalig sein, sondern sich auch in anderen entzünden sollte, ebenso schicksalhaft und unwiderstehlich, und daß genau dieses Gefühl Mavra an den Oberst binden könnte. Vielleicht kam ihm dieser Gedanke nicht einmal in den Sinn. Abgewehrt ist abgewehrt.

Jowan bog von der Dorfstraße auf Henrys Grundstück ein. Ein langhaariger, bunter Rentierhund lief von der Haustür her auf den Wagen zu. Jowan wich nach rechts aus, der Hund ebenfalls, Jowan drehte nach links, aber da war auch schon der Hund, derselbe Hund. Jowan trat auf die Bremse, das Auto schlitterte auf dem Kies dem Hund entgegen. Er sträubte das Fell wie eine Katze, seine Pfoten scharrten in der Erde, wie man es aus Zeichentrickfilmen kannte, bis sie schließlich Bodenkontakt bekamen und das Tier wimmernd auf die Treppe zur Veranda zuschoß.

Henry bat für den Hund um Entschuldigung und bedankte sich für den Transport und für alles, stieg aus dem Wagen und schalt den Hund, während er auf das Haus zuging. Der Hund drückte sich flach auf den Boden, seine Augen baten um Verzeihung. Jowan kannte diesen Blick, er bedeutete: Was ich tat, tat ich aus Liebe.

Als Jowan zurückkehrte, saß der Oberst noch immer am Klavier und griff in Gedanken melancholisch gebrochene Akkorde in verschiedenen Tonarten. Jowan fragte, ob der Oberst vor dem Schlafengehen vielleicht einen Tee wünsche. Der Oberst wollte nichts. Er sprach leise, wie zu sich selbst:

»Wieso habe ich so ein Gefühl, daß die Geschichte sich wiederholt? Kommt das von diesem Lehrer? Oder vielleicht teilt sich die Geschichte eher in mehrere gleichartige Stücke, die sich dann wiederum teilen und so weiter, wie Fraktale, in dem Sinn, daß das, was an Punkt a in der Zeit a1 passiert ist, an Punkt b in der Zeit b1 fast nach dem gleichen Muster abläuft, und an Punkt c zur Zeit c1 ebenfalls und so weiter.«

Jowan stellte die Flaschen in den Barschrank zurück und hoffte, der Oberst würde ihm keine Fragen stellen.

»Was denkst du darüber?« fragte der Oberst.

»Verzeihung, ich bin schon bei Punkt a nicht mehr mitgekommen«, sagte Jowan.

»Mit Geschichte meine ich in diesem Fall die vor sehr kurzer Zeit in sehr naher Entfernung vonstatten gegangene banale Zeitgeschichte«, dachte der Oberst laut und trank seinen Grog aus.

»Was soll man dazu sagen?« meinte Jowan, um Zeit zu gewinnen.

»Ich hätte schwören können, in Mavras Blick einen unerwarteten Glanz zu spüren, obwohl mich der Blick nur streifte. Denn sie sah an mir vorbei, das ist ebenso sicher wie die Tatsache, daß ich nicht sehen konnte, wohin sie blickte. Ich kann nur raten«, sagte der Oberst und wartete erneut auf Jowans Meinung.

»Ich kann es nicht sagen«, äußerte Jowan schließlich. Der Oberst schien die Mehrdeutigkeit der Antwort nicht zu bemerken.

»Warum quäle ich mich, indem ich rätsle?« fragte sich der Oberst laut. »Sagen wir so: Ich rätsle, überlege, denke nach, weil ich nicht zur Sicherheit gelangen will. Auch dieses Mal nicht. Ich will keine Gewißheit über diese Angelegenheit erlangen. Auch über diese Angelegenheit nicht.«

»Die Gewißheit ist wie der Schatten. Man kann ihn nie einfangen«, sagte Jowan.

Der Oberst stand auf, ergriff seinen Bambusstock und ging mit sicheren Schritten zur Tür, ohne an die Möbel zu stoßen, schließlich war er hier zu Hause. An der Tür drehte er sich um.

»Die Frau ist es«, sagte er.

»Was?«

»Wie der Schatten. Greifst du nach ihr, flieht sie, läufst du davon, folgt sie dir nach.«

Achtes Kapitel

Jasmin an der Bettwäsche

Die Haustür war offengeblieben, da er das Haus durch die Hintertür verlassen hatte. Durch den Garten war er zum Ufer gegangen, und von dort hatte ihn dann der Fluß mitgenommen. Tsuikka lief von der Veranda in die Küche voran und keilte ihn im Türrahmen ein, so daß er beinahe gestolpert wäre. Der Hund bellte und wedelte mit dem Schwanz und wälzte sich auf dem Flickenteppich, auf diese Weise zeigte er seine grenzenlose Wiedersehensfreude, gerade so, als wäre Henry ein halbes Jahr weg gewesen. Vielleicht spürte der Hund, daß sein Herrchen mit etwas Pech nicht mehr zurückgekehrt wäre, nachdem er am Abend das Haus verlassen hatte. In die Freude mischte sich ein schlechtes Gewissen, weil er ihn wegen des Windes und des Regens nicht begleitet hatte. Und unter das schlechte Gewissen mischte sich ein kleinlauter Tadel, weil das Herrchen bei so einem Wetter zum Fluß gegangen war.

»Ist Solveig noch im Haus?« fragte Henry den Hund. Dieser schnupperte an den geliehenen Hosen, wo er den Geruch eines fremden Hundes aufnahm, und knurrte leise ob seines unbekannten Konkurrenten. Henry rief nach Solveig, und der Hund begleitete ihn mit Gebell. Solveig war in der Wohnküche vor dem Fernseher zurückgeblieben, als er ging. Dort brannten die Lichter, aber es war niemand mehr da. Auf dem Tisch standen zwei leere Weißweinflaschen, beide hatten Henry gehört. Neben den Flaschen lag eine Kopie des Manuskripts von Solveigs jüngstem Buch. Es handelte sich um einen dicken Roman mit Herrenhausthematik, den Henry durchzulesen versprochen hatte. Solveig war Schriftstellerin.

Er klapperte auch die anderen Zimmer ab und stellte fest, daß das Haus leer war. Er verspürte tiefe Erleichterung. Die literarisch-erotische Session war für diese Runde beendet. Eine weitere würde es nicht geben. Nie mehr.

Tsuikka fing an zu winseln und um Futter zu betteln, indem sie die Vorderpfoten schlenkerte. Henry ging in die Küche und klatschte Hundefutter aus der Dose in den Freßnapf. Der Hund fraß übertrieben gierig, als hätte er seit Tagen keine Nahrung mehr zu Gesicht bekommen. Indem er nun aus der Hand seines Herrn fraß, besiegelte er den erneuerten, ewigen Bund zwischen ihnen beiden. Während des Fressens warf er einen Blick auf Henry und signalisierte: »Laß mich nie mehr allein.«

Im Arbeitszimmer surrte sanft der Computer, auf dem Bildschirm flogen Phantasievögel von einer Ecke zur anderen. Henry drückte die Leerzeichentaste und auf dem Monitor flammte in aggressiver Britannic-Bold-Schrift eine ungebrochene Buchstabenreihe auf, die mit einem Frage- und einem Ausrufezeichen endete. Er konnte sich nicht erinnern, so etwas geschrieben zu haben, wenn nicht aus Versehen. Er wollte es schon löschen, aber die Satzzeichen am Ende der Buchstabenkolonne wirkten zu bedeutsam, um das Resultat versehentlichen Tastendrucks zu sein. Durch sie erinnerte die Zeile an einen wütenden Ausruf: »NJTÄNNAINJAWLDVOHBPZHFXINCLCRIABÖXDCTAYÖOXÄZNTLÅADÅLANASÄXT?!«

Solveigs leichter Jasminduft war an der Tastatur haften geblieben. Die kryptische Schrift war eine Nachricht, die sie Henry hinterlassen hatte.

Solveig hatte eine Schwäche für Geheimniskrämerei. Sie pflegte Henry per E-mail Geheimbotschaften nach Hause und manchmal auch an den Computer im Lehrerzimmer zu schicken, damit kein Kollege sie lesen konnte, selbst wenn er zufällig daneben stand. Als Vorsichtsmaßnahme, hatte sie erklärt und behauptet, ihr Mann sei krankhaft eifersüchtig. Henry glaubte das nicht, seinem Eindruck nach interessierte sich der Landrat längst nicht mehr dafür, wo sich seine Frau aufhielt. Außerdem hätte Solveig, wenn sie sich schon fürchtete, erwischt zu werden, aller Vernunft nach überhaupt keine Nachrichten verschicken dürfen. Sie wiederum war der Meinung, daß Geheimbotschaften gerade dafür gedacht waren: zur Kommunikation ohne die Gefahr, ertappt zu werden.

Meistens ließ Henry die Geheimbotschaften ungelöst, wohl wissend, daß Solveig ihn ohnehin voller Ungeduld anrufen, die Botschaft enthüllen und ihm dann wortreich berichten würde, nach welchem System sie kodiert war.

Die dichte Front der Buchstaben auf dem Bildschirm verhöhnten ihn wie eine betrunkene, Streit suchende Clique. Die Botschaft konnte Beschwörung, Fluch, Gebet oder Hilferuf sein. Er beschloß, es herauszufinden.

Sie war nach dem alten Chiffriersystem von Vigenère erstellt worden, das Solveig auch früher schon benutzt hatte. Es listete untereinander 26 Geheimtextalphabete auf, jedes von ihnen war gegenüber dem vorhergehenden um einen Buchstaben verschoben. Henry öffnete die Datei mit der Tabelle und schrieb die Buchstabenkolonne darüber.

Solveig versteckte das Schlüsselwort an einer relativ einfachen Stelle und verstreute hier und da Hinweise, mit der Absicht natürlich, daß Henry es letztendlich finden würde. Ansonsten hätte das Spiel ja keinen Sinn gehabt. Nicht einmal diesen. Der eigentliche Zweck bestand vermutlich darin, Henry dazu zu zwingen, sich wegen ihr Mühe zu machen.

Henry suchte bei den nahe liegenden Gegenständen nach Hinweisen. Im Arbeitszimmer fand er keinen. Die Chiantiflasche auf dem Tisch in der Wohnstube stand auf einem Vogelbuch, das vorher nicht dort gelegen hatte. Das Schlüsselwort konnte ein Vogel sein. Er tippte auf die Lerche. In einem schwachen Moment hatte er Solveig Lerche genannt, da sie in erregtem Zustand in Tirilieren ausbrechen konnte. Aber die Lerche bot keine Hilfe. Er probierte das Wort »Vogel« als Schlüssel, aber auch das funktionierte nicht. Auch nicht »Wein«, »Chianti« oder »Italien«. Er kam auf die Idee, »Vogel« mit »Italien« zu kombinieren, und suchte im Wörterbuch nach dem Namen der Lerche: »Allodola. Piccolo uccello canoro …« Die Feldlerche. Kleiner Singvogel. Langflüglig, erdfarben. Tiriliert in der Balz.

Allodola funktionierte. Er knackte die Botschaft und schrieb sie in Klarschrift: »sobehandelstdumichalsodugangstersollichraunoaufdichhetzendamiterdichumbringt?!«

Das Frage- und das Ausrufezeichen gehörten nicht zum Satz, sie waren später hinzugefügt worden.

Im Schlafzimmer zog er seine geliehenen Kleider aus und wählte statt dessen ein indisches Baumwollhemd, Khakihosen und Mokassins, zog sich aber nicht an, sondern warf sich aufs Bett.

Er schloß die Augen und versuchte ein Panoramabild von Mavra heraufzubeschwören, wie sie allein für ihn spielte und ihm dabei direkt in die Augen sah. Aber es wollte nicht gelingen. Als er schließlich Mavra auf seinem inneren Monitor hatte, tobte sie wie wild und wollte sich nicht beruhigen. Ihr Blick irrte überall umher, und als er schließlich auf Henry fiel, war der Blick leer und fremd, und die Augen schielten ein wenig. Mavras Spiel war stumm, als käme es aus einem Fernsehgerät, bei dem der Ton abgedreht war. Henry ärgerte sich über seine faule Phantasie. Dann begriff er, daß die Musik deshalb nicht in seinem Kopf zu erklingen bereit war, weil sie ihm nicht bekannt war.

Immerhin gelang es ihm, ein flatterndes Erinnerungsbild von Mavras Lachen am Flußufer und von ihrem Lächeln an der Tür vom Wohnzimmer des Oberst und von der Pfeife in ihrem Mund zu erhaschen. Dieses Bild konnte er einen Augenblick festhalten. Mavra zeigte sich als kurzer Flash, um sich gleich darauf wieder wegzuzaubern wie die Grinsekatze in *Alice im Wunderland*. Henry war auch für so wenig schon dankbar.

Tsuikka winselte in der Stube und sehnte sich nach Gesellschaft, aber Henry hatte keine Lust, vom Bett aufzustehen. Es war ein gutes, stabiles Bett. Er hatte es selbst für sich und seine Frau als Ehebett gebaut. Den Rahmen hatte er aus gehobelten Fichtenbrettern zusammengesetzt, die von der Kartoffelkiste im Schuppen stammten. Die Matratzen waren erstklassiges schwedisches Fabrikat. Trotzdem war seine Frau ausgezogen.

Seine Frau hatte auch einen Namen, aber Henry nannte sie Tilhi (zu deutsch: Seidenschwanz), weil sie die bescheidenen Farben dieses Vogels an sich hatte. Freilich nicht mehr auf dem Foto, auf dem sie ihre Mutter umarmte. Darauf war auch die Mutter farblos.

Henry hatte das Foto gemacht. Die Schwiegermutter

saß dabei auf dem Biedermeierstuhl, der ihr gehörte, und guckte Schulfernsehen. Eine Frau, die an eine Puppe erinnerte, lehrte Japanisch für Anfänger: »Wiedelholen Sie die ganze Flage.« – »Suiei wa tanoshikatta desu ka?« wiederholte die Schwiegermutter und übersetzte: »War es schön am Strand?« Henry glaubte, sie würde die Frage an ihn richten, und antwortete, er sei nicht am Strand gewesen, sondern beim Einkaufen. Die Schwiegermutter fragte, ob er Klub mitgebracht habe. »Klub wird nicht mehr hergestellt«, sagte Tilhi geduldig. »Schon seit zehn Jahren nicht mehr. Du bist doch längst dazu übergegangen, Menthol zu rauchen.« Die Schwiegermutter fragte, ob ihr sogenannter Schwiegersohn ihr Zigaretten mitgebracht habe. »Die grünen?« Henry gestand, daß er sowohl den Kaffee als auch die Zigaretten vergessen hatte. Tilhi fragte, warum er die Einkaufsliste nicht gelesen habe. Sie habe dort alles aufgeschrieben. Henry nahm die Liste vom Tisch. »Warum liegt sie auf dem Tisch?« fragte Tilhi, obwohl sie die Antwort kannte. »Ich habe sie dort liegen lassen«, sagte Henry. »So wenig sind wir ihm wert«, sagte die Schwiegermutter. Henry sagte, er habe sich an die Einkäufe noch erinnert, als er den Laden betrat, aber dann seien ihm andere Dinge in den Sinn gekommen. Tilhi fragte sich, woran man in einem Dorfladen denken konnte, wenn nicht an die Einkäufe. Henry erzählte, die alte Oma Fält sei schon zum dritten Mal am selben Tag in den Laden gekommen und habe die gleichen Einkäufe machen wollen wie die beiden Male zuvor. Er hatte zusammen mit der Verkäuferin versucht, die Alte davon zu überzeugen, daß sie ihre Sachen bereits gekauft hatte, dabei waren sie darauf bedacht gewesen, die Frau nicht zu kränken. Die Schwiegermutter wollte wissen, wie Henry dazu komme, alte Leute zu schelten, wenn er selber vergaß, was er einkaufen sollte. Henry überhörte die Frage und sagte, er habe vor, in Kürze in die Stadt zu fahren, er würde den Kaffee und die Zigaretten dort kaufen. Die Schwiegermutter brummte vielsagend, hob belehrend den Zeigefinger und sagte: »Ein Mann ist auf dem Weg zum Galgen. Sagt die Frau des Mannes: Bring mir auf dem Rückweg roten Kleiderstoff mit.«

Henry verstand das nicht, und Tilhi auch nicht. »Das ist eine persische Redensart«, sagte die Schwiegermutter. Henry fragte, inwiefern es mit ihrem Gesprächsthema und überhaupt mit irgend etwas zu tun habe. »Insofern, als man sich wegen mir keine Umstände zu machen braucht«, sagte die Schwiegermutter. Henry sagte, das seien keine Umstände. Er würde bei der Gelegenheit seine Kolumne in der Redaktion abgeben. Damals schrieb er noch Kolumnen für das Lokalblatt. »Immer noch besser als zu Hause«, sagte die Schwiegermutter. Tilhi sah Henry an und fragte ihn, ob er wirklich dieser Meinung war. Henry fragte gequält zurück, ob er denn etwas gesagt habe, ob er irgend etwas gesagt habe. »Geht woandershin streiten«, sagte die Schwiegermutter. Tilhi sagte, sie stritten nicht, das sei kein Streit. »Was denn sonst?« fragte die Schwiegermutter. Henry sagte, einen Streit könne man leicht auslösen, indem man behaupte, es werde gestritten. Die Schwiegermutter bat um Verzeihung dafür, daß sie den Mund geöffnet habe. Sie könne auch gern still sein. Henry bezweifelte das laut. Tilhi bat ihn, nicht auch noch anzufangen. Die Schwiegermutter war wegen des Wörtchens »auch« beleidigt. In dieser Situation hatte Henry in seiner Not vorgeschlagen, ein Foto von den beiden zu machen, und nach geringem Widerstand hatten sie zugestimmt.

Henry hatte eine Theorie dafür, warum Tilhi ihn verlassen hatte. Laut ausgesprochen lautete sie: »Ich glaube, Tilhi hat mich verlassen, weil ich nicht so ein Mann war, wie ich es mir vorgestellt hatte, in Tilhis Augen zu sein. Als mir das klar wurde, war sie gezwungen, mich zu verlassen.« So ein Mann war statt dessen ein anderer, wegen dem es Tilhi offenbar leichtgefallen war, Henry zu verlassen. Sie zog also zu einem Mann in die Hauptstadt, und ihre Mutter zog in ihre eigene Wohnung zurück, weil der neue Mann sie nicht in seinem Haus haben wollte.

Ein halbes Jahr später ließen sie sich offiziell scheiden. Henry blieb in ihrem noch gemeinsamen Haus wohnen, zahlte Tilhis Anteil in Form von Miete zurück und hütete sich fortan, Vorstellungen darüber zu entwickeln, was die anderen über ihn dachten.

Was die heilige Mavra betraf, so beschloß er, sich nichts vorzustellen. Wenn Mavra in Henrys Phantasie einen abweisenden Blick aufsetzen wollte, dann war das ihr gutes Recht.

Henry roch den Jasmin an der Bettwäsche, in der Solveig noch vor wenigen Stunden gezwitschert hatte. Er bezog das Bett frisch und legte sich schlafen. Bei der nächsten Gelegenheit würde er Strawinskys Violinplatte kaufen und sie so lange hören, bis er sie auswendig konnte und sie seine Ohren und seinen Kopf ausfüllte und alle möglichen anderen musikalischen Hohlräume ebenfalls.

Zweiter Teil

Erstes Kapitel

Mit Bach starb Byzanz

Auf dem Herbstmarkt sah Henry Loimu den Oberst und seine Frau auf dem Marktplatz der Stadt N. Sie sahen ihn nicht, der Oberst sowieso nicht, und Mavra war damit beschäftigt, um den Preis einer weißen Baumwollbluse zu feilschen. Der Händler war ein kleingewachsener, schweigsamer Indianer aus Ecuador, der mit abwesender Miene Zigarre rauchte und über die Köpfe der Marktbesucher hinweg in die Ferne zu blicken schien. Mavra probierte die Größe der Bluse, indem sie sich das Kleidungsstück an den Körper drückte. Die Bluse reichte ihr bis zu den Knien, sie schien lediglich ein paar gebräunte Beine zu brauchen, um selbständig neben einem Schäferhund den sommerlichen Uferboulevard entlangflanieren zu können.

In derselben Woche sah Henry Loimu das Ehepaar Suoponki mehrmals auf den Straßen, in den Parks und in den Geschäften der Stadt. Das hätte man für einen Zufall halten können, hätte Henry nicht, abweichend von seinen bisherigen Gewohnheiten, angefangen, ohne Grund kreuz und quer über den Marktplatz und die umliegenden Geschäftsstraßen zu schlendern, sogar mitten am Tag, zwischen zwei Schulstunden, in den Lücken, die er früher für die Unterrichtsvorbereitung oder zum Fremdsprachenlernen genutzt hatte. Kein einziges Mal ging er auf die beiden zu, sie waren immer in dieselbe Richtung unterwegs wie er, so daß er sie stets von hinten sah, aus der Nähe oder aus der Ferne, und er beschleunigte seine Schritte, um näher heranzukommen, jedoch nicht zu nahe, sondern mit sicherem Abstand, damit Mavra ihn nicht bemerkte, oder der blinde Oberst, mit seinen vier gesunden und geschärften Sinnen.

Der Oberst und Mavra gingen nebeneinander, doch nie untergehakt. Es blieben stets einige Zoll Luft zwischen ihnen: ein dezenter, kaum wahrnehmbarer Abstand. Aus der Distanz konnte Henry Mavras unbekümmerte, beinahe unachtsame Art, den Oberst als dessen Begleiterin und Wegweiserin zu führen, bewundern. Um unparteiisch zu bleiben, bewunderte er auch die ruhige Würde des Oberst.

Am Markttag ging Mavra im Gedränge halb vor dem Oberst, eine halbe Elle voran, als uneigennützige Gedrängebrecherin.

Im Lebensmittelgeschäft hörte Henry, wie Mavra mit ihrem tiefen, runden Alt das Angebot des Käseregals beschrieb und sich mit dem Oberst über die Qualität von Käsesorten unterhielt. Sie sprachen weich und machten wenig Worte, einzelne Wörter oder Sätze waren nicht zu verstehen, nicht einmal die Sprache, die sie benutzten. Obst und Gemüse wählte der Oberst selbst aus, indem er es betastete. Mavra streckte zuerst die Hand danach aus, dann folgte die Hand des Oberst ihrer Hand mittels leichter Berührungen.

Henry hatte also beachtlich nahe bei den beiden gestanden, mal hinter ihnen, mal neben ihnen, wie in Bereitschaft, wenn nötig zu Hilfe zu eilen. Er hatte sich eingeredet, es habe mit normalem Hilfsbedürfnis zu tun, daß er an ihren Rockschößen hing. Am liebsten hätte er seine Nähe irgendwie zum Ausdruck gebracht, etwa durch ein Räuspern, aber er räusperte sich nicht. Ihm war schmerzlich klar, daß sie seine Hilfe nicht brauchten. Die symbiotische Autarkie, die sie ausstrahlten, hinderte ihn daran, den Mund aufzumachen. Er wünschte sich, Mavra würde ihn sehen, aber wenn sie in seine Richtung blickte, machte er sich unsichtbar. Und was hätte er ihr auch sagen können! »Sie sind trotz des Altersunterschiedes ein phantastisches Paar, machen Sie weiter so«?

An einem warmen Herbstabend saß Henry bei einem Glas Bier auf der Caféterrasse im Uferpark und korrigierte Geschichtsarbeiten. Er las sie mit wachsendem Zorn. Die meisten Schüler besaßen nicht einmal eine Vorstellung davon, in welchem Jahrhundert die Fragen angesiedelt waren. Falls sie es wußten, hatten sie regelmäßig die Sachzusammenhänge und die Chronologie falsch im Kopf, einige hatten offensichtlich nicht einmal die Fragen verstanden. Was sie zu sagen hatten, formulierten sie ungenau, lückenhaft und mit abgehackten Hauptsätzen, unter wohlweislicher Vermeidung jedes Nebensatzes.

Eine Antwort auf die Frage nach den Erscheinungsformen und der Bedeutung des Barock las er immer wieder, wobei er sich jedesmal vorstellte, sie falsch zu lesen: »Mit Johann Sebastian Bach starb Byzanz.« Schließlich traute er seinen Augen, stieß einen als Lachen gemeinten Aufschrei aus und verstaute die Arbeiten in seiner Tasche. Im selben Moment sah er das Ehepaar Suoponki auf einem Parkweg näher kommen, zwischen sich den Hund Maotse. Henry hatte es eilig, seinen Stuhl umzudrehen, damit er mit dem Rücken zu ihnen saß, er tat das instinktiv und begriff sogleich die Unnötigkeit seines Handelns, denn diesmal hatte er ihnen ja nicht nachspioniert, sondern einfach im Café gesessen, sogar ohne ihnen eine Zeitlang auch nur einen Gedanken zu widmen.

Der Oberst und Mavra setzten sich an einen Tisch in Hörweite, der Hund streckte sich unter dem Tisch aus und legte seinen schweren Kopf auf die Vorderpfoten. Die Bedienung kam und nahm ihre Bestellung auf. Henry warf über die Schulter hinweg einen Blick auf Mavra. Sie war von Kopf bis Fuß in schwarzweiße Zonen geteilt: das weiße Gesicht unter den schwarzen Haaren, die weiße ecuadorianische Bluse auf schwarzen Hosen, schwarze Sandalen im römischen Stil um nackte, weiße Füße. Zwischen den rot bemalten Lippen steckte die schwarze, gerade Pfeife und wippte auf und ab, wenn Mavra mit dem Oberst sprach.

Henry nahm die Klassenarbeiten wieder hervor und versuchte, sich darin zu vertiefen, um das Gespräch zwischen dem Oberst und seiner Frau nicht zu hören. Der Umstand, daß sie diesmal selbst in seiner Nähe aufgetaucht waren, zwar ohne daß sie ihn bemerkten, aber doch immerhin aus eigenem Antrieb, schuf eine neue Situation, die von ihm besonderes Taktgefühl zu erfordern schien.

Allerdings unterhielten sie sich lauter als sonst, und er konnte es nicht überhören. Es dauerte eine Weile, bis er begriff, daß sie Russisch sprachen. War das ihre gemeinsame Sprache? Mavra zwitscherte sie mit südslawischer Note, der Oberst stieß sein Russisch auf finnische Art hervor. Henrys Russischkenntnisse beschränkten sich auf einen zweimal angefangenen und vorzeitig abgebrochenen Anfängerkurs an der Universität. Davon war nicht viel in seinem Kopf hängengeblieben.

»Da zwitschert ihr und tiriliert, und ich kann euch nicht verstehen«, sagte Henry in sein Bierglas.

Am Nebentisch saß eine müde Runde von Langstreckenseglern, die voneinander die Nase voll hatten. Sie tranken schweigend ihr Bier und betrachteten das außergewöhnliche Paar. Den Mann mittleren Alters mit der schwarzen Brille und die junge Frau mit den dunklen Haaren, die begeistert russisch redete und dabei auf den Ententeich wies. Der Mann blickte nicht in die Richtung, in die ihre Hand deutete, schien aber die Ohren zu spitzen. Ihm fiel die Zigarette auf die Bodenbretter, die Frau hob sie rasch auf und drückte sie im Aschenbecher aus. Der Mann entnahm der Schachtel eine neue und zündete sie an. Auf einmal sah er überdrüssig aus. Die Frau bemerkte es nicht, oder sie ließ sich nicht anmerken, daß sie es bemerkte.

»Der Teich ist voller Enten«, sagte Mavra. »Sie streiten sich untereinander und mit den Möwen um Brotstücke. Und zwei Drosseln schnorren dort ebenfalls.«

»Versuch nicht mich übers Ohr zu hauen«, sagte der Oberst. »Ich bin zwar blind, aber dumm bin ich nicht. Drosseln im Teich?«

»Sie sitzen auf einem Stein mitten im Teich«, erklärte Mavra. »Ein kleiner Junge versucht, auch ihnen Brot hinzuwerfen, aber er kommt nicht so weit. Jetzt zieht er seine Sandalen aus und watet ins Wasser ... Aber seine Mutter schnappt ihn, ich kenne sie, das ist Frau Fortelius. Und jetzt kommt ihr Hund angerannt, um den Jungen zu retten! Bila je zbrka! Was für ein Durcheinander. Und alle Vögel fliegen auf.«

»Natürlich. Das ist ja schließlich ein Hühnerhund«, sagte der Oberst.

»Das ist ein Hirtenhund«, behauptete Mavra.

»Dann gehört er jemand anderem. Die Fortelius haben einen Deutschen Vorstehhund.«

»Ist ja auch egal. Aber der Junge ist süß.«

»Tut mir leid.«

»Was?«

»Du hättest natürlich gern so einen.«

»Einen Deutschen Vorstehhund? Einen Erpel?«

»So einen kleinen Jungen.«

»Vielleicht. Man kann nicht alles haben.«

»Ich bedaure, daß es mit mir nicht gelungen ist.«

»Vielleicht gelingt es irgendwann noch. Beklage dich nicht unnötig. Ich tue es auch nicht.«

Während Henry sich über seine schwachen Russischkenntnisse ärgerte, tauchte plötzlich auf der ungeschützten Flanke Solveig auf. Sie war über den Zaun gestiegen, sie war eine Frau mit langen Beinen. Sie erschien aus dem Nichts, ging auf einen freien Tisch unmittelbar neben Henrys Tisch zu, setzte sich mit dem Rücken zu Henry hin und fing an, mit dem Bauch zu reden. Diese Kunst hatte sie sich schon in der Schule beigebracht, in der Vermutung, irgendwann in eine Situation zu geraten, in der sie sowohl schweigen als auch reden müßte. Ihre Geheimstimme war dünn und rauh, sie kam aus einer unbestimmten Richtung, irgendwo aus dem Hinterkopf.

»Tu so, als wäre nichts«, sagte Solveigs Geheimstimme. »Rauno ist in der Nähe, er kann jeden Moment hier sein.«

»Muß ich um mein Leben fürchten?« fragte Henry.

»Wohin bist du an jenem Samstag verschwunden?« fragte Solveig.

»Das ist eine lange Geschichte, das kann man nicht hier erzählen«, sagte Henry.

»Sprich ohne deine Lippen zu bewegen«, sagte Solveig.

»Das kann ich nicht«, murmelte Henry.

»Was?«

»Es klappt nicht. Das ist lächerlich.«

»Ich rufe dich an«, sagte Solveig, nahm ihr Handy hervor, und kurz darauf schnarrte Henrys Handy.

»Du hast nicht auf meine Anrufe geantwortet und nicht auf meine Nachrichten«, beschwerte sich Solveig mit ihrer eigentlichen Stimme.

»Ich hatte viel zu tun«, sagte Henry in sein Telefon.

»Du bist mir eine Erklärung schuldig.«

»Ich bin dir nichts schuldig. Aber ich werde es dir irgendwann erklären.«

»Ich lasse mich nicht behandeln wie einen Lappen!«

»Geh zu deinem Mann, damit er dich nicht auch noch umbringt.«

»Ich hoffe, er wird uns beide umbringen!«

»Ich beende jetzt dieses Gespräch.«

»Versuch's nur!«

»Ich gehe jetzt«, sagte Henry, legte auf und stopfte seine Unterlagen in die Aktentasche.

»Hast du eine andere?« fragte Solveigs Hinterkopf.

»Schön wäre es«, sagte Henry.

Zwischen Solveigs Schulterblättern war nun ein trockenes Weinen zu hören.

»Was habe ich dir denn getan?« schluchzte sie bebend.

»Du bist stockbesoffen Auto gefahren«, flüsterte Henry. »Du bist in den Dachraum über dem Kuhstall gefahren, hast den Wagen dort vor mir versteckt. Dann hast du zwei Flaschen Wein getrunken, eine blödsinnige Drohung geschrieben und bist betrunken weggefahren.«

»Stimmt nicht!«

»Als ich im Stall nachsah, war das Auto weg.«

»Ich wußte überhaupt nichts mehr. Ich war so unglücklich«, stöhnte Solveig.

»Da drüben kommt dein Mann«, log Henry.

Solveig verschwand ebenso flink, wie sie gekommen war. Henry blieb sitzen. Die Suponkis schwiegen mittlerweile, nuancenreich und feinfühlig, wie es sich für ein in Harmonie lebendes Paar gehörte, das nicht dauernd den Raum um sich mit nichtigem Geschwätz erfüllen muß. Der Oberst kraulte Maotse hinter den Ohren, Mavra reinigte sorgfältig ihre Pfeife.

Von dem, was sie sagen, verstehe ich kein Wort, und jetzt schließen sie mich durch ihr harmonisches Schweigen aus, stellte Henry fest. Ich bin außen vor, ich bin neidisch auf einen blinden Mann und schäme mich dafür.

Ungeachtet seiner Scham wünschte er, in den Hosen des Oberst zu stecken, um dieses feinfühlige Zusammenspiel genießen zu können, mit Mavra Russisch sprechen, sich von ihr vom Café zum Wagen und vom Wagen zur Haustür führen lassen zu dürfen; an der Tür würde er dann die Zügel in die Hand nehmen, so wie es in seiner Vorstellung der Oberst tat, er würde Mavra an der Hand nehmen, sie zum Sofa geleiten und wenig später ins Schlafzimmer, und dort wäre er imstande, sowohl Mavra als auch sich selbst auch mit geschlossenen Augen auszuziehen. Er korrigierte seinen Denkfehler: ... auch mit offenen Augen, aber trotzdem ohne etwas zu sehen. Das Ausziehen ginge leicht, weil dafür Berührungen genügten, auch die Kleidungsstücke über die Stuhllehne zu hängen, würde mit Sicherheit keine Schwierigkeiten bereiten. Andererseits war es noch einfacher, sie leidenschaftlich auf den Fußboden zu werfen, in der Annahme, daß Mavra sie später taktvoll entfernen würde. Das Berühren, das Küssen, auch das sonstige Vorspiel gelang dem, der nicht sah, ebensogut wie dem Sehenden, das galt auch für den Akt selbst, schließlich vollzogen ihn Liebende ohnehin oft mit geschlossenen Augen oder im Dunkeln, es war einerlei, ob man den Partner sah oder nicht. Die Sehenden konnten, wenn sie es wollten, an den Augen des anderen den Grad und das Ausmaß des Genusses sowie mögliche Wünsche ablesen, der Nicht-Sehende mußte fähig sein, die Laute des Partners zu deuten, die absichtlichen und unbeabsichtigten Bewegungen, die Gerüche, die Sekrete, die Strahlung … War es leichter oder schwerer, einem nicht sehenden Partner Erregung vorzuspielen, fragte sich Henry und fühlte sich immer tiefer in eine verbotene Privatsphäre eindringen.

Um dort hinauszugelangen, zwang er sich, daran zu denken, was Jowan von dem altertümlichen Kapetan Husejn erzählt hatte, der dem Großwesir getrotzt und Travnik erobert hatte, wobei er den Wesir der Stadt zwang, seine neumodische westliche Uniform auszuziehen, sich rituell zu reinigen und ein traditionelles Gewand anzulegen, aber auch in diesen Gedanken mischte sich Mavra, die sorgfältig Hosen und Jacke der Uniform im Palasthof des Wesirs über ein Kanonenrohr hängte.

Mavra rutschte mittlerweile unruhig auf ihrem Stuhl hin und her und wischte sich den Schweiß von der Stirn.

»Das ist aber eine Hitze, obwohl es schon so spät im Herbst ist. Mir ist heiß.«

»Wo bleibt unser Bier?« wunderte sich der Oberst.

Die Seglerrunde am Nebentisch stand mit quietschenden Stuhlbeinen auf und entfernte sich ungeordnet. Maotse hob den Kopf, er sah Henry mit seinen kurzsichtigen Augen an und erinnerte sich, ihn schon einmal gewittert zu haben. Flink stand er auf, bellte und zog an der Leine, um zu ihm zu gelangen. Henry und Mavra sahen sich an, Mavra nickte leicht, Henry stand auf, um sie zu begrüßen, aber da der

Hund deswegen Radau schlug, setzte er sich wieder. Der Oberst fragte, wen der Hund anbellte.

»Wohl den Hirtenhund von Fortelius«, sagte Mavra.

»Einen Hühnerhund haben sie, einen Deutschen Vorstehhund, glaub mir endlich.«

»Ich hole unser Bier selbst«, sagte Mavra.

Sie stand auf, ging zu Henrys Tisch, legte den Finger auf die Lippen und bedeutete Henry, ihr zu folgen. Henry stand auf wie im Traum und folgte ihr hinter eine dicke Esche.

»Guten Tag, Sie lodernder Lehrer«, sagte Mavra. »Warum folgen Sie uns?«

Zweites Kapitel

Eine vertrauliche Berührung

Sie standen im Schutz der Esche wie zwei Schüler beim Rauchen, verborgen vor den Augen der Lehrer. Mavra stemmte die Hände in die Hüften und sah Henry herausfordernd an.

»Tue ich das? Ich bin Ihnen nicht gefolgt«, behauptete Henry und spürte, wie er rot wurde.

»Doch, das sind Sie. Und das ist nicht das erste Mal. Tun Sie das wegen mir?«

»Wenn Sie es sagen«, sagte Henry. Das war einer von diesen idiotischen Sätzen, die oft das genaue Gegenteil meinten.

»Was wollen Sie von mir?« fragte Mavra streng.

Die Frage setzte in Henrys Kopf eine Gedankenspirale in Gang, die sich zugleich nach innen und nach außen drehte: Sie geht also davon aus, daß ich etwas von ihr will. Ich könnte sie fragen, warum sie so etwas annimmt. Ich kann auch leugnen, etwas von ihr zu wollen, obwohl ich etwas will. Ich könnte sogar beleidigt darüber sein, daß sie davon ausgeht, etwas zu haben, was ich will, und zu wissen glaubt, was es ist, worin sie im Grunde vollkommen recht hat. Aber eine Frage kann auch ein Verbot oder eine Ablehnung oder ein Tadel sein. »Was wollen Sie von mir« kann heißen: »Was immer Sie von mir wollen, ich werde es Ihnen nicht geben.« Gehe ich allerdings davon aus, daß sie wirklich die Absicht hat, nachdem sie meine Antwort gehört hat, darüber nachzudenken, ob sie mir gibt, worum ich bitte, dann muß ich mir genau überlegen, worum ich bitte. Falls sie mir nicht wie eine gute Fee drei Wünsche freistellt, kann ich durch eine einzige Antwort alles verlieren oder gewinnen.

Die Spirale verwickelte sich schließlich in einen Doppelknoten, und Henry sagte aus einer plötzlichen Eingebung heraus: »Wäre es Ihnen recht, mir Russischstunden zu geben?«

Mavra sah ihn spöttisch von unten herauf an.

»Meinen Sie das ernst?«

»Ja«, sagte Henry und beschloß auf der Stelle, es so zu meinen. Ohne Mavras Antwort abzuwarten, fragte er mutig: »Warum kleiden Sie sich auf diese Weise?«

»Auf welche Weise?« fragte Mavra und blickte an sich herab.

»Schwarzweiß. Wie in einer Modezeitschrift. Oder besser wie in einer Einrichtungszeitschrift.«

»Gefällt es Ihnen nicht?« wollte Mavra wissen.

»Nehmen Sie keine Rücksicht auf mich«, sagte Henry. »Kleiden Sie sich wegen des Oberst so?«

»Ja, wegen des Oberst.«

»Obwohl er Sie nicht sehen kann?«

»Er kann hören.«

»Wie kann er hören, wie Sie gekleidet sind?«

»Er hört, wie die Männer ihre Schritte verlangsamen, und errät, daß sie die Köpfe drehen. Es gefällt ihm, wenn man mich anschaut.«

»Ich verstehe«, sagte Henry und bereute seine Frage.

»Was verstehen Sie?« fragte Mavra.

»Dem Oberst ist es also egal, wie Sie sich anziehen, wenn Ihre Kleidung nur Aufmerksamkeit erregt?« vermutete Henry und dachte an Mavra, die nackt, nur mit Sandalen an den Füßen, Aufmerksamkeit erregte.

»Sie verstehen überhaupt nichts«, lachte Mavra. »Der Oberst weiß sehr gut, wie ich aussehe, wenn wir gemeinsam aus dem Haus gehen. Er macht mir sogar Vorschläge, was ich anziehen soll. Manchmal kommt er mit, wenn ich Kleider kaufe, und hilft mir bei der Auswahl. Er hat ein gutes Auge für Farben, und ich verlasse mich normalerweise auf seinen Geschmack, wenn auch nicht immer. Manchmal will ich ihn überraschen, indem ich mir Kleider ganz nach meinen Vorstellungen kaufe, so wie die, die ich jetzt anhabe. Zu Hause ziehe ich sie an und gehe vor ihm auf und ab wie ein Mannequin und frage ihn nach seiner Meinung.«

»Mag der Oberst Schwarzweiß?« fragte Henry.

»Nicht besonders, wenn ich es trage. Er selbst kleidet sich oft in Schwarz und Weiß, aber mich sieht er lieber farbig. So wie Sie offenbar auch«, sagte Mavra, berührte vertraulich Henrys Arm und drehte sich zum Gehen um.

»Kommen Sie morgen um diese Zeit zu uns. Ich werde mich richtig bunt und zerlumpt kleiden.«

Sagte sie »zerlumpt«? Sagte sie »Folgen Sie uns wegen mir?« und »Meinen Sie das ernst?« Hat sie das alles genau so gesagt? Was sie sprach, war kein fließendes Finnisch …

Drittes Kapitel

Schrödingers Katze oder nicht

Henry erreichte das Haus des Oberst gegen Abend, bei sich trug er das alte Russischlehrbuch, das seinem Vater gehört hatte und seit dreißig Jahren in seinem Regal stand. Er hatte es sich bei seinem Aufbruch von zu Hause geschnappt. Jowan öffnete ihm die Tür, mit einem Staubwedel und einem Lappen in der Hand. Henry wurde verlegen, er hatte gehofft, Mavra würde ihn empfangen, damit er keine Erklärungen abzugeben brauchte. Aber er brauchte es ohnehin nicht, denn Jowan teilte ihm ungefragt mit, die Dame sei noch nicht nach Hause zurückgekehrt, der Oberst habe zwar viel zu tun, sei aber zwischendurch zum Empfang bereit, der Herr Lehrer möge nur hereinkommen und warten.

Jetzt werde ich also dem Kommandanten zur Musterung vorgeführt, dachte Henry. Er sitzt hinter seinem Schreibtisch, angeblich in die Arbeit vertieft, und mich läßt er wie einen Idioten vor sich stehen, so wie es der Chef der Reserveoffiziersschule damals mit mir gemacht hat. Nach einer Weile, die mir wie eine Ewigkeit vorkommt, wird er seinen schwarzen Blick heben und mit seinen Robotersinnen Schnitt, Farbe und Stil meiner Kleidung registrieren, die Länge und Frisur meiner Haare, er wird meine Größe, mein Gewicht und meinen Wert als Mann und, wenn nötig, als Soldat einschätzen, anschließend den Mund aufmachen und sagen: »Sie nähren also die Hoffnung, mit meiner Frau, Ihrer Russischlehrerin zu poussieren? Begreifen Sie, daß sie jung genug ist, um meine Tochter, und alt genug, um Ihre Ehefrau zu sein?« Darauf werde ich nichts zu sagen wissen, brauche es auch nicht, denn er kann natürlich meine Gedanken lesen! Falls er es entgegen meiner Annahme nicht können sollte, wird ihm später sein Adlatus über meine Reaktion Bericht erstatten: über mein Erröten, den Anstieg meines Blutdrucks und meinen plötzlichen Schweißausbruch, der dem Oberst natürlich schon dank seines scharfen Geruchssinnes aufgefallen ist …

Jowan führte Henry ins obere Stockwerk, wo er ihn im Arbeitszimmer des Oberst auf einen Stuhl im Renaissancestil mit unverhältnismäßig hoher Rückenlehne setzte. Der Oberst saß in einem rollenden Direktorensessel aus Leder hinter seinem schweren Schreibtisch. Jowan stieg vor dem hohen Bücherregal auf einen Schemel und fuhr fort, die Bücher abzustauben.

»Vielleicht sollte ich später wiederkommen, oder an einem anderen Tag«, schlug Henry vor.

»Sie hat sich beim Einkaufen verirrt, sie wird schon kommen, denn sie hat Sie nicht vergessen, sie kümmert sich bloß nicht um Uhrzeiten. Ihre Uhr geht nach östlicher Zeit. Ich meine nicht die von Moskau oder Peking. Sie lebt in der byzantinischen Zeit. Ich habe mich schon daran gewöhnt«, sagte der Oberst, drehte seinen Sessel zum Fenster und hätte hinausgeschaut, wenn er es gekonnt hätte. Henry richtete sich auf seinem Stuhl auf und reckte den Hals.

»Schöne Aussicht«, sagte er, um etwas zu sagen.

»Nicht wahr«, stimmte der Oberst zu. »Ich sehe sie zwar nicht, aber ich erinnere mich an jede Einzelheit, an die Flußbiegung und an den Teufelsfelsen direkt gegenüber und an die Ziegeldächer der kleinen Norrbäck-Werft weiter unten.«

»Die gibt es eigentlich nicht mehr«, sagte Henry und wollte hinzufügen, daß die Werft vor Jahren schon abgerissen worden war, ließ es aber bleiben. War das nicht vollkommen gleichgültig? Was für ein penibler Lehrer war aus ihm denn geworden? Ständig die anderen korrigieren. Ein zwanghafter Richtigsteller.

»Als ich sie zuletzt sah, war sie noch da. Und betrachtet man es von meinem Gesichtspunkt aus, steht sie noch immer«, sagte der Oberst. »Ich kann es nicht überprüfen, aber das können Sie von hier aus auch nicht, denn der Wald ist mittlerweile so hoch, daß die Bäume die Werft auch vor den Blicken derjenigen verbergen, die sie sonst sehen würden.«

»Sie meinen, ein bißchen so wie Schrödingers Katze? Die es geben kann oder eben nicht, je nachdem … Die in ihrem Grab entweder tot oder lebendig ist …«, schlug Henry unter Verweis auf das beliebte Beispiel für die Unschärferelation der Quantenmechanik vor, obwohl er sich mal wieder nicht erinnern konnte, wie es genau ging.

»Über Katzen kann ich nichts sagen. Ich mag keine Katzen, weder finnische noch deutsche. Wenn ich mich nicht irre, war die Rede von der Bootswerft Norrbäck. Nicht einmal eigentlich davon. Sehen Sie, das hier ist die Landschaft meiner Kindheit. Darum bin ich auch nach meiner Pensionierung hierher in mein Elternhaus zurückgekehrt. Damit ich weiß, welches Panorama sich vor meinem Fenster zeigt. Und damit es bleibt, wie es ist.«

»In den Erinnerungslandschaften des Oberst ist kein einziger Baum gefällt, kein Haus abgerissen oder neu gebaut worden«, erklärte Jowan mit Nachdruck und gab

Henry mit einem Gesichtsausdruck zu verstehen, daß die Angelegenheit hiermit erledigt war.

»Dies war das Arbeitszimmer meines Vater«, sagte der Oberst und richtete seinen schwarzen Blick auf die Wände und die Decke. »Ohne seine Erlaubnis hatte niemand hier etwas zu suchen, nicht einmal meine Mutter. Auch sie mußte um Audienz bitten. Jetzt gibt es den Vater nicht mehr. Schon lange nicht mehr. Jetzt arbeite ich hier.«

»Auf dem Schreibtisch des Oberst stehen die neuesten Apparate: ein sprechender Computer, ein Scanner, ein Blindenschriftdrucker«, erklärte Jowan.

»Ich habe es mir zur Aufgabe gemacht, die Tagebücher meines Vaters aus dem Winterkrieg, von der Front bei Kuhmo, ins reine zu schreiben. Das bin ich ihm schuldig«, sagte der Oberst. »Ich will etwas tun, ich will das Gefühl haben, ein nützliches und ausgeglichenes Leben zu führen. Von besonderer Wichtigkeit ist das erst nach dem Verlust meines Augenlichts geworden. Jetzt habe ich das unbedingte Bedürfnis, die Hindernisse zu überwinden.«

»Bei uns zu Hause nennt man das ›Fuck-the-handicap-Syndrom‹«, warf Jowan ein. »Nach dem Krieg ist das in Bosnien jetzt weit verbreitet. Einem Menschen kann eine Hand fehlen, ein Bein, ein Auge oder das Gehör, und trotzdem läßt er sich nicht entmutigen. Er kann genauso eine Niere oder ein Auge verkaufen wie ein gesunder.«

»Als ich mit verbundenen Augen im italienischen Militärkrankenhaus in Pescara lag, hatte ich mehr als genug Zeit, über allerlei Dinge nachzudenken«, erinnerte sich der Oberst. »Der Augenarzt, der mich operiert hatte, ein amerikanischer Arzt im Majorsrang namens Mallory, teilte mir mit kameradschaftlichen Worten unumwunden mit, daß ich mit diesen Augen nie mehr etwas sehen würde. Er äußerte sein Bedauern, mein Augenlicht nicht gerettet haben zu können, vermutete aber, daß das wohl keiner gekonnt hätte. Auch die Gründe dafür trug er vor, aber ich will sie hier nicht wiederholen, es waren komplizierte Geschichten über die Anatomie des Augenbereichs, über Chirurgie und Neurologie, und ich verstand nicht einmal die Hälfte davon. Er sagte jedoch, er hoffe, ich würde trotzdem wieder anfangen, das Leben für lebenswert zu halten. Freilich war er persönlich der Meinung, daß es auf der Welt nicht viel Sehenswertes gab, verstand aber, wenn es einen betrübte, nicht einmal darauf einen Blick werfen zu können.«

»Wenn Sie mich fragen, so war dieser Amerikaner ein Quacksalber«, schnaubte Jowan von oben herab. »Da tun sie so, als wären sie wer weiß wie genau mit ihren Lasern, aber schauen Sie bloß, wie sie Serbien bombardiert haben! Angeblich wollten sie gezielt und human Waffenfabriken, Militärstützpunkte und den Palast von Milosevic bombardieren, und dann haben sie die chinesische Botschaft, ein Krankenhaus, eine Hühnerfarm und ein Bordell getroffen! Wie können solche Leute Augen operieren? Sie können es nicht. In Rußland hingegen können sie es.«

Der Oberst bedeutete Jowan mit einer Handbewegung, zu schweigen. Er trommelte mit den Fingern auf den Tisch, um wieder in Erzähllaune zu kommen.

»Ich betrachtete die Sache also von verschiedenen Gesichtspunkten, schließlich hatte ich nichts Besseres zu tun. Und entgegen den allgemeinen Erwartungen beschloß ich schon am dritten Tag, die angekündigte Frustration und Depression abzuwehren, womöglich gerade weil sie von mir, einem Offizier, der sein Augenlicht verloren hatte, erwartet wurde. Einen Offizier hält man ja für einen Mann der Praxis, mit einem Beruf, der so praktisch orientiert ist, daß man dabei sehen muß, um überhaupt denken zu können. Man glaubt, ohne optische und in geringerem Maße auch akustische Wahrnehmungen könne sein Gehirn gar nicht funktionieren. Und da er also nicht handeln kann, meint man, daß seine Gefühle, von denen man annimmt, er habe sie tief in seinem Inneren zum Schweigen und Verkümmern gebracht, daß seine Gefühle sich also sein geschwächtes Selbstwertgefühl und sein Alter zunutze machen und hervordringen, um seine Psyche komplett zu erobern, mit der Folge einer entsetzlichen Depression und Frustration, die man ihm allerdings verzeihen würde, für die man Verständnis hätte und so weiter und so fort.«

Unvermittelt klatschte der Oberst die Handfläche auf den Tisch, er drehte sich um und starrte, von einer heftigen Gefühlswallung ergriffen, in die Ecke.

»Verflucht, war das deprimierend! Schließlich war mit meinem Gehirn alles in Ordnung. Es hat mich derart rasend gemacht!« sagte er. Dann verstummte er wieder und versank in seinen Gedanken. Henry wußte nicht, was er sagen sollte, ob er es überhaupt sollte. Er blickte fragend auf Jowan, der aufgehört hatte, Bücher abzustauben, und reglos mit dem Wedel in der Hand dastand, respektvoll und aufmerksam schweigend.

Der Oberst drehte sich wieder um und fuhr fort, als wäre nichts gewesen:

»Ich konnte mich dunkel erinnern, während der Offiziersausbildung über einen bahnbrechenden österreichischen Militärpsychologen gelesen zu haben, dessen Theorie auf seinen eigenen Erfahrungen im Ersten Weltkrieg basierte, und der zufolge es auch für einen Offizier gut sein konnte, seinen Gefühlen bei passender Gelegenheit freien Lauf zu lassen, zum Beispiel wenn er sich allein im Wald oder mitten auf einem See im Boot befand. Dann konnte der Offizier durch Schreien oder Weinen oder durch schmerzhafte Schläge gegen die Brust seinen Druck loswerden, ohne seine Würde und Autorität zu verlieren. Diese Theorie hatte viele Gegner, unter anderen den Kriegstheoretiker Aschenbach, der betonte, ohne seine persönliche Integrität und damit seine Handlungsfähigkeit zu gefährden, könne ein Offizier sich keinen Moment lang in zwei Personen teilen, in einen Menschen, der seine Ängste oder sein Mitleid oder seine Frustration offenbarte, und sei es nur sich selbst gegenüber, und andererseits in einen Kämpfer, der seine Gefühle in jeder Lage im Zaum hielt, auch dann, wenn es scheinbar ungefährlich war, sie zu äußern.

Ich beschloß daher einfach, über die prophezeite Depressionsphase hinwegzuspringen. In der Manier eines Fatalisten, der ich keineswegs von Natur aus war. Ich konstatierte lediglich, daß meine Lage nun war, wie sie war – mein Leben hatte nun andere Voraussetzungen und bestimmte Einschränkungen, und ich verfügte über die Macht, daraus das Leben zu machen, das ich wollte. Sobald meine übrigen Wunden ausreichend verheilt waren, begann ich zu toben und zu randalieren. Ich ließ die Krankenschwestern springen und warf ab und zu ein Möbelstück an die Wand. Im Militärkrankenhaus nahm man meine Einstellung mit Genugtuung zur Kenntnis, auch wenn man allgemein der Ansicht war, ich würde trotzdem bald schlappmachen.«

An dieser Stelle konnte Jowan nicht mehr an sich halten. Aus seiner Ecke rief er: »Aber hat er schlappgemacht? Hat er es? Ich frage bloß!«

»Danke, Jowan, schon gut«, sagte der Oberst. »Ich habe also nicht schlappgemacht. Und da dies nicht geschah, fing man an, mich für mutig, stark, sogar heldenhaft zu halten. In Wahrheit war ich nur zu oberflächlich und bequem, um über etwas Verlorenes zu trauern. Denn traurig und bekümmert sein wird regelrecht zur Arbeit, daher der Begriff Trauerarbeit. Ich hörte also auf zu trauern. Mir fiel auch gar nichts anderes ein.«

Der Oberst drehte sich unerwartet zum Fenster um und winkte, dann drehte er sich wieder zurück.

»Das haben Sie ganz richtig gemacht!« entfuhr es Jowan. »Oder was sagen Sie, Herr Reserveleutnant? Stellen Sie sich vor, Sie wären in der Lage des Oberst gewesen.«

»Ich kann es nur versuchen«, meinte Henry respektvoll.

»Es wird Ihnen kaum gelingen«, behauptete Jowan. »Sie sind nicht auf der Höhe Ihrer Laufbahn erblindet.«

Ein solcher extremer und ungerechter Vergleich irritierte Henry. Um das Gespräch von dem Thema abzubringen, sagte er, es sei ihm nicht verborgen geblieben, daß der Herr Oberst gerade eben aus dem Fenster gewinkt habe, als sähe er dort etwas. Das habe seine Neugier geweckt. Darum erdreiste er sich bei allem Respekt, zu fragen, was die Geste zu bedeuten habe.

Jowan war entzückt über Henrys Frage.

»Da sehen Sie es. Wer ist hier der Blinde? Ihr habt Augen, aber ihr seht nicht. Ihr habt Ohren, aber ihr hört nicht. Jesaja irgendwas …«

Der Oberst unterbrach Jowan: »Er meint, Sie haben nicht gehört, wie das Auto angefahren kam, bremste – mein Mercedes; und kurz darauf wurde die Wagentür geöffnet und zugeworfen. Das war Mavra. Sie ist auf dem Weg hierher … sie ist hier … Jetzt!«

Und genau in diesem Moment betrat Mavra den Raum, bekleidet mit einem bunten Poncho, der Henry einen

Hauch kalter, frischer Luft von draußen ins Gesicht wehte, als sie an ihm vorbeiging.

»Wer redet denn an so einem schönen, klaren, sonnigen Tag von Trauerarbeit?« fragte Mavra, als sie strahlend vor den Oberst trat. Sie gab ihm einen raschen Kuß und ging dann mit ausgestreckter Hand auf Henry zu.

»Entschuldigen Sie, daß ich mich verspäte«, kicherte sie. »Ich gebe einem Kind Geigenunterricht. Es wohnt weit weg, ich verfuhr mich und geriet in ein Dorf, in dem nur Küstenschwedisch gesprochen wird. Ich verstand kein Wort, als man mir den Weg erklärte. Aber jetzt bin ich hier. Wir können sofort anfangen.«

Natürlich! Mavra war auf das Grundstück eingebogen, im steuerfreien weißen Benz des Oberst vorgefahren. Sie war ausgestiegen, hatte zum Fenster hinaufgeblickt, das Gesicht des Oberst gesehen, die Wagentür zugeworfen und gewinkt. Und der Oberst hatte alles gehört und darum zurückwinken können. Natürlich war das ihre Art, ihre gemeinsame Routine, die normale Routine und Zeremonie eines Ehepaares, auch wenn nur einer von beiden sehen konnte. Und Henry hatte nichts gehört.

Mavra sagte dem Oberst etwas auf serbisch, der Oberst schien zu verstehen, wie aus seinem Nicken zu schließen war, und antwortete auf russisch. Dann wandte er sich Henry zu.

»Es war angenehm, mit Ihnen zu plaudern. Ich wünsche Ihnen ein ergiebiges und frohes Lernen«, sagte er. »Aber vergessen Sie nicht: Non magistrae sed vitae discimus!«

Nachdem Mavra und Henry den Raum verlassen hatten, rollte der Oberst auf dem Stuhl an seine Apparate. Jowan staubte weiter Bücher ab. Der Oberst las auf dem Blindenschriftbildschirm des Computers, was er geschrieben hatte, und sprach es laut ins Diktiergerät:

»Vaters Tagebuch. Saunajärvi. Zwanzigster November. Mehr als zwanzig Grad Kälte. Über die Grenze sind Flüchtlinge gekommen, sie sitzen zusammengedrängt in allen Häusern. Die Höfe sind voller Pferde und Schlitten, Kühe und Schafe. In Häusern, Höfen und Wäldern suchen viele Mütter nach ihren Kindern, die gezwungen waren, direkt von der Schule aus vor dem Feind zu fliehen …«

Der Oberst hielt das Band an und saß lange in Gedanken versunken da.

»Ein positiver Zug bei einem jungen Mann, solch eine aktive Begeisterung für das Lernen, solch ein echter Wissensdurst«, sagte er schließlich. Jowan schlug mit einem Knall das Buch zu, das er in der Hand hielt.

»Der Wissensdurst des Herrn Loimu blinkt gewaltig«, sagte Jowan.

»Durst kann nicht blinken«, bemerkte der Oberst.

»Was dann? Stinken?«

»Durst macht gar nichts. Er ist nur da oder eben nicht. Mit dem Wissensdurst ist es nicht anders.«

»Und mit dem Lebenshunger.«

»Genau.«

»Der beim Essen zunimmt.«

»Was reimst du dir da zusammen?« brummte der Oberst und wunderte sich über die Wendung, die das Gespräch genommen hatte.

»In Bosnien gibt es ein Sprichwort: Wo Honig ist, da sind auch Fliegen«, sagte Jowan.

»Hat sich schon die Lippen abgewischt und quatscht immer noch. Libanesisches Sprichwort. Das kann ich auch«, sagte der Oberst.

»Manchmal muß die Wahrheit spöttisch reden.«

»Der Hut ist groß, doch unter ihm herrscht Leere.«

Der Oberst schaltete das Diktiergerät ein. Das bedeutete, daß es mit dem Witzereißen vorbei war, er hatte noch zu tun.

»Mit Mühe konnten wir die Vertriebenen in Sicherheit bringen, und am ersten Dezember ging das Sonderbataillon 24 zum Gegenangriff über. Nach der Schlacht gingen die Finnen bei Saunajärvi auf Verteidigungsposten. Am folgenden Tag griffen die Russen mit voller Stärke an, und ich sah, wie ihre Truppen an der Stellung vorbeiströmten. Wir mußten bis Rasti zurückweichen. Dort sind wir geblieben.«

Jowan sammelte sein Putzzubehör ein und ging zur Tür. Während er den Raum verließ, sagte er über die Schulter hinweg:

»Die eigene Glatze bemerkt man drei Jahre lang nicht.«

»Als der Verstand verteilt wurde, hast du im Heuschober geschlafen!« erwiderte der Oberst.

Gehorsam nahm das Diktiergerät auch diese beiden Sätze auf.

Viertes Kapitel

Die Grammatik des Gefallens

»Was heißt das?« fragte Mavra, als sie die Treppe hinuntergingen.

»Nicht für die Lehrerin, sondern für das Leben lernen wir«, antwortete Henry.

Mavra lächelte und schüttelte den Kopf. Henry schien es, als errötete sie, aber er konnte sich bei dem Licht nicht sicher sein.

Mavras Zimmer befand sich neben dem großen Kaminzimmer. Es war im orientalischen Stil eingerichtet, den Boden bedeckte ein afghanischer Teppich, darauf standen ein grüner Diwan und davor ein runder indischer Tisch aus Messing. In die Tischplatte war eine Darstellung eingetrieben, die Elefanten beim Turnier zeigte. An den Wänden hingen dicke, bunte Stoffe. Mavra erzählte, sie würden im Irak als Leichentücher verwendet. Das störe sie aber nicht, sagte sie und hoffte, das gelte auch für Henry. In der Ecke stand Mavras niedriges Bett: eine breite, dicke Matratze, bedeckt mit einem dünnen indischen Baumwollstoff.

Mavra ließ Henry in dem Korbsessel neben dem indischen Tisch Platz nehmen und sagte, sie gehe Tee kochen. Sie sagte es auf russisch, und Henry verstand es dem Sinn nach. Mavra erkannte das und sagte, von nun an würden sie nur noch russisch miteinander reden. Auch das sagte sie auf russisch. Herny dachte, das würde wohl eine ziemlich einseitige Unterhaltung werden. So unerwartet vermochte er keinen russischen Satz zu drechseln, er traute sich nicht einmal, ein einzelnes Wort zu sagen. Freilich hatte Mavra ihn noch nichts gefragt. Er wiederum hätte zum Beispiel fragen können, ob Mavra gar nicht zum Einkaufen gewesen sei, ob sich der Oberst geirrt habe, ob es nicht zu ihrer Routine gehörte, sich gegenseitig mitzuteilen, wo sie tatsächlich hingingen. Oder hatte sie nur vergessen, dem Oberst zu sagen, wo sie hinging? Henry hätte fragen können, wo sie eigentlich gewesen sei. Aber er verzichtete darauf, in russischer wie in finnischer Sprache. Mavra ging in die Küche.

Henry saß auf seinem Sessel und versuchte einen vollständigen Satz zusammenzusetzen, den er Mavra sagen würde, wenn sie zurückkam, aber Schwellenangst hinderte ihn. Der Satz wäre nämlich sein erster russischer Satz an Mavra. Er mußte gut sein.

Er holte sich Hilfe beim Lehrbuch, schlug es blindlings auf und pickte sich folgenden Satz heraus: »Wladimir Iwanowitsch ging in den Club der Fabrik, spielte eine halbe Stunde Schach und tanzte dann mit zwei Mädchen, die er kannte.« Fieberhaft trichterte er sich das russische Pendant dieses Satzes ein.

Er strich über die Tagesdecke auf dem Bett und fragte sich, ob Mavra und der Oberst getrennt schliefen. Das niedrige Bett deutete darauf hin, aber andererseits war kaum anzunehmen, daß Mavra ihn geradewegs in ihr Schlafzimmer geführt hätte, mit Wissen des Oberst und mit dessen Segen. An sich war es nicht von Belang, viele Ehepaare schliefen in getrennten Zimmern und suchten sich gegenseitig als nächtliche Gäste auf. Henry vermutete unumwunden, der Oberst sei dabei der mobile Partner. Er stellte sich vor, wie Mavra die Schritte des Oberst auf der Treppe und im Flur hörte, wenn er auf dem Weg zu ihr war und sich vorsichtig an den Wänden abstützte oder sie wenigstens mit den Fingern streifte, er versuchte zu erahnen, was Mavra dann empfand und dachte … Er korrigierte seinen Denkfehler: der Oberst brauchte sich zu Hause nicht an den Wänden abzustützen, er konnte lautlos mitten durch den Flur gehen, bis zur Tür. Und dann? Klopfte er an, oder machte er die Tür auf, ohne anzuklopfen? Oder hatten sie ein Zeichen vereinbart, ließ Mavra zum Beispiel die Tür einen Spalt offen, wenn ihr ein Besuch recht war?

Er konnte auch nicht ohne weiteres die Möglichkeit von der Hand weisen, daß Mavra als die Mobilere der beiden die Gepflogenheit hatte, nachts ins Zimmer des Oberst zu gehen. Warum nur nachts? Warum nicht am hellichten Tag … Mavra geht zum Oberst, der ihr Mann ist, de jure und garantiert de facto, wenn es nach dem Oberst geht, bekleidet mit etwas Durchsichtigem … warum durchsichtig? … bekleidet mit einem dünnen Nachthemd … mit der weißen ecuadorianischen Baumwollbluse, mit nackten Beinen und Füßen … Wenn nicht aus eigenem Antrieb oder Willen, dann zum Beispiel auf ein vereinbartes Zeichen hin … wenn der Oberst in seinem Zimmer mit einem kleinen, hellen tibetischen Gebetsglöckchen läutete …

Als Mavra mit einem Tablett zurückkam, fiel Henry aus seinen Gedanken und rief laut den Satz über Wladimir Iwanowitsch im Club. Mavra lachte und stellte das Tablett auf dem Tisch ab. Sie sagte, sie habe auf Henrys Bitte aus reiner Verwirrung eingewilligt. Sie habe es bald schon bereut, denn sie habe nie etwas anderes unterrichtet als Geige. Ihr Russisch sei nicht fehlerfrei. Sie hatte es an der Musikakademie in St. Petersburg neben ihrem Musikstudium gelernt.

All dies erzählte sie in schaukelndem Finnisch, auch daß sie in der ersten Unterrichtsstunde nur Tee trinken und sich über dies und das unterhalten würden, am liebsten auf russisch, über Dinge, die mit dem Teetrinken und dem Essen von Keksen zu tun hatten und mit kleinen, vertrauten Sachen und Gegenständen, für die man keine komplizierten Sätze oder schwierigen grammatischen Konstruktionen bilden mußte. Teetrinken in seiner Grundform also, die kleinen Ereignisse des Tages, und auch die nur im Präsens und vereinfacht, Dinge wie: Ich fahre Auto, ich irre vom Weg ab, ich bin zu spät, im Haus wartet ein neuer Schüler, der Schüler sagt einen Satz auf russisch, die Lehrerin lacht, die Lehrerin fragt den Schüler, wie gut er die wilde Frau des Landrats kennt, die Romanschriftstellerin.

Es dauerte einen Moment, bis Henry begriff, daß ihn Mavra das wirklich fragte, und eine ganze Weile war er nicht in der Lage, etwas zu erwidern.

Dann sagte Mavra, er brauche nicht auf russisch zu antworten, selbstverständlich müsse er überhaupt nicht antworten.

Henry sagte nicht, daß das Privatleben des Schülers die Lehrerin eigentlich nichts angehe. Die Vertraulichkeit von Mavras Frage schmeichelte ihm, obgleich er die Dosis Spott darin erahnte. Ihn überkam der starke Wille, alles preiszugeben, der Wille, sich dieser Frau zu offenbaren, um durch naive Offenheit ihr Vertrauen zu gewinnen. Er behielt jedoch einen klaren Kopf und erzählte, er helfe Solveig bei der Präzisierung der historischen Details ihrer Romane.

Das schien Mavra zu genügen, jedenfalls fragte sie nicht weiter nach. Sie übten die Beugung einiger häufiger Verben, die Bildung des Plurals und solche Dinge. Über das Teetrinken und über Gebäck sprachen sie nicht. Mavra erzählte auf russisch etwas über einen anderen Wladimir, den es tatsächlich gab, und der ebenfalls im Club Frauen nachstellte. Daher ihr Lachen. Henry wünschte sich, Mavra würde etwas von sich und dem Oberst erzählen, auch auf die Gefahr hin, daß er so gut wie nichts verstünde, aber Mavra sprach nicht über sich und erwähnte auch den Oberst nicht. Sie richtete allerdings allerlei Fragen an Henry, und dieser versuchte mit einem Wort oder zwei zu antworten, oder aber mit ja oder nein, sofern Mavras Fragen die Gelegenheit dazu boten. Es gelang ihm, auf russisch zu erzählen, daß er keine Mutter und keinen Vater mehr hatte, einen Bruder und eine Schwester aber schon; eine Ehefrau hatte es gegeben, jetzt aber nicht mehr. Auch Kinder hatte er keine. Mavra sagte, sie habe auch keine. Sie habe großes Gefallen an Kindern, sagte sie und blickte auf die Leichentücher. Henry begriff das als stummen Seufzer. Dann wollte Mavra wissen, ob Henry Kinder lieb seien. ›Etwas mögen‹ war im Russischen eine komische Konstruktion. Sie übten sie lange. Woran sie alles Gefallen fanden und was ihnen lieb war und in ihren Augen Gnade fand. Im Dativ, erinnerte sich Henry. Er wünschte, Mavra würde ihn fragen, ob sie ihm lieb sei. Aber sie fragte es nicht. Darauf hätte Henry auch ungefragt auf russisch zu antworten gewußt, doch er wagte nicht, es zu sagen.

So verging die erste Stunde. Mavra brachte Henry zur Tür, Henry bedankte sich für den Unterricht und stellte fest, daß er Mavra gar nicht gefragt hatte, wieviel er ihr schuldete. Auch Mavra hatte darüber noch nicht nachgedacht. Henry schlug vor, soviel zu zahlen, wie Mavra für ihre Geigenstunden bekam, aber sie lehnte ab und schlug einen ziemlich niedrigen Stundentarif vor, mit der Begründung, sie sei keine Sprachlehrerin. Henry bezog sich auf den gleichen Gedanken, meinte aber, daß es doch wesentlich anstrengender sei, ein Fach zu unterrichten, in dem man selbst nicht so bewandert war, und erhöhte den Preis edelmütig auf das Doppelte. Nachdem sie sich ein wenig geziert hatte, war Mavra damit einverstanden.

Henry stand bereits auf der Eingangstreppe, da fragte ihn Mavra mit ausgesprochen klarer Stimme, ob Solveig seine Geliebte sei. Nicht mehr, antwortete Henry. Mavra nickte kurz und fragte nicht, warum nicht mehr. Sie fragte, wann Henry wiederkäme. Sie vereinbarten einen Termin. Henry wollte wissen, wie man auf russisch »ehrlich währt am längsten« sagt, aber Mavra konnte es nicht übersetzen. Sie vermutete, daß es im Russischen ein solches Sprichwort nicht gab.

Fünftes Kapitel

Der Rabe auf dem Schornstein

Als der erste Schnee fiel, saß der Oberst am Schreibtisch und schrieb mit dem Computer die Erinnerungen seines Vaters auf. Vor ihm stand eine Flasche irischen Malt-Whiskys. Der erste Schnee dämpfte bereits die Geräusche vor dem Fenster; daß er so früh im Jahr fiel, schon im Oktober, löste im Oberst eine seltsame Schwermut aus. Das schwere Thema seiner Arbeit machte es nicht leichter. Als er die Arbeit aufgenommen hatte, hatte er nicht daran gedacht, wie sie sich auf sein Gemüt auswirken würde. Aber selbst wenn er es geahnt hätte, so hätte er dennoch nicht bleiben lassen können, was er für seine Pflicht hielt, oder was er dafür gehalten hätte, wenn er die Sache früher von der Seite her bedacht hätte. Erst als er zu Henry sagte: »Das bin ich meinem Vater schuldig«, kleidete er den Gedanken erstmals in Worte. Und im selben Moment mußte er sich fragen, was das bedeutete. War er das seinem Vater wirklich schuldig? War er ihm überhaupt etwas schuldig, fragte er sich und ließ gekränkt seine Fragen unbeantwortet. Es gab Dinge, die fragte man einfach nicht.

Mit einem Tritt beförderte er sich auf seinem rollenden Schreibtischstuhl mitten ins Zimmer und hörte zu, wie der Stimmensynthesizer mechanisch wiederholte, was er geschrieben hatte.

»Anführungszeichen oben, Vaters Tagebuch, Komma, zwölf, Punkt, Februar 1940, Majuskel, Die Kämpfe bei Kuhmo, Doppelpunkt …«

»Nicht die Satzzeichen vorlesen!« befahl der Oberst. Die maschinelle Stimme war verdutzt und schluckte, dann bereinigte sie den Text um die Satzzeichen und fuhr fort:

»Bei der Operation, bei der die Skiläuferbrigade von Oberst Gavrilow umzingelt und vernichtet wurde, stießen wir überall hinter unseren Linien auf Russen. Als wir an einem Waldunterstand vorbeiliefen, wurden wir von dort beschossen. Wir erwiderten das Feuer, nahmen den Unterstand mit der Feldkanone unter Beschuss und bewarfen ihn mit Granaten. Da stürzte ein Trupp Russen heraus, sie schossen wild um sich und versuchten, die Kette zu durchbrechen, aber wir vernichteten sie alle.«

Mitten in den monotonen Redefluß der synthetischen Stimme hinein begann Mavra im Nebenzimmer, Violinetüden von Wieniawski zu spielen. Der Oberst hörte einen Moment zu, dann rief er:

»Mavra, mein Liebling, könntest du aufhören zu spielen? Es stört mich in meinen Gedanken.«

Die Musik brach ab. Der Computer war taktvoll verstummt, jetzt fuhr er fort:

»13. Februar: Als der Hauptmann unserer Patrouille die Männer zählte, die an ihm auf Skiern vorbeiliefen, fiel ihm auf, daß es drei zuviel waren. Er wunderte sich und bemerkte dann, daß ein Mann einen merkwürdigen Laufstil hatte. Er ging der Sache auf den Grund und stellte fest, daß der

Mann Russe war. Er hatte sich der Gruppe angeschlossen, weil ihm nichts Besseres eingefallen war, oder aber er hatte sich im Heer geirrt, so müde und allein wie er war. Auch zwei weitere Russen wurden entdeckt. Sie legten die Waffen nieder und baten um Essen. Wir erschossen sie nicht.«

Der Oberst schaltete das Gerät aus und trank sein Whiskyglas leer. Er brachte die alte Schellackplatte zum Spielen, die auf dem Teller des alten Plattenspielers bereitlag. Auf der knisternden, abgenutzten Platte brach ein nasal lachender Tenor in die »Eselserenade« aus. Der Sänger war der Vater des Oberst. Er hatte die Platte nach dem Krieg in einem Privatstudio in Amerika aufgenommen, nachdem er vor einem Gerichtsverfahren wegen des Versteckens von Waffen geflohen war. Vor dem Lied hatte er Grüße an seine Familie gesprochen: »Liebe Leena, lieber Tuure! Liebe Grüße hier aus Minneapolis an euch dort in Finnland. Hier kommt ein fröhliches Lied für euch, damit ihr für eine Weile frohgemut sein könnt. Der Atlantik trennt uns, doch nicht mehr lang. Bleibt stark! Küsse. Jorma Kalevi.«

Der Oberst hatte es sich zur Gewohnheit gemacht, die Arbeit aufzunehmen, indem er sich die Platte anhörte und einen Whisky trank. Er lauschte dem Lied des Vaters und sang den letzten Refrain mit. Wieder einmal wurde er sentimental und fand, er sei seinem Vater einen Monolog schuldig.

»Salve pater morte, filius tuus te salutat! Ich darf dir mitteilen, daß du heute Geburtstag hast. Falls ihr dort drüben irgendwo Geburtstage feiert. Du wärst heute achtundachtzig Jahre alt geworden. Das ist auch für einen Toten ein bemerkenswertes Alter. Ich nähere mich diesem Alter Jahr für Jahr mit zunehmender Geschwindigkeit, wie mir scheint.

Du bist sicherlich nie auf den Gedanken gekommen, ebensowenig wie ich vor dieser Stunde – damals, als du es für richtig hieltest, zu sterben, ohne mich um Erlaubnis zu fragen, in dem Jahr, in dem in Helsinki die Olympiade stattfand, da warst du vierzig, das heißt, ich bin jetzt zwanzig Jahre älter als du bei deinem Tod. Um die Ecke gedacht, könnte ich dein Vater sein. Und du mein Sohn. Du würdest zu Hause auf mich warten, so wie ich darauf wartete, daß du aus dem Krieg und dann aus Amerika zurückkommen würdest, und ich würde zum Beispiel zum Urlaub aus dem Libanon kommen und dir einen Krummsäbel mitbringen, eine arabische Ud-Laute und eine Tarabuka, eine Kefia und eine Wasserpfeife und farbenfrohe Westen, Ledergürtel und bunte Sandalen, ein teures Armband, orientalische Süßigkeiten und natürlich allen möglichen Luxusschund vom Flughafen. Du würdest kreischen vor Freude und mir auf den Schoß springen, und ich würde dich mit Tränen in den Augen umarmen, so wie du mich damals im letzten Kriegsjahr umarmtest. Nach langer Zeit kamst du überraschend auf Heimaturlaub, müde und bärtig, du umarmtest mich mit Tränen in den Augen, und deine Bartstoppeln kratzten mir die Wange rot. Du basteltest mir einen Spielzeugpanzer, indem du ein Stück von einem Besenstiel am Dach meines Holzautos festnageltest. Das war mein liebstes Spielzeug. Ich habe es immer noch. Dort auf dem Regal …«

Der Oberst ging zum Bücherregal, streckte sich zum obersten Fach und warf aus Versehen die kupferne Kaffeekanne zu Boden. Er trat dorthin, wo er sie vermutete, traf die richtige Stelle, und die Kanne flog scheppernd an die Wand. Der Oberst tastete nach seinem Stuhl, der im Eifer des Gefechts auf die andere Seite des Zimmers gerollt war, fand ihn und nahm wieder Platz.

»Bekäme ich einen Sohn, würde ich ihm das Spielzeug geben. Oder auch meiner Tochter, falls ich eine bekäme. Aber es ist kein Kind da, kein eigenes, kein Enkelkind für dich. Anscheinend bin ich dazu nicht imstande. Was bin ich denn? Weißt du, was ich bin? Ich bin ein verkrüppelter, mürrischer Kerl, ein alter Hahn, der eins aufs Dach bekommen hat.«

Der Oberst nahm einen Schluck aus der Flasche, und als sie leer war, warf er sie in die Ecke. Dann rief er nach Mavra und wandte sich wieder seinem Vater zu, geistig wie räumlich, indem er sich zu der Wand drehte, wo ein Bild seines Vaters als junger Hauptmann hing.

»Soldat bin ich auch. Aber was waren meine Kriege schon, diese kleinen Streitigkeiten hier und da in fremden Ländern? Klein waren sie, meine Kriege. Klein bin auch ich. Ein bedeutungsloser Mann. Mußte prompt auf eine Mine fahren. Die vielversprechende Karriere sollte ein dämliches Ende haben. Und hier stolziere ich in meiner Uniform umher wie ein flügellahmer Pfau. Hier in meiner gottverdammten Finsternis!«

Der Oberst ging zum Sofa und warf sich mit dem Bauch darauf.

»Wo bist du jetzt, Vater, in der Finsternis oder im Licht? Werde auch ich ins Licht gelangen? Sag es mir, Vater! Kannst du es mir nicht sagen? Würdest du mir wenigstens irgendein Zeichen geben, einen kleinen Wink, irgendwas, nur für mich. Das würde mir das Dasein erleichtern und meinen Schmerz lindern.«

Er fing an zu knurren und setzte sich trotzig auf. Dann ballte er die Fäuste vor dem Bild seines Vaters.

»Wäre ich dein Vater gewesen, hätte ich dich nicht nach Amerika gehen lassen. Du wärst hier geblieben und womöglich vor Gericht gekommen und verurteilt worden und hättest deine Zeit im Gefängnis abgesessen und wärst als freier, anständiger Mann herausgekommen. Wärst du mein Sohn gewesen, wärst du nicht nach Amerika entkommen und dort geblieben, auch dann noch, als die Gefahr vorbei war und die Russen ihrer Wege gegangen waren, und du wärst von dort auch nicht zurückgekommen und hättest eine fremde Frau mitgebracht, die du als deine entfernte amerika-finnische Verwandte vorstelltest! ›So this is your little son Tjyyre‹, sagte sie und küsste mich, daß auf meiner Wange Lippenstift und Puder zurückblieben. Und daheim roch die Mutter den Puder und weinte vor Gram. Ich habe ein Lied anläßlich deines Geburtstags gemacht, weißt du. Mavra! Nimm deine Geige und komm endlich her!«

Mavra kam ins Zimmer, blieb zögernd an der Tür stehen, sah auf die Flasche auf dem Fußboden und stellte sie auf den Tisch. Sie ahnte im großen und ganzen, was sie erwartete. Der Oberst hörte sie den Raum betreten.

»Wir spielen meinem Vater eine Weise«, befahl der Oberst.

»Welche Weise?« fragte Mavra.

Der Oberst fing an, eine undefinierbare Marschmelodie zu singen. Es klang, als wären alle Märsche der Welt aufeinandergetürmt worden.

»Gleich einem Löwen stürztest du auf den Feind,
wußtest nichts von Angst, ertrugst die Schwäche nicht,
die schlimmste aller Schlachten formte dich zum Held.
Im Kriegsgetümmel gibt es Furchtlose zuhauf,

doch als der Friede kam, verschwandst du nach
Amerika,
um nicht zu sitzen, vergaßt dein Vaterland
sowie deine Familie, und das ist deine Schand!«

»Ich kenne diese Melodie nicht«, sagte Mavra.

»Natürlich nicht, ich habe sie ja beim Singen erst komponiert«, sagte der Oberst. Dann legte er sich wieder mit dem Bauch auf das Sofa.

»Würdest du mich massieren?« bat er.

Mavra rollte dem Oberst das Hemd nach oben. Dabei entblößte sie blasse, bläulich rote Narben von Brandwunden auf dem Rücken und eine lange Operationsnarbe auf der Seite.

»Hast du Schmerzen?« fragte sie.

»Keine, die du nicht für einen Moment zu lindern wüßtest«, sagte der Oberst mit geschlossenen Augen.

Mavra nahm eine Flasche Massageöl aus dem Schrank, verteilte etwas davon auf dem Rücken des Oberst und fing an, ihn mit drückenden, ausstreichenden und über Kreuz gezogenen Bewegungen zu massieren.

»Ekelt dich nicht vor meiner verbrannten Haut und den drei Operationsnarben?« fragte der Oberst.

»Fragst du schon wieder? Nein, es ekelt mich nicht«, sagte Mavra mit dünner Stimme, der sie einen gelassenen Ton zu verleihen versuchte.

»Sag die Wahrheit«, verlangte der Oberst. »Sag es offen. Ich kann es verstehen, wenn es dich anwidert.«

»Ich rede offen und unumwunden«, sagte Mavra. »Es widert mich nicht an, es ekelt mich nicht an, es kotzt mich nicht an. Entspann dich!«

»Du Ärmste«, fuhr der Oberst fort. »So ein alter, verfallener, verwüsteter Körper unter deinen jungen Händen. Ich schäme mich.«

»Hör auf, dich in Selbstekel hineinzusteigern«, sagte Mavra. »Du bist nicht besonders alt. Du bist nicht verfallen. Du hast Spuren des Krieges an dir. Das haben wir alle. Du, Jowan, sogar ich. Bei dir sind sie nur sichtbar, bei uns nicht.«

Der Oberst hörte sich die nüchterne, beruhigende Zurechtweisung Mavras mit geschlossenen Augen an.

»Sing für mich«, bat er. »Sing das Kinderlied.« Und Mavra sang:

»Mala kuƴa kamena
sa tri mala prozora
zeleni im kapci
i krov sav od plamena
a na krovu vrapci.«

»Kleines Haus aus Stein
mit einer Tür ganz klein
und einem Tor ganz weiß
das Dach in roter Farbe
auf dem Schornstein ein Rabe.«

»Der Rabe bin ich«, sagte der Oberst und setzte sich entschlossen auf. »Ich sitze als schwarzer, krächzender Vogel auf deinem Leben und hacke mit meinem Schnabel auf dich ein und reiße an dir mit meinen Krallen.«

»Wieviel hast du getrunken?« fragte Mavra und suchte mit den Augen nach weiteren Flaschen in den Ecken. Der Oberst nahm von der Frage keine Notiz.

»Und dieser alte, verlauste, flügellahme Rabe wagt es nicht einmal, sich in den letzten Flug zu stürzen, er hockt schwankend auf dem Dachfirst, bis er kippt und auf die Erde fällt und stirbt. Er ist schon tot, während er noch fällt.«

»Hör auf, um Himmels willen, quäl dich nicht, quäl mich nicht«, bat Mavra. Der Oberst packte sie und zog sie auf sich.

»Wärme mich, erwecke mich zum Leben! Noch ist Zeit.«

Mavra versuchte, sich aus seiner Umklammerung zu befreien.

»Ich bin jetzt nicht in der Stimmung«, sagte sie mit zusammengepressten Lippen.

»Du willst nicht?« stellte der Oberst zufrieden fest. »Warum willst du nicht? Wenn dir doch nicht vor mir ekelt. Wenn ich doch nicht der Unglücksvogel bin.«

»Nicht jetzt«, sagte Mavra.

»Hast du deine Regel? Plagt dich Migräne? Such dir etwas aus!«

»Ich will nicht. Zwing mich nicht dazu.«

»Wann habe ich dich je gezwungen? Hast du es so empfunden, daß ich dich gezwungen habe?«

»Das habe ich nicht gesagt.«

»Dann sag es.«

»Was?«

»Daß ich dich nicht gezwungen habe.«

»Ich habe nicht aus Zwang eingewilligt.«

»Dann aus Mitleid?«

Mavra riß sich los und wich vom Oberst zurück.

»Du tust mir unrecht!«

»Schließe die Augen, stell dir vor, ich wäre ein anderer und hilf mir!« brüllte der Oberst.

»Du bist betrunken. Das ekelt mich an.«

»Da haben wir ja einen guten Grund. Laß gut sein«, sagte der Oberst.

»Ich muß üben«, sagte Mavra. »Ich spiele morgen in der Kirche.«

»Das ist ein zweiter guter Grund«, sagte der Oberst bitter. »Dann geh, spiel dir die Finger blutig. Ich werde dich nicht mehr belästigen.«

»Herrgott, wie kann ein alter Mann nur so kindisch sein!« rief Mavra und rannte aus dem Zimmer.

Der Oberst trat an den Schreibtisch. Die kalte Roboterstimme des Synthesizers sprang an:

»Will Berge umarmen, doch die Arme sind zu kurz.
Steht da, als hätte er einen Maikäfer verschluckt.
Ist das Gesicht schief, hat der Spiegel daran keine
Schuld.
Die Lust kam, aber das Geld ging aus …«

»Leck mich am Arsch, verdammter Roboter!« fuhr der Oberst auf und machte den Apparat aus.

Sechstes Kapitel

»Und Friede senkte sich herab«

Henry schrieb Mavra einen Brief auf dem Computer und speicherte ihn unter dem Namen BRIEFE.NOT. Das bedeutete: Briefe, die zu schreiben notwendig sind, aber die ich vorerst auf keinen Fall abschicken kann. Wenn überhaupt.

Meine sehr geehrte Lehrerin, Wegweiserin, ins Wasser starrende Pfeifenraucherin Mavra!

Als Antwort auf Deine listig formulierte Frage, »wie gut der Schüler die wilde Frau des Landrats kennt, die Romanschriftstellerin«, will ich Dir folgendes zur Kenntnis bringen:

Solveig nahm eines Tages mit mir Kontakt auf und bat um Hilfe bei der Auswahl und beim Überprüfen des historischen Materials eines Romans von ihr. Gegen Entschädigung natürlich. Und ich war einverstanden. Ich hatte damals noch kein Buch von Solveig gelesen. Es handelte sich um ihren ersten Roman mit Herrenhausthematik, sein Titel lautete »Und Friede senkte sich herab«.

Solveig hatte in ihr fiktives Herrenhaus Elemente mehrerer echter Gutshäuser aufgenommen. Die Hauptfigur war ein stolzer und edelmütiger, dem russisch-finnischen Landadel angehörender Baron mit ausschweifendem Lebensstil.

Was seine Biographie betraf, so erinnerte er an den schlecht beleumdeten einstigen Herrn eines südwestfinnischen Gutshofes, den Herzog Kaarle einst hinrichten ließ, nicht so sehr wegen Ausschweifungen, sondern aus rein politischen Gründen. Solveig hatte ihr Herrenhaus in den Osten verlegt, in die Nähe der damaligen Grenze, und in jene Epoche, die mit Gustav III. begann und in den ersten Jahrzehnten der russischen Herrschaft zu Ende ging. Das arme Herrenhaus hatte also mehrfach das Reich wechseln müssen, als die Kriege Gustavs und der Finnische Krieg darüber hinwegrollten. Dieser Aspekt erforderte von mir ein gründliches Studium der Verhältnisse in der damaligen Grenzregion.

Wir fuhren gemeinsam zu einem Besuch ins Gutshaus Summa, um eine Vorstellung von den wenigen Herrenhäusern östlich des Flusses Kymi zu bekommen. Die Nacht verbrachten wir in einem Hotel in Hamina, freilich in getrennten Zimmern, doch gerieten wir im Lauf der Nacht in dasselbe Zimmer und dasselbe stillose Doppelbett.

Das war das erste Mal. Fortsetzung folgte. (Dies als Antwort auf eine andere Frage von Dir: Ist Solveig meine Geliebte?)

Als Solveig ihren Roman fertig hatte, las ich ihn genau, obwohl er mir nicht gefiel. Ich versuchte sie davon zu überzeugen, daß es unumgänglich war, mehrere Ereignisse in dem Buch zu verändern, wenn die Erzählung der historischen Wahrheit entsprechen sollte. Solveig wehrte sich mit Macht. Einige Veränderungen war sie bereit vorzunehmen, aber dennoch blieben Sachfehler und Ungenauigkeiten in Hülle und Fülle stehen. Die Leser würden sie kaum bemerken, aber ich hatte das Gefühl, daß meine Mühe umsonst gewesen war. Solveigs Ansicht nach war alles in Ordnung.

Schließlich handelte es sich um einen Roman und nicht um eine historiographische Untersuchung. Wir stritten darüber einige Male. Solveig genoß diese Streitereien, denn sie war sicher, recht zu haben.

Als der Herrenhausroman ein Verkaufserfolg wurde, war das für Solveig der Beweis dafür, daß sie im Recht war. Für mich bewies das gar nichts, auch nicht, daß er in anderer Hinsicht gut war. Er war es nicht. Das sagte ich aber nicht laut.

Das übernahm mit Schärfe der Kunstnovellist J. J. Häyhä in einer Buchrezension der Lokalzeitung. Solveig las sie mir vor, unterlegt von gelegentlichen Lachern, in denen ein Hauch von Hysterie lag.

»Die Autorin ist zu ängstlich, in die Welt, die sie schildert, einzutauchen und sich mitreißen zu lassen, sie ist geistig zu faul, um den ganzen Schweiß, Blut, Depression und Frustration abverlangenden Prozeß zu durchlaufen, durch den die Figuren eines Buches zu leben beginnen und größtenteils nach ihrem eigenen Willen handeln, unberechenbar und manchmal unlogisch, und den Weg gehen, den jener namenlose, von uns hochgeschätzte literarische Schicksalsfinger weist. Dies ist indes kein Hindernis für den Erfolg der Autorin. Im Gegenteil, die kulturelle Atmosphäre dieses Landes bringt es mit sich, daß gerade jene Mängel und Schwächen ihr eine bemerkenswert große Leserschaft verschaffen.«

Trotz J. J.'s Kritik oder davon inspiriert beschloß Solveig, eine Fortsetzung ihres Herrenhausbuches zu schreiben. Sie fing an, mir wegen Fakten über die administrativen Verhältnisse des alten Finnland und das Leben des Volkes in Porvoo zur Zeit des Landtages um die Wende vom 18. zum 19. Jahrhundert in den Ohren zu liegen. Ich war nicht bereit, noch einmal eine so große Arbeit auf mich zu nehmen. Darum stellte ich die nötige Literatur zusammen und forderte Solveig auf, selbst nachzuforschen.

Solveig sagte, sie sei schwer enttäuscht. Nicht einmal J. J. hatte etwas an der historischen Korrektheit des Buches auszusetzen gehabt. Ich entgegnete, um so weniger würde mein Einsatz gebraucht, wenn die Fehler und Mißverständnisse, unlogischen Elemente, Anachronismen und Inkongruenzen schon einmal durchgegangen waren.

Sie brach in Tränen aus und zog die Angelegenheit auf eine mehr persönliche und erotische Ebene. Schließlich versprach ich ihr, das Resultat zu überprüfen, wenn das neue Manuskript fertig sei. Damit gab sie sich zufrieden. Sie sei sogar erleichtert. Jetzt bliebe ihr eine größere schriftstellerische Freiheit. Ich gratulierte ihr dazu.

An die zwei Monate blieb Solveig weg. Dann tauchte sie plötzlich mitsamt ihrem Manuskriptstoß aus dem Herbststurm auf wie eine jauchzende Nereide. Sie blieb zwei Tage und zwei Nächte. Am dritten Abend ging ich dann aus dem Haus, um nach dem Steg zu sehen, und wurde an Dein Ufer getrieben.

Solveig ist zwölf Jahre älter als ich, aber das hat nichts zu bedeuten. Ihr Sohn ist ein Schüler von mir in der zehnten, und auch das hätte nichts zu bedeuten, wäre der Junge nicht so ein unmöglicher Störenfried und sich wahrscheinlich im klaren über unsere Beziehung (die es also nicht mehr gibt, die zu Ende ist, die spätestens in dem Moment endete, als ich mir blitzschnell eine Antwort auf deine Frage ausdachte: Ist Solveig …?).

Laut J. J. verfuhr Solveig nur logisch, wenn sie sagte, der Boden der historischen Fakten ihres Buches müsse nicht wasserdicht sein. Schließlich sind auch ihre Figuren unglaubwürdig. Unglaubwürdig war sogar sie selbst im wirklichen Leben. Sie manipulierte lebende Menschen ebenso rücksichtslos wie die Figuren ihrer Bücher. Das sagte mir J. J. im Restaurant Astro ins Gesicht, wobei er mich vielsagend und fragend zugleich ansah. Ich sagte darauf, scherzhaft, man solle eine Frau nicht danach bewerten, was sie schreibe oder was sie für ein Mensch sei. Und ich sei ein einsamer Mann.

Das bin ich nun nicht mehr. Nicht mehr, seitdem ich Dir begegnet bin.

Dein eifriger Schüler
Henry

Siebtes Kapitel

Das pawlowsche Testament

Außergewöhnlich früh schmolz der erste Schnee, und die Tage wurden wieder warm. Mavra und Henry saßen nebeneinander auf dem Geländer des Bootsstegs.

»Wiederholen wir, was wir zuletzt gelernt haben«, sagte Mavra. »Hör genau zu: Ja sižu, ty sidiš, on sidit …«

»Ich sitze, du sitzt, er sitzt«, antwortete Henry folgsam. Wie alle Schüler verhielt er sich gegenüber seiner Lehrerin wie ein Grundschüler, eifrig darauf bedacht, seine Fortschritte zu demonstrieren und einen guten Eindruck zu machen. Wie ein Erstklässler, der in das Fräulein Lehrerin verliebt ist, sah er Mavra an, er hing an ihren Lippen, beobachtete aufmerksam das lebendige Hüpfen ihrer Augenbrauen und erschrak, wenn sich zwischen ihnen eine Falte bildete.

Jowan trat auf die Terrasse, mit einem Fernglas in der Hand. Maotse tappte ihm hinterher und streckte sich neben ihm aus. Jowan hob das Fernglas vor die Augen und richtete es auf den Steg. Kurz darauf erschien auch der Oberst. Er trug Fünfzehn-Kilo-Hanteln, die er energisch hob. Geschwind richtete Jowan das Fernglas auf die Wolken, wie ein Kind, das bei einer Übeltat erwischt worden ist, genierte sich dann für die unnötige Geste und spähte wieder unverhohlen zu Mavra und ihrem Schüler hinüber.

»Dort fliegt eine Saatkrähe«, sagte Jowan.

»Neun … zehn …«, zählte der Oberst.

»Nein, es ist eine Dohle; allerdings eine große Dohle«, redete Jowan vor sich hin.

»Guckst du schon wieder nach deinen Vögeln?« wunderte sich der Oberst.

»Wenn es nicht doch eine Rabenkrähe ist; die hat breitere Flügel und keine Hosen«, redete Jowan weiter.

»Was denn für Hosen?«

»Man nennt das Hosen«, erklärte Jowan. »Diese Federmuffs an den Beinen mancher Vögel.«

»Einem Blinden kann man alles weismachen«, bemerkte der Oberst und hielt die Hanteln mit ausgestreckten Armen vor sich. Er war stolz auf seine Kraft und wollte zeigen, daß Alter und Verwundungen nicht zu einer physischen Degeneration geführt hatten. Er redete sich ein, wegen Mavra in Form bleiben zu wollen, wußte aber tief in seinem Inneren, daß der wahre Grund für sein Krafttraining in dem Willen bestand, seinem verstorbenen Vater Paroli zu bieten. Er spannte seine Kräfte bis zum Äußersten an und hielt die Hanteln in den ausgestreckten Händen, er schnappte nach Luft, die Adern an Schläfen und Hals schwollen an, ächzend und fluchend mühte er sich ab, als beweise jede zusätzliche Sekunde, daß er stärker war als sein Vater, der Kriegsheld, je gewesen war, sogar in seinen besten Tagen. Schließlich senkten sich die Hanteln seinen Knien entgegen, und er ließ sie auf den Boden fallen.

»Donnerwetter!« schnaufte er zufrieden.

»Ich versuche nur, Sie ein bißchen zu unterhalten«, sagte Jowan. »Ich halte nach einem Kolkraben Ausschau. Gestern sah ich ihn so weit oben fliegen, daß ich ihn für einen Bussard hielt, aber es war doch ein Rabe. Im Herbst kommen sie manchmal aus ihren Rabenwäldern heraus und dicht an die Siedlungen heran.«

»Hast du in Bosnien von Raben und Krähen nicht genug bekommen?« fragte der Oberst. »Dort hatten sie fette Tage. In der besten Zeit fraßen sie von den Leichen nur noch die Augen.«

Jowan antwortete nicht. Auf dem Steg war man dazu übergegangen, sich der primitiven, aber effektiven Wahrnehmungs-Lehrmethode zu bedienen, mit der sich schon vor Jahrtausenden die Naturvölker gegenseitig ihre Sprachen beibrachten. Man deutete auf etwas mit dem Finger, berührte etwas und sagte ein Wort in der eigenen Sprache, und dann sagte der andere das entsprechende Wort in seiner Sprache. In dieser Methode vereinigten sich das Motorische, das Visuelle und das Auditive und verstärkten gemeinsam die Einprägsamkeit des zu erlernenden Objekts und somit die spätere Erinnerbarkeit des gespeicherten Materials. Das Berührungsmoment steigerte die Intensität des Lernprozesses. Freilich hätte man auf dem Steg weder deuten noch berühren müssen, denn dort beherrschte man bereits eine gemeinsame Sprache, aber der Übergang zur Anschaulichkeit war natürlich und spontan. Das sah auch Jowan.

»Fluß, Wasser, Sonne, du, ich?« fragte Henry.

»Reka, voda, solntse, ty, ja«, antwortete Mavra.

Sie ergriff Henrys Hand und führte sie an ihre Haare, dann zu den Augen und an die Lippen und sah Henry dabei fragend an.

»Haare, Augen, Lippen«, sagte Henry verzaubert.

»Nicht auf finnisch, sag es auf russisch«, verlangte Mavra.

»Volosi, glaza, gubyi«, erinnerte sich Henry, und Mavra lächelte stolz.

»Merkwürdig schweigsam, deine Krähen«, wunderte sich der Oberst.

»Sie krächzen nicht immer«, sagte Jowan und wünschte, es würden sich Rabenvögel einstellen. Tatsächlich kam auch schon ein Eichelhäher angeflogen, um an einem Talgknödel zu picken.

»Jetzt ist einer in unseren Futterbaum geflogen … grau und rostbraun, blau an den Flügeln, hinten weiß …«

»Könnte es ein Eichelhäher sein?« schlug der Oberst vor.

»Kreja?«

»Was?«

»Auf serbisch. Oder sojka. Jetzt ist er weggeflogen.«

»Ist mir gleich«, sagte der Oberst, der sich nach seiner Erblindung kaum mehr für Vögel interessierte. Und natürlich sprachen die Menschen, in der Vorstellung, ihn damit zu unterhalten, fortwährend zu ihm über Vögel, die er nicht sah, sie benannten und beschrieben Vögel, die zufällig vorüberflogen oder irgendwo in der Nähe Laute von sich gaben. Auch Mavra. Was hatte er mit Vögeln zu schaffen?

»Was sehe ich denn da? Ich sehe wieder eine Russischstunde auf dem Steg«, sagte Jowan, dem nichts mehr über Vögel einfiel, die gar nicht da waren.

»Dem Jungen fehlt es nicht an Eifer«, kommentierte der Oberst. »Was tun sie?«

»Sie lesen im Lehrbuch«, sagte Jowan und schlug das Buch auf, das Henry auf dem Geländer liegengelassen hatte. »Sie lesen in Potopovas *Grundkurs Russisch* aus dem Jahr fünfundfünfzig.«

»Kannst du sogar das Erscheinungsjahr erkennen?« wunderte sich der Oberst.

»Das wurde auch in meiner Schule in Banja Luka benutzt«, sagte Jowan, ohne damit zu lügen. »Ich konnte es nicht ausstehen.«

»Ruka, palets, šeja?« fragte Mavra.

»Hand, Finger, Hals«, antwortete Henry.

»In Kapitel fünfzehn hinterläßt das Akademiemitglied Pawlow als Testament einen Brief an die Jugend der Sowjetunion«, erinnerte sich Jowan.

»O Gott! Halte lieber nach deinen Vögeln Ausschau und sei still!«

»Was könnte ich jenen jungen Menschen meines Volkes wünschen, die in der Wissenschaft tätig sind? Vor allem eines: Konsequenz!« las Jowan aus dem Buch vor.

»Was redest du da?« fragte der Oberst verdutzt.

»Das war Pawlows Testament an die Sowjetjugend.«

»Hast du das mit dem Fernglas gehört?«

»Nein, ich habe es ihnen von den Lippen abgelesen. ›Das Akademiemitglied ließ in Pawlowo die Hauptstadt des bedingten Reflexes errichten. Er wollte die Sowjetunion zum Reich des bedingten Reflexes machen …‹«

»Was Stalin schließlich gelang«, sagte der Oberst, ließ sich auf dem Boden nieder und machte Liegestütze.

Auf dem Steg berührte Henry eigenhändig Mavras Körper, was für den Unterricht vielleicht nicht unbedingt notwendig gewesen wäre.

»Bein?« fragte Henry.

»Noga«, sagte Mavra.

»Bauch«, stellte Henry fest.

»Život«, sagte Mavra.

»Brust.«

»Grudj«, sagte Mavra rasch und ergriff Henrys Hand. »Sehnsucht heißt skuka, Liebe ljubov.«

»Und Kuß?« wollte Henry wissen.

Durch das Okular seines Fernglases sah Jowan Henry und Mavra verstummen und einander lange anschauen. Er sah, wie sich ihre Gesichter einander näherten. Er flüsterte etwas in Maotses Ohr, hob den Stock auf und warf ihn in Richtung Steg. Der Hund bellte und rannte los. Mavra und Henry erschraken und rückten voneinander weg, als der kurzsichtige Hund an dem Stock vorbeirannte, ohne ihn zu sehen, und geradewegs zu ihnen auf den Steg polterte. Henry fragte sich, ob der Hund eigenständig gelernt hatte, sich zwischen Mavra und fremde Männer zu drängen.

»Jetzt sehe ich es! Es ist ein Rabe!« rief Jowan aus. »Ein richtig schöner Corvus corax! Ein Riesenkerl!«

»Erzähl mir bloß nicht, daß er einen gelben Käse im Schnabel hat!« spottete der Oberst.

»Woher wissen Sie das, Herr Oberst?«

»Dank des unschlagbaren Farbsinnes des Blinden natürlich.«

Der Oberst entfernte sich mit seinen Hanteln. Jowan beschäftigte sich weiter mit seinem Fernglas.

»Unter dem Raben sitzt der Fuchs und will den Käse des Raben fressen und den Raben gleich mit«, sagte er zu sich selbst.

Er ließ das Fernglas am Band um den Hals hängen und

folgte dem Oberst. Mavra und Henry standen auf und sahen aneinander vorbei.

»Du bist ein guter Schüler«, lobte Mavra.

»Du bist eine gute Lehrerin«, lobte Henry.

»Willst du noch mehr lernen?«

»Alles will ich lernen.«

»Komm übermorgen wieder. Und übe fleißig allein.«

»Ich komme. Dann machen wir an der Stelle weiter, an der wir unterbrochen worden sind.«

»Wir brauchen uns nicht zu beeilen. Zuerst muß man die Grundelemente beherrschen.«

»Das ist wahr. Wir repetieren und wiederholen und schreiten langsam voran.«

Sie gaben sich förmlich die Hand. Mavra ging auf das Haus zu, Henry stieg auf sein Fahrrad und fuhr davon. Der Schäferhund rannte ihm hinterher und bellte die bekannte Gestalt an, die sich in einen unbekannten Fahrradfahrer verwandelt hatte.

Achtes Kapitel

»Bei Gott, was ist das für ein Gefühl?«

Als Henry wieder einmal mit Madame Potopovas vor Sowjet-Optimismus triefendem Buch auf dem Gepäckträger zu den Suoponkis fuhr, traf er am Tor auf Söderholm, der ihm vom Haus her entgegengewatschelt kam, in der Hand eine altmodische Arzttasche aus braunem Leder. Sie enthielt die von ihm selbst entworfenen und angefertigten Hilfsmittel zum Messen der Erdstrahlung sowie Reliquien und Amulette für den unterschiedlichsten Gebrauch.

Söderholm schaute ihn durch seine dicken Brillengläser hindurch an, erkannte ihn diesmal auf der Stelle und grüßte wortreich. Er berichtete, er komme von einer Messung beim Oberst und dessen Frau. Als Lohn für seine Dienste habe er eine große Flasche irischen Whisky erhalten, den besten von allen. Der Oberst hatte das Honorar unter der Bedingung ausgesetzt, daß Söderholm die Flasche nicht in des Oberst Haus entkorkte, und das habe er auch nicht getan, aber jetzt – und dabei trat Söderholm durch das Tor auf die Straße – jetzt befand er sich nicht mehr auf dem Grund und Boden des Oberst. Indem er das sagte, öffnete Söderholm seine Tasche, nahm die Flasche Glenfarclas heraus und schraubte sie mit genußvollem Seufzen auf. Edlerweise bot er Henry den ersten Schluck an. Dieser trank höflich, obwohl er keinen Whisky mochte.

»Damit das Russisch flutscht«, sagte der Alte augenzwinkernd, und als er Henrys verblüfften Gesichtsausdruck sah, fügte er hinzu:

»Der Oberst hat mir erzählt, daß Sie immer kommen, um fleißig die Sprache zu lernen. Er schätzt das sehr. Und warum auch nicht? Sie haben angeblich ein Talent dafür. Als junger Mann hatte ich das auch, aber jetzt ist der Kopf leer.«

Söderholm klopfte sich an den Schädel, der hohl klang.

»Dröhnt vor Leere«, sagte Söderholm. »Als ich jung war, konnte ich auch ein bißchen Russisch, ein Kriegsgefangener brachte es mir bei. In dieser Gegend arbeiteten sie in der Landwirtschaft. Der hieß Sergej. Oder Semjon. Er wurde Jaagel genannt, weil er im Wald Flechten suchen ging, die heißen auf russisch jaagel, Flechten und Heidekraut, daraus kochte er einen Tee, der belebte oder beruhigte, ich weiß nicht mehr, was. Außerdem half er gegen Rheumatismus. Dieser Jaagel war ein gebildeter Mann, hatte die Lomonosov-Universität besucht und nahm mich in den Wald mit, zeigte mir Pilze, Moose und Sporen. Ich hatte keine Ahnung von Pilzen, bei uns auf dem Land wußte man damals nicht viel darüber. Er zeigte sie mir auf russisch, Pfifferlinge, Milchlinge, Röhrenpilze, Herbsttrompeten, dazu Flechten, Heidekraut, Moosfarne, und ich lernte sie, erinnere mich aber nicht mehr an sie. Wie war das noch? Grib, mooh, veeresk und dieses jaagel? Jaagel sprach mit mir über Erdstrahlen, darüber wußte er viel, das hatte er an der Universität auch studiert, er war wohl Geologe. Damals hörte ich zum ersten Mal davon, in unserer Gegend kannte man so etwas nicht, in Rußland waren sie uns in den Strahlungen voraus. Jetzt nicht mehr.«

Henry bedankte sich für das Getränk und wollte weitergehen, aber Söderholm hielt ihn mit dem Vorschlag zurück,

Henry könne die Strahlung unter seinem eigenen Haus messen lassen. Das würde keine Mühe bereiten, Söderholm würde es halb umsonst machen, aus reiner Neugier. Er vermutete nämlich, daß dort eine ungeheure Menge an Teilchen, Wellen und elektrischen Ladungen kreuz und quer auf eine Masseneinheit zuschossen.

»Woraus schließen Sie das?« fragte Henry.

»Daraus, daß Ihre zwischenmenschlichen Beziehungen so zerrissen sind«, sagte Söderholm. »Wenn ich mich nicht irre, und das tue ich nicht, dann sieht es aus, als würden bei Ihnen die Frauen ein- und ausgehen, aber keine scheint es lange auszuhalten. Entweder sind es die falschen Frauen, oder es hat mit der Erdstrahlung zu tun. Das läßt sich leicht überprüfen.«

»Ich denke, ich lasse sie trotzdem nicht messen«, sagte Henry und ging seines Wegs, drehte sich aber noch einmal um und fragte Söderholm, der mit schuldbewußter Miene schon wieder einen Schluck aus der Flasche nahm: »Was haben Sie denn diesmal beim Oberst gemessen?«

»Das ist vertraulich, das kann ich nicht sagen«, sagte Söderholm und ließ die Flasche in der Arzttasche verschwinden. »Hauptsächlich hat sich der Oberst allerdings mit mir über den Winterkrieg unterhalten. Er hat mich alles mögliche gefragt, und ich habe ihm erzählt, was ich noch wußte, besonders von der Front bei Kuhmo.«

»Waren Sie auch dort?« wunderte sich Henry. Wenn das stimmte, dann war Söderholm mindestens achtzig Jahre alt.

»Und ob. In der Sonderreserveeinheit des Oberbefehlshabers!« sagte Söderholm und legte eine Hand ans Ohr. »Dort bin ich auch verwundet worden und kam nach Hause. Und hier heilte mich Jaagel mit seinen Extrakten und Gebräuen und Tees und dadurch, daß er mich lehrte, der schlimmsten Erdstrahlung aus dem Weg zu gehen. Und es ist mir gutgegangen. Ich kann sogar noch immer einen Kopfstand!«

Söderholm stellte seine Tasche ab und bog seinen Oberkörper nach vorn. Er legte die Unterarme auf die Erde, setzte den Kopf dazwischen auf und schwang sich in den Kopfstand, kam aber sogleich wieder herunter. Beim dritten Mal fand er das Gleichgewicht und hielt seine dünnen Beine schwankend in der Luft. »So fühlt es sich also an, wenn man Chinese ist«, kicherte Söderholm und machte Gehbewegungen mit den Füßen. Henry blieb nicht stehen, um zuzuschauen, wohin die Füße der Sonderreserve des Oberbefehlshabers in der Luft marschierten.

Auch diesmal machte Jowan die Tür auf und hatte Maotse neben sich. Der Hund beschnupperte Henry ohne Feindseligkeit und leckte aus alter Gewohnheit an seinem Daumen. Jowan war höflich zurückhaltend, und Henry konnte an seiner Ausdruckslosigkeit ablesen, was er über Henrys wiederholte Besuche dachte.

Jowan führte Henry in Mavras Zimmer und bat ihn, zu warten. Die Dame leide unter einer ihrer gelegentlichen Migränen und sei nicht ganz wohl.

»Sie ruht sich ein wenig aus und wird gleich da sein«, sagte Jowan und entfernte sich. Henry hörte deutlich, wie Mavra in der oberen Etage Geige spielte, er meinte, sogar das Stück zu erkennen. Auch Jowan mußte es hören. Warum log er? War das in diesem Haus so üblich?

In Mavras Bücherregal standen überwiegend russische und serbische Bücher in kyrillischer Schrift. Leicht neidisch sah sich Henry die Bücher und Noten an, die in tadelloser Ordnung in drei Regalen standen. Er hatte das Gefühl, vor einer solchen Menge an Wissen und Können zu stehen, daß sie ihm für immer unerreichbar bliebe. Das Gefühl von Neid und Unzulänglichkeit verwandelte sich jedoch bald in Bewunderung für Mavra, die trotz schwerer Zeiten mehrere Sprachen erlernt hatte und auch noch Geige spielen konnte, sogar wenn sie von Migräne geplagt wurde.

Auf einem Regal saßen Puppen in Trachten aus verschiedenen Ländern, darunter eine schwer mitgenommene Flickenpuppe, der schwarze Knöpfe als Augen angenäht worden waren. Daneben stand ein Foto der neugeborenen Mavra im Arm ihrer Mutter, das kleine rote Säuglingsgesicht unter einem dichten, dunklen Haarschopf. Die Mutter war eine dünne Frau mit ernstem Gesicht, sie hatte große, erschrockene Augen und eine schmale, gekrümmte Nase. Auf einem zweiten Foto hielt Mavra als kleines Mädchen die Flickenpuppe im Arm, die allerdings damals noch ihre ursprünglichen starren Glasaugen hatte. Die kleine Mavra trug einen roten montenegrinischen Fez. Ein schwarzer Fellbommel hing davon herab, und in der Mitte prangte ein goldener Fünfzackstern. Sie saß auf dem Schoß eines eckigen alten Mannes, möglicherweise ihres Großvaters, aber es hätte ebensogut Marschall Tito sein können.

Auf dem Regal standen Fotografien von Mavras kleinem Bruder und von ihrer kleinen Schwester, die jetzt beide erwachsen waren und in Deutschland bei Verwandten mütterlicherseits lebten, außerdem ein Foto von Mavras Mutter, etwas älter, aber sehr krank aussehend.

An der Wand hing eine rumänische Kubza-Laute aus der Vojvodina, wo auch Rumänen lebten. Aus einem Korb ragten verzierte Holzflöten, Doppelflöten, Fluier, Kawala, Nayflöte, Tarogato, Panflöte und türkische Schalmeien heraus. Henry blies schrille Töne aus einer Schalmei, voller Eifer pustete er sich die Lunge leer und setzte sich auf Mavras niedriges Bett, damit ihm nicht schwindlig wurde.

Ohne daß Henry es bemerkt hatte, war der Oberst an der Tür erschienen. Henry stand vom Bett auf.

»Bleiben Sie ruhig sitzen«, sagte der Oberst und trat ins Zimmer. »Lassen Sie sich durch mich nicht stören, stoßen Sie nur ins Horn.«

»Mir wird sowieso schwindlig«, sagte Henry und steckte das Instrument in den Korb zurück.

»Ich bin nur gekommen, um Ihnen zu sagen, daß sich Mavra tatsächlich ein wenig unwohl fühlt, aber es wird ihr bald bessergehen. Mir kam in den Sinn, daß Sie sich gewiß wundern, wieso sie Geige spielen kann, wenn es ihr schlechtgeht.«

»Stimmt, das habe ich mich gefragt«, gab Henry zu.

»Dafür gibt es eine einleuchtende Erklärung«, sagte der Oberst. »Mavra spielt sich das Kopfweh aus dem Leib, so merkwürdig sich das auch anhören mag. Es ist eine Methode, die der Neurologe und Geiger Armen Agapetosia in Eriwan entwickelte und die Mavra während ihres Studiums in Sankt Petersburg kennenlernte. Sie beruht auf der psychophysischen Gesamtwirkung, die das Spielen, auch das gezwungene, in einer unter Migräne leidenden Person hervorruft. Das Überwinden des Schmerzes und des Unwillens, in diesem Fall schon das Ergreifen des Instruments, lohnt an sich bereits die Mühe. Damit verbindet sich eine eindeutige physische Wirkung: beim Spielen fließt das Blut schneller. Freilich können Kopfschmerz und Unwohlsein zunächst stärker werden. Da kommt dann ein neuer Faktor ins Spiel, jedoch nur bei Streichern: die Wirkung des Tons auf den Schmerz. Besonders die Labialtöne, speziell die

Quartflageolettlabialtöne besitzen die Eigenschaft, auf bestimmten, exakt eingegrenzten Schwingungsfrequenzen jene Neuronenknoten, die den Kopfschmerz verursachen, oder, falls es sich um Migräne handelt, die elektromagnetischen Blockaden zu lösen. Die richtigen Frequenzen zu finden ist nicht leicht, auch Sie haben gehört, wie Mavra immer wieder nach den Labialtönen in der richtigen Frequenz sucht. Das Stück, das sie gerade spielt, ist für diesen Zweck besonders geeignet …«

»Das Capriccio von Paganini?« schlug Henry vor.

»Ganz recht«, staunte der Oberst. »Es ist voll von diesen Flageoletten. Ich kann dieses Stück eigentlich nicht ausstehen, aber in diesem Fall geht es.«

Der Oberst nahm im Korbsessel Platz. Stumm lauschten sie Mavras therapeutischem Spiel. Dann sagte der Oberst, er habe gehört, daß Henry auch Italienisch könne, Mavra habe das erwähnt. Ob sie viel über mich reden, fragte sich Henry. Er gab zu, Italienisch gelernt zu haben, um Bücher über die Geschichte Italiens auf italienisch lesen zu können, denn er habe seine Magisterarbeit über Garibaldis Versuch, dem Papst Rom zu entreißen, geschrieben.

»Was kam dabei heraus?« fragte der Oberst.

»Sie wurde angenommen, mit der Note eximia cum laude.«

»Zweifellos. Aber was kam bei Garibaldis Versuch heraus?«

»Er scheiterte«, sagte Henry.

»Das ist aber schade«, sagte der Oberst. »Dennoch möchte ich mir Ihre Italienischkenntnisse zunutze machen und Sie um einen kleinen Gefallen bitten. Ich möchte Sie bitten, mir ein Gedicht von Petrarca laut vorzulesen, ein Gedicht, in das ich mich schon vor einer Ewigkeit verliebt habe. Ich selbst kann es nicht lesen, da ich es nicht in Punktschrift besitze. Wenn ich nur das Buch finde …«

Der Oberst trat ans Bücherregal, tastete an dessen Rand entlang, um das gesuchte Fach zu finden, dann fuhr er mit dem Finger ein Stück an den Buchrücken entlang und pickte ein kleines Buch mit Ledereinband heraus.

»Dies ist eine Sammlung von Petrarcas Gedichten«, sagte der Oberst. »Ich kaufte sie in Italien, als ich mich dort auskurierte, in der einzigen Buchhandlung der kleinen Stadt. Jetzt gehört es Mavra. Ich habe es ihr geschenkt.«

Der Oberst reichte Henry das Buch und setzte sich wieder in den Korbsessel.

»Nachdem man mich in Pescara operiert hatte, beschloß ich, nicht nach Hause zurückzukehren. Ich wollte das geistige und motorische Training für ein neues Leben weit weg von zu Hause aufnehmen, damit ich niemanden belästigte und von niemandem gestört wurde. Ich sprach Grüße auf Tonband und schickte sie meiner Frau, von der ich mich vor meiner Abreise nach Bosnien getrennt hatte, und an ihre halbwüchsige Tochter. Ich berichtete kurz, daß ich mein Augenlicht verloren hatte, erzählte, wie ich aus dem Dienst ausgeschieden war, jedenfalls vorläufig, in Erwartung eines medizinischen Wunders, auf das ich allerdings in Wahrheit gar nicht wartete. Ich erzählte, ich hätte die Absicht, vorerst in Italien zu bleiben, wo ich gut versorgt wurde. In dieser Phase wolle ich niemanden sehen, und korrigierte: niemanden treffen, ich sei jedoch geistig gut bei Kräften und habe vor, in Form zu kommen und zu lernen, allein zurechtzukommen. Sobald ich dazu imstande wäre, käme ich als neuer Mensch nach Hause, wobei ich mein Heimatland meinte. Ich sagte nicht, wo ich mich in Italien niederlassen würde, zumal ich es damals selbst noch nicht wußte. Auch später teilte ich es ihnen nicht mit, nachdem ich mir als Wohnort das arme Städtchen ausgesucht hatte, dessen Namen auszusprechen mir immer noch schwerfällt.

Es liegt in den Abruzzen, am östlichen Hang des flachsten Berges des Gran Sasso. Die Stadt war gleichsam nur aus dem Tal emporgeklettert, sie hatte sich festgeklammert und Wurzeln geschlagen. Dort lernte ich, ohne Augenlicht zu leben. Zuerst übte ich, mich in dem kleinen Haus zu bewegen, das ich gemietet hatte, dann im Garten und schließlich in der Stadtmitte, wo die Straßen zu schmal für den Autoverkehr waren. Ich trug die schwarze Brille eines Blinden und benutzte einen weißen Stock, mit dem ich um mich stocherte, wenn ich durch die steilen, gewundenen Straßen ging. Die Bewohner der Stadt erschraken, wenn sie mich die langen schmalen Treppen hinaufsteigen sahen, die die Straßenebenen verbanden und oftmals ohne Geländer waren.

Im Haushalt half mir eine Frau, die in der Nähe wohnte. Sie war verheiratet und Mutter mehrerer Kinder, weshalb es nicht für unschicklich gehalten wurde. Ihr ältester Sohn führte mich bei meinen ersten Spaziergängen, aber schon bald wollte ich sie allein absolvieren. Ich dachte, wenn ich lernte, mich hier auf diesen steilen Hügeln und in diesen verwinkelten Gassen fortzubewegen, dann würde ich es anschließend überall können.

Von dem, was in der Welt vor sich ging, wußte ich damals nicht viel, ich wollte es auch gar nicht wissen, ich konzentrierte mich darauf, die primitivsten Voraussetzungen des Daseins zu erlernen. Manchmal las mir der Junge aus der Zeitung von den Ereignissen des Bosnischen Krieges vor. Ich verstand die Sprache schlecht, und der Junge las stockend, weshalb ich jeweils nur eine kleine Dosis vom Elend der Welt auf einmal bekam.

Dann fand ich eines Tages die kleine Buchhandlung und ging hinein. Mit meinem schlechten Italienisch fragte ich, ob sie Bücher in Blindenschrift hatten, am liebsten Gedichte, weil sie kurz waren. Ich weiß nicht, warum ich danach fragte, denn damals konnte ich die Punktschrift von Braille noch gar nicht lesen. Solche Bücher hätten sie nicht, sagte die Verkäuferin, eine junge Frau, und bedauerte es sehr. Sie erbot sich, mir laut Gedichte vorzulesen, falls mir das recht wäre. Sie wollte mir helfen, sie hatte Zeit, um die Mittagszeit, unmittelbar vor der Siesta kamen nicht viele Kunden. Ich bedankte mich und nahm Platz, um zuzuhören. Sie suchte lang und las dann das erste Gedicht. Es war von Ugo Foscolo, der es für seinen verstorbenen Bruder Giovanni geschrieben hatte. Ich weiß es noch, weil es das erste war. Sie las mit schöner, klarer Stimme und leichtem, abruzzischem Akzent. Vom Inhalt verstand ich nicht viel, aber das machte nichts. Am nächsten Tag kam ich wieder, und sie las erneut ein Gedicht, ich weiß nicht mehr, welches, und ich bedankte mich. Dutzende Male ging ich in ihre Buchhandlung, und jedesmal las sie mir ein Gedicht vor. Ich kann mich nicht an alle Dichter erinnern, aber an Carducci, Ungaretti, Pascoli und Montale erinnere ich mich noch.

Zum Dank kaufte ich ihr manchmal einen Blumenstrauß oder Schokolade, und ich kaufte ihr den ein oder anderen Gedichtband ab. Ich übertreibe kein bißchen, wenn ich sage, daß diese Frau in der Buchhandlung mein einziges Licht war, sie war mein Gedichtengel. Ich weiß nicht, wie sie aussieht, aber ich erinnere mich an ihre Hand, denn sie begrüßte mich stets mit einem Händedruck. Sie war lang, schmal und warm, und die Fingerspitzen waren ein wenig rauh. In meiner Lage hätte ich mich leicht in sie verlieben können. Ich liebte ihre Stimme und ihren inständigen Wunsch, meine Augen wieder für die Schönheit zu öffnen – auf dem Umweg über meine großen Ohren.

Einmal schlug ich vor, sie könne mir etwas von Petrarca vorlesen. Sie vermutete, das könnte etwas zu schwer für mich sein, aber sie suchte trotzdem einen Band von Petrarca heraus, genau diesen hier, es war das einzige Exemplar im Laden. Ich bat sie, ein Gedicht ihrer Wahl vorzulesen. Sie las dieses Gedicht. Und ich bitte Sie, es mir jetzt vorzulesen. Machen Sie sich in aller Ruhe damit vertraut und lesen Sie es dann.«

Und Henry las es laut, so gut er konnte:

S'amor non è, che dunque è quel ch'io sento?
Ma s'egli è amor, per Dio, che cosa è quale?
Se bona, ond' è l'effetto aspro mortale?
Se ria, ond' è sì dolce ogni tormento?

Er machte eine kurze Pause, dachte noch einmal über die Betonungen nach, las die Strophe erneut und danach das ganze Gedicht zu Ende.

Der Oberst hörte in Gedanken versunken und sichtlich bewegt zu. Als Henry fertig war, deklamierte der Oberst die Übersetzung der ersten Strophe:

Wenn Liebe nicht, was ist es, was ich fühle?
Und ist es Liebe, was, um Gott, ist diese?
Wenn gut, wie kommt's, daß tödlich hier sie wühlt?
Wenn bös, daß Wonne jedem Schmerz entsprießt?

Wieder versank er in seine Erinnerungen. Dann sagte er:

»Dieses Gedicht appellierte an mich, obgleich ich nicht alles verstand. Ich bat den Englischlehrer des Gymnasiums der Stadt, es ins Englische zu übersetzen. Dann übersetzte ich es selbst ins Finnische. Ich kann nicht erklären, warum dieses naive Gedicht so einen starken Eindruck auf mich machte. Bald darauf wußte ich jedoch, was ich zu tun hatte. Ich mußte nach Bosnien gehen, um Mavra zu suchen. Ich mußte sie finden, sie unter meine Obhut nehmen und ihr geben, was zu geben in meiner Macht stand. Aber nach Bosnien kam ich erst drei Jahre später, nach dem Friedensabkommen von Dayton. Während dieser Zeit lebte ich in Finnland und schulte mich darin, mit vier Sinnen zurechtzukommen …«

Der Oberst verstummte, er wurde aufmerksam, hob den Finger, und Henry vermutete, er wolle wieder einmal ein Beispiel für die Überlegenheit der Sinne, welche den Sehsinn ersetzten, geben. Im selben Moment betrat Mavra das Zimmer. Henry hatte sie wieder nicht kommen gehört.

Sie sah den Oberst unzufrieden an, der Oberst stand auf und ging zur Tür. Dort dankte er Henry für die vortreffliche Interpretation des Petrarca-Gedichts und schlug ihm vor, es auch Mavra vorzulesen, falls ihnen Zeit dafür bliebe.

Mavra sank neben Henry nieder, lehnte ihren Kopf an seine Schulter und wartete, bis sich die Schritte des Oberst entfernten. Dann bat sie Henry, ihr das Gedicht vorzulesen.

»Er trägt es mir immer wieder an. Und allen anderen auch, die es aushalten, zuzuhören. Oder es auch nicht aushalten. Schließlich kann niemand einen Blinden bitten, den Mund zu halten. Ich tue es gelegentlich und muß dann dafür büßen. Ich habe das Gedicht nie gemocht. Und er weiß das sehr gut.«

Mavra war blaß und hatte dunkle Ränder unter den Augen. Henry fragte sie, ob das Spielen von Labialtönen nicht gegen ihre Migräne geholfen hatte. Sie schüttelte den Kopf. Henry erzählte, er sei am Tor Söderholm begegnet, der von irgendwelchen Messungen kam. Er fragte, ob Söderholm Mavras Migräne gemessen habe. Mavra sagte, die könne man nicht messen, die sei unermeßlich.

»Er war doch wohl nicht hier, um eure Körperstrahlung zu messen, deine und die vom Oberst?« fragte Henry spaßeshalber. Aber Mavra fuhr zusammen.

»Was weißt du denn davon? Hat dir der Oberst davon erzählt?«

»Ich kenne Söderholms verrückte Theorien«, sagte Henry.

»Der Oberst ist der größere Verrückte. Er ist bereit, alles auszuprobieren.«

»Was wollte er denn probieren?« fragte Henry.

»Das sage ich nicht«, erklärte Mavra. »Ich bin es leid, und ich bin müde, mir schmerzt der Kopf und mir ist schlecht.«

»Willst du, daß ich deine Schläfen massiere?«

Mavra setzte sich vor Henry hin, hob das Gesicht und schloß die Augen. Mit zarter Behutsamkeit massierte Henry ihre Schläfen, blickte ihr fest ins Gesicht und fragte sich, wozu der Oberst Mavra hatte zwingen können und wegen welcher Probleme er so etwas getan hatte. Wie lang war der Weg von Petrarcas naivem Liebesgedicht zu Söderholms verrückten Experimenten? Was alles paßte dazwischen?

Die Anspannung in Mavras Gesicht löste sich allmählich, und die Falte zwischen ihren Augenbrauen glättete sich, während Henry Schläfen und Augenwinkel massierte, und er konnte sich nicht zurückhalten, ihre Augen zu küssen und sehr leicht ihren Mund. Mavra öffnete die Augen und sah ihn fragend an. Genau in diesem Moment tappte Maotse ins Zimmer. Er drängte sich begeistert hinein, ließ einen zerfetzten, schleimigen Tennisball zwischen ihnen fallen und bellte fordernd.

Neuntes Kapitel

Der Zufall ist eine Lerche

Henry Loimu saß auf dem weiß gestrichenen Holzgeländer des Suoponki-Bootsstegs und war in ein russisches Gedicht vertieft. Er war mit dem Ruderboot gekommen, der Kahn war am Steg angebunden und schaukelte sanft auf den Wellen. Es schien ihm die richtige Art zu sein, sich dem Haus des Oberst zu nähern, über den Fluß, so wie beim ersten Mal. Er hatte gehofft, Mavra würde wieder auf dem Uferfelsen stehen und ins Wasser starren, oder auf ihn wartend auf dem Steg sitzen, während er sich mit energischen, gleichmäßigen Ruderzügen dem Ufer näherte und das Wasser am Bug schäumte. Dann hätte er die Fahrt gekonnt verlangsamt, wäre an den Pfosten des Stegs herangeglitten, ohne dagegenzustoßen, hätte Mavra das Seil zugeworfen und sie gebeten, es festzubinden: »Zavjažite, požaluista!« Das hatte er gerade erst gelernt und genau diese Situation im Auge gehabt. Aber Mavra war weder am Ufer noch auf dem Steg zu sehen. In seiner brennenden Ungeduld war Henry zu früh gekommen. Er kam immer zu früh zu den Russischstunden, und ebensooft tauchte Mavra mit einer Viertelstunde Verspätung auf, wobei sie schon von weitem zu einer energischen Erklärung ihrer Verspätung anhob.

Als Henry auf den leeren Steg kletterte, durchfuhr ihn die Enttäuschung darüber, daß Mavra nicht ebenso leidenschaftlich ihren Begegnungen entgegeneilte wie er. Er schluckte sie herunter, zusammen mit der vom Magen her aufsteigenden Verlockung, aus diesem offensichtlichen Ungleichgewicht der Gefühle übereilte Schlußfolgerungen zu ziehen. Er setzte sich auf das Geländer und zog das Gedichtbuch aus der Tasche, um sich auf andächtiges Warten einzustimmen, auf Mavra, auf die beste Stunde des Tages.

Maotse hatte bereits am Tor auf ihn gewartet. Als er ihn unvermutet den Steg erklimmen sah, schoß der Hund los und sauste durch den Garten auf den bekannten Eindringling zu. In einem Meter Entfernung blieb er stehen, um den Geruch der Hündin an Henrys Hosenbein anzubellen. Bald schon verwandelte sich das Gekläffe in ein forderndes Blöken, er wedelte mit dem Schwanz und dehnte sich vornübergeneigt mit nach oben gestrecktem Hinterteil, wie ein chinesischer Mandarin beim Kotau vor dem Kaiser.

Henry kraulte den Hund zwischen den Ohren und las ihm im Mondlicht laut das Gedicht vor, langsam und stoßweise, dabei versuchte er, das Russisch so auszusprechen wie Mavra, obwohl sie selbst ihn davor gewarnt hatte, sie nachzuahmen, damit er nicht ihre südslawische Artikulation annahm, bei der die Betonung der Wörter oft auf die erste Silbe rutschte. Henry machte sich keine Sorgen, von ihm aus mochte die Betonung auf dem Kopf stehen, er konnte sich keine schönere Art vorstellen, das Russische auszusprechen, als Mavras weiches Zwitschern. Diese weiche Rundheit strebte er an, auf das Zwitschern verzichtete er freiwillig.

Er konnte das kurze Gedicht innerhalb von fünfzehn Minuten auswendig und lernte, es mit einem kargen männlichen und höflich sachlichen Tonfall aufzusagen, aus dem die geneigte Zuhörerin die starke emotionale Aufladung heraushören konnte. Er würde es aufsagen, wie Eugen Onegin es Tatjana vorgetragen hätte, als er ihr erneut begegnete, jetzt als Ehefrau des alten Fürsten Gremin. Als er zufrieden mit seiner Interpretation war, ging die Tür des Hauses auf, und jemand trat in den Garten. Aber es war nicht Mavra, sondern Jowan, der mit den schwingenden Schritten eines Reiters zum Steg kam.

»Sieh an, der eifrige Flößer lodert wieder einmal. Diesmal sind Sie mit dem Boot gekommen.«

»Der kürzeste Weg hierher führt über den Fluß. Und heute ist schönes Wetter«, sagte Henry und schluckte seinen Mißmut hinunter.

»Sie sind ein bewundernswert eifriger und gewissenhafter Schüler. Sie lassen keine einzige Stunde ausfallen. Offensichtlich haben Sie beschlossen, die russische Sprache durch Schultersieg zu bezwingen, so wie der große Ringer und Dichter Karelin? Was lesen Sie da so interessiert?«

»Das ist ein Gedicht von Puschkin«, sagte Henry.

Jowan neigte den Kopf, um das Gedicht im Buch sehen zu können.

»Ich kenne dieses Gedicht. Es ist eines der wenigen, die ich auswendig kann. Ich habe es in der Schule gelernt. Es war Pflicht. Marschall Tito hatte sich zwar bereits mit Stalin überworfen, aber in den Schulen wurde weiterhin Russisch gelernt.

Ja vas ljubil, ljubov ištšo byit-možet,
fduše moei ugasla nie sovsem …«

sagte Jowan auswendig auf und fragte Henry anschließend, ob er verstand, was das bedeutete.

Henry kam es vor, als hätte Jowan ihm das Gedicht gestohlen und dessen Verse profanisiert, indem er sie auswendig aufsagte. Was bildete sich dieser Viehdoktor eigentlich ein? Auch seine Frage war geradezu beleidigend.

»Natürlich verstehe ich, was diese Verse bedeuten«, brummte Henry und bot eine Übersetzung an:

»Ich liebte Sie. Vielleicht ist dieses Feuer
in meinem Herzen noch nicht ganz verglüht.

Ich werde ja wohl kaum ein Gedicht auswendig lernen, das ich nicht verstehe«, sagte er. Es entschlüpfte ihm, und Jowan nahm es begierig auf:

»Ach, Sie lernen es richtig auswendig? Freiwillig, ohne Zwang? Sie müssen ein großer Bewunderer Puschkins sein. Oder aber Sie sind verliebt.«

»Doch ihre Ruh' ist mir vor allem teuer;
durch nichts betrüben will ich ihr Gemüt«,

fuhr Henry lautstark und in Anbetracht des Inhaltes dieses Verspaares überraschend aggressiv fort.

»Ich weiß nicht, ob Puschkin das akzeptiert hätte«, meinte Jowan.

Du weißt es nicht und verfügst auch nicht über die Voraussetzungen, es zu wissen, dachte Henry, aber laut sagte er: »Ich habe improvisiert. Und ich bin kein Dichter.«

»Na dann … Ich bin gekommen, um Ihnen mitzuteilen, daß die gnädige Frau noch nicht für die Stunde bereit ist«, sagte Jowan.

»Ich weiß, ich warte hier auf sie«, sagte Henry.

»Und Sie lesen Puschkins Liebesgedicht. Versuchen Sie,

die Dame zu beeindrucken? Versuchen Sie ihr zu gefallen?« fragte Jowan.

Sein Schwanken zwischen steifer Nüchternheit und persönlicher Aufdringlichkeit machte Henry allmählich nervös.

»Nur in meiner Eigenschaft als Schüler. Ich will viel und schnell lernen«, sagte er.

»Jung und ungeduldig?« mutmaßte Jowan und stierte Henry mit stechendem Blick an. »Wenn ich mich recht erinnere, geht das Gedicht so weiter: ›Ja vas ljubil bezmolvna, beznadežna …‹. Und was mag das bedeuten?« fragte Jowan mit grob demonstrativ prüfendem Unterton.

»Ich liebte Sie, stumm, hoffnungslos und schmerzlich …«, übersetzte Henry.

»Ganz richtig. Merken Sie sich das!« sagte Jowan mit Nachdruck und hob den Zeigefinger, was Henry besonders ärgerte. Wieder zeigte ihm jemand den didaktischen Zeigefinger, zuerst seine Schwiegermutter, dann dieser Tartuffe …

»Was soll ich mir merken? Das ist ein Gedicht, eines von vielen, und es stammt nicht einmal von mir, sondern von einem toten Russen.«

»Es ist Mavras Lieblingsgedicht«, sagte Jowan.

»Tatsächlich?« staunte Henry mit gespielter Unwissenheit. »Ich habe es ganz zufällig ausgewählt.«

»Ich glaube nicht an Zufälle«, entgegnete Jowan.

»Ich schon«, sagte Henry. »An Zufälle und an das ungewollte Schicksal und an die annähernde Wahrscheinlichkeit.«

»Und an Gott? Glauben Sie an Gott?«

»Äußerst selten.«

»Das dachte ich mir«, sagte Jowan. »Der Zufall ist eine Lerche, das Schicksal eine Möwe, die Wahrscheinlichkeit ein eierlegendes Huhn. Gott ist der Habicht. Das Feld der Vorstellungen ist weit, aber zufällig ist die gnädige Frau bereits besetzt.«

»Davon war die Rede. Sie sagte, sie komme eventuell später«, sagte Henry. Jowan lachte und schüttelte mitleidig den Kopf.

»Sie haben mich falsch verstanden, vielleicht mit Absicht. Die gnädige Frau ist besetzt, weil sie ein übermächtig starkes Band mit dem Oberst verbindet.«

»Wenn Sie das sagen.«

»Sie sind zusammengewachsen, so eigentümlich das auf Sie auch wirken mag. Sie brauchen einander wie der Fluß sein Bett und das Bett den Fluß. Wie … die Kuh die Melkerin und die Melkerin die Kuh.«

»Wie der Blinde seinen Blindenhund und der Hund sein blindes Herrchen«, schlug Henry diensteifrig vor, konnte aber nicht verhindern, daß ihm die Röte ins Gesicht stieg.

»Sie fragen sich, warum eine so junge und schöne Frau einen blinden Mann, der doppelt so alt ist wie sie, geheiratet hat. Sie können nicht leugnen, daß Sie sich das fragen«, sagte Jowan unerschütterlich und ausdruckslos, als konstatierte er im Stile einer Bekanntmachung, daß Henry Ruß an der Stirn hatte oder daß sein Hosenstall offenstand.

»Ich gebe zu, daß ich schon einmal daran gedacht habe«, sagte Henry.

»Für diesen Sachverhalt gibt es einen Grund. Wenn Sie wollen, werde ich es Ihnen erzählen.«

»Ich glaube, Sie werden es sowieso erzählen, ob ich will oder nicht«, vermutete Henry.

»Ich erzähle es in aller Kürze, dann können Sie sich wieder in Ihren Puschkin vertiefen«, sagte Jowan und setzte sich neben Henry auf das Geländer. Er senkte die Stimme, als würde er ein sorgfältig gehütetes Geheimnis verraten.

»Der Oberst hat Mavra in Bosnien das Leben und die Ehre gerettet. Ich weiß nicht, wieviel Sie über diesen Krieg wissen, eventuell doch so viel, daß dort ein Krieg aller gegen alle herrschte. Am ehesten erinnerte er an eine höllische Fußball-Liga: Serben gegen Moslems, Kroaten gegen Serben, Kroaten und Moslems gegen Serben und dazwischen Kroaten gegen Moslems. Gewinner gab es nicht einen, und Unentschieden wurden nicht zur Kenntnis genommen. In dieser Liga gab es nur Verlierer. In Mavras Heimatdorf Kukavica lebten zu Beginn des Krieges Serben und Moslems kunterbunt durcheinander, und alle kannten sich. Als die Feindseligkeiten ausbrachen, änderte sich alles im Nu, und Mavra stellte fest, daß sie zwischen die Fronten geraten war. Die Kriegshunde aus beiden Lagern lauerten ihr auf. Sie gehörte zu keinem der beiden Lager, sie war halb Serbin und halb Moslemin, und beide Parteien betrachteten das als Makel. Sie war nicht mehr sicher in Kukavica, und sie hatte niemanden, der sie verteidigte. Ihr Vater war gefangengenommen worden, und ihre Mutter war tot. Als die Gewalttätigkeiten anfingen, geriet Mavra in die Hände serbischer Truppen, und wer weiß, wie es ihr ergangen wäre, wenn nicht der Oberst mit einigen Untergebenen an Ort und Stelle erschienen wäre und sie in Sicherheit gebracht hätte. Mit der Pistole in der Hand ging der Oberst wie ein rasender Roland zwischen die Wölfe und holte Mavra, ihren kleinen Bruder und ihre Schwester heraus. Er brachte sie in Sicherheit, besorgte ihnen ein Dach über dem Kopf, gab ihnen zu essen und schenkte ihnen für eine Weile Ruhe. Danach gelang es ihm, auch den Vater aus dem kroatischen Gefängnis in Slavonia herauszubekommen. Mehr konnte er zu diesem Zeitpunkt nicht tun. Einen Monat später fuhr er auf eine Mine und hätte um ein Haar sein Leben verloren. Aber starb er? Er starb nicht! Nachdem er das Krankenhaus verlassen hatte, zog er sich in die Einsamkeit zurück. Aber er gab nicht auf, kein bißchen! Mit entsetzlichem Ingrimm fügte er sich in ein Leben als Blinder unter Sehenden ein, unter sogenannten Sehenden, denn der größte Teil der Menschheit ist blind und taub. Stumme hingegen gibt es sehr wenige, dabei dürfte es von ihnen gern mehr geben. Als im Jahr fünfundneunzig der Krieg zu Ende ging, kehrte der Oberst nach Bosnien zurück und fing an, nach Mavra zu suchen. Das wäre sogar für einen Sehenden ein verrücktes Unterfangen gewesen. Das ganze Land sah aus wie das zerstörte Jerusalem. Ein großer Teil des Volkes lebte als Flüchtlinge weit weg von zu Hause oder gar im Ausland. Auch in ihren Heimatgegenden wohnten Serben und Moslems jetzt in ihren eigenen, gesäuberten Gebieten, entweder in ihren früheren, oder in neuen, von der Gegenseite eroberten Dörfern, und wer sich zwischen diesen Dörfern bewegte, begab sich in Lebensgefahr. Aber gab der Oberst angesichts des Unmöglichen auf? Er gab nicht auf! Den Gefahren trotzend setzte er seine Suche fort, mal in der serbischen, mal in der muslimischen Zone, er pendelte frech zwischen ihnen hin und her wie die alten Hajduken, keine Mittel scheuend, mit Beschwichtigungen, Drohungen und Bestechung. Ich glaube, man hielt ihn für einen Irren, und vor einem blinden Irren fürchten sich sogar die schlimmsten Banditen. Vielleicht wurde er deshalb in Ruhe gelassen.

Schließlich fand er Mavra in einem kleinen Dorf weit weg von zu Hause, jedoch an der Bosna, am selben Fluß, auf den sie schon als Kind gestarrt hatte. Begreifen Sie? Benutzen Sie Ihre Phantasie, guter Mann! Der Oberst fand Mavra lebend, nach diesem höllischen Krieg und inmitten dieses teuflischen Durcheinanders. Den Rest erraten Sie vielleicht, und er wird Sie nicht mehr in Erstaunen versetzen. Der Oberst hielt um Mavras Hand an, und nachdem Mavras Vater seine Zustimmung gegeben hatte, brachte der Oberst Mavra fort aus diesem gottverlassenen Land, denn wahrhaftig hatten sämtliche Götter einvernehmlich das Land verlassen, Deus und Bog und Allah und Adonai und wie sie alle heißen. Im Jahr darauf heirateten sie.«

Jowan verstummte lang und bedeutungsvoll, damit Henry seine Erzählung verdauen konnte.

»Ich verstehe«, sagte Henry schließlich.

»Was verstehen Sie?« fragte Jowan gehässig.

»Daß Mavra blind einem blinden Helden folgte.«

»Sie haben es richtig verstanden«, sagte Jowan. »Sie blikken durch.«

»Wer führt wen?«

»Das ist egal.«

»Eine schöne Geschichte«, sagte Henry. »Der Held bekommt die Prinzessin, sie heiraten und leben glücklich miteinander. Und wenn sie nicht gestorben sind, so leben sie noch heute.«

»Warum sollten sie gestorben sein?« fragte Jowan irritiert.

»So heißt es doch in den Märchen.«

»Glauben Sie, ich erzähle Ihnen Märchen?«

»Warum haben Sie mir das überhaupt erzählt?« wollte Henry wissen.

»Damit Sie sich keine Illusionen machen. Damit Sie nicht vom Unmöglichen träumen«, sagte Jowan und musterte Henry forschend.

»Wovon sonst träumt der Mensch, wenn nicht vom Unmöglichen? Sie haben doch selbst gesagt, das Feld der Vorstellungen ist weit. Und für seine Träume wird man noch bestraft«, sagte Henry.

»Sie haben kein Recht, von ihr zu träumen«, schnaubte Jowan.

»Ich spreche vom Träumen im Allgemeinen«, sagte Henry.

»Ich bin nicht blind. Der Oberst ist es, aber ich sehe, ich bin sein Auge, seine beiden Augen, ich bin seine sechzehn Augen! Träumen Sie meinetwegen, bis Ihnen der Kopf platzt«, murrte Jowan und sprang vom Geländer. »Ich werde nachsehen, ob sie schon gekommen ist. Ich werde ihr mitteilen, daß Sie hier sind.«

Jowan ging auf das Haus zu. Henry blickte ihm düster nach.

»Ein Wunder, daß du dich nicht verbeugt hast, bevor du gegangen bist. Du spielst den Lakai und steckst deine Nase in die Angelegenheit anderer Leute wie die Diener in den Stücken von Molière. Geh nur und teile mit, daß hier draußen ein junger Idiot mit brennendem Herzen steht. Teile mit, daß ich meinen Puschkin auswendig kann und das Verb ›lieben‹ in allen Konjugationen und Zeitformen, mit Präfixen und Aspekten vorwärts und rückwärts gepaukt habe, damit ich es für sie aussprechen kann, und sie soll die Form auswählen, die ihr gefällt, und begreifen, daß ich sie mehr liebe als sie Puschkin. Und falls es ein Wort gibt für die unmögliche und verbotene Liebe, so sagt es mir und sagt mir auch das Wort, das die unglücklich machende und ins Herz schneidende Liebe meint, damit ich ein Wort für das habe, was mich innerlich quält. Schreibt es auf ein Blatt Papier, dann bleibt mir eine Erinnerung an den Wahnsinn, der über mich gekommen ist, und möge die Diagnose der Krankheit meines Gemütes eindeutig sein, damit ich sie als Überweisung benutzen und mir irgendwann Hilfe und Medikamente gegen meine Beschwerden holen kann.«

Henry begriff, daß er laut gedacht hatte, und fuhr auf dieselbe Weise fort:

»Ein teuflischer, leicht schwachsinniger Geist hat sich in mir niedergelassen und meinen Kopf mit Musik, Poesie und übermäßiger Sentimentalität durcheinandergebracht. Und hier bin ich angelangt. Mir ist also klar geworden, daß sich Mavra aus tiefer Dankbarkeit einem blinden Mann angeschlossen hat. Was suche ich hier noch, jetzt, da ich das weiß? Zum Henker mit all den Gedichten und Sentimentalitäten! Bin ich ein Mann oder ein lallendes Weib?«

In seinem Zorn und in seiner Scham warf er das Buch auf den Steg und ging dazu über, sich selbst zu beschimpfen.

»Ein bißchen Rückgrat, wenn ich bitten darf! Kühlen Kopf! Haben Sie Eier oder nicht?! Stahl in die Lenden!«

Er sprang ins Boot und wäre dabei beinahe über Bord gegangen.

Jowan kam im Laufschritt zurück.

»Die Hausherrin ist gerade gekommen. Sie empfängt Sie, schlägt aber vor, daß Sie zuerst gemeinsam mit ihr und dem Oberst das Abendessen einnehmen«, rief Jowan schon auf halbem Weg. Er rannte bis auf den Steg und musterte Henry neugierig, der in seinem Boot schwankte.

»Sagen Sie ihr … sagen Sie den Herrschaften, daß ich mich für die Einladung bedanke, aber leider nicht bleiben kann. Sagen Sie, ich komme ein andermal, zum passenderen Zeitpunkt«, sagte Henry.

Er band das Seil los und rollte es auf, setzte sich auf die Ducht und griff nach den Rudern.

»Ich bin sicher, sie werden Verständnis haben«, sagte Jowan und stieß mit dem Fuß den Bug vom Steg weg. Auf dem Rückweg bemerkte er das Buch, hob es auf und legte es mit der aufgeschlagenen Seite nach unten auf das Geländer.

»So wird Puschkin also mitgespielt. Der junge Mann ist überdreht!«

Zehntes Kapitel

Denken Sie an Opern

Auf dem Eßtisch der Suoponkis dampfte die Gulaschsuppe in der Terrine aus Rosenporzellan. Selbst durch den geschlossenen Deckel drangen die verlockenden Düfte von Salbei, Majoran, Oregano und libanesischem Schwarzkümmel.

»Ich bin sicher, er wird es verstehen«, sagte der Oberst.

»Er wartet schon seit einer Viertelstunde«, sagte Mavra.

»Er kann in aller Ruhe vor eurer Stunde mit uns zu Abend essen«, sagte der Oberst. »Er lebt allein, und sein Hund ist es gewohnt, auf ihn zu warten. Ich finde es öde, ohne dich zu essen. Darum lade ich auch ihn dazu ein. Mich verlangt nach intelligenter Gesellschaft. Wir unterhalten uns intelligent und angenehm über die Vergangenheit und über die Zukunft im Lichte dieser Vergangenheit. Wir können auch über etwas anderes als nur über Geschichte sprechen, falls dich das langweilt. Ich stelle ihm Fragen nach seiner Herkunft und nach seinen Plänen. Ich selbst kann nur über meine Vergangenheit reden. Du kannst reden, worüber du willst, außer über den gegenwärtigen Augenblick. Darüber reden wir nicht, er hält nur so kurze Zeit an, daß man ihn nicht zu fassen bekommt, er entwischt einem im selben Moment, in dem man über ihn spricht.«

»Er entwischt, während du dir Gedanken über das Wesen der Zeit und ihren Verlauf machst«, sagte Mavra. »Wo bleiben sie denn?«

»Wie kommt Herr Loimu in seinen Studien voran?« fragte der Oberst und goß geschickt Wein in Mavras Glas und anschließend in sein eigenes.

»Sehr gut«, sagte Mavra, und um nicht ausweichend wortkarg zu erscheinen, fügte sie hinzu: »Er ist begabt und fleißig, er hat ein Gefühl für Sprachen.«

»Ich würde meinen Finger nicht in seinen Mund stekken«, sagte der Oberst, frei Ilf und Petrow zitierend. »Dennoch meinen Glückwunsch, an ihn wie an dich. Hat er sich bereits gründlich mit dem Lebenswerk des Akademiemitglieds Pawlow vertraut gemacht?«

»Mit wem?« wunderte sich Mavra.

»Mit Pawlow, der den bedingten Reflex bei Hunden untersucht hat. Du erinnerst dich doch an die Köter, die anfingen zu sabbern, sobald man das Essensglöckchen läutete.«

»Ich weiß schon, wofür dieser Pawlow bekannt ist. Aber ich verstehe deine Frage trotzdem nicht.«

»Lest ihr nicht das Russischbuch von Madame Potopova, das Kapitel Nummer zweiundsiebzig, das von diesem großartigen bedingten Sowjetsabberer handelt?«

»So weit sind wir noch nicht«, murmelte Mavra.

»Du hast ihn also noch nicht zum Sabbern gebracht? Oder dazu, aus der Hand zu fressen?«

»Wenn er kommt, kannst du das Essensglöckchen läuten und ausprobieren, ob er sabbert und dir aus der Hand frißt«, sagte Mavra schnippisch und wandte sich zur Tür. »Jetzt kommen sie.«

Aber durch die Tür kam Jowan ohne Henry.

»Lehrer Loimu kommt nicht zum Abendessen«, teilte Jowan mit.

»Hat er gesagt, warum nicht?« fragte der Oberst und wirkte aufrichtig enttäuscht.

»Hat er nicht. Er bat mich, für die Einladung zu danken, aber diesmal könne er sie nicht annehmen.«

»Ich habe es doch gesagt!« klagte Mavra. »Hat er wirklich keinen Grund genannt?«

»Nicht direkt. Aber es hatte den Anschein, als wäre er aus irgendeinem Grund über Puschkin verärgert«, sagte Jowan.

»Über welchen Puschkin? Doch nicht über Alexander Sergejewitsch?« fragte der Oberst interessiert.

»Doch, über den Dichter. Er hatte ein Buch von ihm von sich geworfen und ist vermutlich auch darauf herumgetrampelt.«

»Wie merkwürdig«, sagte der Oberst. »Wie kann jemand auf einen toten Dichter wütend sein? Wenn ich mich recht erinnere, wurde er im Duell von einem Offizier französischer Herkunft erschossen, von dem das Gerücht umging, er spekuliere auf Puschkins Frau. Ich weiß nicht mehr, wer wen herausforderte, aber egal, wie herum es war, es handelte sich nicht um eine faire Konstellation, man hatte dem Dichter keine Chance gegeben. Hätte er die Waffen wählen dürfen, hätte er den Verführer mit der Klinge des Gedichts erledigt.«

»Er hätte dem Verführer das Herz mit einer vor Gift triefenden Feder durchbohrt!« stimmte Jowan begeistert zu.

»Was, um Himmels willen, hat Puschkin damit zu tun?« fragte Mavra.

»Ich bin nicht sicher, aber ich habe den Eindruck gewonnen, daß der Lehrer sich sehr für Puschkin engagiert hat. Er hat zum Beispiel exakt das Lieblingsgedicht der gnädigen Frau als Lektüre zu wählen gewußt.«

»Wie aufmerksam!« rief der Oberst aus. »Wie war ihm das möglich? Nicht einmal ich kenne Mavras Lieblingsgedicht.«

»Soweit ich es verstanden habe, traf er rein zufällig das richtige«, sagte Jowan. »Es hatte den Anschein, als wäre er dabeigewesen, es auswendig zu lernen.«

»Was habe ich gesagt! In dem Mann steckt Beharrlichkeit, dieselbe Unnachgiebigkeit, die Pawlow von der Sowjetjugend einforderte. Wie war das Wort? Posledovatelnost? Nastoitšivnost? Sagt man es so, Mavra? Rešitelnost?«

»Habt ihr euch länger unterhalten?« fragte Mavra und sah Jowan scharf an.

»Wir haben ein bißchen geplaudert«, sagte Jowan. »Soll ich die Suppe servieren?«

»Was hast du ihm gesagt?«

»Wir haben Ansichten über die Bedeutung des Schicksals im Leben des Menschen und über die Unberechenbarkeit des Lebens im allgemeinen ausgetauscht, ebenso wie über den Erwartungsdruck, der bisweilen den Kelch der Erfüllung zerbricht.«

»Welcher Ansicht war Herr Loimu denn über die Unberechenbarkeit des Lebens und diese Dinge?« erkundigte sich der Oberst.

»Er sagte, er glaube fest an den Zufall und an die Kraft des Schicksals.«

»La forza del destino!« rief der Oberst aus und brach johlend in eine Arie von Verdi aus: »Lasciate mi morire!« sang er, aber die Melodie stieg zu hoch, und er mußte den letzten Ton krähen, worauf er sich in ein Husten verwandelte. »Die Arie des Don Alvaro«, krächzte er. »Laßt mich sterben und so weiter. Ist allerdings für Tenor gedacht. Ich bin Bariton.«

»Warum wollte er sterben?« erkundigte sich Jowan.

»Er war unglücklich in Doña Leonora verliebt, deren Vater ihn nicht als Schwiegersohn wollte, weil Don Alvaro Peruaner war und in seinen Adern Indianerblut floß. Sie flohen gemeinsam, aber Leonoras Bruder holte sie ein, und am Ende starben sie alle drei glücklich, nachdem jeder seine Arie gesungen hatte.«

»Das ist aber sehr traurig«, sagte Jowan. »Warum kriegen sich gerade die jungen Liebenden in Opern so selten? Warum müssen sie immer sterben? Oder wenigstens einer von beiden?«

»Dann wird es eine bessere Oper«, vermutete der Oberst. »Denk an Tosca oder an La Bohème, denk an La Traviata oder an Lucia di Lammermoor …«

Marva war mit ihrer Geduld am Ende. »Jowan spricht in Rätseln, und du singst Arien. Ich werde zu ihm gehen und mit ihm reden«, sagte sie und stand vom Tisch auf.

»Das lohnt sich nicht«, sagte Jowan. »Er rudert bereits gegen den Strom. Er ist bestimmt schon weit weg.«

»Dann rufe ich eben gegen den Strom und beschwöre ihn, zurückzukommen«, sagte Mavra und ging. Jowan räusperte sich fragend.

»Laß sie gehen«, sagte der Oberst. »Sie sorgt sich um ihre Schüler wie Pawlow um seine Hunde. Jetzt wäre die Suppe recht.«

Jowan schöpfte dem Oberst und sich selbst. Sie aßen schweigend, der Oberst in Gedanken versunken, Jowan jedem Löffel mit einem Gesichtsausdruck nachschmeckend, als wäre er mit seiner Suppe unzufrieden.

»Weshalb hat sich dieser Lehrer denn so plötzlich davongemacht?« fragte der Oberst schließlich. »Hast du dafür eine Erklärung?«

»Nicht die geringste«, sagte Jowan. »Keine Ahnung.«

»Natürlich nicht. Junge Männer sind oft ruhelos und ungeduldig. So wie der Cellist mit der dünnen Stimme, der mit uns musizierte. Anfangs machte er einen sehr eifrigen Eindruck, besuchte uns unablässig und blieb lang. Dann verschwand er eines Abends plötzlich mitten in Schuberts D-Dur-Trio, zwischen dem zweiten und dem dritten Satz. Ich mußte meine Glieder strecken und den Rücken entlasten, und als ich wieder hereinkam, war er fort. Und Mavra war wortkarg und verschlossen.«

»Vielleicht mochte er Schubert nicht.«

»Wer mag denn Schubert nicht? Er mag bisweilen langweilig klingen, aber es macht verdammt viel Spaß, ihn zu spielen.«

»Ich weiß noch, daß ich ihn zur Tür begleitete, ich trug sein Cello und legte es auf den Rücksitz seines Wagens, wobei ich mich um große Vorsicht bemühte«, erinnerte sich Jowan. »Ich winkte ihm, als er davonfuhr, Maotse rannte dem Auto noch ein Stück hinterher. Und ich sah Mavra mit der Pfeife im Mund in ihrem Zimmer am Fenster stehen.«

»Sie raucht zuviel«, sagte der Oberst unzufrieden. »Und wenn sie nicht raucht, dann kaut sie trotzdem auf ihrer Stummelpfeife herum. Man sollte glauben, daß die Zähne darunter leiden. Ob sie zu früh abgestillt worden ist?«

»Das glaube ich nicht«, sagte Jowan. »Bei uns stillen die Frauen ihre Kinder lang. Sie trinken Ziegenmilch, essen Sellerie und kauen wilde Minze und Thymian, damit die Milch nicht versiegt.«

»Glaubst du, der Lehrer dreht sein Boot um und kehrt zurück?«

»Ich glaube, er ist bereits hinter die Flußbiegung gelangt und hört aus der Entfernung keine Rufe mehr.«

»Dann stürzen wir uns auf die Hauptspeise«, sagte der Oberst.

»Warten wir auf Mavra, oder soll ich das Lamm auf den Tisch stellen?« fragte Jowan.

»Ist es schon geschlachtet?« fragte der Oberst. Das war eine Anspielung auf ein iranisches Sprichwort: Stell das Lamm nicht auf den Tisch, wenn es noch tritt.

»Es wurde schon im Bauch seiner Mutter geschlachtet und mariniert«, entgegnete Jowan, unter Anspielung auf ein armenisches Sprichwort: Der Wolf verschonte das Schaf und wartete mit Wasser im Mund auf die Geburt des Lammes. »Anschließend habe ich es gebraten.«

»Und jetzt essen wir es«, sagte der Oberst energisch und rieb die Fleischmesser aneinander.

Elftes Kapitel

Der Mond glänzt in Sankt Petersburg

Mavra stand am Rand des Stegs und schaute durch das Fernglas auf den Fluß, wo Henry mit langsamen, gleichmäßigen Zügen gegen den Strom ruderte. Sie hielt das Fernglas in der einen Hand und winkte mit der anderen. Sie sah Henrys Gesicht, die durch den Schweiß an der Stirn klebenden Haare, die gespannten Kinnladen, und die Augen, deren Blick auf irgendeinen Punkt gerichtet war, nicht mehr auf den Steg der Suoponkis, denn das Boot hatte bereits die Flußbiegung erreicht, und Henry wählte seine neuen Fixpunkte in immer größerer Entfernung vom Steg. Er hatte auf Mavras Lockruf nicht reagiert, und sein Gesicht hatte nicht verraten, ob er den Ruf nicht gehört hatte oder ob er nicht darauf antworten mochte. Mavras eifriges Winken sah er nicht, denn er schaute nicht hin, und bald würde er es gar nicht mehr sehen können, denn Mavra verschwand allmählich hinter der bewaldeten Landspitze aus seinem Blickfeld (unabhängig davon, ob er hinschaute oder nicht).

Mavra legte das Fernglas aus der Hand und sah, wie weit entfernt Henry in Wirklichkeit war. Unruhige Melancholie und schmerzhafte Sehnsucht überkamen sie, sie schmeckte bereits den kommenden Verlust und das untröstliche Sehnen. Ihre Augen füllten sich mit Tränen. Sie konnte das

Boot nicht mehr sehen, auch nicht den Mann, der ihr lieb und nah sein sollte und der sich jetzt entfernte und bald verschwunden sein würde, ohne daß sie wußte, weshalb.

Sie fing an, sich mit der Faust gegen die Brust zu schlagen, ihr Brustkorb tönte dumpf. Mit der anderen, flachen Hand schlug sie sich auf den angespannten Bauch. Sie hatte gesehen, wie ihre Mutter sich in einem uralten Rhythmus auf Brust und Bauch geschlagen hatte, wenn sie es schwer gehabt hatte und ihr das Leben beinahe unmöglich erschienen war. Die Mutter hatte das Leben beschworen, seinen Lauf zu ändern, und einmal war es ihr gelungen, den Lauf der Bosna für einen Moment umzukehren. Das hatte keine unmittelbaren Auswirkungen auf das Leben der Mutter gehabt, aber es hatte ihr für kurze Zeit geholfen, ihre Sorge und ihre Krankheit zu vergessen, denn sie dachte, daß irgendwo jemand sie erhört und etwas für sie getan hatte, auch wenn Er ihre Bitte falsch verstanden hatte. Er hatte es immerhin versucht.

Mavra schloß die Augen und begann zu den Schlägen eine monotone Melodie nach alter bosnischer Art von sich zu geben. Sie sang eine Zauberformel und weckte eine Beschwörung, die genau zu dieser Situation paßte und vielleicht die einzig mögliche war:

Blase scharf o Wind
Werfe die Wellen geschwind
Bugsiere das leichte Boot
Reiße die Ruder aus dem Lot
Dem Ruderer sie entwende
Den Lauf des Flusses wende
Ans Ufer karre den Kahn
Bevor er entfliehen kann!

Dann öffnete sie die Augen, aber der Strom hatte seinen Lauf nicht umgedreht, und das Boot war auch nicht auf dem Weg in die andere Richtung. Sie hatte es nicht anders erwartet, aber doch inständig darauf gehofft. Das Boot war aus dem Blick verschwunden, es war weder mit noch ohne Fernglas mehr zu sehen. Sollen sie doch dahinfahren, das Boot und der Lehrer. Sie hatte getan, was sie konnte.

Sie trocknete sich die Augen und ging auf das Haus zu. Auf dem Geländer des Stegs lag ein weißer Gedichtband, mit der aufgeschlagenen Seite nach unten. Ihr Lieblingsgedicht ruhte dort auf dem Geländer. Wieder wurden ihre Augen feucht, denn sie dachte daran, daß Henry sich wegen ihr die Mühe gemacht hatte, das Gedicht auswendig zu lernen, er hätte es ihr nach dem Abendessen in ihrer Kammer aufgesagt, schüchtern, aber entschlossen, und sie hätte mit gesenktem Blick zugehört und die Aussprache ihres Schülers einfach nicht korrigieren können. Nicht bei diesem Gedicht.

Mavra drückte das Buch an ihre Brust und warf es dann ins Wasser. Sie würde keinen Puschkin mehr lesen.

Von einem toten Schilfkranz getragen, trieb das Buch aufgeschlagen ans Ufer.

Sie hatte den Oberst nicht bemerkt, der in den Garten gekommen war und jetzt sicheren Schrittes auf dem Sandweg zum Steg ging. Wenige Schritte vor Mavra blieb er stehen.

»Hier stehst du also allein? Wirfst du Steine ins Wasser?« fragte er.

»Das tue ich«, sagte Mavra, hob zwei Steine auf und warf damit auf das Gedichtbuch, um es zum Sinken zu bringen.

»Hast du Herrn Loimu noch angetroffen?« fragte der Oberst und trat an Mavra heran.

»Nein, er war bereits unerreichbar weit davongerudert.«

»Hast du versucht, ihn zu beschwören, umzukehren?«

»Das habe ich«, sagte Mavra mit rauher Stimme.

»Mach dir keine Sorgen, er wird schon wiederkommen. Wo sollte er sonst eine so leidenschaftliche Lehrerin finden?« sagte der Oberst, und es klang durchaus nach dem Versuch eines Trostes.

»Er kommt, wenn es so sein soll«, sagte Mavra und schob ihre Hand unter den Arm des Oberst. »Gehen wir hinein?«

»Laß uns noch einen Moment bleiben. Es ist so klar und warm im Vollmond.«

»Wußtest du, daß Vollmond ist, oder hast du es gespürt?« fragte Mavra.

»Wie sollte ich es nicht spüren? Weißt du das nicht? Ich spüre es sogar, wenn der Mond fast voll ist. Seine Anziehungskraft treibt meine Lebenssäfte ein wenig nach oben, genau im richtigen Maße«, sagte der Oberst, packte Mavra an den Schultern und küßte sie leicht auf die Lippen. Mavra war überrascht und ließ es geschehen.

»Erinnerst du dich noch an die Vollmondnacht in Sankt Petersburg vor drei Jahren?« fragte der Oberst leise.

»Wie könnte ich sie vergessen? Es war unsere Hochzeitsnacht.«

»Im Hotelzimmer hingen schwere, muffige Samtvorhänge vor dem Fenster. Ich behauptete, es sei Vollmond, du sagtest, der Himmel sei bewölkt. Weißt du noch, wer recht hatte?«

»Du natürlich.«

»Du glaubtest mir nicht. Du hast den Vorhang einen Spalt geöffnet und festgestellt, daß der Mond glänzte«, erinnerte sich der Oberst.

»Tatsächlich? Heutzutage glaube ich dir leichter«, sagte Mavra.

»Vielleicht hast du die ganze Sache schon vergessen?«

»Nein. Ich weiß noch, wie ich anfing zu niesen, weil die Vorhänge dick verstaubt waren. Ich bekam eine Art Allergieanfall. Ich mußte die ganze Nacht niesen. Weißt du noch?«

»Es war unsere Hochzeitsnacht«, sagte der Oberst trokken.

»Ich konnte nichts dafür«, sagte Mavra. »Wenn ich mich nur ein bißchen bewegte, fing ich an zu niesen, Dutzende Male hintereinander, so daß ich nahe daran war, ohnmächtig zu werden.«

»Du bekamst den Niesanfall immer dann, wenn du versucht hast, dich auf den Rücken zu legen«, entsann sich der Oberst. »Du mußtest dich aufsetzen, damit der Anfall vorüberging. Schließlich schliefst du völlig erschöpft im Sessel ein.«

»Wir zogen in ein anderes Hotel. Dort nieste ich nicht mehr. Und du hattest keinen Grund mehr, dich zu beklagen.«

»Ich beklagte mich auch im ersten Hotel nicht. Da erinnerst du dich falsch«, sagte der Oberst.

»Du hast dich nicht laut beklagt, aber ich habe sehr wohl das enttäuschte Murren gehört.«

»Vielleicht war ich enttäuscht, aber ich beklagte mich nicht, nicht einmal innerlich«, versicherte der Oberst. »Ich verstand den Husten … ich verstand das Niesen. Du hattest Scheu … Angst … wer weiß, wovor. Wahrscheinlich vor mir.«

»Nicht vor dir. Nicht vor dir im besonderen«, sagte Mavra. »Also nicht davor, daß du da warst. Ich hätte bei jedem anderen auch geniest. Ich war noch Jungfrau, das wirst du doch noch wissen?«

»Natürlich weiß ich es noch. Und ich war sehr überrascht. Ich war gar nicht auf den Gedanken gekommen, dich danach zu fragen.«

»Warst du wenigstens freudig überrascht?« fragte Mavra zum wer weiß wievielten Mal, denn sie hatten dieses Gespräch schon mehrmals zuvor geführt.

»In meiner Kultur ist dieser Aspekt nicht so wesentlich wie in deiner«, sagte der Oberst geduldig. »Allerdings bedauerte ich es auch nicht. Obgleich es die Dinge ein wenig verkomplizierte …«

»Bist du nie zuvor mit einer Jungfrau zusammengewesen?«

»Doch, aber in deinem Fall kam noch mehr hinzu.«

»Unser Altersunterschied, nicht wahr? Das meinst du doch?«

»Ich hatte irgendwie das Gefühl, nicht das Recht zu besitzen … als erster. Du warst so jung, und ich …«

»Es tut mir sehr leid, daß ich zufällig Jungfrau war«, entgegnete Mavra bitter. Der Oberst seufzte. Er hatte gewußt, daß sie das sagen würde.

»Dafür hast du keinen Grund«, sagte er. »Ich sagte doch bereits, daß ich deine Unsicherheit verstand. Schließlich bin ich auch noch blind. Letzten Endes war doch ich der scheuere und unsicherere.«

»Das warst du.«

»Und das hatte nicht nur mit dem Altersunterschied zu tun, auch das weißt du.«

»Ich weiß es.«

»Sondern damit, daß ich nicht sah, wie du mich anschautest. Weil ich dich nicht sehen konnte. Und ich wußte nicht, wie du mich sahst, weil ich mich lange selbst nicht gesehen hatte. Kannst du das verstehen?«

»Ja«, sagte Mavra. »Verzeih mir meinen Zorn.«

»Ich verzeihe dir. Zu einem solchen Einverständnis haben wir schon lange nicht mehr gefunden. Das müßte man feiern«, sagte der Oberst.

Mavra erwiderte darauf nichts. Sie standen dicht beieinander, ohne sich jedoch zu berühren. Der Oberst versuchte, Mavras Korporalstrahlung auf der Haut zu spüren, und meinte auch, sie wahrnehmen zu können. Er versuchte zu spüren, ob Mavra etwas Entsprechendes von ihm empfand, aber dazu reichte die Sensibilität seiner Sinne nicht aus, nicht einmal bei Vollmond. Eines spürte er dennoch: Mavra war nicht zum Feiern zumute.

»Du hast doch bei dem Vollmond nicht gelogen, nur um mir einen Gefallen zu tun?« fragte der Oberst.

»Ich habe nicht gelogen. Ich war damals nicht bereit, dich anzulügen, und bin es heute noch immer nicht«, sagte Mavra.

»Ich muß also aufpassen, was ich dich frage«, sagte der Oberst.

»Was willst du mich denn fragen?«

»Nichts. Nicht jetzt. Vielleicht wenn ich aus Sankt Petersburg zurückgekehrt bin.«

»Du fährst nach Sankt Petersburg?« fragte Mavra erstaunt.

»In einer Woche. Ich werde in den russischen Kriegsarchiven wühlen.«

»Und du willst natürlich, daß ich mitkomme!« rief Mavra aus. »Und teilst es mir erst jetzt mit!«

»Würdest du als meine Führerin mitkommen, als mein Auge?«

»Das muß ich doch. Ohne mich kommst du doch nicht zurecht«, sagte Mavra angestrengt.

»Deine Loyalität verdient Dank«, antwortete der Oberst. »Ich danke dir also. Du bist eine unvergleichliche Ehefrau und eine Freundin in der Not. Aber diesmal fahre ich mit Jowan. Du kannst hierbleiben und das Haus hüten.«

»Du fährst mit Jowan?«

»Krieg und Kriegsgeschichte, das ist Männerkram. Bist du sehr enttäuscht?«

»Du tust, was du für richtig hältst«, erwiderte Mavra.

»Fehlt nur, daß du mir um den Hals fällst. Immerhin darfst du Urlaub von mir machen«, sagte der Oberst.

»Und du von mir«, sagte Mavra und umarmte ihn.

Der Oberst roch an ihrem Hals, ihrer Wange und ihren Haaren und versuchte zu entscheiden, welches der Gefühle, die in ihm wühlten, das stärkste war. Wenn so viele widersprüchliche Gefühle gleichzeitig auftraten, fand er, mußte das heißen, daß er verliebt war. Er gratulierte sich zu dieser Erkenntnis, faßte aber den Entschluß, Mavra davon nichts zu sagen, um nicht präzisieren zu müssen, ob er immer noch verliebt war oder sich neu verliebt hatte und ob er lange Zeit nicht verliebt gewesen war. Er strich Mavra übers Haar und sagte:

»Als du in Sankt Petersburg bliebst, um zu studieren, und ich nach Finnland ging, um meine Angelegenheiten zu ordnen, beschlossen wir, bei jedem Vollmond, Halbmond und Neumond den Mond anzuschauen. Im Abstand von ungefähr einer Woche schauen wir ihn abends um dieselbe Zeit an und denken aneinander. Da ich den Mond nicht sehe, auch wenn er noch so hell vom offenen Himmel strahlt, beschlossen wir, auch dann zum Himmel zu blikken, wenn der Mond nicht zu sehen ist, wenn er sich hinter

Wolken versteckt oder hinter einem hohen Gebäude oder wenn man ihn nicht sieht, weil Neumond ist. Denn wir sind keine heulenden Mondsüchtigen oder Wölfe, wir sehen nicht den Mond, wenn wir ihn anschauen, sondern wir sehen uns. So beschlossen wir es.«

»Und so machten wir es«, sagte Mavra.

»Laß es uns auch diesmal so machen«, schlug der Oberst vor.

Mavra streckte die Hand aus, der Oberst schlug ein, und sie versprachen einander feierlich, einmal pro Woche zum Himmel zu schauen, ob sie nun allein waren oder in Gesellschaft. Mavra erklärte, sie habe den Hunger eines den Mond anheulenden Wolfes, und sie gingen untergehakt ins Haus.

In dieser Nacht schlich Mavra nach langer Zeit wieder in das Zimmer des Oberst und schlüpfte unter seine Decke.

Zwölftes Kapitel

Botticellis Zauberkraft

Am selben Abend hielt es Solveig für angemessen, Henrys Haus einen Überraschungsbesuch abzustatten.

Henry ruderte in seine heimische Bucht und bereute mit jedem Ruderschlag seine leichte Reizbarkeit. Auf halbem Weg hatte er den unbestimmten Wunsch verspürt, umzukehren und mit der Strömung wieder zum Suoponki-Ufer zurückzurudern. Die Stimme des Flusses, irgendeine Stimme hatte ihm unüberhörbar befohlen, umzukehren. Und das war nicht seine streitlustige, moralisierende eigene innere Stimme gewesen, sondern eine gut zuredende und dennoch ungeniert fordernde Stimme. Überdies hatte es unterwegs angefangen, stärker zu wehen, der Wind war zum Gegenwind geworden, er hatte lästige Wellen gegen den Lauf des Stromes aufgeworfen, da sie unregelmäßig gegen den Boden des Bootes geschlagen und das Rudern schwierig und anstrengend gemacht hatten. Prompt war er mit den Rudern durcheinandergekommen, eines war ins Wasser gefallen, und er hatte es nur mit Mühe retten können. Daraufhin hatte ihn melancholische Lethargie niedergedrückt. Aber er hatte all seine Kräfte zusammengenommen, war zäh und stur weitergerudert und hatte schließlich die kleine Bucht erreicht. Er hatte das Boot an dem stabilen Stegstumpf befestigt und war ins Haus gegangen.

Dort wartete Solveig auf ihn. Er wußte es schon vor dem Eintreten, denn die Haustür war nicht zugeschlossen. Als er sie aufmachte, stieß Tsuikka wimmernd gegen sein Bein und platzte sogleich mit der Warnung vor dem Eindringling heraus, vor dem Menschenweibchen, das sie nicht vertreiben konnte, weil sie den Geruch oft im Haus gerochen hatte, er war ihr vertraut, auch wenn sie ihn reichlich unangenehm fand.

Henry hatte schon seit einiger Zeit mit einem Überraschungsbesuch Solveigs gerechnet, auch damit, daß sie in seiner Abwesenheit kommen und sich im Haus breitmachen würde. Darum war er dazu übergegangen, die Haustür abzuschließen, was er früher selten getan hatte, da er glaubte (im vollen Bewußtsein, naiv zu sein), auf dem Land würde nichts aus den Häusern gestohlen. Er hatte die Tür abgeschlossen und den Schlüssel in den verschiedensten Löchern im Sockel des Hauses versteckt. Für Solveig aber, die gewieft war im Erstellen und Lösen von Geheimbotschaften, war es ein leichtes gewesen, den Schlüssel zu finden. Oder aber sie hatte sich einfach einen Haustürschlüssel ohne Henrys Wissen nachmachen lassen. Hatte einen Schlüssel in Ton oder Gips gedrückt oder in eine aus gekauten Nikotinkaugummis geformte Kugel, hatte die Tiefe der Schlüsselkerben gemessen und sich dann eine eigene Kopie gefräst und gefeilt. Vielleicht konnte sie das sogar ex tempore, ohne Form.

Solveig erwartete Henry am großen Eßtisch, den sie von allem Plunder befreit und für ein luxuriöses Abendbuffet gedeckt hatte: Parmaschinken und Sibiu-Salami, zwei einander ergänzende Patés, Blätterteigpasteten mit rätselhaften Füllungen, kreativ kompilierte Salate, als Dessert verschiedene Käse, Sternfrucht, Honigmelone und Weintrauben sowie sukkulente türkische Halva und Râchat luqûm in den bunten Glasschüsselchen, die Solveig Henry geschenkt hatte. Und in der Tischmitte, nebeneinander, eine Flasche Bourgogne der etwas teureren Sorte und ein Riesling aus dem Rheingau, ein Marsala als Dessertwein sowie Botticelli-Likör in einer Flasche, die nach dem Körper einer Frau geformt war und natürlich die aus der Muschel sich erhebende Venus darstellte. Henry hatte noch nie eine solche Flasche gesehen. Ihr Verschluß war der Kopf der Venus mit dem langen, gelockten Haar, er wurde am Hals aufgeschraubt.

Solveig betrachtete schweigend und zufrieden den verdutzten Herny und hoffte, das dargebotene kulinarische Essensopfer würde ihn milde und dem ungebetenen Besuch gewogen stimmen, welcher nun in der Tat weder Mühen, Kosten noch Phantasie gescheut hatte.

Solveig hatte sich die Haare schneiden lassen, sie sah so jung aus wie schon lange nicht mehr, sie war nur leicht geschminkt und wirkte auf den ersten Blick nüchtern. Auch die Flaschen auf dem Tisch waren ungeöffnet.

Diese Frau paßt nicht in mein Haus und auch nicht in mein ohnehin schon chaotisches Leben, dachte Henry, vermochte aber dennoch nicht zu entscheiden, wie er seine eindeutige und endgültige Haltung ihr gegenüber in der Praxis deutlich machen sollte. Er spürte, wie Solveigs Anwesenheit den schmerzlich brüchigen Kontakt abschnitt, der ihn noch mit der Frau des Oberst verband. Denn obwohl er in einer plötzlichen, von Eifersucht, Glaubensmangel und momentanem Neomoralismus geweckten Gefühlswallung seiner Wege gegangen war, hatte er schon nach seiner Ankunft, als er müde und verschwitzt auf seinem eigenen Bootssteg stand, Mavras Atem gespürt. Wie einen

Bienenschwarm kurz vor der Landung auf seinem Gesicht, seinen Schultern und seinem Hals hatte er ihren Atem gespürt, ein zartes und lebensgefährliches Tuch, das sich um ihn legte.

Die Vorstellung von Mavra als Bienenschwarm tröstete und beruhigte Henry, es stimmte ihn auch Solveig gegenüber wohlwollender, die in schlichter Schönheit dasaß, demütige Zuneigung und guten Willen ausstrahlend, die Augenbrauen fragend hochgezogen: »Gefällt dir mein Geschenk, gefalle ich dir?« Das war natürlich Theater, sie wußte, Henry würde sie nicht mehr hinauswerfen.

Henry hieß Solveig willkommen und bat sie ironisch, doch hereinzukommen, dankte ihr für die Mühe, die sie sich gemacht hatte, und gratulierte ihr zum guten Timing des Besuchs. Solveig filterte alle Sarkasmen aus dem Dank und nahm nur die Komplimente entgegen. Sie pflückte einen Apfel aus der Obstschale und warf ihn Henry zu, der ihn auffing.

»Detur pulcheriori«, sagte sie lächelnd.

»Geben wir ihn dem Schönsten«, brummte Henry, und Solveigs Lächeln wurde breit und verführerisch, wie immer, wenn sie sich gegenseitig geflügelte lateinische Ausdrücke und deren Übersetzungen zuwarfen. Sie schienen eine erotisch stimulierende Wirkung auf beide zu haben.

Nachdem er geduscht und saubere Kleider angezogen hatte, nahm Henry an der Tafel Platz und ließ zerstreut zu, daß Solveig ihm von all den Leckereien etwas auf den Teller lud, allerdings wehrte er ihre Versuche ab, ihn mit den Fingern zu füttern.

»Incredus odi«, sagte Henry, Horaz zitierend, denn er wollte beim lateinischen Ballspiel nicht zurückstehen. Solveig überlegte kurz und sagte dann triumphierend: »Als

Ungläubiger lehnst du ab!« Henry klatschte in die Hände. Solveig verstand die Höflichkeit des Satzes, und Henry hatte nicht das Herz, ihr zu sagen, was der Satz für ihn bedeutete: »Du machst deine Schau, ich fall darauf nicht so leicht herein.«

Er aß schweigend, lobte nur jedesmal einsilbig die Gaben des Tisches, wenn Solveig sich erkundigte, ob es schmecke. Sie erzählte wortreich, wie die Delikatessen zubereitet worden waren, was schiefgegangen wäre, falls sie nicht schmecken würden. Henry versicherte mit vollem Mund, alles sei köstlich, es gebe nichts auszusetzen. Dabei überlegte er zugleich, was im Haus des Oberst wohl gerade gegessen wurde, und ob man sich dort laut über seinen plötzlichen, unhöflichen Aufbruch wunderte. Er wunderte sich selbst darüber und fragte sich in einem Anfall plötzlicher Aufrichtigkeit, ob seine Flucht vom Steg der Suoponkis nicht eher an eine Panikreaktion denn an die Wiedergewinnung männlicher Selbstdisziplin erinnerte. In Gedanken versunken leerte er sein Glas, sobald Solveig es dienstbereit gefüllt hatte, wobei er mit einer Gehirnhälfte durchaus begriff, daß sie ihn betrunken machte.

Sie wundert sich, weil ich nicht wissen will, wie sie hereingekommen ist. Sie hofft, daß ich sie frage, warum sie gekommen ist. Sie ist zurückgekehrt, weil sie mir erzählen will, warum sie mir mit der Rache des Landrats gedroht hat. Bald muß sie mir alles sagen, sonst platzt sie, dachte Henry.

Solveig drängte Henry eine Sesampirogge auf, er kostete sie und nannte sie unter Solveigs wachsam fragenden Blick ausgezeichnet.

»Rauno kommt nie auf die Idee, mein Essen zu loben«, sagte Solveig. »In letzter Zeit ißt er auch sehr selten zu

Hause, so gut wie gar nicht mehr. Gestern brachte ich das zur Sprache, ich sagte zu ihm, da wir schon lange in getrennten Zimmern schliefen und jetzt nicht einmal mehr zusammen essen würden, könnten wir ebensogut aufhören, unter einem Dach zu wohnen. Rauno überlegte einen Moment und erklärte dann, er sei derselben Meinung. Er sei einverstanden, von nun an getrennt von mir zu leben!«

Solveig machte eine Kunstpause, lachte düster und wiederholte:

»Er war sofort einverstanden, gerade so, als hätte ich es eigens vorgeschlagen.«

»Hast du es denn nicht vorgeschlagen?« fragte Henry.

»Ich habe das Thema zur Sprache gebracht, um es zu diskutieren«, sagte Solveig. »Das ist meilenweit von einem Vorschlag entfernt. Du scheinst auch keinen Sinn für Nuancen zu haben. Rauno hat mich absichtlich falsch verstanden und die Situation beim Schopf gepackt. Ich dachte, er macht Witze, aber er meinte es ernst. Ich wurde wütend, und wir bekamen fürchterlichen Streit. Rauno fing an, mir zu drohen. Da packte ich meine Tasche und ging. Spät am Abend kehrte ich aber zurück, doch ich kam nicht mehr ins Haus. Rauno hatte die Schlösser ausgetauscht und war nicht bereit, mir aufzumachen! Falls er überhaupt im Haus war. Verstehst du, was das bedeutet«, rief Solveig, und da Henry nicht begierig war, zu antworten, antwortete sie selbst: »Rauno hat mich rausgeschmissen! Aus meinem eigenen Haus!«

Mit weit aufgerissenen Augen lauerte Solveig auf Henrys Reaktion. Dieser kaute an einem Stück Pirogge und überlegte, wie er am besten seine strikte Mißbilligung zum Ausdruck bringen sollte. Das Problem war, daß er den Sachverhalt aus der Sicht von Solveigs Mann sah. Unleugbar hatte der Landrat, wenn nicht das juristische, so doch das moralische Recht auf seiner Seite. Hätte er in den Hosen des Landrats gesteckt, hätte Henry genauso gehandelt. Er hätte zumindest so handeln wollen. In diesem Moment schoß ihm in den Kopf, welchen Anteil er selbst daran hatte, daß bei dem Landrat im Hinblick auf Solveig das Maß voll war, und er erkannte, daß es darum jetzt ging. Deshalb dieser Besuch.

»Dazu hat er doch kein Recht?« fragte Henry.

»Darum geht es jetzt nicht«, sagte Solveig, enttäuscht über seine laue Reaktion, »sondern darum, daß Raunos Arschlochhaftigkeit zu derart kolossalen Maßen angewachsen ist, daß sie mein seelisches Gleichgewicht, meine Arbeitsfähigkeit, meine Gesundheit und mein Leben bedroht!«

Eigentlich müßte ich mir das nicht anhören, dachte Henry und beschloß, ein neuartiges Patentschloß an seiner Haustür anzubringen.

Und als hätte sie den Lauf von Henrys Gedanken erraten, brachte Solveig ihre Beziehung zur Sprache, die schon gefährlich lange andauere und die sie so gut sie konnte vor dem Landrat verheimlicht habe, von der dieser aber offenbar trotzdem Wind bekommen habe. Sie gab zu verstehen, daß ihrer Auffassung nach der aktivere Teil ihrer Beziehung von Anfang an Henry gewesen sei, was man auch verstehen könne, denn er sei lange allein gewesen, während sie in einer Ehe lebe und Mutter eines halbwüchsigen Jungen sei, eines Jungen, der überdies auch noch Henrys Schüler sei. Das sage sie keineswegs als Vorwurf, schließlich habe sie sich mit offenem Herzen in diese Beziehung gestürzt. Sie wolle Henry lediglich daran erinnern, daß es auch seine Schuld war, wenn sie jetzt in der Tinte saß, und daß sie hoffe, all die Demütigung, die auf sie zukäme, nicht allein erleiden zu müssen.

»Der Landrat will sich also scheiden lassen?« fragte Henry und verfluchte seine Weichheit. Er hätte die Frau gleich nach dem Händedruck hinauswerfen sollen. Ohne Händedruck.

»Davon hat er noch nicht gesprochen«, gab Solveig zu. »Aber er wird es noch tun«, fügte sie energisch hinzu, geradeso, als wünschte sie sich diese Wendung der Ereignisse. In dem Moment erwachte in Henry die Vermutung, daß Solveig in den Wolkenkulissen ihres eigenen Theaters schwebte, und daß hier gar keine Tragödie gespielt wurde. Aber Solveig hatte ihren Leitgedanken gefunden und spann ihn mit glühenden Wangen aus:

»Wenn die Sache vor Gericht geht, dann wird Rauno als Kläger im Nu jeden Richter davon überzeugen können, daß ich ihm mehrmals untreu gewesen bin, das ist doch sonnenklar. Schließlich ist er Jurist. Und er würde keinen Moment zögern, zu verlangen, dich als Zeugen zu laden, und dann würde er dich zum Schwitzen bringen wie der Teufel in der Hölle, bis du nicht anders kannst, als alles zuzugeben. Schon allein der Gedanke, was das für deine Karriere bedeuten würde, jagt einem kalte Schauer über den Rücken.«

Während er Solveigs Monolog anhörte, versuchte Henry daran zurückzudenken, wie alles zwischen ihnen angefangen hatte, aber er war dessen bald schon überdrüssig. Er widersprach Solveig nicht, denn er wußte, es hatte keinen Zweck.

Warum, um Himmels willen, war sie nun wieder zu ihm zurückgekehrt? Das wollte er wenigstens wissen.

»Weshalb bist du gekommen?« fragte er. »Warum bist du vorsätzlich in das leere Haus eingedrungen? Und warum all das hier?«

Henry breitete die Arme zu einer Gebärde aus, die den Tisch und seine Gaben, Solveig und sich selbst samt seiner bedrohten Karriere, den unberechenbaren Landrat und das ganze unerfreuliche Spektakel umfaßte.

»Begreifst du das wirklich nicht?« fragte Solveig gekränkt und fixierte Henry ungläubig. Ihre Augen aber bewegten sich unruhig, als suchte sie fieberhaft nach einer glaubwürdigen Antwort, nach einer Fortsetzung der Geschichte, die sie ausgesponnen hatte, nach einer Erklärung, warum sie gekommen war.

»Du hast doch nicht vor, dich hier häuslich niederzulassen?« fragte Henry und lachte erschrocken auf. Das war genau das, was Solveig brauchte, um in dankbare Tränen auszubrechen.

Es war ein langes Weinen, es dauerte an, während sie vom Tisch zur Couch wechselte, samt Weinflasche, es hörte auch nicht auf, als Henry sich neben sie gesetzt, die Arme um sie gelegt und ihre Tränen getrocknet hatte. Es war ein Weinen, das bis ins Bett gebracht werden mußte, und dorthin führte der Tröstende die Weinende, er legte sich neben ihr nieder, strich ihr übers Haar und über die feuchten Wangen. Er konnte es einfach nicht ertragen, wenn Frauen weinten.

Im Bett gestand die weinende Frau, daß sie nicht so sehr über die Frechheit des Landrats geweint habe, denn daran habe sie sich schon gewöhnt, sondern über ihre Einsamkeit und die aschgraue Ungerechtigkeit des Lebens überhaupt. Ob Henry wisse, daß der Landrat sie, Solveig, mehrfach gegen ihren Willen zum Koitus gezwungen, sie praktisch vergewaltigt habe? Nein, das wisse er nicht, erklärte sie mit matter Stimme, ohne eine Antwort abzuwarten, außerdem sei Henry natürlich nicht bereit, ihr zu glauben, und sie,

Solveig, wolle gar nicht erst versuchen, ihn zu überzeugen, denn in solchen Dingen hielten Männer auf alle Fälle zusammen, selbst wenn sie Konkurrenten seien. Sie habe Henry für ihren Freund und Helfer gehalten, aber offensichtlich hatte sie beides verloren, denn Henry habe sich von ihr entfernt und entfremdet und schwebe in wer weiß welchen Sphären. Selbstverständlich habe sie nicht das Recht, eifersüchtig zu sein, aber sie sei es trotzdem. Und zwar aus gutem Grund. Eine Frau spüre so etwas instinktiv, sie spüre es und sei unglücklich deswegen, aber sie habe nicht die Absicht, danach zu fragen, wer die Frau sei. Sie würde es schon beizeiten erfahren. Insofern wolle sie Henry nicht mehr mit ihrem Roman belasten, sondern nehme das Buch mit, weg von hier, wo es nur Staub fange. Wenn Henry wolle, könne er es von ihr aus auch zum Feuermachen verwenden. Sie würde den Roman ohnehin nie fertig bekommen, und das spiele auch keine Rolle. Sie gab zu, unter Depressionen zu leiden und sich im Selbstmitleid zu suhlen, aber nun habe sie wirklich allen Grund dazu und daher auch das Recht.

Nachdem sie dies gesagt hatte, hörte Solveig auf zu weinen. Sie lag auf dem Rücken, ihre Augen und ihre Nase waren rot, sie starrte an die Decke und fragte mit leiser Stimme, ob sie wenigstens diese eine Nacht in diesem Bett schlafen dürfe, denn eine andere Übernachtungsmöglichkeit würde sie auf die Schnelle nicht finden. Sie sehne sich nach der Nähe eines Freundes oder wenigstens eines Bekannten, falls Henry nicht mehr ihr Freund sein wolle. Seine Geliebte wolle sie gar nicht mehr sein. Auch nicht die eines anderen. Sie wolle mit niemandem mehr schlafen. Sie habe genug von den Männern.

Ohne die Antwort auf die Frage abzuwarten, die sich bereits in eine Feststellung, eine Behauptung und einen

Vorwurf verwandelt hatte, drehte sie sich auf die Seite und schloß die Augen. Auf der Suche nach einer bequemeren Haltung drehte und wendete sie sich und rückte auf diese Weise ihren Rücken und ihren Hintern dicht an Henry heran.

Henry lag wach in seinem Bett und hörte Solveig zu, die neben ihm auf dem Bauch schwer schlief und ihrem Mund dabei hell klingende Töne entweichen ließ, wie ein Baby. Henrys Kopf war voller verzweifelter Gedanken, von denen ihn nur der Schlaf erlösen konnte, aber der ließ auf sich warten. Wenn er käme, würde er als Alptraum kommen, denn er hatte zuviel gegessen, aber sogar ein Alptraum wäre ihm willkommen gewesen. Solveigs Schlafgeräusche lagen alle auf derselben Tonhöhe, genau zwischen E und Es, das hatte Henry mit der Stimmgabel überprüft. Er war eigens in sein Arbeitszimmer geschlichen und hatte sie aus der Schreibtischschublade genommen. An sich störten ihn die sanften Töne nicht, und wenn neben ihm ein schlafender Säugling gesäuselt hätte, wäre auch er darüber eingeschlafen. Aber neben ihm lag kein schlafender Säugling, sondern eine reife Schriftstellerin, die sich der Geheimniskrämerei und dem Fabulieren verschrieben hatte, eine pathologische Lügnerin schon von Berufs wegen, und er hatte sich kurz zuvor mit dieser Frau freiwillig vereinigt, für einen kleinen Moment nur, nicht bis in den Schlaf.

In seinem müden Geist kreiste das uralte Paradox irgendeines Kreters, an dessen Namen er sich nicht mehr erinnern konnte und dessen Behauptung lautete, daß alle Kreter logen, was man also nicht glauben konnte, da er selbst Kreter war und also log. Das bedeutete offenbar, daß ein Kreter jedesmal, wenn er den Mund aufmachte, und sei es für einen einfachen Nominalsatz oder für die Antwort auf eine Frage, eine Lüge aufsteigen ließ.

Er hatte dieses kretische Paradox immer für unsinnig gehalten, und es war für ihn kein Kunststück, sich eine Frage auszudenken, auf die der Kreter gezwungen war, eine ehrliche Antwort zu geben. Fragte man ihn zum Beispiel »gibst du zu, daß du es mehr als einmal mit Schafen getrieben hast?«, kann der Kreter entweder antworten »ich gebe es zu«, oder »ich gebe es nicht zu«, wobei die erste Antwort insofern wahr ist, als der Frager sie hört und als Geständnis registriert, und diese Wahrheit ändert sich nicht, auch wenn der Kreter innerlich gar nichts zugibt. Auch die zweite Antwort ist wahr, und zwar aus demselben Grund. Der Kreter kann natürlich behaupten, er habe es nur einmal mit einem Schaf getrieben, was entweder wahr ist oder gelogen, oder er kann mit ernster Miene behaupten, daß er gar nicht weiß, was ein Schaf ist, was natürlich eine eindeutige Lüge ist, aber in dem Fall hat er nicht auf die gestellte Frage geantwortet, und das würde zumindest vor einem amerikanischen Gericht nicht standhalten.

Gegenüber Solveigs Windungen und Schnörkeln waren die Lügenfiguren des Kreters klar und problemlos. Denn lügen kann man auf millionenfache Art, und Solveig beherrschte alle Varianten: Erzlügen, Notlügen, Halbwahrheiten, Übertreibungen, das Tilgen von Feinheiten und Nuancen, das Vergessen oder Verheimlichen von wesentlichen Dingen, das Auf-den-Kopf-Stellen von Kausalitäten, die Benutzung von Annahmen als Belege für Behauptungen, das emsige Schwätzen an der Sache vorbei, plötzliche wütende Anschuldigungen und tränenreiche Wutausbrüche mitten in einem Gespräch, das friedlich begonnen hatte, ebenso plötzliche überschwengliche Zärtlichkeitsanfälle, Liebesgeständnisse, Kratzen des Rückens des Partners während des Koitus, übermäßige Orgasmen, anhaltende Orgasmen, wiederkehrende Orgasmen, gespielte Orgasmen … Der Kreter war in seinem Lügen wenigstens konsequent und insofern ehrlich, Solveig hingegen konnte lügen, wenn sie glaubte, die Wahrheit zu sagen, und Wahrheiten aussprechen, ohne es zu wissen.

Unmittelbar bevor sie in triumphalem Schlaf versank, hatte Solveig ihren glühenden Körper auf Henry gewälzt, sie hatte ihm in die Augen geschaut und erzählt, daß sie es habe geschehen lassen, wenn der Landrat sie mit Gewalt genommen habe, aber sie habe das Entsetzliche nur ertragen, indem sie sich vorgestellt habe, Henry würde sie an Stelle des Landrats beschlafen. Sie bat um Verzeihung dafür, Henry so eigenmächtig als Ferngeliebten oder eigentlich als Fernvergewaltiger benutzt zu haben, glaube jedoch, Henry verstehe, daß sie, Solveig, als Opfer keine andere Möglichkeit hatte. Zugleich erklärte sie, unversöhnlich zu erzürnen, falls Henry es genauso gemacht, also sich, während sie miteinander schliefen, an ihrer Stelle eine andere vorgestellt hätte. Henry erwiderte ihren Blick und sagte, er habe alles getan, um nicht an die andere, irgendeine andere zu denken. Solveig sagte, einen solchen Hieb habe sie gebraucht, und sie nehme es nicht übel, sondern habe es im Nu vergessen. Sanft rollte sie von ihm herunter, begab sich in Embryonalstellung und gähnte lange mit weit aufgerissenem Mund. Kurz darauf atmete sie bereits gleichmäßig und schien zu schlafen, erwachte aber wieder und drehte sich mit offenen Augen auf den Rücken, um zu berichten, wie sie ohne Schlüssel ins Haus gekommen war: Sie war zu Henrys Haus gefahren, ohne daß dieser es gemerkt hatte, war zur unverschlossenen Tür geschlichen, hatte Kaugummikugeln in die Aussparung des Schließblechs gestopft und auch im Falz des Türrahmens welche zerdrückt, hatte sich versteckt und gewartet, bis Henry das Haus verließ. Als dieser die Tür hinter sich zuwarf, sprang die Falle nicht in die Aussparung, das Schloß blieb offen, die Tür jedoch klebte für eine Weile am Türrahmen fest. Henry hatte das nicht bemerkt, sondern geglaubt, die Tür sei ins Schloß gefallen. Nachdem er ans Ufer gegangen und losgerudert war, hatte Solveig das Haus betreten und den Hund mit hoher Falsettstimme, die seine Ohren nicht ertrugen, erschreckt, worauf er wimmernd unter die Couch gekrochen war. All dies erzählte Solveig lachend, dann drehte sie sich wieder um und schlief ein.

Henry stand auf und ging zum Eßtisch. Er trank die Venus von Botticelli mit zwei Schlucken aus und leerte anschließend den Inhalt von Solveigs Handtasche auf dem Tisch aus, um die Kopie des Hausschlüssels zu finden, denn er glaubte kein Wort von Solveigs Geschichte. Einen Schlüssel für sein Haus fand er nicht, statt dessen fielen zwei neue und neuartige Wendeschlüssel auf die Tischplatte, von denen er vermutete, sie paßten in das neue Schloß von Solveigs eigener Haustür. Einen Augenblick lang dachte er daran, ein Taxi zu bestellen, Solveig zu wecken und ihr die freudige Mitteilung zu machen, der Landrat habe sie allem Anschein nach gar nicht ausgeschlossen, sondern warte zu Hause ungeduldig auf sie, wo er sie mit Freuden empfangen und sich bis zum Morgen ihre Geständnisse anhören würde, worauf er ihr alles verziehe und seine reuevolle Frau zu ausschweifendem Versöhnungssex zwänge.

Er tat es nicht. Er rief seinen Hund, sie gingen nach draußen, um sich den Mond anzusehen, dann gingen sie zum Schlafen in die Kammer des Saunagebäudes. Vor dem Einschlafen sah er ein helles, eidetisches Halbtrugbild von Mavra, die ihn verständnisvoll lächelnd anschaute. Henry hatte das Gefühl, Mavra für immer verloren zu haben, und dachte, so müsse es auch sein, denn er war ihrer nicht wert. Er rief Tsuikka zu sich. Der Hund schmiegte sich an ihn, und sie schliefen bis zum Morgen.

Als er am Morgen ins Haus ging, prüfte er das Türschloß, fand aber keine Spuren von getrocknetem Kaugummi. Das Haus war leer, Solveig war verschwunden, ohne auch nur eine Geheimbotschaft hinterlassen zu haben.

Dreizehntes Kapitel

Brief an den Reiter der schäumenden Wellen

Verehrter Lehrer, mein lieber Schüler, mein bronzener Reiter!

Du bist gestern auf unbegreifliche Weise verschwunden, wolltest nicht mit uns essen und nicht zur Stunde bleiben, sondern bist voller Zorn davongefahren, so wurde mir erzählt, aber man hat mir nicht gesagt, warum. Ich weiß also, in welchem Gemütszustand Du gegangen bist, aber ich kenne den Grund dafür nicht. Ich habe versucht, ihn zu erraten, aber bevor ich Dich nicht getroffen habe, kann ich nicht wissen, ob ich richtig geraten habe. Ich glaube, es hat mit dem zu tun, was Jowan zu Dir gesagt hat, und falls dem so ist, möchte ich, daß Du weißt, daß er zu monumentaler Einäugigkeit und zur Übertreibung neigt, vor allem wenn er über mich redet. Das wiederum kommt aus seiner tiefen Solidarität gegenüber dem Oberst. Und die wiederum … aber das ist eine andere Geschichte, und alle Geschichten gehören zusammen wie bei einem chinesischen Holzpuzzle, das kann man nicht in einem Brief erklären. Falls Du noch bereit bist, Dich mit mir zu treffen, werde ich versuchen, Dir alles aus meiner Sicht zu erzählen.

Jowan hat gesagt, Du seist plötzlich auf Puschkin wütend geworden und habest sein Buch auf den Steg geworfen. Vielleicht hast Du Deinen Zorn oder Deine Enttäuschung (wofür ich den Grund, wie gesagt, nicht kenne) an dem Dichter Puschkin ausgelassen, von dem Du gerade ein Gedicht, mein Lieblingsgedicht, auswendig gelernt hattest. Ich tat es genauso, ließ meine Enttäuschung am selben Buch aus und warf es in den Fluß. Ich dachte, wenn Du es nicht mehr ertragen kannst, dann ertrage ich es auch nicht mehr. Am nächsten Morgen barg ich das Buch aber wieder aus dem Wasser und hängte es zum Trocknen auf die Leine.

Nachdem es drei Tage trocknete, gab der Leim nach, und die Seiten fielen nach und nach herunter, immerhin ist es ein altes Produkt aus der Sowjetzeit. Ich hob sie auf – einige hatte der Wind schon verweht –, dabei fiel mir die Seite hundert in die Hände, Tatjanas Brief an Eugen Onegin. Das hat mir den Mut gegeben, Dir zu schreiben. Ich schreibe keinen scheuen, glühenden Liebesbrief, ich bin keine unschuldige, träumerische Zwanzigjährige wie Tatjana, ich bin eine Frau, die von einem schweren Leben und vom Krieg gezeichnet ist, und ich habe Angst, mich innerhalb weniger Jahre in eine bittere, alte Hexe zu verwandeln, auch wenn ich noch nicht einmal dreißig Jahre alt bin.

Als ich sehr jung war, verliebte ich mich einmal in einen Jungen aus dem Nachbardorf. Er hieß Pavle und wohnte wie ich am Ufer der Bosna, an deren Unterlauf. Wir besuchten dieselbe Schule in verschiedenen Klassen, und ich himmelte ihn in jeder Pause an, traute mich aber natürlich nicht, es zu zeigen. Glücklich träumte ich und weinte abends, und dann fing ich an, Gedichtbände zu lesen, vor allem Liebeslyrik, so verrückt war ich. Dann kam ich auf die Idee, wie ich ihm meine Liebe übermitteln konnte. Ich wußte, daß er die Angewohnheit hatte, nach der Schule zum Angeln unter die Flußbrücke zu gehen, am liebsten allein, denn er war ein stiller Junge, der zum Grübeln neigte. Eines Tages ging ich nach der Schule zum Fluß, ich malte mir die Lippen rot, riß aus dem Gedichtband *Der Sternennebel der Liebe* von Marta Mekija eine Seite nach der anderen heraus, schrieb darauf »Für Pavle in Liebe von Mavra« und drückte als Siegel auf jede davon einen Kuß. Ich faltete die Seiten zu Booten und warf sie in den Fluß, damit er sie zu ihm tragen würde. Ich sah den weißen Gedichtbooten nach, wie sie davontrieben, und ich weiß noch, daß ich glücklich und erregt und genüßlich traurig war. Jene leicht dahintreibenden Liebesgedichte erreichten ihn jedoch nie, aber das konnte ich in dieser Stunde der Glückseligkeit nicht wissen, es wurde mir erst einige Tage später klar. Kein einziges Boot war bis zu Pavle gesegelt, um an seinem Angelhaken hängenzubleiben, aber eines davon war zu dem schmalen Sandstrandstreifen abgetrieben, wo die Jungen hingingen, wenn sie im Fluß schwimmen wollten. Dort fanden Pavles Freunde das Liebesboot, sie lasen, was darauf stand und waren entzückt. Natürlich machten sie sich gnadenlos und hingebungsvoll daran, uns zu ärgern, vor allem Pavle, der unsagbar erstaunt war und dann in grausamer Weise wütend auf mich wurde und öffentlich erklärte, mich zu verabscheuen. Ich bin sicher, daß er mich eigentlich nicht verabscheute, aber um das Gesicht zu wahren, mußte er feierlich seinen Abscheu verkünden. In der Schule wollte er nicht mehr mit mir sprechen und ging mir geflissentlich aus dem Weg. Ich habe darüber nicht allzusehr getrauert, ich glaube, mein Verliebtsein hatte seinen Höhepunkt und seine Erfüllung schon erreicht, als ich die Gedichtboote auf die Reise schickte, und ich wünschte mir gar nicht einmal mehr, die Geschichte würde weitergehen, oder es wäre wohl richtiger zu sagen, daß ich nicht einmal erwartete, daß unsere Geschichte, unsere Liebesgeschichte dort ihren Anfang nehmen würde. Als die Schule zu Ende war, zog Pavle nach Zenica, und ich sah ihn nicht mehr, nicht bevor er in den ersten Kriegstagen unerwartet im Dorf auftauchte. Überraschend begegneten wir uns auf der Dorfstraße.

Er kam mir in den Reihen eines bewaffneten serbischen Haufens entgegen, neben Jungen aus seinem Dorf und welchen, die anderswo hergekommen waren. Er war begeistert, als er mich sah … Er hatte nicht vergessen. Er erinnerte sich an alles, an mein offensives Liebesbekenntnis und wie er dafür grausam verspottet worden war. Passenderweise erinnerte er sich auch noch daran, daß meine Mutter Muslimin war, und das sagte er auch jenen, die das nicht wußten, ebenso wie die Tatsache (und das erzählte er mit einem so klaren und kalten Lachen, daß ich spürte, wie mein Herz zu einer schwarzen getrockneten Pflaume schrumpfte), daß ich ihm einst meine Liebe gestanden hatte. Jetzt wollte er dafür den Beweis …

Würde der Fluß von hier aus in Deine Richtung fließen, könnte ich wieder Gedichtboote auf die Reise schikken und hoffen, sie würden an Deinem Ufer anlanden. Damit möchte ich auch sagen, daß mein Herz wieder gewachsen ist, zu einem großen, starken, Blut pumpenden Muskel, den nichts weiter plagt als die Neigung zu momentanen Ausschlägen (ich glaube, das nennt man Arhythmie).

Aber ich kann den Lauf des Flusses nicht umdrehen. Ich habe es schon einmal versucht.

Ich habe auf den Fluß geschaut, um zu sehen, ob eine Botschaft von Dir kommt, Rindenboote, türkische Pantoffeln, Stege oder Ruderboote und Du selbst mit ihnen. Aber nichts hat sich gezeigt. Nichts war zu hören. Ich habe Dich nicht angerufen. Meine Natur sträubt sich dagegen. Außerdem bin ich eine verheiratete Frau. Aber einen Brief wage ich doch zu schreiben. Du bist nicht gezwungen, ihn zu öffnen, und wenn Du ihn öffnest, bist Du nicht gezwungen, ihn zu lesen. Und selbst wenn Du ihn liest, brauchst Du nicht zu versuchen, ihn zu verstehen.

Daher schreibe ich diesen Brief auch auf russisch. Womöglich verstehst Du so gut wie nichts, obwohl Du Dich entschieden hast, ihn zu lesen.

Ich vermisse unsere Unterrichtsstunden, ich vermisse das gemeinsame Lachen, ich vermisse Deine zufriedene Miene, wenn Dir etwas klar geworden ist, und Dein blödes Gesicht, wenn Du nicht verstehst, was ich sage. Dieses Wort solltest Du lernen und Dir einprägen, es kann Dir noch von Nutzen sein. »Vermissen«. Ich vermisse Dich mit allen möglichen Präpositionen.

Jetzt tue ich so, als wäre ich Tatjana, und borge mir eine Stanze aus ihrem Brief. Ich verändere sie so, daß sie auf Dich paßt. Ich schäme mich kein bißchen. Du verstehst das nicht, auch nicht, daß dies nicht das romantische Getue einer aus Liebe durchgedrehten Frau ist, sondern ein Beweis für reife und schneidende Ironie und hingebungsvolle Selbstironie. Selbstverständlich bist Du nicht in der Lage, das strenge Puschkin-Metrum meiner Fassung zu schätzen. Ich werfe also Perlen vor die Säue (verzeih die Formulierung). Halt es in Ehren:

Auf Wellen kamst du angeritten,
zu preschen in mein Leben ungefragt.
Mein Herz ist voll von Wunden, voller Schnitte,
ich höre nicht, was die Vernunft mir sagt;
wie wußtest du, daß mich Tristesse plagt?
Als eines andern Frau (kann ich mir vorstellen)
Hätt ich zu wiegen ein Kindelein.
Sofern du könntest vergessen sein,
du Reiter der schäumenden Wellen.

Das mit dem Kind sollst Du nicht so ernst nehmen, ich hätte auch dann kein Kind zu wiegen, wenn Dein Floß an unserem Ufer vorbeigetrieben wäre und Du wärst in die Teufelsschnelle geraten und darin ertrunken, was Du Gott sei Dank nicht getan hast. Und ich frage auch nicht wie Tatjana, warum Du an jenem Abend zu Besuch kommen mußtest, um in meinen friedlichen Stillstand einzudringen und mein Leben von Grund auf durcheinanderzubringen. Einem anderen gehöre ich nun bald drei Jahre, offiziell, und an dem Abend, an dem Du fort bist, gehörte ich ihm seit langer Zeit auch körperlich.

Aber Du bist jeden Tag in meinen Gedanken und manchmal auch in meinen Träumen. Du hast einen Platz in meinem Herzen und nimmst dort schon so viel Raum ein, daß bald keine anderen mehr hineinpassen. Dies wage ich Dir zu gestehen. Auf russisch.

Der Oberst und Jowan fahren am zehnten dieses Monats nach Sankt Petersburg und werden sich dort womöglich lange aufhalten. Ich bleibe hier allein. Falls es Dir Deine viele Arbeit erlaubt und wenn Du die Frau des Landrats mal für einen Moment los wirst, kannst Du kommen, um mir guten Tag zu sagen.

Ich habe diesen Brief noch einmal gelesen. Ich schäme mich nicht dafür, aber ich befürchte das Schlimmste. Und befürchte das Beste.

Mavra

Fare thee well, and if for ever
Still for ever fare thee well.
(Byron)

Vierzehntes Kapitel

Die Mutter aller Trinksprüche

An dem Abend, an dem der Oberst und Jowan mit dem Zug nach Sankt Petersburg reisen sollten, wurde im Haus des Oberst schon früh mit dem Abschiedstrunk begonnen. Der Oberst und Jowan tranken mehrere davon, Mavra nahm ein Schlückchen aus einem Wodkaglas und entfernte sich dann, um die beiden Koffer des Oberst zu packen, den größeren und den kleineren.

Im Wohnzimmer grölten die beiden Männer Trinklieder. Jowan fing auf serbisch mit einem Lied über die Berge von Wischegrad an, und der Oberst stimmte eine Terz tiefer auf finnisch ein.

»Slivowitz saufend
gehen wir auf die Drina zu!
Lachend, weinend
denken wir an Janta Banta.
Unsere Janta! Du warst
der Traum von jedermann.
Warum also läßt du
keinen mehr von uns ran?«

»Mavra, komm und begleite uns!« unterbrach sich der Oberst mitten im Lied.

»Ich bin am Packen«, rief Mavra aus dem Zimmer nebenan.

»Sie ist packen gegangen«, sagte Jowan.

»Ich bin nicht taub. Na dann. Wir brauchen keine Frauen!« rief der Oberst zurück.

Mavra konnte die Sachen des Oberst ohne dessen Anweisungen packen, sie hatte es viele Male getan. In den größeren Koffer legte sie zwei Anzüge, Hemden, Unterwäsche, Socken, Schuhe und die »persönlichen Artikel«, jene raffinierten kleinen, geschmackvollen Männergegenstände, die ordentlich in Etuis aus Metall und Leder aufbewahrt wurden und nach Mann und Sicherheit rochen, mehr nach Vater als nach Ehegatte. Es war schön, sie zwischen die Kleider und Schuhe zu legen, man fand immer passende Lücken.

»Raki trinkend
gehen wir in Ivos Krug.
Schmeißen mit Geld um uns,
nehmen uns die Fraun.
Wer das Geld genommen hat,
daran erinnern wir uns kaum.
Warum nur fallen wir
auf die schmucken Frauen rein?«

Mavra hörte das aufschneiderische Duett der Männer aus dem Zimmer nebenan, während sie das Etui mit dem Rasierapparat in einen der Schuhe des Oberst schob, und sie dachte in radikal neuer Weise über die niedlichen Utensilien, die Männer bei Auslandseinsätzen oder auf Dienstreisen bei sich hatten, damit sie sich hygienisch pflegen konnten, während sie ihre Familie ernährten und die Gesellschaft aufbauten und aufrechterhielten. Die gleichen

Gegenstände, von der Ehefrau oder der Mutter ordentlich gepackt, trugen sie im Rucksack, wenn sie in den Krieg zogen, und sie rochen dabei genauso behaglich und sicher, waren genauso geordnet und eingekapselt, die Männer wie die Toilettenartikel.

Das gleiche galt für ihre Waffen, ihre Sturmgewehre, Granaten, Pistolen und andere Mordwerkzeuge, und obgleich der Geruch ein anderer war, so war er doch ebenso männlich. Auch sie lagen oder steckten ordentlich in Hüllen, sauber, gefettet und funktionstüchtig, damit die Männer, wenn die Gelegenheit da war, von anderen stubenreinen Männern gut geplante Städte in die Luft sprengen, gemütliche Wohnungen in schönen Häusern und die darin wohnenden, mehr oder weniger gut zusammenhaltenden oder leicht auseinanderfallenden Familien vernichten konnten, um sich dann bei der nächsten Gelegenheit um so makelloser um ihre persönliche Hygiene zu kümmern, nachdem sie die Mutter und die Töchter einer glücklichen Familie vergewaltigt hatten.

In den kleineren Koffer packte Mavra den Laptop des Oberst, das Diktiergerät und die Manuskriptstöße, in denen es um den vor langer Zeit geführten Krieg im Norden ging, einen Krieg, den man offenbar nicht einen Augenblick lang vergessen durfte. Sie dachte an ihren eigenen, nach frischem Blut riechenden Krieg, den sie zu vergessen versucht hatte, ohne Erfolg. Er war auch der Krieg des Oberst geworden, bis zu dessen Lebensende. Vielleicht mußte er in dem alten Krieg seines Vaters wühlen, um den Krieg zu vergessen, der sein eigener und der von Mavra war.

Als der Oberst kam, um zu kontrollieren, daß beim Pakken auch nichts Notwendiges vergessen worden war, fragte ihn Mavra folgendes: ob er im alten Krieg seines Vaters wühlen mußte, um den Krieg zu vergessen, den sie beide jeder für sich und gemeinsam erlebt hatten. Nachdem er eine Weile nachgedacht hatte, gab der Oberst zu, daß es sich so verhalten könnte. Es könnte nicht nur, es ist so! insistierte Mavra, und der Oberst gab zu, daß es natürlich so sei, verdammt noch mal, er sei nur noch nicht darauf gekommen, das Ganze von der Warte zu sehen. Er war trotzdem der Ansicht, daß das Wissen darum an der Sache nichts änderte.

»Nicht für dich vielleicht, aber für mich schon«, sagte Mavra. »Jetzt, da ich deinen Eifer, diese Kriegserinnerungen aufzuschreiben, besser verstehe, fällt es mir leichter, es zu akzeptieren. Und aller Vernunft nach müßte ich zufrieden und erleichtert sein, daß du nicht weggehst, um einen neuen Krieg zu führen, sondern um einen alten zu erforschen.«

»Bist du es denn nicht?« fragte der Oberst.

»Doch. Du fährst, wenn du fahren mußt.«

»Ich bleibe nicht lange.«

»Was heißt lange?«

»Lange heißt länger als sonst. Ich bleibe nicht lange.«

»Wie lange ist länger als sonst? Wie lange ist nicht lange?«

»Schwer zu sagen. Schließlich werde ich in der Geschichte wühlen.«

»Wirst du lange darin wühlen?«

»Ich werde tief eintauchen in die Petersburger Filiale des Russischen Kriegsarchivs in der Englischen Uferstraße und in die staubigen Akten des Archivs. Darin werde ich stöbern.«

»Wirst du lange darin stöbern?«

»Wenn ich Glück habe, finde ich bald, was ich suche. Wenn nicht, und wenn es kompliziert wird, dann kann sich das Ganze über mehrere Wochen hinziehen.«

»Kannst du nicht zwischendurch nach Hause kommen?«

»Wenn man zwischendurch nach Hause fährt, verliert man leicht den roten Faden«, sagte der Oberst.

»Das kann auch passieren, wenn man nicht zwischendurch nach Hause fährt«, sagte Mavra. Der Oberst richtete den Blick auf Mavra, als könnte er sie sehen, lachte auf und schüttelte den Kopf.

»Ich verspreche, daß ich mich beeile. Ich werde es zumindest versuchen«, sagte er. »Immerhin weiß ich, welche Informationen ich suche, aus welcher Zeit und von welchem Frontabschnitt und so weiter.«

»Das hast du letztes Mal auch gesagt, aber dann hast du zufällig etwas Neues, Interessantes gefunden und es einfach nicht übers Herz gebracht, es nicht zu berücksichtigen.«

»Würdest du eine neue Blaubeerstelle links liegen lassen, nur weil dein Korb schon voll ist? Oder ein Trompeten-Pfifferling-Vorkommen? Da würde auch dich die Gier pakken, und du würdest alles pflücken und in der Mütze oder im Anorak nach Hause tragen, auch wenn dir die Hirschlausfliegen noch so in den Haaren brummen!«

Die Wanduhr schlug fünfmal wie zur Bestätigung dessen, was der Oberst gesagt hatte, und dieser hielt das Thema damit für erledigt.

Als die Uhr sechs schlug, brachte Mavra dem Oberst und seinem Adlatus mehr schwarzes Brot, Salzgurken und Honig und stellte fest, daß sie bereits betrunken waren.

»Warum nehmt ihr einen Abschiedstrunk nach dem anderen?« fragte sie.

»Damit wir den Staub des muffigen Archivs besser ertragen«, erklärte der Oberst.

»Wir haben noch zwei Stunden Zeit«, sagte Jowan. »Was sollten wir sonst tun?«

»Ich würde es verstehen, wenn ihr euch den Staub aus den Kehlen spülen würdet, nachdem ihr in den Papieren gewühlt habt«, sagte Mavra. »Warum davor?«

»Nach einem alten serbischen Brauch ist es nicht wünschenswert, mit trockenem Mund zu einer Reise aufzubrechen«, sagte Jowan. »Als mein Großvater Momčilo nach Užice zur Hochzeit seines besten Freundes Dragutin fahren sollte, soff er zwei Tage lang zu Hause und mehrfach während der Reise und schaffte es gerade noch rechtzeitig zur Trauung. In Uzice wurde die Hochzeit drei Tage lang gefeiert, und der Großvater geriet in einen so schlechten Zustand, daß mein Vater und meine zwei Onkel ihn abholen mußten. Auch sie tranken zwei Tage, bevor sie sich auf die Reise machten, und als sie schließlich ankamen, war der Großvater gar nicht mehr in Užice, der Bräutigam auch nicht, und die Braut weinte schon seit zwei Tagen. Es stellte sich heraus, daß Dragutin den Großvater mit seinem alten Lastwagen nach Hause bringen wollte, dabei waren sie für drei Tage in Tuzla hängengeblieben. Offenbar hatte sich der Weg der beiden Grüppchen in der Gegend von Zvornik sogar überschnitten, denn einige Bekannte hatten sie dort zur gleichen Zeit gesehen, allerdings in unterschiedlichen Wirtshäusern. Das geschah im Jahr vierunddreißig, vor dem Weltkrieg, dem zweiten, und bevor der Großvater nach Hause kam, war vorgeschlagen worden, König Alexander bei seinem Frankreichbesuch in Marseille zu ermorden, und Prinz Paul war zum stellvertretenden Regenten ernannt worden. Das war natürlich reiner Zufall … Wir haben es nicht eilig.«

»Wir haben das Taxi von Kiljander bestellt, er fährt uns direkt zum Hauptbahnhof in Helsinki, zum Nachtzug nach Petersburg«, sagte der Oberst. »Den Mercedes lassen wir hier, zu deinem Vergnügen.«

Der Oberst erhob sich. In steifer Haltung und mit strengem, konzentriertem Blick, das Glas in der Hand, schwankte er einen Moment auf der Stelle. Man sah, daß er einen Trinkspruch ausbringen wollte. Mavra stand am Fenster und schaute auf den Fluß. Sehr weit entfernt sah sie ein kleines Boot, in dem ein einsamer Ruderer saß. Ihr Herz machte einen Sprung, sie drückte die Stirn an die Fensterscheibe und schärfte ihren Blick.

»Ich bitte die anwesenden Männer aufzustehen und die Frauen, sich zu setzen, wie es der uralte Brauch verlangt«, sagte der Oberst. Mavra entfernte sich widerwillig vom Fenster und nahm Platz. Sie betrachtete die Schweißperlen auf der breiten Stirn des Oberst und schüttelte den Kopf über die Stauung der Zufälle.

»Meine kleine Mavra, mein Goldkörnchen, Perle Bosniens! Die Sehnsucht nagt schon im voraus an meinem Herz, da ich nun fortgehe, in den unermeßlichen Archiven von Mütterchen Rußland nach Körnern der Wahrheit zu suchen, nach jenen kleinen Körnchen, die vielleicht erhellen, wer damals im Winter neununddreißig bei Kuhmo über die Grenze vordrang und versuchte, meinen Vater mit der Keule niederzustrecken und dann selbst von ihm niedergestreckt wurde. Welche Namen sie trugen, woher sie stammten und was sie glaubten, dort zu tun. Im Gegenzug teile ich ihnen Vaters Namen mit, Jorma Kalevi Suoponki, das heißt, ich werde seinen Namen und seinen militärischen Rang sowie einiges weitere Wesentliche am Rand jener Papiere vermerken, denn sollte der Fall eintreten, daß sich jemand zufällig dafür interessiert, wer auf der hiesigen Seite eigensinnig konterte, dann soll er es lesen können. Selbstverständlich darf man das eigentlich nicht tun, aber ich glaube, sie werden einen blinden Mann dort nicht allzu scharf überwachen. Was es letztlich für einen Nutzen hat, das weiß ich nicht, meinem Vater jedenfalls wird es kaum noch etwas nützen, auch wenn er von einer Wolke aus beobachtet, was ich tue. Ich bin zu dem Ergebnis gekommen, daß ich keineswegs verpflichtet bin, seine Tagebücher zusammenzustellen, denn ich bin ihm nichts schuldig und erwarte oder verlange meinerseits auch nichts von ihm. Aber ich werde die Arbeit zu Ende bringen, da ich sie nun einmal begonnen habe, außerdem habe ich nichts anderes zu tun. Und wie du, Mavra, so treffend bemerkt hast: Vielleicht ist das Wühlen in einem alten Krieg für mich eine Therapie. Zumindest ist es eine Ersatzhandlung. Wäre ich nämlich bei Kräften, würde ich nach Bosnien gehen und herausfinden, wer in deinem Dorf wütete, was damals in ihren Köpfen vorging, wer sie kommandierte, ich würde sie suchen und vor Gericht bringen, sei es in Den Haag, in Sarajevo oder in Helsinki, oder aber ich würde mit meiner eigenen Hand Recht sprechen. Das aber kann ich nicht mehr. Wie der geblendete Ödipus müßte ich an das Tor von Theben klopfen und fragen: ›Habt ihr es getan? Wie viele wart ihr? Was ging in euren Köpfen vor? Kommt heraus und schämt euch, bereut öffentlich, weint und schlagt euch auf die Brust, so lasse ich euch am Leben!‹ Sollte uns irgendwann ein Junge oder ein tollkühnes Mädchen geboren werden, dann wird er oder sie es vielleicht an unserer Stelle tun, wird groß werden und losziehen, dir Recht zu verschaffen.

Jowan und ich überlassen dieses Haus nun deiner Obhut. Du kannst die Vorhänge nach deinem Geschmack wechseln und die Möbel verrücken, wie du willst, und ich werde nicht zornig sein, selbst wenn ich nach meiner Rückkehr über sie stolpern sollte. Schließe abends die Tür ab, aber fürchte dich nicht, Maotse ist zu deinem Schutz hier, und in der Schreibtischschublade liegt meine alte Pistole. Sei ruhig, aber auf alles vorbereitet. In omnia paratus! So wie auch ich. Ich empfehle mich deiner Gunst. Hülle dich in meine Liebe! Trinken wir auf die Frauen! Da pijemo za žene! Auf unsere Frauen! Auf Mavra! Trinken wir! Živeli!«

Er hob das Glas, stieß mit den anderen an, und sie tranken.

Mavra nahm einen Schluck und verließ, ohne Lärm zu machen, den Raum. Jowan sah ihr mit gerunzelten Augenbrauen nach, dann ermunterte ihn der Oberst, die Gläser erneut zu füllen.

»Jetzt stoßen wir sechsmal hintereinander an«, sagte der Oberst zu Jowan und fügte hinzu: »Wenn es dir recht ist.«

»Es ist mir recht«, sagte Jowan. »Aber lassen Sie uns abwechselnd einen Trinkspruch vorschlagen und dann ganz austrinken, auch wenn der ausgebrachte Toast nicht gefallen sollte. So haben wir es im alten Föderalstaat beim Militär gemacht, wenn die Nerven angespannt waren und die Männer anfingen, sich mißtrauisch anzugucken und diejenigen mit anderer Nationalität in böser Absicht zu titulieren und boshaft ihren Dialekt nachzuahmen und Bemerkungen über den Glauben und die Sitten und Eßgewohnheiten der anderen zu machen. Und natürlich über die Frauen. Das klappte tatsächlich. Da jeder einmal vorschlagen durfte, auf wen getrunken wird, und alle trinken mußten, hörten mißtrauisches Schielen und Gezänk auf der Stelle auf, und wir hatten wieder das Gefühl, ein Volk zu sein, ein Volk, das fähig ist, fröhlich betrunken zu werden! Oberst! Sie fangen an!«

»Auf das gute, alte Jugoslawien!« schlug der Oberst vor.

»Auf Groß-Serbien!« hielt Jowan dagegen.

»Auf Groß-Kroatien!« foppte der Oberst.

»Auf Groß-Bosnien!« rief Jowan aus.

»Auf Groß-Finnland! Auf Mannerheim!« kreischte der Oberst.

»Auf Marschall Tito!« erklärte Jowan feierlich.

»Laß uns armdrücken!« schlug der Oberst vor und setzte energisch seinen Ellbogen auf der Tischplatte auf.

»Muß das wirklich sein?« fragte Jowan.

»Jawohl. Arm her!«

Jowan nahm gegenüber Platz, schob das Geschirr zur Seite und bot seine Hand. Sie drückten, ächzten und fluchten, und ihre Gesichter wurden rot, die Arme begannen zu zittern, das Zittern übertrug sich auf die Tischplatte, Gläser fielen um. Am Ende gewann der Oberst. Er boxte kindisch in die Luft wie ein Fußballer nach einem Hattrick und rief so laut »yes«, daß es auch Mavra hörte, die mit der Pfeife im Mund und dem Fernglas vor den Augen auf der Veranda stand.

»Auf die Blinden!« brüstete sich der Oberst, stolz auf seinen Sieg.

»Auf die Taubstummen und die Lahmen!« entgegnete Jowan.

»Auf die Kräftigen und die Krüppel! Auf dich und mich!« erfand der Oberst.

»Der Schnaps ist alle«, meldete Jowan.

»In der Schreibtischschublade liegt noch eine Flasche estnischer Wodka«, sagte der Oberst. Jowan holte sie und entkorkte sie auf die finnische Art, indem er mit dem Ellbogen auf den Flaschenboden schlug.

»Die Alkoholsucht ist etwas Entsetzliches«, sagte der Oberst, während Jowan die Gläser füllte. »So mancher Mann hat sein Haus und sein Eigentum versoffen.«

»Aber mein Haus in Bosnien wurde gerade dank meiner Alkoholsucht gerettet«, sagte Jowan.

Fünfzehntes Kapitel

Geschorene Köpfe

»Es geschah, als ich von den Anhöhen zurückkam, wo ich die Pferde gelassen hatte, die mir noch geblieben waren. Ich hatte mir von einem Bekannten eine alte Jawa geliehen und fuhr über das Dorf Busletic nach Haus. Bevor ich mich Kukavica näherte, fiel mir nichts Besonderes auf. In Sichtweite des Dorfes bemerkte ich, daß der Horizont vor mir rot loderte. Ich glaubte, ein Vorzeichen für das Ende der Welt zu sehen, es schien, als wäre mitten am bewölkten Nachmittag das Abendrot gekommen. Dann sah ich von verschiedenen Stellen des Dorfes schwarzen Rauch zum Himmel aufsteigen und begriff, daß einige Häuser in Flammen standen. Ich dachte, jetzt ist er gekommen, dieser Krieg, jetzt ist er in mein Dorf gekommen. Auch hier hat der Irrsinn die Macht übernommen, dachte ich, und das Entsetzen schnürte mir die Kehle zusammen, denn ich begriff, daß nun auch hier altes Unrecht wiedergutgemacht und neues Recht gegeben wurde, so wie in der Krajina und in Slavonien, und alles würde auch hier in einem einzigen, großen Unrecht enden. Ich wußte nicht, wer in meinem Dorf das Recht der eigenen Hand sprechen ließ, bevor ich die Anhöhe von Musafir überquert hatte und mein Dorf vor mir sah. Die brennenden Häuser lagen auf der moslemischen Seite. Dadurch wußte ich, daß es sich um das Werk eines paramilitärischen Trupps von Serben handeln mußte. Garantiert waren bei diesem Karneval Leute aus dem Dorf mit Eifer dabei.

Ich sage Ihnen jetzt, Oberst, und ich hoffe, Sie glauben und verstehen es: Gleichzeitig mit dem Entsetzen, der Angst und der Abscheu spürte ich auch Erleichterung, weil ich nicht um mein Haus fürchten mußte, denn immerhin kannten unsere eigenen Serben mich und mein Haus und wußten, daß ich Serbe war.

Hundertmal habe ich mich geschämt für diese egoistischen Gedanken, aber niemand, nicht einmal ein Heiliger, hätte in diesem Moment etwas anderes denken können. Wenn Sie mich fragen, ob ich mit jenen Mördern und Brandstiftern gewütet hätte, wäre ich zufällig im Dorf gewesen, dann antworte ich Ihnen, daß ich es nicht weiß. Ich habe gesehen, wie der Irrsinn zupackt und um sich greift wie die Pest, und wer angesteckt wird, der wird blind, er kennt seine Nachbarn und seine Arbeitskollegen nicht mehr und nicht die Spielgefährten seiner Kindheit. In seiner blutroten Blindheit sieht er in ihnen nur den Feind.

Als ich in meine Straße einbog, sah ich das Haus von Bajram Imamovic am Ende der Straße in Trümmern. Es brannte noch. Mein Haus stand unbeschädigt an seinem Platz. Da stand es und war zu allem Glück auch noch leer, denn ich hatte ein Jahr zuvor meine Frau begraben und die Kinder zu Verwandten nach Bosanski Brodi geschickt. Von dort hatten sie über die Sava auf die kroatische Seite gehen sollen. In den Fenstern des Hauses war Leben, in ihnen spiegelten sich die erlöschenden Flammen des Hauses der Imamovics. Die Straße war menschenleer, ich sah keine getaufte Seele und auch keinen Moslem, der mir hätte berichten können, was genau passiert war. Als ich mein Haus betrat, roch es dort eindeutig nach Butangas, und ich glaubte, der Schlauch des Herdes wäre leck. Als ich mir die Sache genauer anschaute, erkannte ich, daß der Gashahn offen war. Viele Kubikmeter Gas mußten sich schon im Erdgeschoß ausgebreitet haben. Ich drehte den Hahn zu, machte alle Fenster und Türen in der Küche und im Erdgeschoß auf und rannte hinaus. Mir wurde schwindlig und ich taumelte zum Brunnen, wusch mir das Gesicht mit kaltem Wasser und sank zu Boden. Mir war schlecht, ich hatte Brechreiz im Hals, und in meinem Kopf kreiste der Gedanke: wer, zum Teufel, hatte den Gashahn offengelassen?

Und was tut ein Mann, wenn sich die Welt vor seinen Augen dreht und die Nachbarhäuser brennen und ein entsetzlicher Verdacht ihn quält? Er beschließt, daß es in seiner Lage nur eine Medizin gibt: einen ordentlichen Schluck Alkohol! Also ging ich kurz darauf zurück ins Haus, stieg in den ersten Stock hinauf, wo ich mein Schnapsversteck hatte, da meiner Frau meine Trinkerei nicht gefiel, weniger, weil sie Muslimin war, sondern aus den üblichen ehefraulichen Gründen. Im ersten Stock fragte ich mich, wieso jemand eine brennende Kerze auf dem Tisch hatte stehen lassen, mochte mir aber nicht länger darüber den Kopf zerbrechen, sondern löschte sie, machte die Fenster auf und suchte nach etwas zu trinken. Ich fand eine halbe Flasche Raki und eine kleine Flasche Slivowitz. Ich ging in den Garten, um den Raki zu trinken, und erbrach mich auf der Stelle.

Nun könnte man meinen, die Übelkeit hätte mir die Lust auf Schnaps verdorben, aber weit gefehlt. Ich fuhr sofort zu Milans Kneipe. Sie war geschlossen und dunkel. Drinnen war niemand zu sehen. Ich klopfte ans Fenster, und nachdem ich lange gewartet hatte, öffnete Milan selbst und ließ mich ein. Er berichtete, die Rotbarette von Kapetan Dragan seien in Kukavica gewesen, und es hätten sich ihnen einige Einheimische angeschlossen, um sie zu den Häusern der Moslems zu führen. Ein barmherziger Serbe hatte einen Wink bekommen, was bevorstand, und hatte sich beeilt, die Moslems zu warnen, worauf die meisten von ihnen fliehen konnten. Zu ihrer Enttäuschung mußten die Tschetniks feststellen, daß die meisten Häuser leer standen. Sie gaben sich damit zufrieden, sie zu plündern und in Brand zu stecken. Später waren die Helden mit vor Erregung roten Backen und bereits betrunken in seine Kneipe gepoltert und hatten Schnaps verlangt. Sie hatten die Kneipe fast leer gesoffen und geprahlt, daß dieses Dorf nun endlich frei von Moslems sei. Während sie soffen, gab es irgendwo eine Explosion und ein neues Feuer brach aus, und die Tschetniks riefen Hurra und erhoben die Gläser auf das Vaterland. Die Rechnung hatten sie mit geraubtem Schmuck und anderen Beutestücken bezahlt, dann waren sie lärmend mit ihren Geländewagen, Lastwagen und Kleinbussen davongezogen.

Als ich berichtete, mein Haus stehe noch, huschte eine seltsame Miene über Milans Gesicht, aber dann gratulierte er mir mit aufrichtiger Freude, ohne daß ich verstand, weshalb. Er brachte eine Flasche Raki, wir tranken sie zu zweit und redeten dabei nicht viel. Dann stand ich auf, um nach Hause zu gehen. Milan bat mich, nicht zu gehen, und schlug vor, über Nacht bei ihm zu bleiben. Er sagte, als die Tschetniks über die Dorfbewohner geredet hätten, sei auch mein Name gefallen. Ich sagte ihm, ich bräuchte mir keine Sorgen zu machen, mein Haus stand noch und war unversehrt, und ich war immerhin Serbe, und meine Kinder waren es auch. ›Serben sind wir, zum Donnerwetter, von der

Geburt an und bis zum Tod‹, brüstete ich mich, ich weiß nicht, warum. ›Aber nicht deine Frau‹, ermahnte mich Milan. ›Deine Frau war Muslimin.‹ ›Sie ist schon tot‹, sagte ich, ›tot und begraben, Friede ihrer Seele. Und wir haben um unseren Glauben nie groß Aufhebens gemacht.‹ ›Da haben wir es schon‹, sagte Milan. ›Es gibt Leute, die halten das für einen gravierenden Fehler. Du gehst nicht in die Kirche, deiner Meinung nach sind alle Religionen gleichwertig, deine Frau hat sich nicht zum richtigen Glauben bekehrt, du hast dich mit Moslems verbrüdert … Es gibt Leute, die halten so eine Einstellung für Verrat‹, sagte Milan und fügte hinzu, daß er diese Meinung allerdings nicht teile.

Ich erinnerte Milan daran, daß fast die Hälfte seiner Kundschaft Moslems waren. Milan sagte, nach einem alten, wenngleich ungeschriebenen Gesetz muß und kann sich ein Wirt seine Gäste nicht aussuchen. Das gleiche gelte für den Markthändler, die Hellseherin, den Wettvermittler, den Berufskiller, die Hure, den Richter, den Polizisten und den Schmuggler.

Ich war an diesem Punkt schon ziemlich betrunken. Mir war alles egal, ich wollte nach Hause, in mein Bett und meinen selbstgebrannten Pflaumenschnaps trinken. Darum dankte ich Milan für alles und ging trotz seines Protestes.

Ich weiß nicht, wie ich mich auf dem Motorrad hielt und wie das Motorrad auf der Straße blieb, aber ich fuhr bis vor mein Haus und torkelte zur Tür. Das Imamovic-Haus rauchte noch immer. Als ich meine Haustür aufschloß, kam Branko Petranovic, mein serbischer Nachbar, angerannt. Er trug einen Tarnanzug und eine Pistole am Gürtel. Er packte mich, zerrte mich hinter die Mauer und verbot mir, hineinzugehen. Ich fragte ihn, mit welchem Recht er mir verbiete, mein eigenes Haus zu betreten, und seit wann es unter Volksschullehrern üblich sei, Waffen zu tragen. Er ärgerte sich und fing an sich zu brüsten, er sei jetzt der Kommandant der Schutztruppen dieses Stadtteils und wache über Ordnung und Sicherheit, und zu meinem Haus bestehe derzeit kein Zutritt. Ich lachte ihm offen ins Gesicht und sagte, und ob ich hineingehe, ich habe dort eine kleine Flasche Slivowitz stehen. Daraufhin fummelte er sein Pistolenhalfter auf. Das machte mich wütend, denn es war erst wenige Tage her, daß mir jener Räuber, der aus dem Fluß gestiegen war, mit Waffengewalt mein Pferd abgenommen hatte. Ich trat Branko gegen das Knie, und als er hinfiel, nahm ich ihm die Pistole weg. Er glaubte wohl, ich wollte ihn erschießen, denn er fing an zu stammeln, er habe mich doch nur schützen und daran hindern wollen, ins Haus zu gehen, weil es jeden Moment in die Luft fliegen könne.

Da begriff ich, erst da, daß auch mein Haus dazu verurteilt war, aus diesem Dorf zu verschwinden, ebenso wie ich. Sie hatten aus meinem Haus eine Bombe gemacht, die explodieren würde, sobald das Gas bis in den ersten Stock, auf die Höhe der Kerze gekrochen wäre.

Ich sagte zu Branko: ›Dieses Haus wird nicht explodieren, das Gas ist abgezogen und die Kerze gelöscht‹, und ich fügte hinzu, er könne denselben Streich nicht noch einmal versuchen, denn ich würde ihn jetzt erschießen. Er brach in Jammern aus und schwor, es sei nicht seine Idee gewesen, die anderen hätten es sich ausgedacht, und er habe sich nicht getraut, sich zu widersetzen. Voller Angst zählte er auf, welche Männer aus dem Dorf bei dem Jux mitgemacht hatten. Nachdem sie die Gasbombe in meinem Haus installiert hatten, waren sie ihrer Wege gegangen, er selber war in den Keller seines Hauses gerannt und hatte dort auf die unvermeidliche Explosion gewartet. Ich nahm sämtliche Patronen aus seinen Taschen, steckte die Pistole in die Innentasche meiner Jacke und ließ die Jawa an. Ich sagte ihm, ich verließe jetzt dieses Dorf, käme aber zurück, und wenn ich dann mein Haus als brennende Ruine vorfände, würde ich eines Nachts sein Haus und die Häuser all jener, deren Namen er genannt hatte, in die Luft sprengen, und wenn ich das getan hätte, würde ich eine öffentliche Bekanntmachung an die Kirchentür schlagen, daß er, Branko Petranovic, gesungen und die anderen verraten hat.

Dann fuhr ich los. Der Rausch hatte sich aus meinem Kopf verflüchtigt, auch das vom Gas verursachte Schwindelgefühl. Ich fuhr ohne Probleme bis Derventa durch und von dort weiter nach Bosanski Brodi, wo meine Kinder waren. Erst in Novo Selo hielt ich an und versuchte, an einer Traktorstation Benzin zum Schwarzmarktpreis zu kaufen. Zufällig tauchte dort eine Gruppe Kroaten auf, allesamt bewaffnete Männer von der HOS, sie nahmen mich fest. Einer von ihnen war Pferdekenner, der wußte, daß ich Serbe war. Als sie Brankos Pistole fanden, hatten sie vor, mich ohne Federlesens zu erschießen, aber als ich ihnen erzählte, was mir in Kukavica passiert war, verschonten sie mich, konfiszierten die Jawa für den gerade gegründeten Staat Kroatien und brachten mich über die Sava nach Slavonski Brodi, auf die kroatische Seite. Dies geschah kurz bevor auch diese letzte Brücke gesprengt wurde und die Serben Bosanski Brodi noch nicht erobert hatten. Auf der kroatischen Seite wurde ich verhört und leicht geschlagen, dann warf man mich in eine Polizeizelle, von wo aus ich in ein Gefängnis gebracht wurde. Den Rest kennen Sie.«

»Ich kannte die Geschichte auch bis hierhin schon«, sagte

der Oberst. »Du hast sie mir einmal erzählt, damals ein bißchen anders. Jetzt ist mehr Haltung darin, besonders zum Ende hin. Diesen Branko hast du diesmal energischer abgehandelt.«

»Danke, ich habe mein Bestes getan«, sagte Jowan.

»Eine Geschichte muß leben und sich entwickeln dürfen«, sagte der Oberst und versank in Erinnerungen. Dann murmelte er etwas, das sich wie ein Zauberspruch anhörte. Jowan spitzte die Ohren, konnte aber die Wörter nicht unterscheiden.

»Ki beleil shudad ar-moav nidma ki beleil shudad kir-moav nidma«, sagte der Oberst, sich behutsam an jedes Wort herantastend, dann wiederholte er den Satz, nun deutlicher und flüssiger:

> »Ki beleil shudad ar-moav nidma
> ki beleil shudad kir-moav nidma!«

»Das verstehe ich jetzt nicht recht«, sagte Jowan.

»Das ist auch Hebräisch«, sagte der Oberst.

»Soll ich einen Tee kochen, bevor wir aufbrechen?« fragte Jowan verlegen.

»Das ist biblisches Hebräisch«, sagte der Oberst, »und es bedeutet:

> Über Nacht wurde Ar verwüstet, ging Moab zugrunde.
> Über Nacht wurde Kir verwüstet, ging Moab zugrunde.«

»Was für ein Moab?« wunderte sich Jowan.

Der Oberst erzählte es ihm.

Es war der einzige hebräische Satz, den er kannte. Er hatte ihn von einem alten, halb blinden Juden aus Sarajevo gelernt, auf den er nach dem Krieg gestoßen war, als er auf der Suche nach Mavra in Bosnien herumfuhr. Sie waren buchstäblich aufeinandergestoßen, vor der sephardischen Synagoge in Skenderija. Der Alte war leicht und zerbrechlich und trug einen Bart, den hatte der Oberst beim Zusammenprall gespürt. Sie hatten sich beide für ihre Ungeschicklichkeit entschuldigt, der Alte hatte gefragt, was der Fremde in dieser Stadt der Verdammnis tat, und der Oberst hatte es ihm erklärt. Daraufhin hatte der Alte ihn an der Hand in die Synagoge geführt und auf eine blankgewetzte Bank gesetzt. Der Oberst hatte den Geruch vieler Jahrzehnte in der Nase gehabt. Es hatte nach altem Holz, nach Kerzen, Asche, Kautabak, Kleidern, Leder, menschlichem Schweiß, Pergament und verstaubten Gebetbüchern gerochen. Der Alte hieß Rafu Pardo und war vor dem großen Krieg der Wächter der Synagoge. Vor den Deutschen und den Ustascha-Faschisten hatte ihn sein Freund, Hodscha Sefer Filipovic, gerettet, indem er ihn im Gewölbekeller der Gazi-Husrev-Bey-Moschee versteckte. Fast zwei Jahre lang lebte er dort im Versteck und verlor in der Dunkelheit allmählich sein Augenlicht. Seinen Verstand hatte er sich bewahrt, indem er sich Palindrome und Spottgedichte auf alle seine Verwandten und Bekannten ausdachte, den Hodscha ausgenommen, und dann zum Ausgleich Lobgedichte auf dieselben Personen. Am besten aber hielt ihn das Tanach geistig regsam, das Memorieren des Alten Testaments. Er konnte nämlich lange Passagen daraus auswendig. Als das zur Anregung nicht mehr ausreichte, schrieb er im Geiste jene Erzählungen der Bibel neu, bei denen er sich nur noch an die Personen und die ungefähre Handlung sowie die eventuelle Botschaft erinnern konnte. Einen Teil der Geschichten und der Weissagungen der Propheten hatte er in Bosnien angesiedelt, weil er die ursprünglichen Ortsnamen nicht mehr wußte. Er hatte gemerkt, daß die meisten Prophezeiungen ebensogut auf Bosnien zutrafen wie auf Judäa und Israel, vermutlich paßten sie fast überallhin. Als Beispiel hatte er dem Oberst Jesajas Weissagung der Zerstörung Moabs auf hebräisch rezitiert, wobei er Moab durch Bosnien ersetzte, und dann dasselbe auf serbisch. Schließlich hatte er vorgeschlagen, der Oberst möge das gleiche in seiner eigenen Sprache tun, wenn er nur erst seine Geliebte gefunden hätte, was gewiß gelingen würde, mit Gottes Hilfe und durch die Zahlung von Bestechungs-, eventuell auch von Lösegeldern.

Dann hatte Rafu Pardo ihn gesegnet und bedauert, ihm nicht die geringe Sehfähigkeit übertragen zu können, die ihm noch geblieben war, denn das hätte er gern getan. Er selbst hatte längst alles gesehen, was er sehen wollte, und den größten Teil davon hätte er auch lieber nicht gesehen.

Als der Oberst Mavra gefunden hatte und nach Hause zurückgekehrt war, hatte er in der Bibel nach der Stelle gesucht und sie auswendig gelernt:

»Über Nacht wurde Bosnien verwüstet, ging
zugrunde.
Über Nacht wurde Herzegowina verwüstet, ging
zugrunde.
Die Tochter Bosniens steigt zu den Kulthöhen
hinauf, um dort zu klagen.
Über Sarajevo und Bihac klagt Bosnien;
Jeder Kopf ist kahlgeschoren,

alle Bärte hat man abgeschnitten.
Auf den Gassen geht man in Trauergewändern,
alle weinen auf den Dächern und Plätzen
und zerfließen in Tränen.
Goražde schreit und Foča,
bis nach Pristina ist ihre Stimme zu hören.
Darum zittern die Krieger von Bosnien,
ihre Seele verzagt.
Mein Herz schreit auf wegen Bosnien;
Bis nach Zagreb fliehen die Menschen,
bis Ljubljana.
Die Steige von Trnovo steigt man weinend hinauf.
Auf dem Weg nach Wischegrad schreien die Leute
über das Unglück.
Die Quellen von Neretva versiegen, das Gras ist
verwelkt;
verdorrt sind die Wiesen, alles Grün ist
verschwunden.
Darum schleppen sie ihre letzte Habe
und ihre Vorräte über die Sava fort.
Überallhin dringt das Klagegeschrei,
bis an die Grenzen von Bosnien.
Bis nach Istrien hört man das Jammern,
man hört es bis in die Vojvodina.
Voll Blut sind die Bäche der Drina.
Doch ich bringe noch größeres Unglück:
Löwen über die aus Bosnien Entronnenen,
und über die im Land Zurückgebliebenen.«

Der Oberst sprach die Variation der Weissagung des Jesaja so, wie ihn Rafu Pardo auf hebräisch rezitiert hatte. Jowan hörte bewegt zu, wischte sich mit der Faust die Augen und sagte mit belegter Stimme, die Prophezeiung sei ganz richtig gewesen, rückwirkend zumindest.

Der Oberst erwiderte, daß die Weissagungen der Bibel in der Regel erst im Nachhinein ausgesprochen und aufgeschrieben worden seien, aber leicht abgewandelt konnten sie sehr gut auch in Zukunft zutreffen.

»Zumindest in Bosnien«, sagte Jowan.

»Dort wurde ein gutes Land kaputtgemacht«, sagte der Oberst und wurde auf einmal düster. »Und wozu? Aus Habsucht und Gier.«

»Wer hat es kaputtgemacht?« wollte Jowan wissen.

»Ihr. Ihr alle, wer ihr auch seid. Serben, Kroaten, Bosniaken, Türken, Albaner, Zigeuner ... Illyrer, Thraker, Flaken, Bogomilen, Papstanhänger, Griechischgläubige, Moslems, Juden, Franziskaner, Sufis, Patres, Naksibendi, Igumenen, Rabbis, Pastoren, Imame, Hodschas, Tschetniks, Ustaschos, Mudschaheddins ... Janitsaren, Agas, Bans, Begs, Paschas, Fürsten, Könige, Zaren, Kaiser, Sultane, Pioniere, Stachanows, Komissare, Minister, Parteisekretäre, Marschalle, Präsidenten ...«

»Das haben wir tatsächlich getan«, gab Jowan beschämt zu. »Wir haben ein gutes Land kaputtgemacht. Es hat wohl keinen Zweck, jemand anders zu beschuldigen. Wir haben es selbst getan. Als Feinde und trotzdem in guter Zusammenarbeit.«

»Falls es dich tröstet: ihr seid nicht die einzigen auf diesem Planeten, die ihr eigenes und zugleich das Vaterland ihres Nachbarn zerstören«, sagte der Oberst.

»Könnte so etwas auch hier passieren?« fragte Jowan.

»Und ob es passieren könnte, es ist auch schon passiert«, versicherte der Oberst. »Das ändert aber nichts an der Tatsache, daß ihr die größten Arschlöcher seid!«

»Wer wir?«

»Ihr … wer ihr eben alle seid. Serben, Kroaten, Bosniaken, Türken …«

»Sie brauchen nicht mehr alle aufzuzählen«, sagte Jowan. »Arschlöcher sind wir, die größten Arschlöcher der Welt!«

»Darauf braucht ihr euch nichts einzubilden«, schimpfte der Oberst. »Die Geschichte ist voll von solchen Schauermärchen. Wäre unser junger Lehrer hier, könnte er den Sachverhalt durch zahlreiche Beispiele verdeutlichen.«

»Aber die Geschichte Bosniens kennt er nicht«, sagte Jowan.

»Er könnte sie ja aus der Nähe studieren und daraus wissenschaftlich relevante Schlußfolgerungen ziehen«, sagte der Oberst und begeisterte sich für seinen Einfall: »Er muß unbedingt nach Bosnien reisen! Das würde ihm gut tun.«

»Aber wenn er nicht will?«

»Natürlich will er. Er weiß es nur nicht«, sagte der Oberst und schnippte mit den Fingern wie ein Mensch, der eine vortreffliche Idee hat.

»Er könnte sich den Friedenstruppen anschließen!«

»Er ist ja sogar Leutnant der Reserve!« erinnerte sich Jowan.

»Ich habe enge Verbindungen dorthin«, sagte der Oberst. »Ich könnte ihn wärmstens empfehlen.«

»Ihre Empfehlung wird man sicherlich akzeptieren«, vermutete Jowan.

»Er macht den Eindruck eines pflichtbewußten Mannes.«

»Friedenssicherung ist die Pflicht eines jeden pflichtbewußten Mannes.«

»Er könnte da weitermachen, wo ich gezwungen war, aufzuhören«, sagte der Oberst bewegt. Er führte das Glas zu den Lippen, trank aber nicht.

»Dieses Gesöff schmeckt mir nicht mehr«, sagte er, »es hat auch davor nicht geschmeckt.«

»Vielleicht sollten wir das Picheln jetzt beenden«, schlug Jowan vor.

»Der Schnaps ist ein Spötter, der Alkohol ein Radaubruder, und keiner ist schlau, der davon ins Torkeln gerät«, erklärte der Oberst und trank sein Glas leer. »Sein Glas muß man aber trotzdem leeren«, sagte er.

»Das verlangt die Sitte«, sagte Jowan.

»Wo bleibt dieser Kiljander?« wunderte sich der Oberst.

»Ich schaue nach, ob er schon da ist«, sagte Jowan.

Sechzehntes Kapitel

Lerne die russischen Ordinalien

Henry band sein Boot am Pfosten des Anlegestegs fest. Maotse saß wartend auf dem Steg. Mavra kam mit leichten Schritten zum Ufer, steckte die Pfeife in die Tasche und umarmte Henry hastig.

»Du bist gerudert«, stellte sie fest.

»Das war das letzte Mal«, sagte Henry.

»Das letzte Mal?«

»Es wird langsam zu kalt«, erklärte Henry. »Man wird nicht warm, auch wenn man sich noch so sehr anstrengt. Und wenn man zuviel anhat, schwitzt man erbärmlich.«

Sie standen sich einen Moment schweigend gegenüber, versuchten gegenseitig ihre Gedanken zu lesen und die Stimmung zu erahnen.

»Bist du gekommen, um dich vom Oberst zu verabschieden?« fragte Mavra.

»Ist er noch hier?« wunderte sich Henry.

»Sie sind beim Aufbrechen«, sagte Mavra und sah Henry strahlend an. »Du bist also gekommen, um mir guten Tag zu sagen!«

»Darum hast du ja gebeten«, sagte Henry und zog Mavras Brief aus der Tasche.

»Das stimmt, aber ich habe nicht diesen Tag gemeint«, sagte Mavra.

Henry warf einen Blick auf den Brief, ging im Kopf die russischen Ordnungszahlen durch und begriff, daß er die Zahlen »neun« und »zehn« verwechselt hatte.

»Devjatyi … desjatyi«, murmelte er. »Wer kann sich so etwas merken? Ich bin einen Tag zu früh gekommen.«

»Ich bin trotzdem froh, daß du gekommen bist«, sagte Mavra.

»Und jetzt soll ich auf der Stelle wieder fahren? Wegen meiner Ordinalblamage?«

»Heute ist ein schlechter Tag. Wenn du das nächste Mal kommst, bringe ich dir die Ordinalia und Kardinalia, die Apostel und Heiligen und sämtliche Namen der Romanowschen Zaren bei«, versprach Mavra begeistert.

»Die kann ich schon«, sagte Henry. »Aber was ich nicht verstehe, ist, warum du mir auf russisch geschrieben hast.«

»Damit du deinen Kopf benutzt und etwas lernst.«

»Woher wußtest du, daß ich es der Mühe wert halte, es zu lesen?«

»Das wußte ich gar nicht. Ich dachte, wenn du es der Mühe wert hältst, dich mit Hilfe von Wörterbuch und Grammatik durch diesen Brief zu schlagen, dann … dann bist du ein sehr motivierter Schüler. Hältst du es hingegen nicht der Mühe wert, dann ist es auch nicht so wichtig.«

»Du hast mich also auf die Probe gestellt?«

»Bist du mir deswegen böse?« fragt Mavra.

»Ich habe nicht einmal die Hälfte verstanden«, sagte Henry.

»Das wundert mich nicht. Schließlich war Puschkin darunter, ein wenig variiert.«

»Das habe ich verstanden«, sagte Henry. »Du hättest mir aber doch lieber auf finnisch schreiben sollen.«

»Ich kann nicht finnisch schreiben«, gestand Mavra.

»Ich tadle dich nicht. Die wenigsten können es«, sagte Henry, und Mavra lachte mit nervöser Zustimmung, Henry jedoch nicht.

»Jedenfalls habe ich deinen Brief gelesen, so gut ich konnte, und nun bin ich hier. Was willst du von mir?«

Henrys Frage packte Mavra wie eine eiskalte Faust an der Kehle.

»Ich habe dich so viele Tage lang nicht gesehen«, sagte sie hastig und kaum hörbar.

»Ich hatte zu tun«, sagte Henry.

»Ist dein Interesse schon erloschen? Brauchst du keine Anleitung mehr?« fragte Mavra.

»Wenn ich nur wüßte, wohin du mich eigentlich leitest«, erwiderte Henry und wurde durch seine eigenen Worte traurig, was ihn wiederum wütend machte.

»Was meinst du damit?« fragte Mavra blaß.

»Das weißt du sehr gut«, sagte Henry unbestimmt und dachte, daß er offenbar die von ihm gewählte Linie bis zum schmerzhaften Schluß durchhalten mußte, um nicht im Nu einzubrechen. Das begriff auch Mavra, und sie begriff auch, daß diese Begegnung unter den denkbar schlechtesten Vorzeichen und im denkbar schlechtesten Augenblick stattfand, und jetzt entglitt ihr auch dieser Augenblick, und einen anderen würde es vielleicht nicht mehr geben. Etwas war geschehen.

»Willst du, daß ich den Brief für dich übersetze?« fragte sie und warf dabei einen besorgten Blick zum Haus. Henry bemerkte es.

»Nicht nötig«, sagte er. »Ich gehe, bevor jemand kommt und dich holt.«

»Geh noch nicht«, bat Mavra. »Die saufen schon den ganzen Tag. Die brauchen mich nicht. Sie saufen und grölen ihre Trinklieder, lachen sich krumm und klatschen in die Hände wie dressierte Schimpansen.«

»Vielleicht sollte ich ihnen Gesellschaft leisten«, sagte Henry. »Schimpansen sind der richtige Umgang für mich.«

»Sehnst du dich nicht mehr nach meiner Gesellschaft?« fragte Mavra.

Henry schwieg. Mavra setzte sich auf das Geländer des Stegs und zog Henry neben sich. Maotse schaute sie beide mißtrauisch an.

»Weißt du nicht, daß du meine Freude und mein Trost bist in meinem Leben, hier in meinem ... Dasein?« flüsterte Mavra. »Ich warte schon seit Jahren auf dich, ich habe am Fluß gestanden und gewartet, daß du kommst, daß du an diesem Ufer an Land gehst.«

»Auf mich? Warum auf mich?« wunderte sich Henry.

»Auf dich, auf dich«, versicherte Mavra. »Ich wußte nur nicht, daß du es bist, auf den ich wartete, bis du schließlich hier angetrieben wurdest und gegen den Steg pralltest, weil du mich so anstarrtest. Da lachte ich aus purer Freude.«

»Du hast gelacht, weil ich so einen lächerlichen Anblick abgab, auf dem Ponton«, sagte Henry.

»Auch darüber lachte ich, und ich habe seitdem gelacht und mich gefreut, daß du gekommen bist. Ich konnte nur nicht immer offen lachen und mich freuen. Ich mußte lachen, als ich merkte, wie du uns in der Stadt, im Park und in den Geschäften folgtest. Sogar in die Kirche bist du uns nachgegangen, dabei hatte ich dich dort vorher nie gesehen. Du bist uns mit Abstand gefolgt, damit es mir nicht auffällt, aber ich fühlte, daß du mir etwas sagen wolltest, was auch immer, vielleicht wolltest du nur daran erinnern, daß es dich gibt. Mich und dich daran erinnern ... an deine Existenz. So sagt man doch? Postojanje. Das ist das schönste

Wort in meiner Sprache. Existenz. In meinem Land ist das so ein seltener Zustand. Du hofftest also, daß ich dich sähe, aber wenn ich in deine Richtung schaute, tatest du, als wärst du unsichtbar.«

»Weil mir schmerzhaft klar war, daß ihr mich nicht braucht. Außerdem hätte ich den Mund nicht aufbekommen.«

»Das hat dich nicht daran gehindert, mich um Russischstunden zu bitten«, erinnerte ihn Mavra.

»Ich machte mir die Situation zunutze, ich brauche die russische Sprache für meine Karriere«, sagte Henry.

»Doch nicht deswegen. Es ist dir einfach eingefallen, du hast es aus dem Ärmel geschüttelt, hast irgend etwas gesagt, um mich kennenzulernen und Zeit mit mir verbringen zu dürfen. Und ich war glücklich, daß du dir gerade diesen Vorwand ausgedacht hast, daß du mich nicht gebeten hast, mich unter vier Augen an einem dunklen Ort treffen zu dürfen, daß du dir nicht, wie so viele junge Männer, eingebildet hast, ich würde auf den kleinsten Wink hin den Oberst sitzenlassen und mit dir wer weiß wohin gehen. Aber dennoch wolltest du mir nahe kommen, und jetzt bist du mir nahe.«

Sie drückte sich an Henry, sie wollte zerspringen vor all dem, was sie noch zu sagen gehabt hätte, doch sie konnte auf finnisch nicht weiterreden, sondern ging in ihre eigene Sprache über und sprach sie schnell, und als sie später errötend und mit leichter Scham an diesen Moment zurückdachte, mußte sie sich eingestehen, daß sie das, was sie gesagt hatte, fast wörtlich dem Liebesroman *Die wilden Schwäne* von Miljana Vlasenica entliehen hatte:

»Ergreife also die Gelegenheit, da du nun einmal verrückt nach mir bist und von mir träumst und dich nach mir sehnst und mich begehrst. Und mich verlangt nach dir, nach deiner Haut und deinem Duft, nach deinem Blick und deiner Lust. Atme mich, so atme ich dich und berausche mich an deiner Jugend. Fast habe ich vergessen, daß auch ich jung bin, ebenso jung wie du. Schau auf unsere Haut, auf deine Haut und auf meine, schau, wie glatt wir sind, wie stark und rein wir sind, wenn noch ein wenig Zeit vergeht, eine gewisse Zeit nur …«

»Könntest du das übersetzen?« fragte Henry.

»Nein, das kann ich auf keinen Fall«, sagte Mavra und klammerte sich an ihn.

Henry machte sich aus ihrer Umklammerung los und stand mit düsterem Gesicht vor ihr.

»Was ermutigst du und verführst du mich, wenn du mit Händen und Füßen doch an den Oberst gebunden bist?«

Mavra wurde bleich und ließ den Kopf sinken.

»Du sprichst mit Jowans Mund«, flüsterte sie. »Was hat er dir gesagt?«

»Er hat gesagt, die gnädige Frau ist besetzt, bis an ihr Lebensende. Oder bis zum Lebensende des Oberst. Euch verbindet angeblich ein übermächtig starkes Band. Ihr seid zusammengewachsen, so seltsam das auf mich auch wirken mag. Ihr braucht einander wie der Fluß sein Bett und das Bett den Fluß. Wie die Kuh ihren Melker und der Melker die Kuh. Wie der Blinde seinen Blindenhund und der Hund seinen blinden Herrn. Den letzten Vergleich habe ich selbst erfunden.«

»Und du hast alles geglaubt und sogar noch überboten?« rief Mavra aus.

»Ist es denn nicht wahr?«

Mavra kehrte ihm den Rücken zu. »Spielt das eine Rolle?« Sie sprach so leise, daß Henry kaum hören konnte, was sie sagte. »Was hat er dir noch erzählt?«

»Er hat erzählt, warum du den Oberst geheiratet hast. Ich hatte mich natürlich darüber gewundert, und er hat es mir erzählt. Unaufgefordert.«

»Natürlich unaufgefordert. Dann sag es, um Himmels willen, auch mir! Sag mir, warum ich den Oberst geheiratet habe!« verlangte Mavra.

»Der Oberst hat dir in Bosnien das Leben und die Ehre gerettet. Du warst ihm Dank schuldig. Und bist es noch immer und wirst es bis zum Ende deines Lebens sein.«

»Eigentlich geht dich das nichts an, aber ich sage es trotzdem: die Dankesschuld ist längst zurückgezahlt«, sagte Mavra.

»Zweifellos. Auf die älteste Art der Welt«, hörte sich Henry sagen, und er konnte nicht fassen, daß diese fremde Stimme seine eigene sein sollte.

»Da irrst du dich gewaltig«, sagte Mavra leise. »Du irrst dich und kränkst mich bis aufs Blut.«

»Wenn du ihn nicht aus Dankbarkeit geheiratet hast, warum dann?« Ein Gefühl der Verzweiflung bereitete ihm Übelkeit.

»Denke den Rest deines Lebens darüber nach, Lehrer. Leb wohl.«

Mavra sah ihn mit lodernden Augen an.

Henry senkte den Blick und ging auf sein Boot zu. Mavra sah unglücklich auf Henrys Rücken, wie er sich entfernte, sie hoffte, er würde stehenbleiben, sein böses Wort zurücknehmen und sie bitten, mitzukommen. Er würde vergebens bitten, aber würde er es nur tun!

Als Henry noch einmal stehenblieb und sich noch einmal zu ihr umdrehte, sprach Mavra mit geschlossenen Augen und monotoner bosnischer Melodie einen Zauberspruch, der genau auf die Situation paßte, der vielleicht der einzig mögliche war:

»Blase scharf, o Wind,
ihr Wellen werfet geschwind
das Boot wild in die Höhen,
in böse Sturmesböen!
Will der Ruderer mir sich nicht schenken,
will sein Boot ich versenken.
Tief sein möge sein Grab,
weil er sich mir nicht gab!«

Dann schlug sie die Augen auf und rief:

»Geh in dein Boot, ich werde ihm einen Tritt versetzen, daß es der Strom mit sich reißt. Geh, kentere mit deinem Boot, ertrinke, werde zum Futter für die Fische!«

Maotse wurde durch ihr Schreien unruhig, er näherte sich Henry und fletschte knurrend die Zähne. Henry wandte ihm den Rücken zu, blickte auf das dunkle Wasser des Flusses und entwarf innerlich einen neuen Dialog anstelle des eben geführten:

»Ich stellte mir vor, du liebtest mich«, sagt Mavra.

»Auch wenn ich dich liebe, so werde ich diese Liebe abtöten«, sagt Henry und spürt, wie er wahnsinnig wird.

»Ich habe geglaubt, du willst mich«, sagt Mavra.

»Ich ersticke diese Lust. Ich gebe dich bereitwillig preis«, sagt Henry mit heiserer, erstickter Stimme.

»Ich nehme meine bösen Worte zurück und bitte um Verzeihung«, sagt Mavra.

»Ich nehme meine bösen Worte zurück und behaupte von nun an das Gegenteil. Ich bitte sehr um Verzeihung«, sagt Henry.

»Nimm mich mit!« bittet Mavra.

»Das tue ich, das tue ich!« sagt Henry.

Aber Mavra konnte nicht hören, was in seinem Kopf

vorging. Sie pfiff dem Hund, machte auf dem Absatz kehrt und rannte los. Maotse knurrte Henry noch einmal an, dann wedelte er mit dem Schwanz und folgte geflissentlich seiner Herrin bis zum Haus und hinein.

Am Ende des Stegs betrachtete Henry eine Ente, die immer wieder ihren Kopf ins Wasser tauchte. Ihr Schwanz ragte dabei senkrecht nach oben, und wenn sie mit dem Kopf auftauchte, reckte sie jedesmal den Hals und schüttelte den Kopf. Etwas war schlimm danebengegangen.

Henry fuhr zusammen, als er hinter sich Schritte näher kommen und dann unmittelbar hinter sich Jowans klangvolle, nasale Stimme hörte.

»Sieh an, der Lehrer Loimu. Da steht er ganz allein.«

Siebzehntes Kapitel

Touché!

Henry nahm zerstreut zur Kenntnis, daß Jowan sichtlich betrunken und in einem gefährlich hemmungslosen Zustand war.

»Lauern Sie auf Vögel? No, no! Haben Sie Geflügelbraten im Sinn? Wie wär's mit Rebhuhn? Oder Hühnchen? Oder sind Sie auf Fasane aus? Sie stehen da und rühren sich nicht, und dann greifen Sie mit ausgestrecktem Taschenmesser an? Sie haben doch das obligatorische Taschenmesser bei sich, das Leben retten oder Leben nehmen kann?«

Jowan schnappte sich flink das Messer aus Henrys Jakkentasche, klappte es auf und drückte es Henry in die Hand.

»Das geht auch diesmal durch«, sagte Jowan und lachte schrill. »Warten Sie, ich zieh das meine, dann sehen wir, ob es mithalten kann.«

Er zog ein rotes Taschenmesser hervor und klappte eine Klinge auf.

»Das hier ist das gleiche Schweizer Fabrikat wie Ihr Ding da. Berühmte Präzision. Damit macht die Schweizer Armee alles: höhlt Löcher in den Emmentaler, schneidet Speck für aufs Brot, gräbt sich aus Lawinen frei, verjagt bosnische Asylbewerber … Aber man kann noch mehr damit machen. Ich werde Ihnen jetzt mal eine uralte serbische Sportart zeigen. Man nennt sie Messerringen. Eine schöne und nützliche Disziplin. Sie geht so: ich nehme meinen Gürtel ab, schiebe ihn durch Ihren Gürtel, so verbinden wir zwei Gürtel, dann schnalle ich mir meinen Gürtel wieder fest um, und wir hängen aneinander fest und kommen nicht mehr los. Jetzt ergreife ich die Hand, in der Sie Ihr Messer halten, und Sie ergreifen meine Messerhand. Alles klar? Und was nun? fragen Sie. Ich sage es Ihnen: wir versuchen uns gegenseitig das Messer reinzurammen! Hep, hep!«

Henry hatte alles geschehen lassen. Er war jetzt durch den Gürtel mit Jowan verbunden, welcher anfing, um ihn zu kreisen, und ihn zwang, ebenfalls im Kreis zu gehen. Jowans Hand hielt sein Handgelenk in eisernem Griff, auch er hielt Jowans Hand mit dem Messer umklammert und begriff plötzlich, daß es dieser Mann ernst meinte, auch wenn sein Gesicht zu einem Grinsen verzogen war. Man sah es an dem abwesenden und doch lauernden Blick.

So ineinander verhakt drehten sie sich wie bei einem Walzer, wobei sie die Richtung zwischendurch wechselten. Zu seinem Entsetzen erkannte Henry, daß Jowan ernsthaft versuchte, ihm das Messer in den Leib zu rammen, und er spannte seine Kräfte auf das äußerste an, um Jowans Hand mit dem Messer von sich fernzuhalten. Plötzlich stellte Jowan Henry ein Bein, und dieser ließ Jowans Hand einen Moment los, um den Aufprall auf der Erde abzufedern. Da stach ihm Jowan das Messer in die Schulter.

»Touché! Da hab ich einen schönen Schnitt gesetzt!« rief Jowan aus.

Henry drückte die Hand auf die Wunde und schaute dann zerstreut auf das Blut auf seiner Handfläche. Warum geschah alles so schnell? Er kam bei diesem Spiel nicht mit.

Mavra kam aus dem Haus gelaufen und rief schon von weitem:

»Vater, hör auf!«

Jowan löste seinen Gürtel von Henrys Gürtel und schob ihn mit zitternden Händen durch die Schlaufen seiner Hose. Er keuchte und befeuchtete sich die Lippen mit der Zunge.

Verdutzt schaute Henry auf Jowan und Mavra.

»Ist er dein Vater?«

»Kapieren Sie das jetzt erst?« lachte Jowan. »Das sei Ihnen eine Lehre und eine Warnung, junger Mann!«

Mavra drückte ein Taschentuch auf Henrys Wunde.

»Du bist betrunken, Vater!«

»Aus gutem Grund«, sagte Jowan unbestimmt, wischte das Blut von seinem Taschenmesser, klappte es zusammen und schob es in die Tasche.

»Und was soll das heißen?«

»Ich weiß nicht. Ich hab es halt so gesagt.«

Der Oberst kam in den Garten, er ging vorsichtig und leicht schwankend, mit dem Stock nach dem Weg tastend.

»Was geht hier vor? Finden hier Gartenspiele statt? Warum hat man mich nicht gerufen?«

»Ich habe Herrn Loimu das serbische Messerringen beigebracht«, berichtete Jowan. »Ich dachte, das könnte ihm von Nutzen sein, falls er auf die Idee verfallen sollte, sich den Friedenstruppen in Bosnien anzuschließen.«

»Gut gemacht, Jowan«, sagte der Oberst. »Was sagen Sie dazu, Herr Loimu?«

»Wozu?« fragte Henry.

»Daß Sie als Friedenssicherer nach Bosnien gehen?«

»Warum sollte ich so etwas tun?«

»Zum Beispiel, weil Sie vor Begierde brennen, der Geschichte ins Auge zu schauen«, schlug der Oberst vor.

»Ganz aus eigenem Willen und freiwillig!« fügte Jowan hinzu.

»Das wäre ein mutiger und männlicher Entschluß, Herr Lehrer«, sagte der Oberst. »Wir würden das sehr zu schätzen wissen.«

»Ich danke Ihnen schon im voraus im Namen aller bosnischen Völker«, sagte Jowan, ergriff Henrys Hand und drückte sie kräftig. »Gott segne Sie. Sämtliche Götter Bosniens mögen Sie segnen.«

»Was sagt Mavra dazu?« fragte der Oberst. Er fand den Weg zu ihr und betastete ihr Gesicht.

»Aber du weinst ja vor Freude!« rief er aus.

»Jowan hat Henry das Messer in die Schulter gestochen!« schrie Mavra.

»Es ist mir ausgerutscht. Aber Herr Loimu nahm es wie ein Mann! Hat nicht gejammert und nicht geklagt«, sagte Jowan.

»Herr Loimu, Ihr Heldenmut hat großen Eindruck auf meine Frau gemacht«, verkündete der Oberst feierlich. »Das muß gefeiert werden. Wir gehen jetzt alle hinein und trinken das allerletzte Glas.«

»Ich habe morgen Schule«, sagte Henry und kam sich lächerlich vor.

»Das ist aber schade«, sagte der Oberst. »Sie sind ein gewissenhafter Pädagoge. Ihre Schüler werden Sie vermissen. Aber was will man machen. Jowan und ich werden bald nach Sankt Petersburg aufbrechen, und da fährt man nicht nüchtern hin. Leben Sie wohl, Herr Reserveoberleutnant!«

»Reserveleutnant bin ich«, sagte Henry.

»Keine Sorge«, erwiderte der Oberst. »In Bosnien werden Sie automatisch zum Oberleutnant befördert, vielleicht sogar zum Hauptmann.«

Vor dem Tor fuhr ein blauer Kleinbus vor. Henry erkannte das Taxi von Kiljander.

»Nun ist also die Stunde des Abschieds gekommen«, sagte der Oberst und machte sich, geführt von Jowan, auf den Weg zum Haus. Kiljander öffnete das Tor und fuhr bis vor die Haustür. Er stieg aus und betrachtete das Gefolge mit stillem Vergnügen. Er war ein großer Mann mit spärlichem Haar, der auf jede Frage zustimmend antwortete. Wenn ihm das der Vernunft oder dem Gewissen nach nicht möglich war, schwieg er.

»Kiljander, fahren Sie diesen jungen Mann in die Poliklinik! Er hat sich an der Schulter verletzt und braucht ein paar Stiche. Lassen Sie ihn dort, und holen Sie uns dann hier ab. Ich zahle. Das Taxi wartet, Herr Magister. Der Transport ist sichergestellt.«

Henry sah Mavra an, die mit hängenden Schultern dastand. Er ging zum Taxi und nahm auf der mittleren Bank Platz. Kiljander empfahl ihm, ein Taschentuch auf die Wunde zu drücken, damit kein Blut auf die Sitze tropfte. Und auch sonst.

Der Oberst und Jowan setzten sich auf die Treppe vor der Haustür. Kiljander zog die Schiebetür zu, stieg ein und ließ den Motor an.

»In die Poliklinik also«, sagte er, nickte und fuhr los.

»Musik!« rief der Oberst, hob beide Hände, gab den Ton vor, und auf einen Schlag stimmten er und Jowan ein Lied an.

»Singend, saufend
geht es nach Sankt Petersburg.
Wir tragen unsere Knochen
ins Land der schrägen Typen.

Wodka pichelnd
trinken wir uns Vorrat an.
Wir machen's wie die Russen
wir rufen Harascho!«.

Das Taxi verließ das Grundstück, der Oberst stand auf und ging ins Haus. Jowan machte das Tor zu. Mavra stand wie versteinert da und musterte ihn. Jowan blickte zu Boden. Nachdem er das Tor geschlossen hatte, warf er erneut einen Blick auf seine Tochter und erinnerte sich, wie sie als kleines Mädchen stocksteif dastand, mit hängenden Schultern, vorgeschobenem Unterkiefer, den Bauch ein wenig vorgestreckt, schmollend, weil sie vergessen hatte zu essen oder weil sie zu wütend war, um zu essen.

Achtzehntes Kapitel

Die Zigeuner von Kočan

(Szene aus einem ungeschriebenen Theaterstück)

(Die Lichter gehen schrittweise an, markieren den neuen Tag. Die Bühne ist leer. Aus dem Haus des Oberst ist Geigenspiel zu hören, Mavra spielt Strawinskys *Mavra* ohne die unsichtbare, leicht hämmernde Begleitung des Oberst. Dann bricht die Musik ab. Kurz darauf erscheint Mavra auf der Terrasse. Sie lehnt sich ans Geländer, zündet ihre Pfeife an, macht ein paar Züge und blickt auf den Fluß.)

(Im Hintergrund erklingt gedämpft ein makedonischer Oro-Tanz, gespielt von der Zigeunerblaskapelle der Stadt Kočan.)

(Vom Fluß her, aus Richtung des Stegs, geht Henry auf das Haus zu, mit verbundenem Arm, die Hand in einer Schlinge. Er bleibt wenige Schritte vor der Terrasse stehen. Mavra nimmt langsam die Pfeife aus dem Mund, legt sie aufs Geländer, geht ihm entgegen. Schweigend stehen sie sich gegenüber, so nah, daß sie sich berühren könnten, aber sie berühren sich nicht.)

(Die Lautstärke der Hintergrundmusik nimmt ungestüm zu, polyrhythmische Tanzmusik erobert Raum und Zeit der Bühne.)

Dritter Teil

Erstes Kapitel

Die Karte des Olaus Magnus

Henry ging langsam auf der Kiesstraße durch die dunkle Nacht, er leuchtete mit einer kleinen Taschenlampe um sich und stellte sich detailliert den Augenblick seines Wiedersehens mit Mavra vor dem Haus des Oberst vor. Er sah eine streng komponierte dramatische Szene aus einem Stück vor sich. Es trug den Titel *Mavra. Oder Die Frau des Oberst.* Für den Hintergrund der Szene hatte er die Zigeunerblaskapelle aus Kočan ausgewählt, denn die hatte er beim Volksmusikfestival in Kaustinen spielen gehört, und ihr knorriger Klang und ihre schwerfällige Verwegenheit hatten ihm gefallen. Mavra hatte er zwei Ellen von sich entfernt auf der Bühne seiner Phantasie plaziert, denn nichts verdirbt die Spannung eines Dramas so sehr wie eine ausgeführte Umarmung und ein Kuß. Den Leuten aus Kočan hatte er freie Hand gegeben, die Stimmung aufzuladen, sie durften die Lautstärke steigern und den Rhythmus beschleunigen wie sie wollten, denn sie verstanden es, die Spannung bis zum Äußersten zu treiben. Nachdem die Lichter erloschen oder der Vorhang gefallen war, hatte er Mavra an der Hand genommen und sie ins Haus geführt, dort war es ihm auch einarmig gelungen, sie und sich auszuziehen, mit seiner gesunden Hand …

Aber die tönende Roma-Kapelle würde nicht dasein, nicht körperlich und nicht lautlich, es würde auch kein Rampenlicht und keine Spots geben. Und Mavra würde ihn nicht erwarten. Er selbst würde nicht vom Fluß und vom Steg kommen, sondern durch das Gartentor. Er würde zu Fuß kommen, trottend, auf dem Weg der Schmerzen.

Mit genähter und verbundener Schulter war er mit dem Taxi von der Klinik nach Hause gefahren. Dort hatte er eine Flasche Wacholderschnaps getrunken und zu begreifen versucht, was ihm geschehen war, besonders in seelischer Hinsicht. Aber er wurde nicht schlau aus den Landschaften seiner Seele, sie waren ebenso unfaßbar wie die Finnlandkarte von Olaus Magnus, die in seiner Stube an der Wand hing, auf der Jäger mit erhobenen Spießen ihr Unwesen trieben und Bären und Luchse sich in düsteren Wäldern verbargen und Lappen auf von Rentieren gezogenen Schlitten davonjagten, immer nur davon. Schließlich gab Henry es auf, zumal der Schnaps jeden kreativen und analytischen Gedanken in seinem Kopf betäubte. In der Zwerchfellgegend, wo sich seiner Erfahrung nach das Zentrum des Gefühlslebens befand, rempelten sich Verlegenheit, Traurigkeit, Zorn, Scham und Trotz gegenseitig an. Mit ihren häßlichen Masken glichen sie den Personen einer mittelalterlichen Moralität, und über ihnen schwebte als anilinrote Wolke der triumphierende Selbsthaß. Als die Flasche geleert war, wurde all das von dumpfer Gleichgültigkeit überdeckt.

Er schleppte sich gerade in den ersten Stock, als das Telefon klingelte. Sogleich sprühten Hoffnungsfunken wie bei der Wunderkerze eines Kindes an Weihnachten. Aber die Anruferin war Solveig, die irgendwo erfahren hatte, er sei in der Klinik zusammengeflickt worden, und die jetzt wissen wollte, was eigentlich genau passiert war und wie es ihm ging. Henry hörte, daß sie vom Auto aus anrief. Er erschrak, denn er befürchtete, sie wäre auf dem Weg zu ihm, um sich ihren Teil des Himmels zu holen, sich zu sichern, was von Henry noch übrig war. In Kürze würde sie voller vorwurfsvollem Mitgefühl im Haus auftauchen, bereit, ihn mit Naturheilmitteln, Extrakten und ihrer Körperwärme zu verarzten. Henry brach das Gespräch ab.

Das Gehen wurde dadurch erschwert, daß seine rechte Hand in der Trageschlaufe hing, weil die Schulter keine Bewegung vertrug. Die Wirkung der örtlichen Betäubung hatte nachgelassen, und der Alkohol im Blut konnte die Funktion des Idokains nicht ersetzen. Das Gehen mit steifem Oberkörper strengte Rücken und Beine an.

Auf der Holzbrücke, die über den N. führte, blieb er stehen und blickte auf den friedlich dahinströmenden, wieder auf Normalbreite geschrumpften Fluß. Er dachte an die Worte des Oberst über die Bedeutung der Flüsse als einschränkende Faktoren für die Kontakte von Dörfern, Sippen, Familien und Geliebten, vor allem an Flußabschnitten, wo Brücken selten waren. Der Geist des Oberst lauerte ihm im schwarzen Wasser auf und versuchte ihm angst zu machen.

Henry spuckte ins Wasser und ging über die Brücke, und sie stürzte nicht ein, sie schwankte nicht einmal unter seinen Füßen. Verbissen schluckte er seinen Schmerz und ging weiter, denn dies war nicht nur eine Flucht, sondern zugleich sein Canossa-Gang zu Mavra. Das letzte Stück vom Gartentor bis zum Haus des Oberst war er bereit auf Knien zu rutschen.

Aber Mavra, die zunächst im Garten geblieben war, verweint, mit hängenden Schultern, hatte sich die Tränen abgewischt und war von der Bühne verschwunden. Das Haus stand verlassen und dunkel da. Vielleicht fuhr sie mit dem Auto des Oberst auf irgendeinen nostalgischen Hafen zu, von dem sie eine Fähre nach Mitteleuropa brachte, und sie würde nicht anhalten, bevor sie in ihrem Heimatdorf angelangt war und in ihrem Haus oder dem, was davon noch übrig war. Henry saß auf der Eingangstreppe und beschloß, bis zum Morgen sitzen zu bleiben. Falls Mavra auch dann nicht käme, oder falls sie mit einem anderen Mann erschiene, würde Henry konsequent sein, was immer das dann auch bedeuten würde. Er kam auf die Idee, zur Garage zu gehen und nachzusehen, ob das Auto weg war, aber das Tor war abgeschlossen und das Fenster zu weit oben. Er war gerade damit beschäftigt, den Sägebock unter das Fenster zu zerren, als Maotse hinter dem Haus auftauchte und auf ihn zurannte. Unmittelbar vor Henry blieb er stehen und fletschte die Zähne. Henry wurde traurig. Hatte diese Kreatur ihre eigenen Schlußfolgerungen aus Henrys Streit mit Mavra auf dem Steg gezogen, oder war ihm auf serbisch der Befehl gegeben worden, Henry nicht mehr in die Nähe des Hauses und der Hausherrin zu lassen?

Um den Hund zu besänftigen, sprach er beruhigend auf ihn ein, nahm Bezug auf ihre frühere Bekanntschaft, auf Momente gemeinsamen Spiels und auf die Leckerbissen, mit denen er ihn gefüttert hatte. Da sich das Tier davon nicht beschwichtigen ließ, versuchte er, ihm die Ursachen seines wirren Handelns zu erklären.

»Also gut, Maotse«, sagte er, »ich weiß, daß mein abrupter Aufbruch vom Steg vor einer Woche und meine heutige

Rückkehr, nachdem ich Mavras Brief erhalten habe, unter Umständen unlogisch erscheinen, vor allem, da ich von dem Brief so gut wie nichts verstanden habe. Sogar im Datum habe ich mich geirrt. Wenn ich mich heute auf dem Steg gemein benommen habe, so deshalb, weil ich mir einbildete, es Mavra damit leichter zu machen. Ich war zu dem Schluß gekommen, nicht das Recht zu besitzen, ihre Nähe zu suchen. Denn welche Hoffnung habe ich denn? Der Oberst ist ihr zu wichtig, und sie ist für ihn so etwas wie ein strahlender Engel des Trostes.«

»Warum bist du dann zurückgekommen?« fragte der Hund böse.

»Ich wollte sie um Verzeihung bitten«, entgegnete Henry.

»Das hat keinen Sinn. Das macht alles nur noch komplizierter«, sagte der Hund. »Gesagt ist gesagt, getan ist getan.«

»Aber ich liebe sie!« rief Henry aus. »Ich muß sie noch einmal sehen. Und wenn es das letzte Mal wäre.«

»Zieh Leine!« knurrte der Hund, und seine Nackenhaare sträubten sich wie bei einem ausgestopften Wolf im naturhistorischen Museum.

Henry griff zu seinem probaten Mittel, er steckte vier Finger in den Mund und stieß einen schrillen Pfiff aus, der das Blut in den Adern gefrieren ließ. Maotse wich mit angelegten Ohren zurück, geriet diesmal aber nicht aus der Fassung und fing auch nicht an, sich im Kreis zu drehen. Mit zusammengekniffenen Augen beobachtete er Henrys Bewegungen und gab auch ohne Bellen zu verstehen, daß er ihm an die Gurgel springen würde, falls er es wagte, noch einmal zu pfeifen.

Da hörte man vom Haus her einen Ruf in hellem, aber befehlendem Ton. Mavra war an der Terrassentür erschienen und rief von dort nach dem Hund. Aber Maotse gehorchte nicht, er drückte sich flach auf die Erde und zeigte nicht die geringste Absicht, den Eindringling an das Haus heranzulassen. Mavra ging auf Henry zu, und der Hund beobachtete beide mit festem Blick. Mavra redete sanften Nonsens auf ihn ein, und als sie Henry erreicht hatte, umarmte sie ihn und küßte ihn auf die Wange.

»Das war für den Hund«, sagte sie. »Damit er dich dieses eine Mal noch akzeptiert.«

Maotse sprang tatsächlich auf, rannte um sie herum und beschnupperte Henry wie eine neue Bekanntschaft. Mavra kommandierte den Hund auf die Terrasse ab, und nun gehorchte er ihr.

Als folgte sie Henrys Manuskript, trat Mavra zwei Schritte von Henry zurück. Ihre Lider waren schwer vor Tränen und Schlaf. Sie war durch den Pfiff aufgewacht, hatte sich einen Gabardineumhang über das Nachthemd gezogen, war in die Fellpantoffeln geschlüpft und hinausgerannt, um Henry zu retten. Sie war über seinen späten Besuch nicht erstaunt. Jetzt schlotterte sie in der feuchtkalten Luft und wartete stumm, daß Henry etwas ansprechen würde, irgend etwas, denn ihr selbst waren die Worte ausgegangen. Was wurde von ihr noch erwartet?

Henry hatte für sich keine Repliken geschrieben und konnte sich auf die Schnelle auch keine ausdenken. Jeder Versuch der Erklärung oder der Bitte um Verzeihung würde die Stimmung verflachen lassen und neue Mißverständnisse nähren. Wieder wünschte er sich die Unterstützung der Blaskapelle aus Kočan, aber sie war nicht zu hören. Er stand da wie Luther vor dem Kaiser, und der Grund für seinen späten Besuch war ihnen beiden auf einmal so sonnenklar, daß sie unbedingt darüber schweigen mußten. Also schwiegen sie lang und mit vereinten Kräften, bis Mavra anfing zu frieren. Sie nahm Henry an der Hand, und sie gingen ins Haus.

Mavra kochte Kräutertee. Sie tranken ihn schweigend. Mavra sah, daß Henrys Schulter schmerzte, und sie gab ihm eine Schmerztablette.

Sie setzten sich auf Mavras Bett, lehnten sich aneinander und hielten sich an der Hand wie Schutz suchende Kinder, denn überall schwebte der Geist des Oberst. Und hinter dem Geist des Oberst lauerte wie ein Dschinn die Adlatenseele Jowans.

Als die Wanduhr eins schlug, stand Henry auf, um zu gehen. Er schaffe es schon, zu Fuß zu gehen.

Mavra erbot sich, ihn zu fahren. Das sei das geringste, was sie für ihn tun könne. Immerhin habe ihr Vater in seinem ungezügelten Rausch ihrem Schüler eine Schulterwunde zugefügt.

»Das ist keine schwere Verletzung«, sagte Henry.

»Trotzdem«, sagte Mavra. Sie werde das ihrem Vater nicht verzeihen.

»Er war betrunken«, sagte Henry. Ein Unfall sei es gewesen, unbeabsichtigt, es sei geschehen, als er stolperte und sich Kraft und Gegenkraft für einen Moment im Ungleichgewicht befanden. Jowan habe ihm nicht absichtlich einen Stich versetzt.

»Doch, das hat er«, sagte Mavra.

»Stimmt«, gab Henry zu.

Mavra schluckte ihre Tränen und sagte, sie wünsche sich, daß Henry in dieser Nacht neben ihr schlafe.

Sie lagen nebeneinander in Mavras schmalem Bett. Henry roch ihre Haare. Mavra wandte ihr Gesicht ab und schlief ein. Henry hörte ihrem gleichmäßigen Säuseln zu, wunderte sich eine Weile und schlief dann ebenfalls ein.

Er wachte von dem Schmerz in seiner steifen Schulter auf, wagte es aber nicht, sich in eine bequemere Haltung zu drehen, um Mavra nicht aufzuwecken. Sie erwachte jedoch durch seine schmerzerfüllte Reglosigkeit und sagte, sie gehe zum Schlafen anderswohin und überlasse ihm das ganze Bett. Sie stand auf und küßte Henry zum Abschied auf den Mund.

Sie geht ins Zimmer des Oberst, legt sich neben seinen Geist, dachte Henry. Aber er war zu müde, um sich darüber aufzuregen. Der Kuß wärmte seinen Schlummer.

Im Morgengrauen kam Mavra zu Henry und murmelte, sie habe nicht schlafen können. Die Steife in Henrys Schulter war nach unten gewandert, und er hatte große Lust auf Mavra. Er drehte sich auf die Seite und küßte sie. Es war ihr erster leidenschaftlicher Kuß, und er hätte beiden das Tor zum Himmel öffnen sollen. Aber Mavra gestattete keinen weiteren Kuß mehr, sondern kehrte ihm den Rücken zu, und ihr warmer Rücken machte es Henry nicht leichter. In seinem Kopf kreiste ein Schwarm von Fragen, er wußte nicht, mit welcher er anfangen sollte. Mavra sagte etwas in Richtung Decke, das sich anhörte, als hätte sie in ihrer Sprache gesagt, sie sei glücklich. Meinte sie das? Henry fragte sie. Srećna, wiederholte Mavra. Srećna sam. Das bedeutete es. Henry gestattete seinen Fragen, sich in Luft aufzulösen. Seien wir glücklich!

Am Morgen rief Henry in der Schule an. Er teilte mit, er habe sich schlimm an der Schulter verletzt und würde drei Tage lang nicht zur Schule kommen können. Er sei im dunklen Holzschuppen gestolpert und mit der Schulter voran in die an der Wand hängende Sichel gestürzt. Er habe starke Schmerzmittel eingenommen und sei nicht in der Lage zu unterrichten. Dem besorgten Rektor gab er Anweisungen für die Geschichtsstunden. Für die erste Gymnasialklasse lagen in seinem Schrank im Lehrerzimmer schriftliche Aufgaben bereit. Für die Oberstufenklassen hatte er auf Video eine Dokumentation über die schwedische Geschichte mit dem Titel »Geschichte ohne Tränen« aufgezeichnet. Eigentlich heiße es »Geschichtsunterricht ohne Tränen«, erklärte er in einem Anfall von Ehrlichkeit inmitten lauter Halblügen. In Wahrheit entstehe Geschichte nämlich nie ohne Blut, Schweiß und Tränen, zitierte er Oberst Suoponki, ohne ihn jedoch namentlich zu nennen.

Er teilte weiterhin mit, sein Festnetz-Anschluß sei vorübergehend defekt. Im Notfall erreiche man ihn am Handy. Der Rektor war entsetzt darüber, was hätte passieren können, und sprach von Glück im Unglück. Henry sah Mavra an, die Kaffee kochte, und dachte, wie recht der Rektor doch hatte. Dieser wünschte baldige Besserung.

»Du lügst ja fließend«, sagte Mavra.

»Das war das erste Mal an dieser Arbeitsstelle«, sagte Henry.

»Mich lügst du aber nicht an?« fragte Mavra. Henry mußte an Solveig denken, an ihre Lügen und ihren fordernden Körper, und sagte, er lüge Mavra nicht an und werde eines Tages auch lernen, die Wahrheit zu sagen.

Gegen Mittag fuhr Mavra zu Proben in die Nachbarstadt. Henry wanderte allein durchs Haus und fühlte sich unsicher.

Im Wohnzimmer berührte er ungeschickt die Klaviertasten, blätterte in den Noten auf dem Klavier und beneidete den Oberst, der zusammen mit Mavra spielen konnte, obwohl er alt und behindert war. Die verfluchte Musik verflocht die beiden zu einer zweiteiligen, endlosen, gleichmäßigen, durch Molekülbrücken verbundenen DNA-Spirale. Es war unmöglich, sie zu trennen, ohne irreparable Deviationen zu bewirken. Aus diesen wiederum konnte sich ein schrecklicher Mutant entwickeln, der das ganze feine System zerstören und alle Beteiligten, schließlich sogar die gesamte Menschheit in den Untergang reißen würde.

Im heiligen Arbeitszimmer des Oberst betrachtete Henry das Porträt vom Vater des Oberst in Kapitänsuniform. Er schaltete den alten Plattenspieler ein. Zu hören war die ultralangsam blökende Stimme eines Mannes. Henry stellte die richtige Umdrehungszahl ein, und nun fing die Scheibe an, verständlich zu schwadronieren: »Laßt es euch großartig ergehen! Kein Tag vergeht, an dem ich nicht an euch denke. Ich bin sicher, der kleine Tuure wird in meine Fußstapfen treten und sich im gleichen mannhaften Feld eine Laufbahn schaffen …« Die Stimme erinnerte an die des Oberst, war aber dünner, und ihr Finnisch war überheblich stromlinienförmig. Dann fing die Stimme unter Orchesterbegleitung an, auf amerikanisch »Das Lied des glücklichen Vagabunden« zu singen. Wie kam es, daß singende Landstreicher überall auf der Welt so unerträglich selbstgefällig klangen? Der Refrain endete im hysterischen Lachen des Vagabunden. Henry hatte schon darauf gewartet.

Er verschanzte sich in Mavras Zimmer vor der Welt der Obersten und ihrer umherziehenden Väter, legte sich auf Mavras Bett, nahm dessen Gerüche auf und roch an Mavras Nachthemd mit den Zebrastreifen. Wieder schmerzte die Schulter. Er nahm zwei Schmerztabletten und beschloß, nicht vom Bett aufzustehen, auch dann nicht, wenn er die Schritte des Oberst oder seines Adjutanten näher kommen hören sollte. Er würde bleiben, wo er war, selbst wenn er spürte, wie der Oberst nach ihm tastete, plötzlich begriff, wer da lag und ihn an der Gurgel packte, um ihn zu erwürgen. Er würde nicht um Gnade bitten. »Erwürgen Sie mich, erwürgen Sie mich«, würde er röcheln, »tun Sie mir den Gefallen und verschaffen Sie sich Ihr Recht, machen Sie mich zum Märtyrer um Mavras willen, so wird sie mich nie vergessen.«

Ohne vom Bett aufzustehen zog er blindlings ein Buch aus dem Regal. Es war *Die Brücke über die Drina* von Ivo Andric im Original, in Mavras Sprache, oder jedenfalls fast. Denn als Väterchen Titos Reich auseinanderfiel, stellten Serben, Kroaten und Bosnier, die bis dahin geglaubt hatten, ein und dieselbe Sprache zu sprechen, auf einmal fest, daß sie alle eine eigene Sprache sprachen, die sich von den anderen unterschied. Und trotzdem verstanden sie so gut wie früher, was die anderen sagten. Das Buch war in lateinischen Buchstaben gedruckt, mochte also kroatisch sein. Andric war in Bosnien geboren, er war gebürtiger Katholik und Kroate, wurde aber in Serbien geliebt. Henry fing an, das Buch laut zu lesen, um durch diese Beschwörung Mavra zu sich zu zaubern, kraftvoll dehnte er beim Lesen Mund und Stimme: »... na mestu gde Drina izbija u naglom zavoju iz dubokog i uskog tesnaca koji stvaraju Butkove Stijene i Uzavničke planine.« Er beschloß, herauszufinden, was diese Worte bedeuteten. Mitten auf der ersten Seite der Chronik von Wischegrad schlief er ein.

Mavra weckte ihn am Nachmittag, als die Sonne gerade unterging. Mit dem Nachthemd wischte sie die dünne Speichelspur, die aus Henrys Mundwinkel rann, ab und war davon gerührt.

Sie aßen Piroggen mit Käse und Spinat, Lammwurst und einen Fleisch-Gemüse-Topf, der Ionica hieß. Henry war solch fettes Essen nicht gewohnt. »Bosnisches Essen muß fett sein«, sagte Mavra. Wenn man in jedem Fertigungsstadium Fett hinzufügte, war auch das Endergebnis fett.

Henry betrachtete Mavra und überlegte, ob er Lust hatte, sie mit fettigen Lippen zu küssen und lüstern anzuschauen und halb aufgegessene Piroggen und Würste an die Wand zu werfen, so wie Henry Fieldings Romanfigur Tom Jones, der mit einer reifen Frau an einem überreich gedeckten Tisch schlemmte, ohne zu wissen, daß die Frau seine Mutter war, und beide überkam schwere geschlechtliche Leidenschaft, je mehr sie aßen.

Mavra aß mit konzentrierter Beherrschung und gutem Appetit und war nicht darauf erpicht, beim Essen zu reden. Sie hatte in Bosnien erfahren, was Hunger ist, und vollzog das Essen mit ernsthafter Andacht. Nach der Hauptspeise seufzte sie zufrieden und sagte, nach einem kleinen Schläfchen wäre sie bereit, mit der Russischstunde zu beginnen, sofern es Henry recht wäre. Henry entgegnete, er sei zum Unterricht bereit, wann immer es Mavra passe. Als hätte sie ihm nicht zugehört, sagte Mavra, sie sei froh und glücklich darüber, daß Henry seine Zeit mit ihr verbringe, aber es gäbe nicht den geringsten Grund, die russische Sprache zu vergessen, wegen der Henry sie zum ersten Mal besucht hatte. Henry fragte sich, wie lange sie es durchhalten würden, so förmlich miteinander zu reden, im übrigen habe er sie durchaus nicht vergessen, und sie sei nach wie vor ein wichtiger Grund für seinen Besuch, wenngleich nicht der einzige. Allerdings zog es ihn immer mehr zur serbischen Sprache hin, weshalb er vorschlug, Mavra möge ihm statt Russisch die Grundlagen des Serbischen beibringen.

»Warum gerade Serbisch?«

»Na, dann eben Bosnisch, ganz egal«, korrigierte Henry.

»Ich weiß nicht genau, inwiefern sie sich unterscheiden. Oder wie sie unterschieden werden und warum. Ich bin schon lange von dort weg. Bei uns hieß es nur, wir sprechen ›unsere Sprache‹.«

»Dann eure Sprache«, entschloß sich Henry.

»Warum willst du ausgerechnet unsere Sprache lernen?« fragte sie.

»Damit ich dich besser kennenlernen kann«, entgegnete Henry.

(Damit ich dich besser fressen kann. Großmütter fresse ich keine, aber diese Frau hier werde ich fressen. Irgendwann kommt dann ihr Jägersmann aus Sankt Petersburg, schneidet mir den Bauch auf, holt sie sich zurück, auch im gefressenen Zustand, stopft mir Steine in den Bauch, ich bekomme Durst, und wenn ich zum Brunnen gehe, um zu trinken, zieht mich das Gewicht der Steine in die Tiefe, und ich ertrinke.)

»Es kommt mir vor, als hätte ich Steine im Bauch«, sagte er.

»Laß uns eine Runde gehen, dann werden die Steine verdaut«, sagte Mavra.

Während sie am Ufer entlanggingen, stützte sich Mavra auf seinen Arm und benannte in ihrer Sprache den Fluß und das Wasser und den Sand und die Steine und die Sirnicas und Zeljanicas und Cevapcicis, die sie gerade gegessen hatten. Sie gingen untergehakt wie ein altes Paar, und Henry dachte, wenn Mavra das glücklich machte, hätte er nichts dagegen. Seien wir eben glücklich!

Auf dem Steg fiel Mavra plötzlich etwas ein. Sie wollte einen Moment allein sein. Henry setzte sich im Garten auf eine Bank. Mavra stand reglos da und betrachtete aufmerksam den Halbmond. Sie ist also halbmondsüchtig, dachte Henry. Nachdem sie den Mond unangenehm lang betrachtet hatte, setzte sich Mavra neben Henry auf die Bank und sah aus, als hätte sie gerade eine Pflicht erfüllt, die sie nun zu vergessen bereit war.

Spät am Abend, als Mavra erneut vom Bett aufstand, ohne von ihm berührt worden zu sein, als sie ihn leicht küßte und sagte, sie gehe woanders schlafen, ergriff Henry ihre Hand und zog sie neben sich. Er sagte, er könne nicht mehr schweigen. Nachdem er das gesagt hatte, schwieg er.

Nach langem Schweigen erklärte Mavra: »Ich verstehe.«

Sie zog sich nackt aus und legte sich neben Henry ins Bett. Mit geschlossenen Augen lag sie auf dem Rücken, die Arme fest an den Körper gedrückt.

So sollte es eigentlich nicht sein. Sie liegt neben mir wie das nackte Dornröschen im gläsernen Sarg, dachte Henry erschüttert und war nicht fähig, auch nur einen Finger zu rühren.

Kurz darauf stand Mavra auf, zog sich ihr gestreiftes Nachthemd über, küßte ihn und begab sich zum Schlafen neben den Geist des Oberst.

Zweites Kapitel

Ein Drei-Punkte-Wurf

Am nächsten Morgen ging Henry von Mavra fort, ohne sie zu wecken. Um zu bluffen ging er, vom Haus aus gezählt, zur dritten Haltestelle und wartete dort auf den Bus. Der Bus war voller Schüler, darunter auch Schüler von ihm. Als sie seinen Arm in der Verbandschlinge sahen, fingen sie an, untereinander zu flüstern und zu kichern. Diese byzantinischen Mörder! In der ersten Sitzreihe saß Söderholm und hielt dem Fahrer einen Vortrag über die Erdstrahlung, die unter den Landstraßen lauerte, und deren Auswirkungen auf die Reaktionsfähigkeit eines Busfahrers, der Tag für Tag dieselbe Route fuhr. Söderholm machte Platz neben sich, aber Henry dankte und ging ganz nach hinten durch.

In der Schule wunderte sich der Rektor über Henrys schnelle Rückkehr zur Arbeit. Henry drückte dem Rektor das ärztliche Attest in die Hand und sagte, da gäbe es nichts zu wundern, er würde eine Stunde halten und dann nach Hause gehen.

Er teilte die zweite Gymnasialklasse in Arbeitsgruppen auf und gab jeder Gruppe eine Aufgabe, die mit dem Krieg in Bosnien zu tun hatte. Sie sollten etwas über die Situation Jugoslawiens nach Titos Tod herausfinden, über den Zusammenbruch des Föderalstaates, über die Zunahme des Nationalismus in den Bundesstaaten, über die Situation, die

Slowenien, Kroatien und dann Bosnien dazu brachte, die Unabhängigkeit zu erklären, sowie über die Kriege, zu denen diese Erklärungen wiederum führten, besonders über den Bosnischen Krieg. Den lautstarken Widerstand der Klasse brachte er zum Verstummen, indem er verkündete, jeder, der die Aufgabe nicht erfülle, bliebe ohne Note. Jetzt sei es an der Zeit, sich der lebendigen, explosiven Geschichte zuzuwenden. Er dulde keine Faulenzerei und keine Schlaffheit. Als Leutnant der Reserve verlange er hundertprozentige Beteiligung. Schwänzen werde schwer bestraft.

Sie schauten ihn verwundert an, sie wurden still und ernst. Er gab ihnen ein Literaturverzeichnis zu den Themen des Projektes, das er vorab von der Bibliothek der Stadt N. bestellt hatte, wünschte ihnen viel Spaß bei der Arbeit und sagte, er komme in zwei Tagen wieder, um sie weiter anzuleiten. Bevor er die Klasse verließ, ließ er sie aufstehen. Er glaubte, in der Sache recht zu haben, aber vielleicht etwas zu weit gegangen zu sein. Dieser Gedanke belebte ihn sehr.

Nach der Schule traf Henry Mavra im Supermarkt. Sie stand nachdenklich vor der Obsttheke, Henry näherte sich ihr von hinten, und als Mavra die Hand ausstreckte, um eine Passionsfrucht aus dem Regal zu nehmen, streckte Henry seine Hand gleichzeitig aus. Ihre Hände streiften sich, und sie griffen nach derselben Frucht. Mavra war überrascht, sie zog die Hand zurück und siezte Henry vor lauter Schreck.

»Folgen Sie mir schon wieder?«

»Bilden Sie sich nur nichts ein«, sagte Henry.

Er blieb in Mavras Nähe, jedoch mit gebührendem Abstand, und als Mavra ihre Einkäufe erledigt und bezahlt hatte, sagte er mit gesenkter Stimme: »Führen Sie mich jetzt hinaus, dezent und unbemerkt, wie nur Sie es können, und ich werde Ihnen folgen, bis Sie mir befehlen, stehenzubleiben und dann meiner Wege zu gehen. Wenn Sie mir einen Gefallen tun möchten, können Sie eine meiner Tüten tragen, denn ich bin Ihretwegen einarmig.«

»Ich fahre dich nach Hause«, sagte Mavra, als sie im weißen Mercedes saßen. »Dein Hund vermißt dich.«

»Ich zeige dir den Weg«, sagte Henry.

»Ich finde allein hin, ich bin schon einmal zu deinem Haus gefahren, ich wollte sehen, wie du wohnst«, sagte Mavra.

»Kommst du mit hinein?« fragte Henry.

»Ja.«

Während sie die schmale Landstraße entlangfuhren, sang Mavra die traurige Ballade von Fata, der Tochter Avdankas, die lieber von der Brücke in den Tod sprang, als Nail, den Sohn des Mustajbeg, zu heiraten, dem ihr Vater sie versprochen hatte. Sie fährt mich nach Hause und singt, während sie fährt, dachte Henry erfreut. Der Schatten des Oberst reicht nicht bis unter mein Dach, und der Geist des Oberst lauert nicht bei mir in der Ecke!

Henry zeigte Mavra das Haus. Tsuikka lief nebenher und leckte Mavras streichelnde Hand. Mavras geschultes Auge schätzte ab, wieviel von der Einrichtung auf die Hand einer Frau zurückging und wieviel von Henry stammte. Sie tranken in der Wohnstube Kaffee. Mavra lobte das Haus, ihrer Meinung nach war es gemütlicher als das Haus des Oberst, abgesehen von ihrem Zimmer.

»Dann zieh doch hierher«, sagte Henry lachend, und das war nur zur Hälfte ein Scherz. »Bleib über Nacht«, sagte er. Beide dachten an den Oberst, der ausgesperrt war.

»Ich muß für das Kirchenkonzert üben. Die Geige ist zu Hause geblieben«, sagte Mavra.

»Dann hol sie und komm zurück. Komm am Abend, komm in der Nacht, am Morgen, wann immer du willst«, sagte Henry. »Ich warte. Ich wache und warte. Oder ich warte schlafend. Wache vom Warten auf. Dann bist du plötzlich hier.«

Henry nahm Mavras Hand und zog sie aufs Sofa. Sie küßten sich ohne Hast. Mavra schloß die Augen, ihre Gedanken sausten dahin wie Sturmwolken am Himmel, und sie konnte sie nicht fassen. Sie schleuderte die Schuhe von sich und zog die Füße unter sich aufs Sofa.

In Henrys Arbeitszimmer fing das Faxgerät an zu rattern und zu piepen. Henry legte Mavra die Hände auf die Ohren.

»Siehst du nicht nach, von wem die Nachricht kommt?« fragte Mavra.

»Ich erwarte keine Nachricht«, sagte Henry.

Mavra ging ins Arbeitszimmer und brachte von dort ein Blatt Papier mit.

»Sagst du mir nicht, von wem es ist?«

»Muß das sein?«

»Nein, aber ich habe den Namen des Absenders schon gesehen.«

Der Text setzte sich aus obskuren Buchstabenkolonnen zusammen. Nur die Unterschrift war klar.

»Du brauchst mir nicht zu sagen, was da steht«, sagte Mavra.

»Ich weiß nicht, was da steht«, sagte Henry. »Das ist eine Geheimschrift. Es ist eine Angewohnheit von ihr, mir so etwas zu schicken.«

»Entschlüssle sie in aller Ruhe. Ich werde dich nicht dabei stören«, sagte Mavra und zog sich die Schuhe an.

»Ich will nichts davon wissen«, sagte Henry.

»Du hast versprochen, mich nie anzulügen«, sagte Mavra.

»Habe ich das?« wunderte sich Henry. Das war etwas ganz anderes als das, was er eigentlich sagen wollte.

»Euer Verhältnis ist gar nicht zu Ende, oder?«

»Es sollte es sein«, sagte Henry.

»Erzähle es mir, das erleichtert dich«, sagte Mavra.

Henry erzählte von Solveigs Besuch an jenem Abend, an dem er von Mavra weggerudert war. Er erzählte ohne etwas zu beschönigen und begriff, daß er es ohne Reue erzählte. Als er fertig war, sagte Mavra, sie habe es geahnt, sie habe es gespürt, als sie an jenem Morgen nach langer Zeit wieder neben ihrem Mann aufgewacht sei.

»Das wiederum habe ich nicht ahnen können«, sagte Henry düster.

»Natürlich nicht«, entgegnete Mavra.

»Es ist einfach passiert«, sagte Henry.

»Es ist einfach passiert«, sagte Mavra. »Entschlüssle die Geheimbotschaft und bring dein Verhältnis in Ordnung oder beende es, wie auch immer«, sagte Mavra, sammelte ihre Sachen ein und ging.

Henry betrat das Anwaltsbüro des Landrats und zeigte ihm Solveigs Geheimfax. Der Landrat betrachtete es verwundert.

»Womit hat das zu tun?« fragte er.

»Es hat mit Ihrer Frau zu tun«, sagte Henry. »Diese Nachricht habe ich von ihr erhalten. Dort steht ihr Name.«

»Was steht sonst noch da?« fragte der Landrat.

»Ich habe keine Ahnung«, sagte Henry. »Das müssen Sie Ihre Frau fragen.«

»Ich?« wunderte sich der Landrat. »Es ist doch an Sie gerichtet.«

»Ich dachte, Sie könnten die Botschaft lesen. Immerhin hat sie Ihre Frau geschrieben.«

»Das hat ja weder Hand noch Fuß«, sagte der Landrat.

»Sieht nach einer kodierten Mitteilung aus«, sagte Henry. »Es ist eine Geheimbotschaft.«

»Warum sollte sie eine Geheimbotschaft schicken, die sie unterschrieben hat?«

Henry breitete die Arme aus. Der Landrat drehte das Blatt Papier hin und her und versuchte, aus den Buchstabenfolgen schlau zu werden. Er schüttelte den Kopf und gab Henry das Blatt zurück.

»Das Faxgerät muß defekt sein, eine andere Erklärung fällt mir nicht ein. Sie gehen doch ihr Romanmanuskript durch. Vielleicht hat sie versucht, Ihnen weiteren Text zu schicken, und das ist dabei rausgekommen.«

»Ich habe diese Arbeit bereits erledigt«, sagte Henry. »Wie wäre es, wenn wir sie anriefen und sie fragten?«

»Ich habe jetzt wirklich keine Zeit dazu«, sagte der Landrat verlegen. »Wäre es nicht besser, wenn Sie anrufen und die Sache klären? Ich habe gerade sehr viele Eisen im Feuer.«

»Ich nur eines«, sagte Henry. »Und das ist nicht Ihre Frau.«

Er stand auf, und der Landrat begleitete ihn zur Tür.

»Darüber sollte man sich keine allzu großen Gedanken machen«, sagte der Landrat. »Das wird sich schon aufklären. Solveig hat manchmal komische Einfälle. So ist sie nun mal. Unberechenbar und spontan. Sie kennen ja diese Schriftsteller. Ich verstehe nicht die Hälfte von ihren Aktionen. Vergessen wir das Ganze.«

»Sie haben also tatsächlich Besseres zu tun, als Ihre Frau zu verstehen?« fragte Henry.

»Ich habe schon vor langem aufgehört, sie zu verstehen. Ich habe in der Tat Besseres zu tun«, sagte der Landrat. »Das sollte bei Ihnen eigentlich auch der Fall sein.«

Henry zerknüllte das Blatt Papier und warf es von der Tür aus in den Papierkorb neben dem Schreibtisch.

»Ein Drei-Punkte-Wurf«, lobte der Landrat.

»Falls Sie es noch wollen, können Sie es mit der Methode von Vigenère probieren, entweder mit der einfachen oder mit der kompilierten«, sagte Henry. »Die benutzt sie oft, aber nicht immer. Falls Sie die Methode nicht kennen, fragen Sie Ihre Frau.«

Henry holte sich die Übersetzung von *Die Brücke über die Drina* aus der Bibliothek. Er las zu Haus darin und hoffte, Mavra würde anrufen, aber das Telefon blieb stumm. Die Versuchung, selbst anzurufen, bezwang er. Er würde Mavra eine Atempause gönnen. Er würde sich selbst einen kühlen Kopf verschaffen. Zwar war er ein ganz ordentlicher Schachspieler, aber für Blitzschach war er zu langsam. Als er das Buch zur Hälfte gelesen hatte, schlief er ein und hatte einen Alptraum.

Henry ging von der Schule in Richtung Busbahnhof, nachdem er sich konstruktiv mit der widerspenstigen zweiten Gymnasialklasse gestritten hatte. Mavra wartete in ihrem weißen Auto vor der Kirche auf ihn, in der sie mit einem Pianisten, einem Cellisten und einem Bratschisten für das Konzert geprobt hatte. Sie reckte sich und öffnete die Tür auf der rechten Seite.

»Wartest du auf mich?« fragte Henry.

»Auf wen sonst«, sagte Mavra. »Gottvater habe ich schon in der Kirche getroffen.«

Sie fuhr aus der Stadt hinaus auf die Landstraße, vom Band kam Faurés Klavierquartett in c-moll. Mavra summte konzentriert die Violinstimme mit.

»Bringst du mich nach Hause?«

»Komm mit zu mir«, antwortete Mavra. »Ich habe gemerkt, daß es mir egal ist, ob du ein altes Verhältnis weiterlaufen läßt. Wenn du mich nur liebst und mir nichts Böses willst.«

»Ich liebe dich. Ich will dir nichts Böses. Es läuft nicht weiter«, sagte Henry.

»Sag, daß du verrückt nach mir bist!«

»Ich habe von dir geträumt«, sagte Henry. »Ich überquerte eine riesig lange Brücke, bestimmt die Brücke über die Drina, denn ich habe am Abend in dem Buch gelesen. In dem Traum kamst du mir vom anderen Ende der Brücke auf einem Esel entgegengeritten. Wir sollten uns am mittleren Pfeiler treffen, aber je näher ich der Mitte der Brücke kam, um so mehr entferntest du dich von mir. Dann sah ich, daß du falsch herum auf dem Esel saßest, mit dem Gesicht zu seinem Schwanz, und der Esel ging von mir weg. Du weintest und winktest mir warnend zu, ich verstand nicht, sondern versuchte, euch einzuholen, dich und den Esel, aber ich kam nicht vorwärts und begriff nicht, warum, bis ich merkte, daß hinter mir der riesige einäugige Araber stand, der eine dunkle Kammer im mittleren Brückenpfeiler bewohnte, und dieser Araber hielt mich mit einer Hand am Gürtel fest und schwang mit der anderen ein funkelndes Schwert.«

»Ein schöner Traum«, sagte Mavra. »Ein schrecklicher Traum.«

»Als ich aufwachte, suchte ich dich neben mir, aber du warst nicht da«, sagte Henry.

»Auch ich habe von dir geträumt«, sagte Mavra. »Das heißt, ich hatte einen Tagtraum von dir«, verbesserte sie sich. Sie nahm Henrys Hand, legte sie in ihren Schoß und öffnete leicht die Beine.

»Wärme mich eine Weile«, sagte Mavra. »Du hast warme Hände.«

Henry hielt seine Hand auf die Stelle und spürte, wie die Wärme zwischen Mavras Beinen in seine Finger überging und sich in jedem Winkel seines Körpers ausbreitete. Wer wärmte hier wen? Ihre korporalen Wärmestrahlungen waren offenbar kompatibel. Er sagte, wenn er seine Finger bewegte, könnte Mavra in den Graben fahren, wenn er sie aber nicht bewegte, würde er bald explodieren.

Mavra nahm seine Hand aus ihrem Schoß.

»Du glaubst doch nicht, daß ich mit dir spiele?« fragte sie, als sie in die Uferstraße einbogen. »Ich weiß nur nicht, wie ich mich verhalten soll. Ich weiß, was ich will, aber ich kann nicht sein, wie ich möchte. Besser kann ich es nicht erklären.«

Sie hielt vor der Einfahrt zum Haus des Oberst an.

»Ich glaube, das hat mit dem zu tun, was mir in Bosnien widerfahren ist. Was mir widerfahren ist? Schlimme Dinge sind mir widerfahren. Vielleicht erzähle ich dir irgendwann davon. Vielleicht werde ich es dir nie erzählen.«

Henry stieg aus und öffnete das Tor, dann fuhren sie bis vor das Haus. Mavra machte den Motor aus, blieb aber sitzen. Henry sah, daß sie reden wollte, und wartete schweigend. Mavra nahm seine Hand zwischen ihre Hände.

»Ich habe Angst vor jungen Männern, ich habe Angst vor ihnen, und manchmal hasse ich sie. Vor dem Oberst habe ich keine Angst, er ist mein Schutz und meine Stütze, ich habe keine Angst, bei ihm zu sein, aber er hat hundert

Probleme. Er hat selbst Angst. Manchmal ist er bitter und verabscheut sich selbst, dann kann er widerlich sein. Dafür verabscheut er sich dann noch mehr und überträgt es auf mich und will mich nehmen, mich besitzen und unterwerfen. Ich kann mich nicht mehr unterwerfen. Man kann mich nicht mehr nehmen, ich muß selber nehmen.«

Mavra sah Henry forschend an.

»Ich will dich nicht anlügen. Ich hatte Lust, mit jungen Männern zu schlafen«, sagte sie. »Ich habe es nicht getan. Früher oder später überkam mich die Lust, sie zu blamieren und ihnen Böses zu tun. Ich habe mich zurückgezogen, und sie sind ihrer Wege gegangen.«

Sie ließ Henrys Hand los und lehnte sich auf dem Sitz zurück.

»Auch mit dir konnte ich nicht zusammensein. Ich hatte Angst, auch vor dir bald Abscheu zu empfinden. Nicht vor dir, sondern vor dem Mann in dir. Ich wünschte, du wärest bei mir und würdest keine Fragen stellen. Ich würde dich ab und zu anschauen und würde an dir vorübergehen und manchmal in deine Arme kommen und neben dir schlafen. Ich würde für dich Geige spielen und dir beibringen, was ich kann, und du würdest mich lehren, was ich nicht weiß. Kommst du? Laß uns in den Wald gehen und ans Ufer und essen, wann es uns gefällt, und wenn es mitten in der Nacht ist. Ich könnte dich massieren. Ich bin eine gute Masseuse. Ich möchte mich für dich kleiden, auch wenn es nur zu Hause ist, da wir zusammen nirgendwo hingehen können. Kannst du Schach spielen? Magst du Brettspiele? Ich kann dir welche beibringen. Daheim im Dorf habe ich meine Brüder und meine Freundinnen in allen Brettspielen geschlagen. Ich kann bluffen und mit Karten falsch spielen. Ich möchte mich mit dir betrinken und unausstehlich sein, ich will, daß mir schlecht wird, und hoffe, daß du mich dann pflegst. Ich will mich in einen Säugling verwandeln und mir die Hosen naß machen, und dann würdest du mich trockenlegen und versorgen. Ich will an deiner Brust saugen. Ich vermisse meine Mutter. Manchmal habe ich Lust zu töten. Dann muß man mich in eine dunkle Kammer sperren und so lange darin lassen, bis ich vor Hunger fast vergehe. Dann muß man mich freilassen und mich waschen und abtrocknen und füttern und ins Bett tragen, verhätscheln und trösten und zudecken, das Vaterunser beten und die Sure des Tages aus dem Koran lesen.

Mein Vater liebt mich, aber er ist weit weg und kompliziert. Er macht sich Vorwürfe wegen allem, was mir und meiner Mutter und meinen Geschwistern widerfahren ist, obwohl er daran schuldlos ist. Manchmal kann ich ihn nicht ertragen, und das macht ihn unglücklich, und mich auch.

Ich möchte eine junge Katze, aber Maotse kann Katzen nicht ausstehen. Trägst du mich ins Haus? Schaffst du das? Ich mache mich leicht.«

Henry trug Mavra zur Haustür, sie rollte sich in seinen Armen zusammen wie ein kleines Mädchen.

Im Haus wandelte sich ihre Stimmung, und sie wurde energisch. Sie setzte Henry auf das Sofa, zog ihm die Schuhe aus und brachte ihm die Pantoffeln des Oberst, aber Henry wollte sie nicht. Sie wünschte sich, daß Henry sich wie zu Haus fühlte und arbeitete, falls er zufällig etwas zum Arbeiten dabeihätte. Henry nahm seine Lehrbücher und seine Unterlagen aus der Tasche und stapelte sie auf dem Couchtisch auf. Mavra saugte die Böden und wischte den Staub von den Möbeln. Sie goß die Blumen und Grünpflanzen.

Dann brachte sie den Hund von der Küche in das Gartenhaus, damit er seine Schnauze nicht in Dinge steckte, die ihn nichts angingen.

Sie spielt »Haus«, dachte Henry. Sie ist die Frau, aber wer bin ich? Sind wir ein glückliches Paar?

Mavra ging unter die Dusche, kam im Bademantel zurück, mit bloßen Füßen, nassem Haar. »Fühlst du dich wohl?« fragte sie, und ohne die Antwort abzuwarten verschwand sie wieder. Eine halbe Stunde später erschien sie erneut, sie hatte sich die Haare getrocknet und gemacht, hatte sich Wimpern und Lippen bemalt. Sie trug ein dunkelblaues, ärmelloses, tief ausgeschnittenes Abendkleid, das bis über die Knie reichte. Es hatte einen Gürtel mit silberner Schnalle. Sie hatte eine goldene Halskette angelegt. Am Handgelenk trug sie einen goldenen Reif.

Sie nahm die Geige aus dem Kasten. Zuerst spielte sie Fingerübungen, dann übte sie eine Stunde lang den Violinpart von Faurés Klavierquartett, wobei sie zwischendurch in ihrer Sprache fluchte. Henry versuchte, sein Bosnien-Projekt für die zweite Gymnasialklasse zu koordinieren, und hörte mit einem Ohr zu.

Mavra spielte Strawinskys *Russisches Lied*. Ihr Blick schweifte erneut überall umher, von Henrys Gesicht zur Decke und wieder zurück, aber ihre Augen schielten nicht. Sie spielte, wie sie an jenem Abend gespielt hatte, als Henry zu ihr getrieben worden war. Nur die Begleitung des Oberst fehlte, aber die vermißten sie beide nicht. Mavra trat beim ersten Schlag des Klaviers mit dem einen Fuß auf und bei den übrigen Schlägen mit dem anderen. So blieb der Rhythmus gewahrt, ruckend, auf traurige Art hinkend. Während sie spielte, rückte Mavra immer näher an das Sofa heran. Schließlich stand sie vor Henry und beugte sich zu ihm hinab. Sie spielt mich in Grund und Boden, dachte Henry und lehnte sich zurück.

Mavra legte Geige und Bogen auf Henrys Papiere auf dem Couchtisch, dann stand sie mit leicht ausgebreiteten Armen, wie ein zum Flug ansetzender Vogel vor ihm. Sie stieg aus ihren Schuhen, brachte Henry auf dem Sofa in Rückenlage und setzte sich mit ihrem ganzen Gewicht auf ihn. Sie küßte Henry mit ihrem ganzen Mund. Es war der längste, verzweifeltste Kuß seines Lebens. Als sich Mavra schließlich von ihm löste, waren ihre Lippen feucht und der Lippenstift war verwischt. Mavra fing an, ihr Kleid auszuziehen, dabei schaute sie Henry fest in die Augen, wie um die Stimmung und den Augenblick festzuhalten, in der Angst, etwas könnte sich verändern.

»Soll ich dich auch ausziehen?« fragte sie.

Henry begann seine Kleider abzulegen. »Hier?«

»Das ist ein jungfräuliches Sofa.«

Mavra nahm die Zügel in die Hand. Sie bestimmte die Richtung und den Takt, sie regulierte den Grad von Heftigkeit und Zärtlichkeit. Henry versuchte mitzukommen, er war so etwas nicht gewohnt. Mavras Wangen glühten, ihre Augen funkelten. Henry vergaß sämtliche erlernten Fertigkeiten und das übliche Getue. Mavra flüsterte in ihrer Sprache einen Satz, den sie mehrmals wiederholte. Waren das Obszönitäten, sprach sie die Namen von Heiligen aus, oder verfluchte sie ihren Verfolger mit jedem schweren Stoß ihres Schoßes? Eines Tages würde er sie fragen, was die Worte bedeuteten, dachte Henry, als Mavra auf ihm erstarrte, mitten in der Bewegung innehielt und wie beim Geigespielen zur Decke schaute. Sie erzitterte, Henry spürte mit seiner Handfläche ihren Herzschlag unter der linken Brust schneller werden. Sie stieß einen kurzen Schrei aus, der Schrei verwandelte sich in ein Lachen, und sie sank auf Henry zusammen.

»Bin ich zu früh gekommen?« fragte sie lachend.

»Besser so«, sagte Henry und streichelte ihre Haare.

»Machen wir später da weiter, wo wir aufgehört haben«, sagte Mavra außer Atem.

»Wir haben keine Eile. Zuerst muß man die Grundkenntnisse beherrschen«, sagte Henry. »Weißt du noch, wer das gesagt hat?«

»Ich! Das ist so wahr! Wir rekapitulieren und wiederholen und schreiten langsam voran«, sagte Mavra.

»Langsam, und vielleicht auch etwas ruhiger«, sagte Henry.

»Das war für mich in gewisser Weise das erste Mal«, sagte Mavra, »wenn man den Oberst nicht mitzählt.«

Henry glaubte ihr. Wer diejenigen waren, die außer dem Oberst ebenfalls nicht mitgerechnet wurden, und was sie getan hatten, das fragte er nicht.

»Alles wird sich regeln lassen, glaubst du das?«

»Ich glaube es, wenn du es sagst«, sagte Mavra.

Aber sie ahnte, daß sie niemals Frieden und Gleichgewicht erlangen würden, denn ihre neugeborene Verbindung wurde von sichtbaren und unsichtbaren Hindernissen zusammengehalten, von Fallen, die ihnen gestellt waren, von Gefahren, die in der Ferne und in der Nähe auf sie lauerten. Gäbe es sie nicht, würden sie auseinanderdriften und sich schließlich trennen.

Sie nahm ihre Pfeife vom Ständer und stopfte sie mit einer süßen, schottischen Tabakmischung.

Drittes Kapitel

»Wer weiß von uns, wen kümmert es?«

Nachdem sie also ihre Ekstasebewegung für zwei Personen gegründet hatten, erhoben sie sich in die Lüfte und schwebten auf einem roten, fliegenden Teppich über der Stadt N. Nebeneinander saßen sie darauf und betrachteten die kleinen Mitmenschen unter sich und empfanden Belustigung ebenso wie Mitleid. Sie konnten es sich leisten. Die Vergangenheit war Vorgeschichte, und die eigentliche Historie hatte gerade erst angefangen. Sie hatte am zehnten des laufenden Monats begonnen, und das sollte der erste Feiertag ihrer neu gegründeten Religion sein, die Higra Nummer zwei, denn so wie Mohammed und sein Waffenträger Abu Bakr aus Mekka nach Medina geflohen waren, waren der Oberst und Jowan an jenem Tag mit viel Aufhebens und großem Spektakel nach Sankt Petersburg aufgebrochen.

Sie hatten keine Eile, sich immer wieder von Neuem zu finden, sie verbrachten mehr Zeit damit, Expeditionen in die Welt des anderen zu unternehmen, aber auch in die eigene, denn sie hatten das Gefühl, sich fortwährend unter dem Einfluß des anderen zu verändern, aufzublühen, sich zu erneuern und zu wachsen. Auf diesen Exkursionen in die hellen und dunklen Winkel zweier Körper und Seelen begegneten sie einer Schar bekannter und fremder Wesen wie Lippenfischen, Kolibris und Feuchtgebietsvögeln, sie sahen einen Schimmer von den rätselhaften Morbiden und Repulsionen der Regenwälder, und in dunklen Höhlen wimmelte es vor ihren Augen vor leuchtenden Labilen und Libiden. Sie pendelten zwischen ihren Häusern hin und her, fütterten ihre Hunde und versuchten, sie miteinander zu paaren, aber Maotse sprang auf Tsuikkas Verführungskraft nicht an, sondern stürzte sich auf sie und versuchte ihr die Kehle durchzubeißen. Im letzten Moment konnten sie die arme Hündin retten. Sie floh in den Wald, wo sie erst zwei Tage später gefunden wurde, noch immer schwer unter Schock.

Mit der Zeit sehnten sie sich doch nach Abwechslung und der Gesellschaft anderer Leute, die sie dann gemeinsam und doch getrennt suchten, denn es war ausgeschlossen, sich offen als Paar zu zeigen. Sie nahmen Zuflucht zu Tricks und Bluffs, und auf einmal verstand Henry Solveigs Neigung zu Vertuschung und Inszenierung.

In der Stadt begleiteten sie sich, so wie der Oberst und Mavra in der Vorgeschichte, aber mit deutlich größerem Abstand. Wie zufällig begegneten sie sich auf Straßen, Plätzen oder in Geschäften. Ihre Bewegungsbahnen gingen vom selben Punkt aus und fluktuierten unregelmäßig, aber kontrolliert untereinander, sie näherten sich einander an, überschnitten sich manchmal, um dann wieder an anderer Stelle, weit genug entfernt von den erkennenden Blicken der Menschen, zusammenzulaufen.

Im einzigen Kino der Stadt saßen sie zwei Sitzreihen auseinander und versuchten, sich starke Empathieimpulse zu senden, damit sie sich auch durch den anderen in die Geschichte und in die Stimmungen des Films hineinleben konnten. Das gelang äußerst selten.

Lokale betraten sie getrennt, zuerst ging einer hinein, und der andere kam eine Viertelstunde später. Dann grüßten sie sich nicht und wechselten kein Wort, waren aber darauf bedacht, einigermaßen nah beieinander zu sitzen. Der Blickkontakt mußte natürlich gewahrt werden. Sie trieben das stumme Augenspiel auf die Spitze, Gesten setzten sie nur sparsam und verstohlen ein.

War das Lokal fast leer, las Henry bisweilen auf bosnisch halblaut eine Passage aus *Die Brücke über die Drina*, und Mavra korrigierte von ihrem Tisch aus seine Aussprache. Am Tag vor dem Kirchenkonzert war Henry im Restaurant Astro bei dem Kapitel angelangt, in dem Abidaga, der türkische Hauptbeauftragte für den Bau der Brücke, den aufständischen serbischen Bauern Radisaw durch Aufspießen hinrichten ließ, weil dieser an der Brücke Sabotage verübt hatte. Mavra aß zwei Tische weiter ein halbrohes Chateaubriand. Mitten in der Geschichte ging sie an Henrys Tisch, beugte sich vor, um den Ständer mit den Gewürzen zu borgen, und bat Henry flüsternd, zum Essen eine weniger blutige Geschichte auszusuchen. Henry klappte das Buch zu, und sie küßten sich hastig.

Als er die Kirche betrat, sah Henry unter dem Konzertpublikum Solveig ohne den Landrat. Damit sie ihn nicht drängen konnte, sich neben ihn zu setzen, schlüpfte er aus der anderen Tür hinaus und wartete draußen bis zur letzten Minute. Erst als das Quartett schon die Instrumente stimmte, huschte er hinein, stieg die Empore hinauf und suchte sich einen Platz, wo ihn außer Mavra niemand sehen konnte. Mavra saß auf dem Podest, das Gesicht dem Publikum zugewandt, und suchte unter den Zuhörern nach Henry. Auf der Empore stand Henry auf und winkte weit ausholend, um zu zeigen, wo er saß. Mavra bemerkte ihn und hob erfreut den Bogen. Das hielt der Pianist irrtümlich für das Zeichen zum Beginn, er hob seine Hände zum Einsatz, die anderen kamen kaum hinterher, und als Mavra die Hand mit dem Bogen senkte, setzte sich Faurés c-moll-Quartett leicht ruckartig und ohne sie in Bewegung. Einige Gesichter drehten sich zur Orgelempore um, eines davon gehörte Solveig.

Während sie den Adagio-Satz spielte, blickte Mavra fest auf die Empore. Sie spielt für mich, dachte Henry, das hat sie zu Hause geübt, kurz bevor sie zur *Mavra* überging und zu mir kam, sich auf dem Sofa über mich beugte und sich auf mich herabließ!

Mavra wiegte sich beim Spielen mehr als die anderen Musiker hin und her, sie schaukelte rhythmisch, aber irgendwie asymmetrisch, wie ein Boot bei Kreuzsee. Oder wie die Brandung in einem ausgehöhlten Fels an der Kalksteinküste Kretas.

Sie ist das Meer und die Brandung, dachte Henry. Und ich bin das Boot auf ihren Wellen. Ich schaukle in ihrem Schoß wie ein Boot auf den Wogen des Meeres. Ich gebe ihr alles, was ich habe, und das ist nur ein Tropfen im Meer. Ich will sie nehmen, aber sie nimmt mich, hält mich in ihren Armen und in sich, sie ist unter mir und auf mir, um mich herum und überall. Was ist sie? Wärme, Wasser, Meereswellen, Dünung. Bedeutet das etwa, daß ich mich in den Schoß meiner Mutter zurücksehne?

Er verschwand bereits vor dem Applaus von der Empore und aus der Kirche, um in der Pause nicht Solveig über den Weg zu laufen.

In der zweiten Woche seit der Higra kam mit der Post ein Hörbrief des Oberst aus Sankt Petersburg. Edelmütig schlug Mavra vor, ihn gemeinsam anzuhören, sie wollte nichts vor Henry verheimlichen. Aber Henry wünschte sich, daß sich Mavra zuerst allein mit dem Band vertraut machte, denn er wußte, eine sehr persönliche Botschaft des Oberst an Mavra würde er nicht ertragen, außerdem wäre sie auch nicht für seine Ohren bestimmt.

»Woher soll ich wissen, was du ertragen kannst und was nicht?« fragte Mavra und nahm das Band mit in ihr Zimmer. Später spielte sie es Henry vor. »Ich muß nichts zensieren. Hör es dir in Ruhe an. Dieses Band ist jugendfrei«, sagte Mavra.

Der Oberst klang leicht betrunken, zwischen den Sätzen entstanden oft lange Pausen, aber ansonsten redete er deutlich. Im Hintergrund störte heftiger Verkehrslärm ein wenig.

»Liebe Mavra, ich rede jetzt finnisch zu dir, in ein Mikrofon kann ich nicht russisch reden, das ist genauso schwer wie am Telefon. Ich muß dein Gesicht vor mir sehen, um mit dir Russisch sprechen zu können. Die Arbeit geht langsam voran, so wie ich es vermutete, die Bürokratie ist in zwei Jahren nicht weniger geworden, eher im Gegenteil. Ein Teil des Archivs ist vorübergehend in anderen Räumlichkeiten untergebracht, und zum Beispiel die Unterlagen über die 44. Ukrainische Division im Winterkrieg sind nirgendwo zu finden. Diese Division hat nicht unmittelbar mit Vaters Kämpfen bei Kuhmo zu tun, denn sie griff bei Suomussalmi an und wurde dann auf der Straße nach Raate eingekesselt. Trotzdem hätte ich auch darüber Informationen gebraucht … Aber ich werde mich nicht weiter über die Arbeit auslassen, das wird dich ohnehin nicht interessieren. Das Hotel ist neu und trist, die Huren von Babylon rufen schamlos mitten in der Nacht an und erkundigen sich nach irgendeinem früheren Gast, und wenn ich sage, diese Person wohnt nicht mehr hier, dann fragen sie, wer ich bin und ob wir uns nicht treffen können und so weiter.

Ich habe nach dem alten armenischen Restaurant gesucht, wo wir immer zu Abend aßen, als du zum Studieren hier warst, weißt du noch? Es hieß Ayastan, aber es existiert nicht mehr. Ich glaube, das ganze Haus steht nicht mehr. Jowan hatte gehört, es gäbe irgendwo ein Balkanrestaurant, aber auch das fanden wir nicht, und ein Taxi fand sich auch nicht, also gingen wir in das georgische Restaurant Piros-man, aßen Schaschlik und tranken georgischen Wein. Das Essen war teuer, aber gut. Am Nachbartisch saßen Magnaten oder Mafiosi, falls es da einen Unterschied gibt, ihr Tisch bog sich vor Speis und Trank, sie stritten und lachten. Dann verschwanden sie plötzlich lautstark und ließen den größten Teil des Essens und der Weine zurück. Das gilt hier als vornehm, man bestellt einen hübschen Tisch voll, ißt so gut wie nichts, grunzt dafür aber um so mehr. Jowan war verärgert über sie, und ich mußte ihn beruhigen, damit er nicht anfing, sie zu provozieren. So etwas ist hier nicht gesund. Ich wäre ihm keine große Hilfe, wenn er Scherereien bekäme.

Jowan hört nicht, was ich hier sage, er ist auf einen Abendschnaps ins Hotelrestaurant gegangen. Hoffentlich denkt er daran, ruhig zu bleiben. Ich werde ihm bald folgen, ich brauche einen Schlummertrunk, sonst kann ich nicht schlafen, vielleicht kann ich es auch so nicht. Ich habe mich noch nicht an den Verkehrslärm gewöhnt. Manchmal verfluche ich mein überempfindliches Gehör. Morgen kaufe ich mir Ohrenstöpsel.

Wie ist denn dein Kirchenkonzert gegangen? Hoffentlich war Publikum da, mehr als nur die Vertreter der Stadt und diejenigen, die immer überall aufkreuzen. Ich habe versucht, mich an das Adagio von Faurés Quartett zu erinnern, und es ist mir sogar gelungen, ab und zu spielt es in meinem Kopf. Vielleicht gehe ich heute in ein Konzert, in die Oper oder ins Kleine Dramatheater. Falls ich Jowan bewegen kann, mitzukommen. Ich würde auch allein gehen, aber die Miliz des Hotels hat mich gewarnt, wenn ich allein unterwegs wäre, vor allem abends, würde man mit ziemlicher Wahrscheinlichkeit versuchen, mich auszurauben. Hier hat man nicht sonderlich viel Mitleid mit Sehbehinderten. Das ist verdammt demütigend, ich kann mich an diese Hilflosigkeit einfach nicht gewöhnen. Ich werde wohl die Offiziere anrufen, die ich kenne, in deren Begleitung muß ich nicht auf der Hut sein.

Es ist schon seltsam, wie die alten, gemeinsam geführten Kriege verbinden, auch wenn man auf verschiedenen Seiten gestanden hat. Wenn mein Vater begriffen hätte, daß die wirklichen Versteher auf der Seite des ehemaligen Feindes stehen, wäre er vielleicht nicht zu den Amis gefahren, um dort Sympathien zu sammeln. Was haben die denn für uns übrig? Die Amis wissen nichts über uns. In Bosnien kommandieren sie die ganze Friedenssicherungsoperation und kapieren nicht einmal, wo sie sind.

Gestern ging ich an dem Hotel vorbei, in dem wir niesend unsere Hochzeitsnacht verbrachten. Es hat den Namen gewechselt. Vielleicht ist auch die Kupferplatte von der Wand entfernt worden!

Ich habe mir angehört, was ich hier auf Band gesprochen habe, und stelle fest, daß es eine einzige trostlose Klage ist. Das kommt von den dunklen Abendstunden. Und vom Petersburger Klima. Ich bin ein bißchen betrunken, aber nicht genug, und darum melancholisch und etwas sentimental. Ich dachte daran, dich anzurufen, habe es aber dann doch nicht getan, ich hatte Angst, auch am Telefon melancholisch zu werden. Du sollst deine Ruhe haben. Gute Nacht.«

Das Band verstummte eine lange Weile. Dann hörte man ein Räuspern und ein Husten, anschließend änderte sich das Hintergrundgeräusch: nun befand man sich im Freien. Jowans Stimme sagte im Hintergrund ein paarmal Eins und Zwei. Der Oberst fuhr fort:

»Jetzt ist Vormittag. Ich bin mit Jowan auf der Krestowski Ostrow, auf der Kreuzinsel, wir sind hierher gekommen, um kalte, frische Luft zu atmen. Wir sitzen auf einer Bank, und zwar auf dem Platz, in dessen Mitte der Puschkin-Obelisk steht, ein geschmackloser, hoher Pfeiler aus rotem Granit mit einem Puschkin-Relief aus Bronze. An dieser Stelle wurde er im Duell durch die Kugel des Franzosen d'Anthès verwundet. Ich bin noch nie hier gewesen. Ich dachte, ich schau mir die Stelle mal an, schließlich ist Puschkin dein Lieblingsdichter. War es zumindest. Jetzt weiß ich, wie das Duell vor sich ging. Ein älterer Mann bot seine Kenntnisse an und wollte erzählen, was er über die Sache wußte. Er sagte, er sei ehemaliger Universitätslehrer. Er war ein munterer alter Herr und redete am laufenden Band. Ich ärgere mich, daß ich nicht auf die Idee gekommen bin, es aufzunehmen. Aber was heißt alter Herr, er war gerade ein paar Jahre älter als ich. Ich bin eben auch ein alter Herr. Jowans Beschreibung nach trug er eine schwarze Baskenmütze, an der Spinnennetze hingen! Das Väterchen berichtete dann, was Nabokov über dieses Duell geschrieben hatte. Es wäre eine amüsante Geschichte, wenn Puschkin nicht dabei ums Leben gekommen wäre.

Sie fuhren also mit dem Schlitten hierher, Puschkin, sein Herausforderer d'Anthès und ihre Adjutanten. Damals stand hier am Ufer des Schwarzen Flusses dichter Kiefernwald. Am Waldrand wurde ein Areal von zehn Metern abgegrenzt, und die Gecken stellten sich voreinander auf. Das heißt, mit dem Rücken zueinander. Einem Augenzeugen zufolge machte Puschkin fünf Schritte und drehte sich um, aber der Franzose machte nur vier, er schoß als erster und traf Puschkin in den Bauch! Er hätte disqualifiziert werden müssen! Denn das war eindeutig Mord! Als Puschkin fiel, rannte der Franzose erschüttert zu ihm, aber Puschkin war bei Bewußtsein und befahl ihm, hinter die Grundlinie zu gehen. Er sei nämlich noch nicht fertig, sagte er. Er hatte nicht einmal richtig angefangen. Seine Pistole war mit dem Lauf voran in den Schnee gefallen, man konnte nicht mehr damit schießen, und man gab ihm eine andere, fertig geladen. Puschkin setzte sich halb auf und stützte die Schußhand irgendwo ab, ich habe nicht verstanden, wo, er zielte, schoß und traf den Franzosen, der durch die Kraft des Treffers zu Boden sank. Puschkin glaubte, er habe den Kerl ums Leben gebracht. Er rief sich selbst ein Bravo zu und warf die Pistole in die Luft, aber tatsächlich hatte er nur die Hand des Franzosen getroffen. Ein zäher Kerl, dafür daß er ein Dichter war! Puschkin starb zwei Tage später, der Franzose wurde aus dem Land vertrieben, stieg aber später in Frankreich zum Senator auf. Ist das nicht grotesk?

Unterschiedlicher Meinung ist man darüber, ob Puschkins Frau Natalia Herrn Anthès verführt hat oder nicht. Der alte Herr von Baskerville ist der Meinung, sie sei so schön gewesen, daß sie es nicht nötig gehabt habe, die Männer seien bei ihr ohnehin verrückt geworden. Man hätte sie eventuell für ihr schönes Aussehen bestrafen und verpflichten können, eine geschlossene Haube über den Kopf zu ziehen, wenn sie das Haus verließ. Ihr schönen Frauen habt es nicht leicht. Einer Sache kannst du gewiß sein: Ich schaue keinen schönen Frauen hinterher.

Da fällt mir etwas ein, ich weiß nicht durch welche Assoziation: Falls ich auf meiner Reise sterben sollte, wenn ich zum Beispiel unter ein Auto gerate oder an einem Kotelett Kiewer Art ersticke, dann verkaufe den Hangwald nicht an Gropius. Auch wenn dir der Landrat noch so sehr auf dessen Rechnung in den Ohren liegt. Ich habe beschlossen, daß aus meinem Besitz keine Kiesgrube gemacht wird. Ein bißchen Wald kann verkauft werden, aber Kahlschläge akzeptiere ich nicht …«

Der Oberst ging nun dazu über, Russisch zu sprechen, und Henry verstand nichts mehr. Er vermutete persönliche Botschaften an Mavra, die er nicht hören sollte, auch wenn er sie nicht verstehen konnte. Also ging er in die Küche, ließ kaltes Wasser aus dem Hahn fließen und Mavra alleine zuhören.

Der Oberst wußte seine Worte wohl zu setzen. Ganz beiläufig erwähnte er bekannte Restaurants und Hotels und natürlich Puschkin. Damit die gemeinsame Vergangenheit nicht in Vergessenheit geriet. Die Lichter und Schatten von Sankt Petersburg. Der kalte Wind des Finnischen Meerbusens in Mavras schwarzen Haaren am Ufer des Mojka-Kanals. Der einsame Tod im Schatten der Admiralität.

Mavra folgte ihm bald und hantierte schweigend in der Küche.

»Ist alles klar geworden?« fragte Henry.

»Du hättest nicht gehen müssen«, sagte Mavra.

»Ich bin aber gegangen. Weil er auf russisch angefangen hat.«

»Er hat mir das mit dem Wald noch einmal auf russisch erklärt, damit ich es auch bestimmt verstehe«, sagte Mavra.

»Hast du es verstanden?«

»Nicht alles. Er war ein wenig betrunken.«

»In sehr charmantem Maße«, sagte Henry.

»Es steht dir nicht zu, auf ihn eifersüchtig zu sein«, sagte Mavra.

»Es wäre ihm gegenüber beleidigend, wenn ich es nicht wäre«, entgegnete Henry.

An diesem Abend war Mavra wortkarg und abwesend und versuchte erst gar nicht, sich zu verstellen. Henry dachte daran, vorzuschlagen, die Nacht getrennt zu verbringen, aber Mavra kam ihm zuvor. Sie versuchte nicht, ihren Wunsch zu erklären, und Henry versuchte nicht, sie umzustimmen. Ohne ihn zu küssen ging sie in das Zimmer des Oberst. So war es besser. Vielleicht wäre der Geist des Oberst bis zum Morgen wieder durch die Lüfte zurückgesaust ans Ufer der Großen Newa.

Viertes Kapitel

Die Schwierigkeit, das Umgekehrte zu erkennen

Die männliche Stimme des Oberst brachte die Zwei-Personen-Ekstase-Bewegung von Mavra und Henry für eine Weile zum Stillstand, und der rote Teppich wollte nicht zum Flug abheben. Sie fragten einander nicht nach dem Grund dafür und gaben sich Mühe, nicht darüber nachzudenken. Sie schliefen zwei Nächte lang getrennt, denn sie hatten einvernehmlich beschlossen, nicht miteinander zu schlafen, wenn sie es nicht beide wünschten.

In der dritten Nacht, als Mavra wieder zum Schlafen ins Zimmer des Oberst ging, klebte Henry schwarzes Isolierband auf seine Sonnenbrille und formte daraus Ränder, so daß aus keiner Richtung ein Lichtschimmer in seine Augen treffen konnte. Mit der undurchsichtigen Brille auf der Nase und dem weißen Blindenstock, den der Oberst dagelassen hatte, in der Hand ging er hinaus.

Ohne etwas zu sehen, trat er in den Garten, wo er mit dem Stock auf dem hartgefrorenen Sand nach dem Weg tastete. Es war ein mühsamer Blindgang, trotz des ebenen Geländes. Er dachte daran, wie der Oberst in dieser dauerhaften Finsternis auf steilen Gassen und Treppen durch jene Kleinstadt in den Abruzzen gegangen war. Er schärfte seine Sinne und konnte der Gartenbank ausweichen, lief aber in einen Strauch und geriet beim Zurückweichen zwischen die Äste des Apfelbaums, wovon er einen schmerzhaften Kratzer an der Schulter davontrug. Er wußte nicht mehr, an welcher Stelle des Gartens er sich befand, denn er war mit sehr kurzen, langsamen Schritten gegangen. Er meinte zu erkennen, wie sehr die für die Fortbewegung aufgewendete Zeit sich darauf auswirkte, wie der Mensch seine Umgebung wahrnahm.

Mit Zwergenschritten trippelte er zum Heckenzaun am Ende des Weges. Diesem folgend war es leichter, mit normalen Schritten zum Steg zu gehen, denn dort wollte er hin. Zwischendurch blieb er stehen und lauschte dem träge schleppenden Geräusch der ans Ufer schlagenden Wellen. So genau hatte er das noch nie gehört. Er betrat den Steg, versuchte die Mitte zu finden, peilte die gerade Linie bis zur Kante an und beschloß, dorthin zu gehen, ohne den Stock zu benutzen. Aber schon in der Hälfte war er sicher, von der Mittellinie abgewichen zu sein und auf den Rand zuzusteuern und jeden Moment einen Schritt ins Wasser zu machen. Mit dem Stock klopfte er rundum in alle Richtungen, seine Schritte wurden kürzer, die Gehgeschwindigkeit langsamer, und es dauerte eine Ewigkeit, die vorderste Bank auf dem Steg zu finden und sich mit angespannten Muskeln darauf niederzulassen. Er wunderte sich über seine Ängstlichkeit und Unbeholfenheit. Dann legte er sich auf die Bank und versuchte, die Ohren zu spitzen, um zu hören, was Erde, Wasser und Luft ihm zu sagen hatten. Sie sprachen ihn überhaupt nicht an, sie ließen ihn unbeachtet. Er vermutete, nicht das richtige Gehör für sie zu haben. Er wünschte sich, Mavras leichte Schritte näher kommen zu hören. Kurz darauf meinte er, Mavras Hand auf seiner Stirn zu spüren, und wartete darauf, daß die Hand seine Hand ergreifen und ihn zurück ins Haus und in Mavras Bett führen würde.

Bald wurde ihm kalt. Er ging denselben Weg zum Haus zurück, und der Rückweg war kein bißchen leichter, denn die Richtung war die umgekehrte, und das Umgekehrte zu erkennen war teuflisch schwer.

Mit Mühe fand er die Eingangsstufen. Er blieb eine ganze Weile vor der Tür stehen. Die Klingel war kaputtgegangen, und er hatte sie nicht repariert, er meinte, das sei nicht statthaft für eine Person, die der Hausherr nur für einen gelegentlichen Gast hielt. Er hob die Hand, um an die Milchglasscheibe in der Tür zu klopfen. Das wäre nicht nötig gewesen, denn er hatte die Tür nicht abgeschlossen. Aber wenn er anklopfte, würde Mavra vielleicht im Zimmer des Oberst aufwachen, herunterkommen, um ihm zu öffnen. Dann sähe sie vor der Tür einen Mann mit schwarzer Brille und weißem Stock. Darauf mochte etwas folgen, was er nicht voraussehen konnte, aber es würde auf jeden Fall eine Veränderung in irgendeine Richtung bedeuten, es wäre das Ende einer Phase und vielleicht der Anfang von etwas Neuem.

Er klopfte dennoch nicht an, sondern machte die Tür auf, ging durch die Diele zur Treppe und vorsichtig hinunter ins Untergeschoß. Er folgte dem langen Flur, ohne gegen die Wände zu stoßen, wurde langsamer, als er das Kaminzimmer durchquerte, und tastete nach dem Weg zu Mavras Zimmertür, von der aus er in die unbekannte Finsternis aufgebrochen war. Die Tür stand einen Spalt weit offen. Erst nachdem er sich ausgezogen hatte, fiel ihm ein, daß er die Tür hinter sich geschlossen hatte. Er erstarrte auf der Stelle und drehte den Kopf zum Bett, hielt den Atem an und lauschte, hörte aber nichts. Mit kurzen Schritten näherte er sich dem Bett, die Hände vor sich gestreckt, und versuchte sich zu erinnern, ob er das Deckenlicht hatte brennen lassen. Er meinte, vom Bett her Bewegung zu hören, und riß sich die schwarze Brille von der Nase. Das Zimmer war stockdunkel, auch die Vorhänge waren zugezogen. Er setzte sich auf den niedrigen Bettrand und tastete mit der Hand über Mavras Körper unter der Decke.

»Kommst du zu einem Blind Date?« fragte Mavra mit schläfriger Stimme, ergriff seine beiden Hände und zog ihn neben sich. Er wußte nicht, ob sie seine schwarze Brille gesehen hatte, oder ob sie mit ihren Worten das stockfinstere Zimmer meinte.

Während er in Mavras Armen hin und her schaukelte, konnte er auch im Dunkeln ihre Umrisse erkennen. Er preßte die Augen fest zusammen, meinte aber, sogar durch die Lider hindurch Mavras Bild zu sehen. Er würde nie erfahren, wie sich der Oberst fühlte.

In der Schule entbrannte im Geschichtsunterricht der zweiten Gymnasialklasse ein Balkankrieg. Henry hatte für die Diskussion des Bosnien-Projekts eine Doppelstunde reserviert, kam aber zur ersten Stunde selbst zu spät, da er im Ärztezentrum lange hatte warten müssen, bis ihm die Fäden in der Schulter gezogen wurden. Als er die Klasse betrat, war der Krieg bereits in vollem Gange. Die Gruppe der Serben hatte die von der muslimisch dominierten Bosniakengruppe proklamierte autonome, multinationale Föderation nicht akzeptieren können, weil das bedeutet hätte, in die Minderheit zu geraten. Die Verhandlungen der Serben mit der kroatischen Gruppe über die Teilung des bosnischen Gebiets waren eingeschlafen, denn die Kroaten vertrauten den Beteuerungen der Serben nicht. Sie hatten nicht vergessen, wie diese auf dem gerade erst selbständig gewordenen Territorium Kroatiens die serbische Selbstverwaltung Krajina gegründet hatten. Die Serben schritten zur Selbsthilfe und drückten die muslimischen Bosniaken an die Wand. Die Kroaten verbündeten sich kurzzeitig mit den Bosniaken gegen die Serben, zerstritten sich mit ihnen jedoch über die Frage der Kontrolle des Gebiets Mostar. Alle Gruppen beschuldigten, bedrohten und beschimpften sich gegenseitig schwer. Die Mädchen der verschiedenen Arbeitsgruppen verbündeten sich untereinander, sie gründeten eine pazifistische Zelle und verteidigten sich gegen die Annäherungen der verrohten Jungen. Am skrupellosesten benahm sich die Nato-Friedenstruppe, die sich in jeden Zwist hineinstürzte, um mit Fausthieben und Fußtritten die Kanacken, Putzlappenköpfe und östlichen Barbaren zum vom Westen diktierten Frieden zu zwingen.

Henry sah sich den Bürgerkrieg von der Tür aus an, und niemand nahm Notiz von ihm. Er nahm die schwarze Brille aus der Jackentasche, setzte sie auf und tastete sich mit klopfendem Kartenstock in die Klasse und zum Katheder. Allmählich legten sich die Streits und Balgereien, und Stille senkte sich über das Klassenzimmer. Bevor die Schüler fragen konnten, was ihm passiert war, sagte er, er sei als Blinder gekommen, um sich ihre Vorträge anzuhören. Da er blind sei, könne er auch nicht die Unterschiede zwischen den Volksgruppen sehen, die sie repräsentierten. Statt dessen waren die Gemeinsamkeiten zwischen ihnen schon jetzt auf Grund des Gehörten eindeutig. Sie sprachen alle dieselbe Sprache und benahmen sich alle gleichermaßen idiotisch. Um vollkommen objektiv sein zu können, wolle er sie nicht sehen. Ohne eine Gruppe zu bevorzugen, sei er bereit, sie alle der Reihe nach anzuhören, vorausgesetzt, sie traten friedlich und gesittet auf. Wenn sie ihre Forderungen, Beschwerden und Vorschläge begründeten, dürften sie in der

Geschichte nicht weiter als zwanzig Jahre zurückgehen. Er sagte, aus der Geschichte könne man nur eine Lektion mit Gewißheit lernen, nämlich die, daß sich am eifrigsten diejenigen auf die Historie beriefen, die keinen Schimmer davon hatten, die nicht einmal den Versuch machten, eine objektive historische Vorstellung zu erlangen, die Geschichte als Werkzeug ihrer Politik mißbrauchten, alle jene, die sich auf uralte Ungerechtigkeiten und Privilegien, auf Siege und Niederlagen, heilige Grenzen, mit Blut geweihte Schlachtfelder und die heiligen Wiegen und Gräber ihrer Völker beriefen.

Er hörte ihnen geduldig zu, als sie ihre Sache vortrugen, zuerst die Bosniaken als größte Gruppe, dann die Serben und schließlich die Kroaten. Er korrigierte sie, wenn sie eklatante Sachfehler äußerten, und erinnerte sie daran, daß sie nicht auf einer Kundgebung sprachen und auch nicht vor ihrem eigenen Parlament. Als letztes erteilte er den Friedenssicherern das Wort. Anschließend gestattete er allen, kurz frei zu diskutieren und die Vorträge der anderen zu kommentieren. Als ihre Emotionen aufschäumten, beruhigte er sie. Alles in allem gelang es ihm, die Fäden in der Hand zu behalten. Er führte das auf seine Blindenrolle zurück.

Erst nach dem Ende der zweiten Stunde, als er die schwarze Brille absetzte, merkte er, daß der Rektor in der hintersten Bank saß, und er begriff, daß Disziplin und Ordnung zum Teil daher rührten. Der Rektor bedankte sich bei ihm für die interessante Stunde, er habe die Klasse aufgesucht, nachdem ihm Beschwerden über Lärm und Unruhe zu Ohren gekommen waren, aber nachdem er festgestellt hatte, daß alles in Ordnung war, habe er aus Neugier dem weiteren Verlauf der Stunde zugehört. Die Blindenmethode von Herrn Studienrat Loimu sei ihm nicht bekannt gewesen, er halte sie jedoch für tatsächlich interessant. Er wußte von Lehrern, die sich taub stellten, um ihre Stunden zu überstehen, aber als Blinder hatte sich in seiner Schule bislang noch keiner ausgegeben. Schließlich drückte er seine Freude darüber aus, daß Studienrat Loimu sich im dunklen Schuppen nicht mit den Zinken der Heugabel die Augen ausgestochen habe, denn dies sei ihm als erstes in den Sinn gekommen.

Übers Wochenende fuhren sie in eine mittelgroße Stadt im Inneren des Landes, um sich zusammen bewegen und Seite an Seite gehen zu dürfen, um am selben Tisch im Restaurant essen und im Kino nebeneinander sitzen zu können. Im Hotel schrieben sie sich als Herr und Frau Loimu ein, Mavra fiel kein neuer Vorname ein, sondern schrieb Mavra Loimu und ersetzte dann hastig und errötend das »v« durch ein »u«.

Sie probierten das Hotelbett aus und liebten sich am hellichten Tag wie von den Fesseln des Alltags befreite Touristen. Sie aßen in einem griechischen Restaurant zu Mittag und saßen dabei nebeneinander auf derselben Bank. Sie aßen über eine Stunde lang dort und sagten dabei kein Wort, sie brauchten sich nicht einmal anzuschauen. Es genügte ihnen, sich mit den Oberschenkeln und den Seiten zu berühren und dem anderen hin und wieder etwas vom Teller zu stehlen. Mavra zahlte die gemeinsame Rechnung, und Henry widersprach nicht, obwohl der griechische Kellner das von ihm zu erwarten schien. Alles, was Mavra glücklich machte, war ihm recht. Wenn sie ihn für einen Akt mitten am Tag bezahlen wollte, wäre ihm auch das recht, denn Mavra war im Leben Schlimmes widerfahren, und er, Henry, hatte es leichter gehabt. Dies sagte er laut. Mavra war von seinem Vorschlag begeistert und versprach, für jedes Mal zu zahlen, aber nur eine symbolische Summe, denn sie sei zu unerfahren, um den realen Wert einschätzen zu können. Henry sagte, er nehme die symbolischen Zahlungen an, solange sie immer gleich groß wären, denn er wolle nicht wissen, welchen symbolischen Wert Mavra seinen jeweiligen Leistungen einräumte. Er sagte, er sei bereit, den Gigolo zu spielen, wenn er im Gegenzug ausprobieren dürfe, was es für ein Gefühl war, als einer, der unlängst das Augenlicht verloren hatte, mit Mavras bereitwilliger Hilfe durch eine fremde Stadt zu gehen. Mavra zuckte bei seiner Bitte zusammen und weigerte sich. Henry sagte, in dem Fall würde er allein auf die Straße gehen.

»Du willst den Blinden spielen?« wunderte sich Mavra.

»Ich spiele nicht. Ich muß wissen, was es für ein Gefühl ist«, sagte Henry.

»Auf diese Weise wirst du es nicht erfahren.«

»Ich weiß keinen anderen Weg«, sagte Henry.

»Dann geh auf die Straße und laß dich überfahren«, meinte Mavra unwillig. »Ich fahre alleine zurück.«

Im Hotel nahm Henry den zusammenklappbaren weißen Stock des Oberst aus der Tasche, setzte die schwarze Brille auf und ging zur Tür.

»Führe mich so, wie du den Oberst führst«, bat er Mavra.

»Du siehst lächerlich aus mit dieser Brille«, erwiderte sie.

»Niemand wagt es, über einen Blinden zu lachen«, erinnerte Henry sie.

»Wohin willst du gehen?«

»Zur Sprungschanze«, sagte Henry.

Der Weg zur Sprungschanze führte durch die Innenstadt. Im regen Nachmittagsverkehr hielt Henry Mavras Arm jedesmal fest umklammert, wenn sie eine Straße überquerten. Es dauerte seine Zeit, bis er sich genug entspannen konnte, um sich an Mavras Schritt anzupassen und sich nicht instinktiv zu sträuben, wie ein Nichtschwimmer in den Armen seines Retters. Nach und nach begann er im wirren Verkehrslärm die näher kommenden und die sich entfernenden Autos zu unterscheiden und ihre relative Entfernung von ihm einzuschätzen. Auf den Bürgersteigen wichen die Leute dem Blinden und seiner Führerin lobenswerterweise aus. Als er das erfaßt hatte, bewegte sich Henry freier neben Mavra, seine Schritte wurden länger, und er war nicht mehr darauf bedacht, unsichtbaren Passanten aus dem Weg zu gehen, sondern zwang sie, ihm auszuweichen. Hätte Mavra ihn nicht energisch zur Seite gezogen, wäre er mit einem Kinderwagen, mit einer alten Frau mit Stock und mit einem Blindenhund zusammengestoßen.

Auf dem Hügel bei der Sprungschanze führte Mavra Henry vom Gehweg in einen lichten Kiefernwald und durch ihn hindurch an den Rand des steilen Sprunghangs. Dort blieb sie stehen und drehte Henry ein paar Mal auf der Stelle, ließ ihn dann los und trat mehrere Schritte zurück.

»Wohin bist du verschwunden?« fragte Henry.

»Ich bin hier«, sagte Mavra. »Du stehst am Rand eines Steilhangs. Hier fängt die Schanze an. Ich sage nicht, in welcher Richtung, von dir aus gesehen. Willst du das Spiel immer noch weitermachen?«

»Jetzt wird es doch erst interessant«, sagte Henry und machte einen Schritt auf die Naturschanze zu.

»Du brauchst mir nichts zu beweisen.«

»Woher willst du wissen, was ich brauche?«

»Nimm diese entsetzliche Brille ab!«

»Ich traue mich nicht«, sagte Henry. »Ich habe Höhenangst. Ich komme jetzt zu dir.«

Unbeschwert ging er auf Mavras Stimme zu und stolperte über einen Baumstumpf. Er stand fluchend auf, ging in eine andere Richtung und stieß gegen einen Baumstamm. Er änderte erneut die Richtung und näherte sich dem Rand des steilen Hangs.

»Bleib stehen!« rief Mavra und setzte wie eine Gazelle über Stümpfe und Steine hinweg, stoppte Henry und riß ihm die Brille herunter, warf sie auf den Boden, schlug Henry mit der flachen Hand ins Gesicht und rannte durch den Wald zum Weg.

Henry holte sie erst unten auf der Straße ein, und sie gingen schweigend zum Hotel. Dort erklärte Mavra, von ihrer Seite aus sei der Tag beendet, sie habe keinen Hunger und auch sonst auf nichts Lust, sie ginge schlafen, und es wäre ihr recht, wenn sie allein schlafen dürfe. Henry ging in die Bar, um sich zu betrinken.

Als er zurückkam, war das Zimmer dunkel, und Mavra schlief. Henry machte die Nachttischlampe an und legte sich neben Mavra. Er streichelte ihr Haar und ihren Nacken in der Hoffnung, sie würde aufwachen. Schließlich löschte er das Licht und starrte still auf den Widerschein der Straßenbeleuchtung an der Decke. Er würde lange nicht einschlafen können. In der Bar hatte er nachgedacht, in seinem Kopf rumorten hundert Gedanken. Er machte das Licht wieder an.

»Schlaf, wenn du schlafen willst, aber ich muß reden. Ich bin betrunken, aber bei so scharfem und luzidem Verstand wie selten. Ich habe über unser Leben nachgedacht, über dein Leben und mein Leben, getrennt und zusammen. Mein Leben ist zutiefst aufgewühlt worden, und zwar mit einer solchen Kraft, daß nichts mehr ist wie zuvor und es auch nie wieder sein wird. Dein Leben scheint auf stabilem Grund zu stehen und kann so weitergehen wie bisher, auch wenn ich verschwinde oder entfernt werde. Ein solches Mißverhältnis kann man nicht übersehen, und darum habe ich es eben wahrgenommen.«

Nachdem er vergeblich auf einen Widerhall gewartet hatte, fuhr Henry mit ruhiger, monotoner Stimme fort:

»Ich glaube, Jowan hatte doch recht, als er sagte, du seist fest mit dem Oberst verwachsen, und der Oberst mit dir. Er gab zu verstehen, daß deine Dankesschuld dich bis zum Ende deines Lebens und bis zum Ende des Oberst belasten wird. Wenn jemand einem anderen das Leben rettet und einen dritten aus dem Gefängnis befreit, und wenn alle drei dann noch zusammen unter einem Dach wohnen, dann entsteht eine so starke Verbindung und Abhängigkeit, daß man nicht einmal darüber zu sprechen wagt. Über eine solche Dankesschuld muß man auch nicht reden, sie geht nicht verloren, die Gerettete und der Befreite vergessen sie nicht, und der Retter vergißt sie ebenfalls nicht. Wenn der Oberst von seiner Reise zurückkehrt, erwartet er, daß alles so ist wie zuvor, zumindest hofft er es. Und du kannst ihm nicht verweigern, was er sich erhofft, denn deine Dankbarkeit strömt über. Das ist meine Auffassung. Ich wollte sie dir mitteilen, und das habe ich nun getan. Es ist nicht meine Absicht, jemanden wegen irgend etwas zu beschuldigen, ich stelle nur fest, wie die Situation ist, und hoffe, daß du meiner Auffassung entweder zustimmst oder aber sie mit unwiderleglicher Begründung über den Haufen wirfst.«

Henry schwieg und wartete auf eine Antwort oder eine Reaktion von Mavra, aber sie lag nur mit geschlossenen Augen da.

»Ich werde einen Teufel tun und herausfinden, ob du schläfst, oder ob du wach bist und alles gehört hast«, sagte Henry. »Ich habe mir über dein Leben also insoweit Gedanken gemacht, als es mein Wissen darüber zuläßt, und bin zu dem Ergebnis gekommen, daß es für dich an der Zeit wäre, den Kopf aus dem Sand zu ziehen und zuzugeben, daß du dich in einer Umbruchphase deines Lebens befindest. Du kannst noch ein paar Jahre weitermachen wie bisher, aber irgendwann stehst du vor einer Wand. Oder aber es gelingt dir, dich mit einem Mal loszureißen und bei mir einzuziehen. Dann könntest du mit mir ein neues Leben beginnen. Ist das als Heiratsantrag zu verstehen? Ja, dies ist ein Heiratsantrag. Ich halte um deine Hand an.«

Henry stieß Mavra vorsichtig an, sie stöhnte und zog sich die Decke über die Augen.

»Mein Angebot gilt bis zum Morgen«, sagte Henry und machte die Lampe aus.

Als Henry am Morgen aufwachte, war ihm schlecht, und er wußte nicht mehr, wo er sich befand. Langsam und portionsweise begriff er, daß er nackt auf dem Bauch lag, in unbequemer Haltung, die Hände auf dem Rücken. Er hob den Kopf vom Kissen und sah nichts. Seine Hände waren mit Klebeband gefesselt, auch über die Augen war ein Streifen gezogen worden. Er rollte sich auf den Rücken und sah durch das Band hindurch Licht im Zimmer. Er rollte von einer Bettkante zur anderen, ohne gegen Mavra zu stoßen. Dann setzte er sich auf und spitzte die Ohren. Im Zimmer war es still. Er rang mit den Bändern um seine

Handgelenke, aber sie saßen zu straff. Er fluchte und rief nach Mavra. Er setzte die Füße auf den Boden und stand auf, schlurfte langsam zu dem Stuhl, über den er seine Hose gehängt hatte, drehte ihm den Rücken zu und wühlte in den Hosentaschen nach dem Schweizer Messer. Es war weg. Vorsichtig ging er rückwärts zur Badezimmertür, drückte sie mühsam auf, setzte sich auf die Kloschüssel und ließ Wasser.

Als er wieder ins Zimmer zurückrangiert war und sich zum Nachdenken aufs Bett gesetzt hatte, hörte er Mavras Stimme aus der Zimmerecke:

»Hast du immer noch Lust zu spielen?«

»Hast du das getan?«

»Ich habe in deiner Tasche eine Rolle Klebeband gefunden, dein Blindenband. Ich dachte, du willst vielleicht als Blinder aufwachen.«

»Warum hast du mir die Hände gefesselt?«

»Damit du nicht das Band von den Augen reißen kannst. Damit du einen kurzen Moment lang weißt, wie es ist, wirklich blind zu sein, durch die Umstände erzwungen, ohne die Hoffnung, jemals wieder sehen zu können.«

»Mußtest du mich dafür nackt ausziehen?«

»Du hast dich selbst in deinem betrunkenen Zustand ausgezogen und versucht, auf mich loszugehen. Du wolltest nicht glauben, daß ich es nicht wollte.«

»Behauptest du, ich hätte dich gezwungen?«

»Dafür warst du zu betrunken, du bist mittendrin eingeschlafen.«

»Hast du mich aus Rache vergewaltigt?« fragte Henry und erinnerte sich an den Roman einer finnlandschwedischen Schriftstellerin, in dem darüber nachgedacht wurde, ob man Männer vergewaltigen kann. Er wußte nicht mehr, zu welchem Resultat die Schriftstellerin gekommen war. Mavra antwortete nicht. Henry bedauerte seinen Scherz und machte den Mund auf, um zurückzunehmen, was er gesagt hatte, aber es war zu spät. Mavra klebte ihm den Mund zu und stieß ihn auf den Rücken.

»Du nimmst dir die Freiheit, über Dinge Witze zu machen, von denen du nichts verstehst«, sagte sie, und ihre Stimme klang dumpf vor Wut. »Steht in deinen Geschichtsbüchern nichts darüber, wie man die Frauen in Bosnien vergewaltigt hat? Wie brauchbar dieses Isolierband für diesen Zweck war? Wie man ihnen damit Mund und Augen verklebt und die Hände auf dem Rücken zusammengebunden hat?«

Henry klappte die Kiefer auf und bekam den Mund frei, ein einziges Stück Klebeband konnte ihn nicht verschlossen halten. »Du bellst den falschen Baum an«, rief er. »Ich habe um deine Hand angehalten!«

»Kann nicht jeder Mann, wenn sich die Situation ergibt, zum Vergewaltiger werden? Auch du. Was macht dich anders als die anderen? Die Tatsache, daß du mit besoffenem Kopf um die Hand einer verheirateten Frau anhältst? Du, der du zu unserem Steg gerudert bist und der du mir ins Gesicht gesagt hast, ich würde mit meinem Körper meine Dankesschuld an den Oberst abbezahlen? Du denkst noch immer so, du hast dich schon an den Gedanken gewöhnt und versuchst nun edel, ihn in deiner von Mitleid durchsetzten Liebe zu akzeptieren. Du glaubst, du bist ein scharfer Menschenkenner und ein nobler Mensch, aber du beleidigst mich in einem fort. Ich habe deinen Monolog gehört. Sie mich an!« Mavra riß Henry das Band von den Augen. Ihre Augen sahen ihn aus der Tiefe heraus an, ihr Gesicht war bleich und regungslos. »Willst du gar nicht spielen? Willst du nicht mehr anstelle des Oberst der Oberst sein? Freust du dich, daß du gar nicht blind bist?«

»Läßt du meine Hände frei?« fragte Henry, aber Mavra fuhr erbarmungslos fort: »Du bist blinder als der Oberst. Zwei Stockblinde will ich nicht. Mach deine Augen und Ohren auf, dann werde ich dich aufklären. Ich hätte dir alles schon damals auf dem Steg erzählen können, aber vor Enttäuschung und Wut bekam ich kein Wort heraus. Du sollst also wissen, daß meine Dankesschuld gegenüber dem Oberst schon zurückgezahlt ist. Deine fixe Idee, wegen der du mich zuerst verlassen und mir dann einen Heiratsantrag gemacht hast, ist längst erledigt worden. Ich habe es nicht getan. Diese Schuld hat Jowan beglichen, indem er dem Oberst das Leben rettete, als dieser mit seinem Geländewagen auf eine Mine gefahren war und danach blind und blutüberströmt durchs Gelände stolperte, während die Serben auf ihn schossen. Mein Vater drängte sich zwischen sie und redete so lange auf sie ein, bis sie den Oberst in Ruhe ließen. Dann trug er ihn auf dem Rücken in Sicherheit und sorgte dafür, daß er ins Krankenhaus kam. All das tat er unter Einsatz seines eigenen Lebens. Mein Vater. Was die Dankesschuld betrifft, so sind wir quitt, der Oberst und ich. Kannst du das jetzt begreifen?«

»Vollkommen«, sagte Henry.

Mavra schnitt mit der Nagelschere das Isolierband um Henrys Hände auf. Henry rieb sich die Handgelenke und betrachtete Mavra mit anderen Augen. Dann schlug er ihr mit der flachen Hand ins Gesicht. Er stand vom Bett auf, wandte ihr den Rücken zu und zog sich an. Mavra rannte ins Bad, die Tür knallte sie hinter sich zu. Henry hörte, wie sie Wasser aus dem Hahn laufen ließ. War dies das Ende vom Lied, dieses plätschernde Wasser im Bad, diese

Tür, die den blamierten Freier und seine geschlagene Geliebte trennte? Etwas war hoffnungslos schiefgegangen. Henry hätte am liebsten gegen die Badezimmertür getreten, aber er tat es nicht, denn er wußte aus Erfahrung, daß sein Fuß unter Umständen die Türfüllung durchbrach, und einen komischen Antiklimax konnte er nicht gebrauchen. Er war genug blamiert worden. Er hatte sich selbst blamiert. Er griff nach dem Bettrand und schleuderte das Bett mit aller Gewalt gegen die Wand. Danach ging es ihm etwas besser, er drehte das Bett wieder herum, legte die Matratze auf ihren Platz und versuchte hastig, das Bettzeug zu drapieren.

Mavra kam aus dem Bad, sie hielt sich ein nasses Handtuch aufs Auge. Sie ging zum Kleiderschrank, um ihr Gesicht im Spiegel zu betrachten.

»Da entsteht ein Bluterguß«, sagte sie.

»Ich mußte es tun. Damit kein böses Blut bleibt«, sagte Henry.

Mavra blickte verwundert auf das Bett und fing an, Laken und Decken geradezurichten und auf die Kissen zu klopfen.

»Was wird jetzt aus uns?« fragte sie.

Ganz klein zusammengerollt saß sie auf dem Bett. Vom Handtuch troff Wasser auf das Laken. Henry schluckte seinen Zorn und seine Scham und setzte sich neben sie.

Mavra drückte sich an ihn. Ihr Weinen glich einem breiten Strom. Henry nahm sie fest in die Arme und blies auf ihren Augenwinkel. Mavras Tränen befeuchteten seine Wange, sie rannen ihm in den Hemdkragen und bis auf die Brust. Er streichelte ihre Haare und Schulter, bis Mavras zuckendes Weinen sich legte. Sie schluchzte nur noch spärlich, seufzte und schlief dann in Henrys Armen ein.

Henry wachte auf, nachdem er zwei Stunden geschlafen hatte. Er deckte Mavra zu, sammelte seine Sachen ein und schrieb eine Nachricht auf das übertrieben vornehme Briefpapier des Hotels.

In der Cafeteria des Busbahnhofs trank er ein Bier auf seine Übelkeit.

Während der Busfahrt formte er seine Nachricht mit unzähligen Wendungen um, aber die Botschaft blieb dieselbe:

»Ich weiß nicht, was man dir in deinem Heimatdorf angetan hat, ich kann es nur ahnen. Wenn du nicht darüber sprichst, wird es dich umbringen. Oder du nimmst einem anderen das Leben.«

Fünftes Kapitel

Das Anhalten der Zeit im Becken

Im kalten, unfreundlichen Regen fuhr Henry mit Kiljanders Taxi vom Busbahnhof der Stadt N. nach Hause. Auf seine Bitte hin nahmen sie die längere Strecke über die Landstraße auf der anderen Seite des Flusses. Um etwas zu sagen, redete Henry über die Erfolge der Finnen in der Formel 1, in dem Glauben, das Thema könnte Kiljander interessieren. Dieser stimmte zu und nickte, wie es seine Art war. Als sie sich der Gabelung näherten, bat Henry darum, auf die Uferstraße zu fahren.

»Auf die Uferstraße, gern«, nickte Kiljander, als hätte er damit gerechnet. Als sie dort angelangt waren, sagte Kiljander überraschend, er sehe sich keine Autorennen im Fernsehen an, er mache sich nichts daraus. Henry gab zu, daß auch er sich nicht dafür begeistern konnte. »Ehrlich gesagt, hasse ich sie«, sagte Kiljander, der auf den Geschmack der Widerrede gekommen war, und hielt zufrieden vor der Einfahrt zum Haus des Oberst an. Henry sagte, er brauche nicht hineinzufahren, er würde nur schnell den Hund füttern, weil dessen Frauchen verreist und vielleicht noch nicht zurückgekehrt sei.

»Sie ist noch nicht zurück. Hier ist heute noch nicht mit dem Mercedes gefahren worden«, sagte Kiljander und wies auf die andere Seite des Tores. Henry blickte auf den nassen Kies, konnte daran aber nichts ablesen.

Maotse kam an der Laufleine angerannt, stellte sich auf die Hinterbeine und bellte vor Freude, daß endlich jemand kam, und vor Enttäuschung, daß es nicht Mavra war. Henry fütterte ihn mit einer Fleischpirogge und redete ihm mit tröstenden Worten zu. Mavra würde bald zurück sein, ihn mit schmerzerfüllter Liebe belohnen und ihn mit ihren kleinen, kräftigen Händen mit Sirnica und Cevapca füttern. Er stellte sich vor, wie Mavra allein im Hotelzimmer aus ihrem schweren Schlaf aufwachte, und starke Sehnsucht durchströmte ihn.

»Sie scheinen Besuch zu haben«, sagte Kiljander, als sie vor Henrys Haus vorfuhren. Im Hof stand ein dunkelblaues Auto, und in der Wohnküche brannte Licht.

»Bekannte, sehr gute Bekannte«, sagte Henry und schlug sich mit der flachen Hand an die Stirn. Tilhi war gekommen, um Tsuikka abzuholen. Sie hatten ausgemacht, daß sie am Wochenende kam, wenn er nicht da war, um Henry und dem Hund den Trennungsschmerz zu ersparen. Die Schlüssel hatte Henry an einer vereinbarten Stelle hinterlegt. Alles war besprochen worden, und er hatte alles vergessen.

Tilhi redete mit jemandem in der Wohnküche. Jaulend vor Glück stürzte Tsuikka Henry entgegen, warf sich vor ihm auf den Rücken und strampelte mit den Pfoten. Tilhi war am Herd beschäftigt, ihre Mutter saß auf einem Hocker vor dem Kachelofen und starrte ins Feuer.

»Wolltest du nicht erst morgen nach der Schule wieder hier sein?« fragte Tilhi.

»Mir kam etwas dazwischen«, sagte Henry und küßte sie auf die Wangen.

»Wie immer«, sagte ihre Mutter. Sie wärmte ihre knotigen Hände am Ofen.

»Mutter ist als Anstandsdame mitgekommen«, sagte Tilhi und lachte, um die Situation aufzulockern.

»Was heißt hier Anstandsdame? Ich komme in Sack und Asche«, sagte die Mutter, »ich hatte das Bedürfnis, einen Blick auf das Haus zu werfen, in dem ich ein ganzes Jahr unglücklich gewesen bin.«

»Hör auf. Mutter hat morgen einen Termin beim Arzt«, sagte Tilhi.

»Das ist der einzige Feldscher, der meine Beschwerden je verstanden hat«, sagte Tilhis Mutter und nannte den Namen eines Oberarztes aus dem Städtischen Krankenhaus von N.

»Morgen? Bleibt ihr über Nacht?«

»So war es geplant. Du wolltest doch bis morgen weg sein«, sagte Tilhi.

»Wir können auch in ein Hotel gehen«, sagte Tilhis Mutter.

»Auf keinen Fall, bleibt nur hier«, sagte Henry. »Welche Beschwerden hast du denn?«

»Dieselben wie früher«, sagte Tilhis Mutter. »Atemnot und periodische Anfälle von Depression.«

»Die Ärzte meinen, Mutters Beschwerden wären eher psychosomatisch«, sagte Tilhi.

»Was auch immer, Beschwerden sind es jedenfalls«, sagte ihre Mutter. »Nachdem wir hier ausgezogen sind, waren sie lange verschwunden.«

»Mir ist es danach auch bessergegangen«, sagte Henry höflich.

»Aber sie sind wieder zum Leben erwacht«, sagte Tilhis Mutter.

»Kommst du mit deinem neuen Schwiegersohn nicht aus?« wollte Henry wissen.

»Das ist Jacke wie Hose«, sagte Tilhis Mutter.

»Man hat das Gefühl, als wären wir nie weggegangen«, meinte Tilhi. »Ihr macht mit eurem Gezänk dort weiter, wo ihr aufgehört habt. Kein Mensch kann sich das anhören. Aber das Essen ist fertig. Es reicht für drei.«

Sie aßen zu dritt, so wie früher. Sie redeten über alltägliche Dinge, vermieden brisante Themen, und Tilhis Mutter schien endlich zu begreifen, daß sie als Gast ins Haus gekommen war und nicht in ihrer Eigenschaft als ehemalige Schwiegermutter. Tilhis Osso buco war mürbe und gepfeffert. Henry dachte an die Zeiten zurück, als nach der Arbeit eine schmackhafte Mahlzeit und abends im Bett eine Ehefrau auf ihn wartete. In vieler Hinsicht war das Leben damals einfacher gewesen. Ob er noch immer mit Tilhi zusammenleben würde, wenn ihre Mutter nicht zwischen sie getreten wäre? Er versuchte sich zu erinnern, warum er sich seinerzeit in Tilhi verliebt hatte, aber es fiel ihm nicht ein. Irgend etwas hatte sie offenbar für eine gewisse Zeit zusammengetrieben, aber was es war, hatte er vergessen. Womöglich war er nie wirklich in Tilhi verliebt gewesen. Sie hatte das gemerkt, und mit der Zeit war in ihr der Entschluß gereift, ihrer Wege zu gehen.

Henry musterte Tilhi, die sich geduldig anhörte, wie ihre Mutter in allen Einzelheiten von ihrer Einkaufsfahrt nach Tallinn berichtete. Hätten sie nicht geheiratet, dann hätten sie vielleicht Freunde werden können. Ob das noch möglich war? Kann man seiner Ex-Frau die Freundschaft anbieten? Und was würde ihr jetziger Mann davon halten?

»Für mich habe ich in Tallinn nichts zum Anziehen gefunden, aber Babykleider gab es in Hülle und Fülle, durchaus ansehnlich und um die Hälfte billiger als in Finnland«, sagte Tilhis Mutter. »Und den Kinderwagen sollte man unbedingt dort kaufen.«

»Babykleider? Für wen?« fragte Henry.

Tilhi sah ihre Mutter mit tödlichem Blick an. Diese blickte mit schiefer Brille zurück und zuckte mit den Schultern.

»Ist das denn ein Geheimnis? Alle wissen es doch. Warum nicht Henry?«

Die Frauen schliefen in Henrys Schlafzimmer. Tilhis Mutter wäre gern in ihr ehemaliges Zimmer gegangen, aber sie hatte selbst beim Auszug ihr Bett mitgenommen. Sie stimmte der Aufteilung erst zu, nachdem sie Schlafzimmer, Decken und Kissen ausgelüftet sowie die Matratze abgesaugt hatte.

Henry hatte sein Nachtlager auf der Couch aufgeschlagen. Tsuikka lag auf dem Teppich und schaute Henry mit durch und durch traurigen Augen an.

»Sei nicht traurig, du kommst in die Obhut deines Frauchens. Sie wird sich besser um dich kümmern als ich. Mein Leben ist zerrissen und unberechenbar. Ich bin viel weg gewesen, und du mußtest allein bleiben. Ich könnte dir keine bessere Zukunft versprechen, weil ich nicht weiß, was sie mir bringen wird. Der Zufall ist ein zerstreuter Gott, unfaßbar sind seine Wege, unberechenbar seine Züge. Ich weiß nichts davon, du als Hund kannst sie vielleicht instinktiv spüren, aber du kannst nichts darüber sagen.«

Er las in *Die Brücke über die Drina*, auf bosnisch und finnisch parallel, konnte sich aber nicht konzentrieren. Er wartete auf Mavras Anruf. Nervös spielte er mit dem Handy, darüber nachdenkend, wie er das Gespräch beginnen könnte, falls er selbst anriefe. Ihm fiel kein guter Anfang ein, und er rief nicht an.

Gegen Mitternacht machte er sich Vorwürfe, Mavra allein mit ihren Erinnerungen und Träumen in dem Hotelzimmer zurückgelassen zu haben. Hätte er sich beherrscht, wäre er geblieben, dann würden sie jetzt vielleicht über den Unfug des Abends, der Nacht und des Morgens gemeinsam lachen, ein großes, befreiendes, versöhnliches Lachen.

Henry streichelte Tsuikkas Seidenfell und summte ein Stück aus einem Lied: »Ich lache mit dir in den Abend.«

Tilhi kam im Nachthemd in die Wohnküche herunter und trank ein Glas Wasser. Sie setzte sich auf den Rand der Couch.

»Dir sieht man noch nicht an, daß du schwanger bist«, sagte Henry.

»Es ist erst in den Anfängen. Mutter hat sofort einen Riesenwirbel veranstaltet«, sagte Tilhi.

»Darf man im voraus gratulieren?«

»Ich weiß nicht, ob es einen Grund dazu gibt«, sagte Tilhi.

»Wieso nicht? Willst du denn kein Kind?«

»Doch, aber es kommt zu einem schlechten Zeitpunkt«, sagte Tilhi düster, war aber nicht bereit zu erklären, was aus ihrer Sicht oder der des Kindes an dem Zeitpunkt so schlecht war.

»Als du hier gewohnt hast, wolltest du noch kein Kind«, sagte Henry.

»Du auch nicht, soweit ich mich erinnere«, sagte Tilhi.

»Hätten wir ein Kind bekommen, würdest du vielleicht noch hier bei mir wohnen«, sagte Henry.

»Möglicherweise«, sagte Tilhi. »Vielleicht hättest du mich mehr geliebt, wenn wir ein Kind gehabt hätten.«

»Habe ich dich denn nicht geliebt?«

»Hast du mich geliebt?«

»Ich weiß nicht. Ich erinnere mich nicht. Vielleicht habe ich es nicht gekonnt.«

»Ich wohl auch nicht.«

»Ist das überhaupt unbedingt notwendig? Wenn man ansonsten miteinander auskommt.«

»Damals erschien es mir notwendig. Jetzt bin ich mir nicht sicher.«

»Eine Zeitlang waren wir schon verliebt«, sagte Henry.

»Wie verrückt. Das hätte genügen sollen«, sagte Tilhi. Tsuikka winselte Henry und Tilhi abwechselnd an, ließ die Zunge hängen und wedelte hysterisch mit dem Schwanz.

»Sie verlangt, daß wir uns erneut trauen lassen«, lachte Tilhi.

»Jemand hat das Verliebtsein mit einem Krankheitsanfall verglichen. Er schlägt in einem schwachen Moment zu, und wenn er einen nicht umbringt, wird man irgendwann wieder gesund. Narben bleiben allerdings zurück«, sagte Henry.

»Liest du Frauenzeitschriften?« fragte Tilhi. »Hier liegen überall welche herum.«

»Ich lese sie nicht. Jemand hat sie mitgebracht und dann liegenlassen.«

»Die Frau des Landrats? Bist du immer noch mit ihr zusammen?«

»Das ist längst vorbei. Woher weißt du davon?«

»Ich weiß alles über dich. Dies ist eine kleine Stadt, und ich habe hier viele Bekannte«, sagte Tilhi.

»Alles weißt du nicht«, entgegnete Henry. »Würdest du mir für diese Nacht dein Auto leihen?«

»Wo willst du denn mitten in der Nacht hinfahren?«

»Ich kann dir das jetzt nicht erklären.«

»Wenn du es mir nicht erzählst, leihe ich es dir nicht«, sagte Tilhi.

»Es ist eine lange und komplizierte Geschichte.«

»Eigentlich will ich sie gar nicht hören. Bringst du es morgen früh zurück? Ich muß Mutter zum Arzt fahren.«

»Stimmt. Dann vergiß es«, sagte Henry.

»Du willst doch nicht etwa hinfahren und zum Fenster einsteigen?«

»Das wäre nicht vernünftig.«

»Bei so was fragt man doch nicht nach Vernunft.«

»Ich weiß ja nicht einmal, wo sie ist.«

»Ach so. Dann laß es bleiben.«

Tilhis Mutter erschien oben an der Treppe.

»Hat jemand meinen Schal gesehen?« fragte sie mit klagender Stimme. »Hier oben zieht es, und ich kann meinen Schal nicht finden. Habe ich ihn unten liegenlassen? Den grünen, türkischen Baumwollschal?«

»Genau wie früher, weißt du noch?« lachte Tilhi, wünschte gute Nacht und fing an, nach dem Schal ihrer Mutter zu suchen.

In der Schule bat der Rektor nach dem Mittagessen Henry zu einem Gespräch in sein Büro. Er ließ ihn im Besuchersessel Platz nehmen und machte sich geschäftig an seinem Schreibtisch zu schaffen, schob Papiere hin und her und entschuldigte sich, nahm einen Anruf entgegen und versuchte eindeutig, Zeit zu gewinnen. Er nahm einen Hefter und schoß Heftklammern in die hohle Hand, wobei er überlegte, wie er anfangen sollte. Dann gab er sich einen Ruck und teilte mit, er habe aus zuverlässiger Quelle erfahren, daß Henry in einer gewissen Stadt im Landesinneren gesehen worden sei, er sei am Arm einer gewissen Frau gegangen und habe eine schwarze Brille getragen sowie einen weißen Blindenstock in der Hand gehalten.

Dem Hefter gingen die Heftklammern aus. Der Rektor verstummte.

Langsam begriff Henry, daß die Schilderung des Rektors als Frage gedacht war, auf die er entweder bejahend oder mit kategorischer Verneinung antworten sollte. Henry gab bereitwillig zu, daß alles genau so geschehen war.

»Das dachte ich mir«, sagte der Rektor besorgt. »Ich kann auch sagen, daß es sich bei der Quelle, auf die ich angespielt habe, um Herrn Gropius, den Geschäftsführer der Ammos AG, handelt. Sie wären beinahe in einem Kaufhaus mit ihm zusammengeprallt. Ich spreche nicht davon, daß die Frau, an deren Arm Sie hingen, die Gattin eines hochgeschätzten Offiziers war. Das geht mich nichts an, auch nicht, wo und wie Sie Ihre Freizeit verbringen. Aber daß Sie sich als Blinder verkleidet in der Öffentlichkeit bewegen, wenn auch in einer anderen Stadt, ist schon problematischer. Auch dazu würde ich nichts sagen, da es niemandem schadet außer Ihnen selbst. Aber nun ist Herr Gropius zufällig eine einflußreiche Person in unserer Stadt und Mitglied des Verwaltungsrates des Gymnasiums. Seiner Meinung nach gehören sich solche Possen nicht für einen Lehrer unserer Schule, der auch in seiner Freizeit der Jugend ein gutes Beispiel geben sollte. Er sagte, er werde die Angelegenheit bei der nächsten Verwaltungsratssitzung zur Sprache bringen. Ich versuchte ihn zu beruhigen, sagte ihm, Sie hätten für Ihre Aktion womöglich einen plausiblen Grund oder wenigstens verständliche Motive.«

Der Rektor schwieg. Er sammelte die Heftklammern auf der Schreibtischplatte ein und warf sie in den Papierkorb.

»Ich habe es als Experiment getan, aus Neugier«, sagte Henry. »Ich habe dafür meine persönlichen Gründe.«

»Und das Hintergrundmotiv ist Frau Suoponki, wenn ich mich nicht irre?«

»Sie war als Expertin dabei, als erfahrene Blindenführerin.«

»Ich verstehe«, sagte der Rektor. »Das Ganze geht mich auch wirklich nichts an. Trotzdem schlage ich vor, daß Sie strikt alles abstreiten, falls der Sandkönig die Sache zur Sprache bringt und eine Erklärung verlangt. Sie waren nicht in der besagten Stadt, schon gar nicht als Blinder, und erst recht nicht in Begleitung jener Dame. Es würde auch nicht schaden, wenn Sie aufgrund solcher Behauptungen und Andeutungen aufs Blut beleidigt wären.«

»Ich verspreche nichts«, sagte Henry und ging.

Aus der zweiten Gymnasialklasse drang Lärm, es wurde laut geredet und schallend gelacht. Hinter dem Katheder wankte mit geschwärzter Brille Solveigs Sohn. Er erzählte von den Wanderungen der südslawischen Stämme zu ihren heutigen Wohnplätzen, wobei er mit dem Stock auf eine imaginäre Landkarte zeigte, willkürlich fuchtelnd, so daß die Serben schließlich im Papierkorb landeten und die Kroaten im Waschbecken. Die Klasse war außer Rand und Band. Er führte seine Show noch fort, als Henry schon die Klasse betreten hatte und die anderen still geworden waren. Henry befahl dem Jungen, sich auf seinen Platz zu setzen. Dieser ging vom Katheder ganz nach hinten, mit ausgestreckten Armen und hier und da gegen ein Pult stoßend. Henry befahl ihm, die Brille abzunehmen. Der Junge erklärte, das könne er nicht, denn er wolle den Lehrer nicht sehen. Er wolle objektiver Beobachter bleiben, um die Botschaft des Lehrers besser beurteilen zu können. Henry forderte den Jungen auf, die Klasse zu verlassen, der Junge tat, als würde er gehorchen, und lief direkt gegen die Wand. Henry kam ihm zu Hilfe, er führte ihn am Ohr in den Gang hinaus und schloß die Tür hinter ihm.

»Heißt das, daß das, was einem Lehrer erlaubt ist, für einen Schüler verboten ist?« fragte die Naturaktivistin der Klasse.

»Das heißt es«, antwortete Henry. »Das Leben ist ungerecht. Ich erzähle euch ein Beispiel.«

Er zog die Vorhänge zu, machte das Licht aus und fing im Dunkeln an, die Geschichte vom Kampf zwischen Byzanz und Bulgarien zu erzählen, der sich vor tausend Jahren zugetragen hatte und den die Bulgaren verloren. Sie feierten diese Niederlage später nicht, anders als es bei den Serben Sitte war, denn der byzantinische Kaiser Basileios II ließ den gefangenen bulgarischen Soldaten die Augen ausstechen, zur Abschreckung und zur Mahnung, nicht gegen die Macht von Byzanz aufzubegehren. In einer gespenstischen Prozession zogen sie in ihr Heimatland, den Weg wiesen ihnen Soldaten, die noch ein Auge hatten. Als ihr Zar Samuel sie sah, bekam er einen Herzschlag und segnete das Zeitliche. Das Land war plötzlich voller blinder junger Männer. Sie lebten von Bettelei, dichteten düstere Heldenlieder über ihre Niederlage und ihr finsteres Schicksal und zeugten zwischendurch Kinder. Und aus irgendeinem Grund wurden ihnen nur Jungen geboren. Mit ihnen wuchs eine neue Generation von Soldaten heran, welche später gegen Konstantinopel marschierten, um sich an den Byzantinern blutig für das Erblinden ihrer Väter zu rächen. Was dann geschah, das werde er in der nächsten Stunde erzählen, denn das müsse er erst lesen, sagte Henry und öffnete die Vorhänge.

»Steckt in dieser Story irgendeine Lehre?« fragte der Schlaumeier der Klasse.

»Vielleicht die, daß auch aus ewiger Finsternis eine beängstigend starke Kraft erwachsen kann«, sagte Henry und schaltete das Licht an.

»Und dann wiederholt sich alles, bloß andersherum, und die Rachespirale nimmt kein Ende«, sagte die Aktivistin. »Macht das vielleicht Sinn?«

»Dann eben nicht«, sagte Henry.

Als Henry von der Schule nach Hause kam, waren Tilhi und ihre Mutter beim Aufbruch.

»Was hat der Arzt zu deinen Beschwerden gesagt?« fragte Henry.

»Sie waren schon im Wartezimmer verschwunden«, sagte die Ex-Schwiegermutter. »Der Arzt und ich haben uns über den Grund Gedanken gemacht und sind zu dem Ergebnis gekommen, daß es mir gut getan hat, dieses Haus und dich zu sehen. Ich empfand tiefe Erleichterung darüber, hier nicht mehr wohnen zu müssen. Auf einmal kam mir mein Zuhause richtig erträglich vor.«

»Es freut mich, daß auch ich einmal nützlich sein kann. Komm wieder vorbei, wenn du dich erleichtern mußt«, sagte Henry.

»Glaub das bloß nicht«, sagte Tilhi, während ihre Mutter das Gepäck zum Wagen trug. »Zu Hause redet sie oft davon, wie sie sich nach dem Landleben und nach diesem Haus hier sehnt. Ich glaube, sie vermißt sogar eure Streitereien. Auf verquere Art mag sie dich.«

»Und Reima, dein Mann? Mag sie den auch?« Über Tilhis Gesicht ging ein Schatten und sie blickte zur Seite. Dann nahm sie einen Brief vom Tisch.

»Der ist für dich. Wie du siehst, ist keine Briefmarke darauf. Die Frau des Oberst kam im weißen Mercedes. Sie wollte gerade den Brief in den Kasten stecken, als sie mich sah. Ich ging zu ihr, begrüßte sie, und wir unterhielten uns einen Moment. Sie fragte, ob ich zurückgekehrt sei. Zuerst dachte ich daran zu lügen und ja zu sagen, aber als ich sah, wie blaß sie wurde, erzählte ich ihr, warum ich hier war. Da lächelte sie und bat mich, dir diesen Brief auszuhändigen. Dann küßte sie mich auf die Wange und fuhr davon.«

Tilhi musterte Henry, der den Brief in den Händen hin und her wendete.

»Brennt er dir zwischen den Fingern? Du wirst ihn gleich in Ruhe lesen können.«

»Ich kann schon warten«, sagte Henry.

»Wie kommt es nur, daß ich das Gefühl habe, als wärst du Wind und Wellen ausgeliefert, und als wäre das irgendwie meine Schuld? Was mußtest du dich auch mit der Frau des Oberst einlassen? Es wird dir noch schlecht ergehen.«

»Der Zufall hat mich in ihre Richtung geschleudert. Es mag ein historischer Fehltritt sein, aber ich bereue ihn nicht«, erwiderte Henry.

»Wer bereut denn schon im voraus? Wenn man noch mit dem Kopf in den Wolken herumspringt? Man fängt erst an zu bereuen, wenn man der Länge nach hinfällt und sich im Kies die Nase blankscheuert«, sagte Tilhi.

»Ich bereue auch nicht, daß wir drei Jahre zusammenwaren«, sagte Henry. »Manchmal denke ich an dämmrigen Abenden an dich zurück. Ich besitze nicht einmal ein Foto von dir. Du hast alles mitgenommen.«

»Ich werde dir die schönsten Fotos von mir schicken. Und die schrecklichsten. Die kannst du dir anschauen, wenn dich diese Hexe in einen Frosch verwandelt hat.«

Henry begleitete Tilhi hinaus. Sie packte ihn mit beiden Händen an den Ohren und küßte ihn. Die Mutter schaute vom Auto aus verdattert zu.

Mavras Brief war eine Mischung aus Finnisch, Russisch und Südslawisch. Henry war zu müde, um zum Wörterbuch zu greifen. Er las nur die finnischen Wörter und Sätze und übersetzte den Rest, so gut er konnte.

Henry Loimu,

ich war nicht erstaunt, als ich am Morgen feststellte, daß du weg warst. Damit hatte ich rechnen können. Ich war nicht beunruhigt und auch nicht ----. Ich versuche dich zu verstehen. Ich gebe zu, daß auch ich ----. Ich bin zur Sprungschanze zurückgegangen, auf den Turm gestiegen und habe von dort nach unten geschaut. Ich überlegte, ob es für alle das beste wäre, wenn ich mir die Augen verbinden und springen würde, so wie Avdankas Tochter Fata in *Die Brücke über die Drina*. Allah ---- und der Allerbarmherzigste. Ich war nicht verwirrt. Meine Gedanken waren klar, selten bin ich so ---- ----. Trotzdem bin ich nicht gesprungen. Gott wird mich vielleicht ---- ----, obwohl ich es nicht wert bin. Aber ich bin so, weil er ---- ---- es für richtig hielt, mich im voraus dafür zu bestrafen, daß ich jetzt so bin, wie ich bin. Warum? Schließlich bin ich doch gerade deshalb so, weil er ---- ---- mich bestraft hat. Hat das einen Sinn? Ja, weil Gott ein Mann ist! Er mag mich nicht, und wenn ich die Wahrheit sage (---- ---- ----

möge mir verzeihen), so mag ich ihn auch nicht. Jesus, ---- ----, hätte mich vielleicht verstanden und getröstet. Und die Heilige Jungfrau ganz besonders. Früher konnte ich mit dem Oberst reden, und er gab sich Mühe, mich zu verstehen. Aber jetzt nicht mehr.

Vom Oberst ist ein Hörbrief gekommen. Er sucht alle Orte auf, wo wir zusammen waren, und zwingt mich, daran zurückzudenken. Ich weiß nicht, was er von mir will. Er war sogar in der Musikakademie und sprach mit meinem ehemaligen Lehrer. Sie sprachen über mich! Der Oberst redet und redet, sagt aber nicht, wann er nach Hause kommt. Er hat mit einem bekannten Chirurgen gesprochen, aber nicht gesagt, warum. Ob er krank ist, ---- ---- Gott bewahre! Ich habe viele Male versucht, ihn zu erreichen. Er meldet sich nicht.

Ich habe Sehnsucht nach dir. Ich habe an das gedacht, was du mir im Hotel geschrieben hast, ich habe so sehr nachgedacht, daß mein Herz ---- ---- und mein Kopf löst sich und fliegt davon. Ich glaube, ich muß über das reden, was mich innerlich zerreißt, aufgrund dessen, was mir angetan wurde. Vielleicht würde ich mich wenigstens kurz davon befreien können, und mir wäre leichter zumute. Aber das ist schwer und ebenso schmerzlich wie ---- ---- oder als würde man sich selbst die Zähne aus dem Mund reißen. Ich habe es noch niemandem erzählt. Nicht einmal dem Oberst. Ich vermute aber, er weiß es trotzdem. Er redet nicht darüber, er ist ein ---- Mensch. Für ihn war ich Jungfrau, als wir heirateten. Ich behauptete, es zu sein, und er wollte es glauben. Er mußte wissen, daß es nicht stimmte. Aber er sagt nichts. Sein Mund ist ---- ----. Er muß wissen, was mir widerfahren ist. Mit ihm kann ich nicht darüber sprechen. Vielleicht mit dir. Kommst du heute? Ich warte auf dich. Du mußt nicht kommen, wenn du nicht willst. Ich warte auf dich, auch wenn du nicht kommst. Ich wache und warte. Oder ich warte im Schlaf. Wache auf, um zu warten. Und dann bist du plötzlich hier.

Ich hoffe, du bist zu mir nicht ebenso streng wie zu dir.

Mavra

Mavra war betrunken, als Henry das Haus des Oberst erreichte. Maotse war nervös und schreckhaft, er hatte sein Frauchen noch nie in diesem Zustand gesehen.

»Pflege mich!« rief Mavra und warf sich in Henrys Arme.

Henry trug sie zum Sofa. Dann ging er ins Untergeschoß, um den Saunaofen einzuschalten. Als er zurückkam, war Mavra eingeschlafen. Henry setzte sich zu ihr und wischte ihr den Mund ab.

»Auf diese Weise bereitest du dich vor? Du mußt nichts erzählen, wenn es dir so schwerfällt«, sagte Henry. »Ich habe kein Recht, dich zu drängen. Ich hätte so etwas nicht vorschlagen sollen. Ich war der Meinung, es würde dir gut tun, dich frei zu sprechen, aber da kann ich mich auch irren. Was für ein Psychologe glaube ich denn zu sein? Ich weiß nicht, was gut für dich ist. Ich weiß nichts über dich. Ich weiß überhaupt nichts.«

Mavra schlief drei Stunden. Sie wachte mit Übelkeit auf und rannte ins Bad, um sich zu erbrechen. Nachdem sie sich eine halbe Stunde dort aufgehalten hatte, ging Henry sie holen. Sie lag erschöpft auf dem Boden. Henry nahm sie auf den Arm und trug sie in die Sauna. Er zog sie aus, wusch sie unter der Dusche und legte sie auf die Pritsche. Mavra atmete schwer und bat um kaltes Wasser. Henry übergoß ihre Brust, ihren Bauch und ihre Beine mit kaltem Wasser. Dann saß er lange da und hielt ihre Beine auf dem Schoß, damit das Blut in den Kopf ströme. Allmählich wurde Mavras Atem gleichmäßiger, sie sah zu Henry auf und sagte, nun sei sie bereit, alles zu erzählen.

»Überlege es dir noch einmal«, sagte Henry. »Deine Erinnerungen haben sich so hoch aufgetürmt wie der Ätna und können jeden Augenblick explodieren. Vor deinen und meinen Augen.«

»Sei still und hör zu! Du wolltest wissen, was mir widerfahren ist, und ich will es jetzt erzählen. Laß mich reden«, sagte Mavra und schloß die Augen.

»Vater war nicht da. Er trieb die Pferde auf die Höhen. Serben und Kroaten kämpften in Krajina und Slawonia. Auch in Bosnien hatten alle begonnen, sich gegenseitig mißtrauisch zu beäugen. Dennoch dachte man im Dorf, daß der Krieg nicht bis in unseren Winkel vordringen würde, auch wenn anderswo gekämpft wurde. Schließlich kannten wir uns alle von klein auf. Wir glaubten, alles würde sich regeln, die Lage würde sich beruhigen, und die Menschen kämen wieder zur Vernunft. Ich ging allein am Fluß entlang, warf flache Steine ins Wasser und dachte an Vater. Dann sah ich Pavle. Er ging auf mich zu und blieb stehen. Er trug einen Tarnanzug, und ihm folgten weitere Männer. Er grüßte mich, und ich sagte ihm guten Tag. Ich fragte ihn, wann er aus Zenica zurückgekehrt sei und ob er lange bleibe. Pavle sagte, er sei nicht gekommen, um zu bleiben, sondern um zu gehen. Die anderen seien seine Kumpane und Freunde, und die Männer verneigten sich und lachten. Ich kannte viele von ihnen, einige waren Jungen aus unserem Dorf, die anderen aus den Nachbardörfern und die übrigen von etwas weiter her. Sie würden in den

Krieg gegen die Kroaten ziehen, sagte Pavle, sie gehörten zu den paramilitärischen serbischen Truppen … er nannte auch den Namen, aber ich kann mich nicht mehr daran erinnern. Dann fragte er mich, ob ich wisse, was für ein Tag heute sei. Ich nannte den Wochentag und das Datum. Pavle sagte, ich hätte guten Grund, mir das Datum zu merken, denn es sei der erste Tag der neuen Krieges. Er habe im Osten begonnen, von dort werde er sich überall in Bosnien ausbreiten, und bald wäre er hier. Wenn er und seine Kumpane die Kroaten davongejagt hätten, kämen sie zurück, um alle Moslems des Ortes zu vertreiben. Mit denen, die nicht bereit wären, zu gehen, würden sie kurzen Prozeß machen.

Die Angst packte mich an der Kehle. Das sollte der Junge sein, dem ich vier Jahre zuvor Liebesgedichte geschrieben hatte? Er erriet meine Gedanken, er las sie in meinen Augen, er lachte und sagte, auch er habe nichts vergessen. Er erinnere sich an alles, an meine Gedichtboote, an mein Liebesgeständnis, an die Abdrücke der Lippenstiftküsse auf den Seiten des Gedichtbandes. Und er habe auch nicht vergessen, daß meine Mutter Moslemin sei. Das werde er jetzt auch den anderen mitteilen. Er sagte ihnen, hier haben wir ein Mohammedanermädchen, das in seiner Liebe freigebig und nicht zu halten ist und bereit, den in den Krieg ziehenden serbischen Helden eine heilige Salbung zu gewähren. Er selbst wolle mich mit keinem Finger berühren, aber er forderte die anderen auf, sich das Angebot zunutze zu machen …«

Mavra verstummte mitten im Satz, ihre Augen starrten an die Decke. Schauder ließen ihren Körper erbeben. Sie hustete heftig, drehte sich auf die Seite und erbrach sich auf den Boden. Henry wusch ihr das Gesicht mit Wasser aus dem Aufgußeimer.

»Sprich nicht weiter. Sei ganz still«, sagte Henry und hielt Mavra an den Schultern.

»Laß mich reden«, sagte Mavra. »Bring mich zum Bekken. Ich will ins Wasser. Ich spüle alles ab. Ich spüle mich selbst weg!«

Im Becken lebte Mavra auf, sie tauchte von einem Ende zum anderen, tauchte bis zum Boden und pendelte hin und her wie eine Robbe. Sie zog Henry mit auf die tiefe Seite des Beckens.

»Ich erzähle dir, was sie getan haben.«

»Das brauchst du nicht«, sagte Henry.

»Woher willst du wissen, was ich brauche?« rief Mavra. »Ich werde es erzählen, sperr deine Ohren auf!«

Sie zog Henry unter die Wasseroberfläche, zwang ihn, sich auf den Boden zu setzen, dann drückte sie ihren Mund auf Henrys Ohr und ließ ihrem Mund Luftblasen entweichen. Inmitten des Blubberns, aus den Luftblasen heraus, hörte Henry eine schwache Stimme, gedämpfte Tonspritzer, unter denen er mit Mühe einzelne Silben und unzusammenhängende Wörter unterscheiden konnte. Sie stiegen auf, um Luft zu schnappen, dann ließen sie sich wieder zum Boden hinabsinken, und Mavra blies erneut Luftblasen in Henrys Ohr. Zehnmal sanken sie und stiegen wieder zur Wasseroberfläche auf. Schließlich zog Mavra Henry ins Flache und drückte sich an ihn.

»Jetzt ist es gesagt!« prustete sie.

»Ich habe nichts verstanden«, sagte Henry.

»Das macht nichts. Ich habe es erzählt! Ich habe erzählt, was sie mit mir gemacht haben, der Reihe nach und zusammenhängend, ich habe erzählt, woran ich mich erinnern kann, vom ersten Mann bis zum letzten. Bin ich jetzt frei?«

Sechstes Kapitel

Der helle Traum des Oberst

(Szene aus einem ungeschriebenen Theaterstück)

(Halbdunkel. Der im Hintergrund laufende schwerfällige, unendlich gefühlvolle russische Walzer wird ausgeblendet. Der Ort ist unbestimmt, es kann ein Zimmer in einem Krankenhaus sein oder in einem Hotel. Der Oberst liegt ausgestreckt auf dem Bett, einen Verband über den Augen. Neben ihm steht Jowan mit einem Glas Wasser in der Hand.)

OBERST
Wie lange wird diese Dunkelheit dauern?
JOWAN
Ich dachte, Sie hätten sich daran gewöhnt.
OBERST
Nicht an diese. Dies ist eine andere Dunkelheit. Eine doppelte. Eine Dunkelheit eingewickelt in eine weitere Dunkelheit. Wie lang wird sie dauern?
JOWAN
Noch einen Tag, oder zwei.
OBERST
Und was geschieht dann?
JOWAN
Das liegt in der Hand des Höchsten.

OBERST
Ich ahnte, daß du das sagen würdest.
JOWAN
Was könnte ich auch sonst sagen?
OBERST
Etwas Ermutigendes und Tröstendes.
JOWAN
Ermutigt die Hand des Höchsten nicht?
OBERST
Kein bißchen. Diese Hand streichelt und zermalmt mit gleich großer Wahrscheinlichkeit und Skrupellosigkeit.
JOWAN
Nehmen Sie Ihre Medizin, schlafen Sie, und haben Sie helle Träume!

(Der Oberst seufzt und nimmt seine Medizin, trinkt einen Schluck Wasser darauf.)

OBERST
Hol mir einen Geigenspieler her, von mir aus vom Dach. Ich vermisse Mavra.
JOWAN
Ich werde alles versuchen.
OBERST
Morgen wird der Verband abgenommen. Morgen verschwinde ich von hier. Ganz gleich, wie es ausgeht.
JOWAN
Alles wird gutgehen. Ich bin hier bei Ihnen.
OBERST
Morgen will ich allein sein. Ich lasse dich dann wissen, wie es ausgegangen ist.
JOWAN
Lassen Sie es mich wissen, dann hole ich Sie.

OBERST

Du brauchst mich nicht abzuholen. Wenn du nichts von mir hörst, machst du weiter deine Arbeit.

JOWAN

Sie können sich auf mich verlassen.

OBERST

Falls es Probleme gibt, löse sie.

Siebtes Kapitel

Der Begriff der Ewigkeit in der Geschichte

Eines Abends in der fünften Woche seit der Higra schickte sich Henry wieder einmal an, von Mavra wegzugehen. Sie hatte ihm deutlich gemacht, daß sie das Haus des Oberst abends nicht mehr verlassen würde. Mit freundlicher Entschiedenheit hatte sie das gesagt, aber die Gründe für ihren Entschluß hatte sie nicht genannt. Sie lagen in der Luft. Sie hatte Henry auch nicht gebeten, zu kommen, er war ungebeten erschienen. Mavra empfing ihn wie immer, aber die Atemluft im Haus des Oberst war schwer geworden, wie vor einem Gewitter, sie drückte mit seltsamen elektrischen Ladungen. Sie spürten es beide, sie spürten auch, daß sie es schon früher geahnt hatten, wie sich die Gewitterwolken langsam häuften über ihren glückseligen Köpfen. Sie hatten damit rechnen können, waren nun aber trotzdem erstaunt und verhielten sich höflicher zueinander als zuvor, obgleich sie weniger sprachen. Henrys eigensinniger Gleichmut war ebenso verschwunden wie Mavras Ausgelassenheit. Fortwährend versanken sie in tiefe Gedanken, sie wußten, sie dachten das gleiche, schwiegen aber darüber. Hätte jemand einen Groschen für ihre Gedanken geboten, hätten sie womöglich mit einer Stimme herausgeschrien, was sie bedrückte: die ständig präsente Abwesenheit des Oberst.

Henry saß am Rand von Mavras schmalem Bett unter den ziegelroten irakischen Leichentüchern und betrachtete die Flöten, Puppen, Bücher und Noten so genau, als wäre es das letzte Mal. Sein Gefühl, Mavras Mädchenzimmer nie mehr zu sehen, war von schneidender Intensität. Adieu. Goodbye. Do svidania. Zbogom.

Mavra saß im Morgenmantel und barfuß am offenen Fenster und rauchte Pfeife. Henry war aufgefallen, daß sie in letzter Zeit oft am Fenster saß und auf die Straße blickte. Er ahnte, aus welchem Grund, aber er brachte es nicht zur Sprache, sondern ließ sich lässig auf den Rücken fallen und zog die Hose seines besten Anzugs bis zu den Oberschenkeln hoch. Dann streckte er die Beine zur Decke, hob den Hintern und zog die Hose bis zur Taille nach oben. Mavra erinnerte sich, daß ihr zwölf Jahre alter Bruder seine engen Jeans nach dieser Methode angezogen hatte.

Henry zog die Strümpfe und einen Schuh an und polierte den anderen Schuh mit seinem Strumpffuß. Er war auf dem Weg ins Rathaus, zum Ball des Bürgermeisters. Mavra konnte er nicht mitnehmen, aber er wollte dem Fest auch nicht fernbleiben. Es war für ihn an der Zeit, wieder einmal sein Gesicht bei einer öffentlichen Veranstaltung zu zeigen, zu lange schon hatte er sich abseits gehalten. Das hatte er Mavra erklärt und zugleich sich selbst, und sie waren beide nicht überzeugt gewesen. Mavra hatte ihn darauf aufmerksam gemacht, daß sein Erscheinen bei dem festlichen Anlaß mittlerweile mehr Aufsehen erregen würde als sein Fernbleiben. Dennoch beteuerte sie, ihn zu verstehen, und bat ihn nicht, bei ihr zu bleiben.

»Aber laß uns noch einmal wiederholen, bevor du gehst«, sagte sie.

»Ich kann nicht mehr«, sagte Henry. »Gönne mir eine Atempause.«

»Nein«, sagte Mavra. »Die Wiederholung ist die Mutter aller Lehren. Sag: Ich habe mich verliebt.«

»Ich habe mich verliebt«, sagte Henry, aber Mavra lachte nicht.

»Sag es in meiner Sprache.«

»Zaljubio sam se«, sagte Henry und hoffte, das Hilfsverb an die richtige Stelle gesetzt zu haben.

»Sag: Ich bin verliebt«, verlangte Mavra.

»Zaljubljen sam«, sagte Henry unsicher, aber auch das ging durch.

»Und im Futur? Ich werde ewig lieben?«

»Ewig? Was ist das?« wunderte sich Henry.

»Zauvek …«

»Ja, aber was ist Ewigkeit?«

Mavra ließ sich nicht aus dem Konzept bringen. »Du willst es also nicht sagen?«

»Die Geschichte kennt einen solchen Begriff nicht«, entgegnete Henry.

»Du versteckst dich wieder hinter der Geschichte«, sagte Mavra. »Sag, daß du mich ewig liebst!«

Henry ging zu ihr, nahm sie in die Arme und küßte sie. Es war ein klarer und kalkulierter Versuch, die Spitze der weiblichen emotionalen Intelligenz durch Physis zu brechen.

»Wir leben doch gar nicht ewig«, sagte Henry.

Mavra wand sich aus seinen Armen und sagte, das könne man nicht wissen, aber selbst wenn es so wäre, sei die Liebe trotzdem auf einer bestimmten Ebene ewig. Im kosmologischen Sinn könne man sich vorstellen, daß ein Nachbild des Kusses von eben Lichtjahre lang durch das

Universum reise, bis zu einem Stern, wo ein scharfsichtiges Wesen es sähe und wohlwollend lächle. Damit meine sie nicht, daß jede beliebige Tat, jedes Wort oder jeder Gedanke ewig am Leben bliebe, denn auch sie könnten in alle Richtungen durch das Universum reisen. Im Universum kreise mehr als genug Müll und Kram, sagte Mavra.

»Ich habe von der Liebe gesprochen, von der Umarmung, vom Kuß. Es gibt nichts Wichtigeres. Und nur das Wichtigste durchdringt die Sphären und setzt seine Reise ewig und bis in die Ewigkeit fort, und irgendwo muß es jemanden geben, der es sieht und sein Wohlgefallen hat an dem, was er sieht und hört, der jauchzt und seiner eigenen Liebe erzählt, was er gesehen hat. Ist das nicht einleuchtend?«

Das war ein klarer und kalkulierter Versuch, mit emotionaler Intelligenz die Spitze der männlichen Physis zu brechen.

Henry wollte Mavra sagen, wie erhaben und warm und gewiß auch wahr ihre kosmische Liebesvorstellung war, und daß er Mavra ewig liebe. Aber da tauchte von irgendwoher das Bild des Oberst auf, es näherte sich unerschütterlich diesem Heiligtum der Liebe, um Mavra an sich zu reißen und mit ihr zu einem schlecht beleuchteten Stern am galaktischen Nordpol im Sternbild Haar der Berenik zu rasen. Henry wäre es nicht einmal gestattet, den großartigen Start dieser fremden und andersartigen Liebe zu sehen. Daher sprach er zu Mavra nicht von seiner ewigen Liebe, sondern fragte sie, wie viele Lichtjahre vergingen, bis ihr Mann aus Sankt Petersburg zurückkehren würde.

Mavra seufzte. Auf diese Frage hatte sie gewartet.

»Ich weiß es nicht«, sagte sie. »Und du weißt, daß ich es nicht weiß. Wüßte ich es, hätte ich es dir gesagt. Sie wollten ein, zwei Wochen dort sein, jetzt sind sie bereits die fünfte Woche dort.«

»Und ich werde ihm dafür ewig dankbar sein«, sagte Henry. »Mit ewig meine ich: bis ans Ende meines Lebens.«

»Bist du sicher, daß die Geschichte einen solchen Begriff kennt? Das Ende deines Lebens? Das Ende meines Lebens?«

»Wer versteckt sich jetzt hinter der Geschichte?«

»Glaub mir endlich, daß er mir den Tag seiner Rückkehr nicht mitgeteilt hat.«

»Was passiert, wenn er zurückkommt?« Henry fragte das nicht zum ersten Mal, und er wußte, wenn er diese Frage losließ, würde sie sich verhalten wie ein halb gezähmter Wolf, der in der Freiheit Chaos und Zerstörung anrichtete.

»Denk nicht daran«, sagte Mavra.

»Wie könnte ich nicht daran denken?«

»Ich bin für dich da.«

»Und für ihn.«

»Nicht auf die gleiche Art, und nicht aus dem gleichen Grund.«

»Aber ich will dich nicht mit ihm teilen.«

»Du teilst mich nicht. Für dich bin ich da.«

»Wirst du ihm das auch sagen?«

»Nein.«

»Also nicht. Auch dann nicht, wenn er zu dir ins Bett kriecht?«

»Er ist ein unglücklicher blinder Krieger.«

»Er ist nicht so blind, daß er dein Bett nicht fände.«

»Falls er kommt …«

»Wenn er kommt …«

»Dann denke ich an dich. Auch dann. Nur an dich«, versicherte Mavra.

»Ich kann das trotzdem nicht ertragen!«

»Das sagst du nur, weil du glaubst, es gehört sich, das an dieser Stelle zu sagen. Woher willst du wissen, daß du es nicht erträgst? Du weißt es nicht. Du hast so etwas noch nicht erlebt. Niemand kam im voraus sein Aushaltevermögen kennen. Wenn du mich liebst, hältst du es aus«, sagte Mavra und sah ihn streng an.

»Wenn du mich liebst, kommst du zu mir und wohnst bei mir«, sagte Henry und fragte sich, ob er tatsächlich meinte, was er sagte, oder ob auch das nur als Figur zu diesem schematischen spanischen Kunstfechten gehörte, bei dem man jeweils ein, zwei Schritte auf einmal vor- und zurückging und mit minimalen Bewegungen zustach und auswich, aber er fuhr dennoch fort: »Ich bitte dich noch einmal darum. Jowan kümmert sich um ihn. Du hast deine Aufgabe erfüllt. Verlaß ihn!«

»Darum bittest du mich nicht. Das kannst du nicht.«

»Weil er blind ist?«

»Auch darum.«

»Und wenn ich mir die Augen aussteche?«

»Du bist kein Ödipus. Und ich bin nicht deine Mutter.«

»Würdest du ihn verlassen, wenn er sehen könnte?«

»Ich weiß es nicht. Frag nicht.«

Ihr Schaukampf endete wieder einmal unentschieden. Sie ruhten sich aus, wischten sich den Schweiß vom Gesicht und holten Atem.

Habe ich mich umsonst so aufgeführt? fragte sich Henry. Ist es wenigstens wahr, daß ich sie nicht mit dem Oberst teilen könnte? Habe ich mich nicht gerade unter Anwesenheit des Oberst in sie verliebt? Und sie sich in mich? Und wenn sie mich nur lieben kann, wenn sie mit dem Oberst verheiratet bleibt? Ich bitte sie, zu mir zu ziehen, sie stimmt zu und verläßt den Oberst, wir heiraten, und dann merkt sie, daß sie mich nicht mehr lieben kann?

Und plötzlich, in einer klaren Erkenntnis, die Raum im Gehirn einnahm und alle anderen Überlegungen und Fragen zur Seite schob, plötzlich begriff Henry, daß Mavra den Oberst wirklich liebte. Schlicht und einfach liebte. Die Selbstverständlichkeit dieser Erkenntnis erstaunte und beschämte ihn. Er saß lange verdrossen da und vermochte an nichts anderes zu denken.

»Warum ziehst du nicht den anderen Schuh an? Du müßtest längst weit weg von hier sein«, sagte Mavra unvermutet schroff.

»Jagst du mich davon?«

»Du bist doch schon am Gehen. Warum gehst du dann nicht?«

»Jagst du mich davon?«

»Ich habe die schreckliche Ahnung, daß sie jeden Moment kommen«, sagte Mavra, und Henry fand auf einmal seinen schon verlorengegangenen Eigensinn wieder.

»Sollen sie doch kommen. Klären wir alles auf der Stelle und ein für allemal.«

»Sei nicht kindisch. Geh jetzt sofort. Ich bringe dich ans Tor.«

»Du hast es aber eilig.«

»Nicht ich, sondern du. Ich bleibe ja hier.«

»Und ich gehe wieder einmal ohne dich.«

»Aber du kommst doch zurück?« fragte Mavra und begriff erst jetzt, was mit ihnen geschah. Sogleich fing sie an, schnell und wirr zu reden: »Vielleicht kommen sie noch gar nicht? Oder wenn sie kommen, kann ich trotzdem noch kommen und dich sehen, dann, wenn sie sich eingelebt haben und ich mich wieder frei bewegen kann. Nein, du kommst wieder zu den Sprachstunden, so wie früher. Wenn du nicht kommst, schließen sie daraus, daß du mich aus ganz anderen Gründen besucht hast und nicht mehr zu kommen wagst.«

»Ich glaube, ich habe schon alles gelernt«, sagte Henry. »Allmählich kenne ich jeden Aspekt von dir. Ich habe dich in unzähligen Formen gebeugt.«

»Viele sind noch unerprobt«, sagte Mavra. »Nehmen wir einen Abschiedstrunk! Ich will nicht, daß du wieder einmal im Zorn von mir gehst.«

Mavra nahm eine Cognacflasche und zwei Gläser aus dem Schrank.

»Ich trinke darauf, daß du zurückkommst, ohne etwas zu fragen und ohne Unmögliches zu verlangen.«

»Und ich darauf, daß du dann, wenn ich komme, mit mir von hier weggehst«, sagte Henry.

»Was haben wir für unvereinbare Wünsche!« Mavra hob ihr Glas. Sie tranken auf ihre unvereinbaren Wünsche und überlegten, ob dies der Anfang vom Ende war.

»Es ist Wind aufgekommen. Bald wird es regnen«, sagte Henry.

»Willst du, daß ich dich in die Stadt fahre?« fragte Mavra.

»Nicht nötig. Ich nehme ein Taxi.«

»Ich kann dich fahren. Ich setze dich irgendwo weit weg vom Rathaus ab, dann sieht niemand, wer dich hingebracht hat.«

»Du treibst mich an, zu gehen, willst mich aber nicht loslassen«, sagte Henry.

»Ich will, daß du gehst, damit ich auf deine Rückkehr warten kannst«, sagte Mavra.

»Bin ich denn ein Jojo? Geh … komm … geh. Ich gehe.«

Henry zog seine Jacke an und ging zur Treppe. Mavra brachte ihn zur Tür.

»Noch eines …«, sagte sie und blieb dann lange still.

»Entscheide dich endlich«, sagte Henry.

»Ich bin vermutlich schwanger«, sagte Mavra.

Achtes Kapitel

Das rote Kleid

An diesem Abend kam bei extremem Tiefdruck ein Unwetter auf. Außerdem brach an diesem Abend die ständig präsente Abwesenheit des Oberst abrupt ab. Im Rathaus trafen nach und nach die Gäste des Bürgermeisters ein, die Frauen wechselten unten in der Eingangshalle die Schuhe, die Männer kämmten sich auf der Toilette vor dem Spiegel die Haare. Der Bürgermeister tastete nach der zweisprachigen Begrüßungsrede in der Innentasche seines Sakkos und begab sich mit seiner Frau oben an der Treppe auf seinen Posten. Henry hätte längst auf dem Weg dorthin sein sollen, aber er stand wie festgenagelt vor der Eingangstür vom Haus des Oberst und betrachtete Mavra, als sähe er sie zum ersten Mal. Er hätte sich trotz ihrer nachrichtenhafter Enthüllung schleunigst auf den Weg machen und das Gespräch für den nächsten Tag aufheben müssen, falls es einen solchen noch geben würde. Mavra hätte für ihre Neuigkeit einen besseren Moment wählen sollen, aber es dürstete sie danach, sie als erstes Henry zu erzählen, und sie ahnte, daß es keine zweite Chance dafür geben würde.

Wieso schwanger, fragte sich Henry und versuchte sich an relevante Details ihrer gemeinsamen intensiven, wenngleich kurzen Epoche zu erinnern, geriet aber sofort durcheinander.

»Du bist vermutlich schwanger? Du glaubst, du bist schwanger? Bist du dir denn nicht sicher?« fragte er, als ob das die wichtigste von allen Fragen wäre, die ihn aufwühlten.

»Ich bin mir sicher«, sagte Mavra.

»Jesus! Mavra!« rief Henry aus.

Er küßte Mavra, hielt sie dann auf einem Abstand von einer Armlänge und sah ihr fest in die Augen.

»Von wem?«

»Wer von beiden hat sich denn hier herumgetrieben, um Sprachen zu lernen?« fragte Mavra zurück, und das war natürlich eine rhetorische Frage, die als rhetorische Antwort gedacht war. Sie ging zunächst durch, obgleich sie als Frage wie als Antwort kürzer als eine Handbreit war und überdies in leicht tadelndem Unterton vorgetragen wurde, der Henry nicht sofort auffiel. Sie küßten sich wieder, das hatten sie sich zur Gewohnheit gemacht, sie küßten sich, wenn sie Heiterkeit, Sorge, Hunger, Völle, Kühle, Enttäuschung, Erstaunen, Verwirrung und natürlich überwältigende Liebe empfanden und von der Lust überrascht wurden. Sie küßten sich auch noch, als sie spürten, wie von Osten her die Gefahr mit langsamen Schritten näher kam.

Henry küßte Mavra also erneut, unterbrach den Kuß und trat einen Schritt zurück.

»Und bevor ich mich hierher verirrt habe? Und danach? Bevor der Oberst nach Sankt Petersburg gefahren ist? Neben wem hast du da gelegen?«

Mavra legte Henry die Hand auf den Mund und drückte sich an ihn. Eine Weile standen sie reglos da.

Dann löste sich Henry und setzte sich in der Diele auf einen Stuhl.

»Willst du nicht gehen?« fragte Mavra.

»Ich kann doch jetzt nicht gehen«, sagte Henry, aber Mavra nahm ihn an der Hand und führte ihn zur Tür zurück.

»Geh jetzt, geh und denke nicht daran«, sagte sie. »Entschuldige, daß ich es dir gesagt habe«, fügte sie hinzu, und in ihrer Stimme lag Zorn, was Henry verwunderte.

»Du bist der Vater des Kindes, ob du es willst oder nicht«, sagte Mavra, die sich nicht um Logik scherte, sondern an ihrem Recht festhielt, beleidigt zu sein. Sie machte die Tür auf und versuchte, Henry hinauszuschubsen. Aber Henry schloß die Tür, ging ins Wohnzimmer an den Barschrank des Oberst und nahm sich einen Cognac. Mavra biß sich auf die Lippe und folgte ihm wachsam.

»Nun geh schon«, sagte sie. »Ich fahre dich zum Rathaus.«

»Sollten wir nicht zuerst diese Angelegenheit klären?«

»Da gibt es nichts zu klären«, sagte Mavra.

»Wie kannst du so etwas sagen?« wunderte sich Henry. »So etwas kannst du doch nicht sagen. Es gibt nichts zu klären? Ich werde verrückt. Fahr mich in die Irrenanstalt! Fahr mich direkt ins Leichenschauhaus!«

»Ich habe dir doch gesagt, daß du der Vater bist.«

»Wirst du das auch dem Oberst sagen?« fragte Henry.

Mavra schwieg und senkte den Blick. Sie betrachtete lange ihre Zehen und sagte dann leise: »Das ist meine Sache.«

Ihre konsequente Unlogik versagt, gleich wird sie anfangen zu weinen, dachte Henry, und ein starkes Gefühl von Zärtlichkeit überkam ihn. Er legte die Arme um Mavra und drückte sie an sich. Aber Mavra weinte nicht, sondern blickte über Henrys Schulter hinweg starr zur Tür, denn

Maotse, der in der Küche lag, hatten angefangen zu winseln und zu jaulen und fragend zu bellen.

Im Rathaus hatte das Händeschütteln unter guten Vorzeichen begonnen. Der Bürgermeister schüttelte nicht nur die Hand, sondern sprach zu jedem, dem er die Hand gab, ein persönliches, entweder vertrauliches, respektvolles, ermutigendes oder allgemein feststellendes Wort, wobei er in der Wahl der Sprache – ob Finnisch oder Schwedisch – stets richtiglag. Als die ersten Gäste den Saal betraten, fing die Big Band der Stadt N. an, den Walzer zu spielen, der eben dieser Stadt N. und der Königin, die sie gegründet hatte, gewidmet war, den Königin-N.-Walzer. Er war von einem ohne eigenes Zutun in der Stadt geborenen Unterhaltungsmusiker komponiert worden, welcher auch das Orchester dirigierte.

Zur gleichen Zeit klopfte jemand an die Milchglasscheibe der Haustür.

Henry und Mavra erstarrten in ihrer Umarmung, Maotse fing heftig an zu bellen.

»Wer ist da?« rief Mavra über den Lärm des Hundes hinweg.

»Ich bin's. Postillon Petschki«, rief der Heldentenor des Oberst kindlich weich vor der Tür. »Prinjos zurnal ›Murzilka‹!«

»Was sagt er?« flüsterte Henry.

»Ich habe euch ›einen Brummer‹ mitgebracht«, übersetzte Mavra flüsternd und lachte bei allem Entsetzen auf.

»Machst du auf? Ich habe meinen Schlüssel vergessen«, rief der Oberst.

»Ich komme!« rief Mavra, drehte sich ein paarmal nervös auf der Stelle und knotete den Gürtel ihres Morgenmantels fester zu. Henry schnappte sich die Cognacflasche und schlich durch die Diele zur Treppe, um durch die Kellertür zu verschwinden. Mavra wartete einen Moment. Dann ließ sie Maotse aus der Küche, damit er mit seinem hysterischen Gebell auch das sensibelste Ohr stopfte. Der Oberst trug eine schwarze Brille, in der einen Hand hielt er einen Bambusstock, in der anderen den größeren Koffer. Außer sich vor Freude sprang Maotse den Oberst an. Dieser hatte das erwartet und daher eine stabile Haltung eingenommen. Er packte den Hund an den Vorderpfoten und tanzte mit ihm einen Moment auf der Stelle, drückte ihn an sich und tätschelte heftig seine Flanken, wobei er das Gesicht von der gierig leckenden Zunge abwandte. Mavra warf einen verwunderten Blick auf die leere Einfahrt und schloß dann die Tür. Der Oberst befahl dem Hund, sich zu setzen, und zog den Mantel aus.

»Ein teuflischer Wind«, sagte er. »Sogar der Hut ist mir vom Kopf geflogen. Er ist bestimmt in den Fluß gerollt.«

»Durch den Wind habe ich das Taxi nicht kommen hören«, sagte Mavra und nahm dem Oberst Mantel und Koffer ab.

»Ich bin schon auf der Uferstraße ausgestiegen«, sagte der Oberst. »Von dort bin ich zu Fuß gegangen. Nach all dem Stadtlärm von Petersburg sehnte ich mich nach Naturgeräuschen. Nach dem Rauschen des Windes in den Baumkronen. Nach dem Knirschen des Sandes unter den Schritten. Mit etwas Glück nach dem Ruf einer Eule. Allerdings habe ich das nicht gehört. Irgendein großer Hühnervogel ist in der Nähe aufgeflogen, vermutlich ein Birkhuhn. Jowan hätte ihn erkannt, auch ohne ihn zu sehen.«

»Hat Jowan keinen Schlüssel?« fragte Mavra verwirrt.

»Er bleibt noch zwei Tage in Petersburg, um Dokumente zu kopieren. Ich habe ihn brutal zurückgelassen und mich aus dem Staub gemacht. Ich bin alleine gekommen, wie du siehst. Ich hatte Sehnsucht nach dir.«

»Und ich komme nicht einmal auf die Idee, dich willkommen zu heißen!« rief Mavra aus, stellte den Koffer ab und umarmte den Oberst. Der Hund drängte sich in die Umarmung wie ein eifersüchtiges Kind. Lachend kommandierte der Oberst das Tier in die Küche, er selbst ging ins Wohnzimmer und nahm auf dem Sofa Platz. Mavra holte seine Pantoffeln und ging vor ihm auf die Knie. Der Oberst zog sie mit Leichtigkeit auf seinen Schoß.

»Das Wichtigste ist unterbrochen worden«, sagte der Oberst und küßte Mavra.

Im Dunkel der Türöffnung stand Henry und sah ihnen zu. Er wunderte sich, daß es sich nicht schlimmer anfühlte.

»Du schmeckst besser ohne Hund«, sagte der Oberst. Mavra glitt von seinem Schoß und machte sich daran, ihm die Schuhe auszuziehen.

»Bist du gerade erst aufgestanden, weil du den Morgenmantel anhast?« fragte der Oberst.

»Ich war unter der Dusche. Hätte ich gewußt, daß du kommst, hätte ich mein bestes Kleid angezogen«, sagte Mavra.

»Entschuldige, daß ich mich nicht angekündigt habe«, sagte der Oberst. »Ich wußte selbst nicht, wann ich loskomme. Du bist mir auch im Morgenmantel recht.«

Er streckte die Beine aus, reckte sich und drehte den Kopf hin und her, um seinen steifen Nacken zu lockern. Es sah aus, als schaute er sich um, wie einer, der von einer langen Reise zurückkehrt, jeden Winkel seines vertrauten und geliebten Zimmers betrachtet. Für einen Augenblick kam es Henry vor, als würde ihn der Oberst direkt anschauen. Dann aber wandte dieser seinen schwarzen Blick ab.

»Könntest du ihn ausziehen?«

»Was?« wunderte sich Mavra.

»Den Morgenmantel.«

»Jetzt?« Mavra dachte an das zerwühlte Bett in ihrem Zimmer.

Jetzt, entsetzte sich Henry in der Tür.

»Warum nicht jetzt?« fragte der Oberst.

»Hier?« fragte Mavra.

»Warum nicht hier?« fragte der Oberst, und Mavra war klar, daß sie keinen Vorwand fände, nicht zuzustimmen, falls der Oberst auf dem Sofa mit ihr schlafen wollte.

Henry hörte jedes Wort. Nicht auf dem Sofa! rief er stumm und wollte sich leise entfernen, aber seine Beine gehorchten ihm nicht. Gleich würde Mavra den Morgenmantel ausziehen, sich bäuchlings aufs Sofa legen, beiläufig ein Kissen unter den Bauch schieben und dem Oberst ihren Hintern darbieten. Und der Oberst wäre auch ohne zu sehen, mit allen vier geschärften Sinnen, fähig … Warum gehen sie nicht in sein Zimmer? Was dort zwischen den beiden vorginge, würde ihm nicht so schrecklich weh tun.

Aber Mavra zog sich gar nicht Hals über Kopf aus.

»Was hast du im Sinn?«

»Zieh dich zuerst aus, dann sage ich es dir«, neckte der Oberst.

»Sag es zuerst, dann ziehe ich mich vielleicht aus.«

»Ich habe ein Geschenk für dich.«

Der Oberst machte den Koffer auf, zog ein rotes Kleid aus einer Plastikhülle und reichte es Mavra.

»Ziehst du dich jetzt aus?«

Mavra hielt das Kleid mit beiden Händen hoch, damit es sich in voller Länge entfalten konnte. Sie streichelte den Seidensamt mit dem Handrücken und drückte das Kleid an ihren Körper.

»Du hast mir ein Abendkleid gekauft?« wunderte sie sich.

»Probierst du es sofort an?«

Mavra legte den Morgenmantel ab und zog das Kleid an.

»Du hast mir früher nie Kleider gekauft, wenn ich nicht dabei war«, sagte Mavra.

»Aber jetzt habe ich es nun mal getan«, sagte der Oberst. »An diesem Kleid fand ich Gefallen, weil sich sein Stoff so gut anfühlte. Ich stellte mir dich darin vor. An diesem Material bricht sich das Licht so schön, der Flor glänzt fein, aber kein bißchen zuviel, so hat man mir gesagt. Seidensamt oder Samtseide, was auch immer es sein mag, ich habe es nicht verstanden, ich habe keine Ahnung von Stoffen. Die Farbe ist angeblich burgunderrot, an diese Farbe erinnere ich mich deutlich, und ich kann sie mir auch in die Vorstellung zurückrufen, wenn ich Wein auf der Zunge schmecke, synästhetisch. Auf dieselbe Weise sehe ich dich oft, in Form von Geschmack und Düften.«

»Wonach dufte ich?«

»Du duftest nach wilder Minze und Maiglöckchen und schmeckst nach Kartoffelgebäck«, antwortete der Oberst.

»Siehst du mich dann synästhetisch auch in der Form eines Kartoffelgebäcks?«

»Ich kann keine Formen über den Geschmack wahrnehmen«, sagte der Oberst. »Weich und hart allerdings durchaus. Formen sehe ich durch Berührung. Meine Hände erinnern sich natürlich an deine Gestalt.«

Mavra trat im Abendkleid vor den Spiegel und betrachtete ihr Bild, sie wendete sich hin und her, drehte sich um die eigene Achse und war überrascht zu sehen, wie schön sie in Weinrot war, wie ihre schwarzen Haare ihr blasses, ungeschminktes Gesicht umrahmten und auf die Schultern fielen. Ihre Blässe gegen das leuchtende Rot erinnerte sie an ihren Zustand. Vielleicht schon in drei Monaten würde sie nicht mehr in dieses Kleid passen.

»Hast du es schon angezogen?« fragte der Oberst.

»Ja«, sagte Mavra und versuchte ihr Bild mit anderen Augen zu sehen und zu denken, daß sie an Ava Gardner in dem Film *Die barfüßige Gräfin* erinnerte, außer daß ihre Augen ernst waren, und nicht offen einladend wie bei der Adligen.

»Wie sieht es aus?« fragte der Oberst ungeduldig.

»Es ist außergewöhnlich schön. Ich hatte noch nie ein so schönes Kleid«, sagte Mavra und stieß einen gedämpften Schrei aus, als sie im Spiegel Henrys Gesicht an der Tür erblickte.

»Was ist? Steht es dir nicht? Ist es die falsche Größe?« fragte der Oberst besorgt.

»Ich fülle es ganz aus, aber kein bißchen zuviel«, sagte Mavra und starrte Henry an. Der Oberst war aufgestanden und hatte sich Mavra und dem Spiegel zugewandt. Mavra bedeutete Henry, zu verschwinden, aber Henry blieb regungslos auf der Stelle wie der Schatten einer Statue.

»Darf ich probieren?« fragte der Oberst. Henry sah Mavra vor den Oberst hintreten, um sich berühren zu lassen. Dabei schaute sie Henry trotzend in die Augen. Der Oberst betastete Mavras Körper, seine großen Hände glitten unter leichten Berührungen von den Schultern zu den Brüsten und von dort zu den Seiten, hinab zur Taille, weiter nach unten bis zu den Knien, und bei Mavras nackten Beinen hielten sie inne.

»So siehst du also in diesem Kleid aus«, sagte der Oberst hingerissen. »Du solltest noch Schuhe dazu anziehen.«

»Ich werde sie aus der Diele holen«, sagte Mavra.

Sie ging zur Tür, ergriff Henrys Hand und zog ihn in die Diele. Dort biß sie ihm vor Wut schmerzhaft ins Ohrläppchen, schob ihn zur Treppe ins Untergeschoß und ging zur Kammer, wo sie auf der Suche nach den Schuhen absichtlich viel Lärm machte. Henry murmelte eine unverständliche Bitte um Verzeihung, verbeugte sich hinter ihrem Rücken und schlich die Treppe hinunter.

Im Wohnzimmer legte sich der Oberst entspannt aufs Sofa, schnappte sich ein Kissen, warf es in die Luft und fing es auf.

»Das war eine anstrengende Reise!« sagte er in den Raum hinein. »Ich hätte dich mitnehmen und Jowan zu Hause lassen sollen. Aber ich konnte ja nicht wissen, daß er so schlecht die kyrillischen Buchstaben liest, obwohl er gebürtiger Serbe ist. Über dem Stöbern in den Akten ist verdammt viel Zeit vergangen. Nichts wollte gelingen.«

»Was hast du gesagt?« fragte Mavra in der Diele und hörte auf, geräuschvoll mit den Schuhen zu hantieren.

»Ich habe gesagt, daß du vergessen hast, mir zu sagen, wie schlecht Jowan Russisch liest. Er hat nämlich eine kroatische Schule besucht und das Lesen mit lateinischen Buchstaben gelernt.«

»Ich habe gar nicht an so etwas gedacht«, sagte Mavra und ging zur Treppe, um sich zu versichern, daß Henry fort war.

»Oder du hast es praktischerweise vergessen.«

Mavra kehrte auf hohen Absätzen ins Wohnzimmer zurück.

Der Oberst setzte sich auf und schüttelte ungläubig den Kopf.

»Was für eine göttliche Erscheinung!« rief er aus.

»Das stellst du dir nur vor. Trotzdem danke«, sagte Mavra.

»Ich stelle es mir nicht vor, ich sehe dich mit den Ohren meiner Seele. Dank deines Hufschlags.«

Mavra betrachtete sich im Spiegel und gab sich Mühe, stolz und imposant auszusehen. Die Schuhe machten sie um drei Zoll größer, aber ohne Schuhe war sie schöner gewesen, so schön wie das Aschenputtel in seinem neuen Ballkleid, bevor ihr die hochmütigen Ballschuhe aus Glas an die Füße gezaubert wurden. Wer hatte ihr dieses Kleid an den Leib gezaubert?

»Wie hast du nur ein Kleid aussuchen können, daß in Größe und Schnitt so gut zu mir paßt? Es ist wie für mich geschneidert.«

»Ich habe deine Maße in meinen Fingerspitzen«, sagte der Oberst.

»Das reicht nicht«, sagte Mavra. »Hat dir jemand geholfen, genau dieses hier auszusuchen?«

»Was spielt das für eine Rolle?«

»Ich will wissen, wer dir geholfen hat«, insistierte Mavra.

»Eine junge Frau«, sagte der Oberst.

»Natürlich eine Frau«, lachte Mavra, »das habe ich längst verstanden. Aber wer war sie? Hatte sie auch einen Namen?«

»Ihr Name ist Dunja Lopatowa, wenn du es unbedingt wissen willst«, sagte der Oberst.

»Wie hast du sie kennengelernt?« fragte Mavra und merkte, wie sie dieses Verhör genoß.

»Es war ein seltsamer Zufall«, sagte der Oberst. »Unter dem Torgewölbe des Alten Oberkommandos hörte ich jemanden Strawinskys *Pulcinella* spielen. Ich ging näher heran.

Es war eine junge Frau. Ich fragte sie, ob sie auch Strawinskys *Mavra* spielen könne. Sie spielte es, und auch noch ziemlich gut, freilich nicht so gut wie du. Sie reizte mich, und ich bat sie, mit mir zu kommen. Sie kam mit. Und dann trafen wir uns jeden Tag.«

»Du warst jeden Tag mit einer Petersburger Frau zusammen?« staunte Mavra.

»Selbstverständlich habe ich sie dafür bezahlt«, sagte der Oberst.

»Du hast bezahlt?!«

»Ich engagierte sie als mein Auge«, sagte der Oberst.

»Als Blindenhündin? Als Wegbereiterin auf dem Nevski Prospekt? Oder hattest du Angst, nicht alleine in dein Hotelzimmer zu finden? Und in dein Bett?«

Mavra merkte, wie ihre Stimme unangenehm hoch wurde.

»Sie kam anstelle von Jowan mit mir ins Kriegsarchiv und las mir auf russisch Akten vor«, erklärte der Oberst aufrichtig gut gelaunt. »Sie hatte eine sehr klare und melodische Stimme. Das ›r‹ sprach sie freilich träge gerollt aus, so wie die russischen Adligen früher, aber daran gewöhnte man sich.«

»Wie reizend!« schnaubte Mavra. »Und sie hat dir also geholfen, dieses Kleid auszusuchen?«

»Sie hat es getan. Sie hat es sogar anprobiert. Sie hatte fast genau deine Größe und Gestalt.«

»Woher weißt du das?« fragte Mavra. »Hast du ihren Körper an jeder Stelle betastet? Mit deinen übersensiblen Fingerspitzen?«

»Gehört das nicht zu den wenigen Privilegien der Blinden?« fragte der Oberst, der auf den Geschmack des Nekkens gekommen war, und Mavra begriff, daß das Gespräch auf die falsche Spur geraten war, daß sie an dieser Stelle hätte lachen, das Ganze als Scherz hätte auffassen sollen, aber sie konnte ihre galoppierende Gefühlswallung nicht aufhalten, sondern fing an, sich das Kleid vom Leib zu reißen.

»Behalte dein Geschenk! Ich will es nicht!« rief sie. Eine so heftige Reaktion hatte der Oberst nicht erwartet. Er suchte Mavras Hände und hielt sie fest.

»Das war nur ein Scherz«, sagte er. »Sie hat es nicht anprobiert. Sie hatte einen vollkommen anderen Körper als du.«

»Und woher weißt du das?« fragte Mavra giftig.

»Ich hörte es ihren Schritten, ihrem Atem und ihrer Stimme an«, sagte der Oberst. »Ich mußte sie nicht betatschen.«

»Manchmal fällt es mir schwer, dir deine Blindensensibilität zu glauben«, sagte Mavra und wußte, daß sie sich damit auf gefährliches Eis begab. Der Oberst wurde düster.

»Dann laß es bleiben. Auch ich kann mich nicht immer darauf verlassen. Aber ich muß damit auskommen. Ich habe auch gelernt, leidlich damit zu bluffen.«

Er ging zum Barschrank und betastete der Reihe nach die Flaschen, auf der Suche nach einer bestimmten. Mavra schaute auf die Cognacgläser auf dem Schrank.

»Soll ich dir einen Whisky einschenken?« fragte sie.

»Wenn es dir nichts ausmacht. Ich hätte Lust auf einen Cognac, aber Whisky ist mir auch recht«, sagte der Oberst, setzte sich an den Tisch und starrte auf die Wand. Mavra goß Whisky in ein Glas und gab Eiswürfel hinzu. Sie schaute auf die grauen Haare des Oberst, auf seinen kräftigen, steifen Nacken und auf die großen Ohren und erinnerte sich, daß lange, hängende Ohrläppchen eine erblich dominante Eigenschaft waren.

»Wenn du in meinem Koffer nachschaust, wirst du sehen, daß ich dein Hochzeitskleid als Modell bei mir hatte«, sagte der Oberst. »Am Abend der Abreise packte ich es ein, als du es aus irgendeinem Grund plötzlich eilig hattest, an die frische Luft zu kommen. Hast du es vermißt?«

»Nein. Du hättest es gleich dieser Dunja schenken können. Sie war bestimmt versessen darauf, dich zu heiraten«, fuhr Mavra ihn an.

»Du greifst ja an wie die polnische Kavallerie, obwohl ich längst die weiße Fahne gehißt habe«, sagte der Oberst. »Gerade so, als wärst du eifersüchtig.«

»Wäre das so verwunderlich?«

»Es wäre jedenfalls etwas Neues.«

»Soweit ich weiß, hatte ich bislang noch keinen Grund dazu.«

»Das hast du auch jetzt nicht. Verstehst du keinen Scherz mehr? Was ist los mit dir?«

Mavra drückte dem Oberst das Whiskyglas in die Hand. Sie begann, ihm den Nacken zu massieren, und dachte über seine Frage nach. Wieder dachte sie daran, daß in ihr ein Kind heranwuchs, und wunderte sich, wie sie es auch nur einen Moment lang hatte vergessen können. Sie brannte vor Verlangen, dem Oberst davon zu erzählen. ›Liebster Graukopf, ich erwarte ein Kind. Ein Kind ist kein Problem, sondern ein Segen. Und da es für mich kein Problem ist, wird es auch für das Kind keines sein. Falls es zu einem Problem für dich und einen gewissen anderen wird, so ist das eure Sache, ihr müßt es aushalten und miteinander abmachen.‹

Aber sie beschloß, es noch nicht zu erzählen, sie würde den kleinen Segen bis zur Größe einer Orange heranwachsen lassen und es dann sagen.

»Ist dir die Zeit ohne mich lang geworden?« fragte der Oberst.

»Nein«, sagte Mavra.

»Bin ich zu früh zurückgekehrt?«

»Das bist du nicht.«

»Zu spät?«

»Du bist genau richtig gekommen«, sagte Mavra.

»Wenn dir mein Geschenk nicht gefällt, dann zieh es aus«, sagte der Oberst.

»Ich habe nicht gesagt, daß es mir nicht gefällt. Und ich habe auch nicht vor, es auszuziehen.«

»Es ist dir also gut genug?«

»Durchaus«, antwortete Mavra. »Vielen Dank dafür.«

»Bitte sehr. Deine Zufriedenheit ist mein Lohn«, sagte der Oberst und küßte Mavras Hand. »Das ist nicht irgendein Abendkleid. Dieses Kleid ist nach dem Vorbild des Ballkleides der Fürstin Gala Rumjanzewa genäht worden. Sie drehte sich darin bei den Bällen im Mentschikow-Palast, als die Revolution bereits an die Tore von Sankt Petersburg klopfte. Die Fürstin selbst überlebte den Wirbel der Revolution, um dann während der Belagerung Leningrads Hungers zu sterben. Bei ihrem Tod trug sie dieses Kleid, oder das, was davon noch übrig war. Die Schneiderin hingegen blieb am Leben, auch ihre Schnittmuster blieben erhalten. Nach dem Krieg durfte sie Kleider für die fetten Frauen der Nomenklatura nähen. Man hat mir erzählt, Svetlana Stalin hätte so ein Kleid bei irgendeinem Fest im Kreml getragen, aber das ist sicherlich eine Legende. Ich habe Bilder von der Frau gesehen, und auf allen war sie reichlich ordinär angezogen. Valentina Tereschkowa hingegen kleidete sich gern in Samt, sie hätte so eines haben können, allerdings nicht im Weltall. Aber dieses Kleid hat unbestreitbar eine kosmische und universale Schönheit an sich, und ich bin froh, daß es dir gefällt. Heute bist nun du an der Reihe, dich in dem Kleid zu drehen.«

»Willst du, daß ich mich hier im Kreis drehe? Jetzt?« fragte Mavra, die mit ihren Fingerspitzen an den Nackenmuskeln die Schwermut des Oberst spürte und ihm einen Gefallen tun wollte.

Sie trat mitten ins Zimmer und drehte sich auf der Stelle wie ein türkischer Derwisch.

»Ich will, daß du dich in diesem Kleid auf dem Ball des Bürgermeisters im Rathaus drehst«, sagte der Oberst.

»Aber der findet heute statt«, sagte Mavra. »Er hat schon angefangen.«

»Ich weiß«, sagte der Oberst. »Wir verpassen den Anfang, aber es wird noch lange getanzt werden. Ich habe der Stadtsekretärin schon von Petersburg aus mitgeteilt, daß wir später kommen. Du wirst dein großes Entrée mitten im Cotillon haben, den man natürlich in dem Moment unterbrechen wird, in dem wir als prächtiges, wenn auch ungleiches Paar den Saal betreten, und ich darf es genießen, das bewundernde Flüstern der Crème de la crème der Stadt zu hören sowie die erstaunten Fragen bezüglich deiner strahlenden Persönlichkeit und meiner fadenscheinigen, aber noch stattlichen Erscheinung. Und ich bin sicher, jemand wird wieder auf die Idee kommen, uns absichtlich laut flüsternd mit der Schönen und dem Biest zu vergleichen!«

In der Garage, die zum Haus des Oberst gehörte, trank Henry auf dem Rücksitz des weißen Mercedes französischen Cognac aus der Flasche, in der Absicht, sein geschwätziges Gedächtnis und seine geschwätzige Phantasie zu betäuben. Es war ihm nicht eingefallen, zu Fuß nach

Hause zu gehen. Den Ball hatte er vergessen. In einem störrischen Nachbild sah er immer wieder von neuem, was er von der Tür aus im Wohnzimmer mitverfolgt hatte, und er versuchte, die Vorstellungen von dem, was ihm verborgen geblieben war, abzuwehren.

Nachdem er die Flasche ausgetrunken hatte, streckte er sich auf der komfortablen Rückband des Mercedes aus und schlief ein.

Neuntes Kapitel

Der Bürgerball

Als er aufwachte, hatte er Speichel auf der Wange. Er lag im Auto des Oberst auf der Rückbank, allerdings mitten in der Stadt N. Der Wagen stand unter vielen anderen Autos auf dem Platz vor dem Rathaus. Im Mund hatte er den faulig-süßen Nachgeschmack von Cognac. Er begriff nicht, wie er auf den Marktplatz geraten war, und er hatte auch keine Zeit, darüber nachzudenken, denn er mußte sich übergeben. Er öffnete die Wagentür, rannte zu der Grünanlage vor der roten Backsteinkirche und erbrach sich unter einer Linde. Es kam ihm wie Heiligtumschändung vor, obwohl er selten zur Kirche ging und wenn, dann von Amts wegen. Er hoffte, daß Gott, falls er doch existierte und falls er alles sah, seinen Blick gerade auf etwas anderes richtete. Auch die Linde bat er um Verzeihung, er war jetzt zart besaitet.

Drei Autos umrundeten mit hämmernden Lautsprechern den Kirch- und den Marktplatz. Es saßen auch Schüler von Henry darin, einer von ihnen hatte garantiert gesehen, wie er mit der Stirn am Baumstamm lehnte, und ihn erkannt, obwohl es längst dunkel war. Das würde ein fröhliches Geschrei geben und sein Ansehen in den Augen der Jungen heben.

Sein Anzug war zerknittert, der Rücken schmerzte von dem verkrümmten Schlaf auf der Rückbank des Autos. Er ging zum Wagen zurück und betrachtete sein Gesicht im Seitenspiegel. Sein Ohr war blaurot, es waren Hämatome daran zu erkennen sowie geronnenes Blut, sein Haar war zerzaust und verschwitzt, in seinen Augen stand eine bestürzte Frage.

Wie war er hierhergekommen? Jowan war in Sankt Petersburg, der Oberst war blind. Hatte Mavra ihn hergefahren und ihn ausgerechnet an diesem Tag hier ausgesetzt? Ohne ihn wenigstens aus diesem bösen Traum aufzuwecken?

Am Eingang zum Rathaus brannten Fackeln, die neugotische Fassade badete im Licht von Scheinwerfern. Als er eintrat, flutete Henry die schwerfällig und holprig swingende Musik der Big Band und der Lärm der in Fahrt gekommenen Ballbesucher entgegen. An der Tür verlangte niemand mehr die Einladung zu sehen, die Stadt N. mußte nicht befürchten, daß sich zu später Stunde das niedere Volk Zutritt verschaffte, um mitzufeiern. Hier wußten alle, wo sie hingehörten.

Auf der Toilette wusch sich Henry das Gesicht und kämmte sich die Haare. Er trank kaltes Wasser aus der Hand und gurgelte die schlimmste Cognacsüße aus der Kehle. Mit einem Papierhandtuch wischte er sich das getrocknete Blut vom Ohr, aber da fing es schon wieder an, aus der Bißwunde zu sickern.

Der Feuerwehrhauptmann der Stadt kam aus einem Toilettenabteil heraus, schnallte seinen Gürtel zu und schlug Henry jovial auf den Rücken. Die Jovialität rührte daher, daß der Hauptmann Henry für seinen Namensvetter hielt, da sein schwedischer Name dasselbe bedeutete wie Henrys finnischer: Feuer oder Glut.

»Was ist denn mit dem Ohr von unserem Loimu passiert?« fragte Brandmeister Bloss.

»Mich haben die eigenen Hunde gebissen«, sagte Henry und drückte ein Papiertuch an sein Ohr.

»Bißwunden muß man desinfizieren«, sagte Bloss und zog einen silbernen Flachmann aus der Tasche. »Mit Smirnoffs stärkstem Wodka.«

Henry kippte etwas Feuerwasser auf ein Taschentuch und reinigte sein Ohrläppchen. Bloss schlug vor, Henry solle auch eine Dosis zur inneren Anwendung nehmen, das verringere das Risiko einer Blutvergiftung. Aber allein beim Geruch des Wodkas drehte es Henry den Magen um.

Vor dem riesigen Spiegel im Foyer nahm er die Krawatte aus der Innentasche seiner Jacke und band sie sich um. Der Hemdkragen war blutverschmiert, auf das Jackenrevers war Cognac geschwappt. Immerhin verlieh die Übelkeit seinem Gesicht eine gewisse ätherische Blässe. In dieser Phase des Festes würde seiner Garderobe vielleicht niemand mehr Beachtung schenken. Er richtete seinen Anzug und stieg die Treppe zum leeren Balkon des Festsaals hinauf.

Von oben wirkte das Verhalten der Gäste wie festliches Synchronschwimmen. Die Veranstaltung war in ein Stadium getreten, in dem sich die ursprünglichen Paare allmählich zerstreuten und in freier Form neu gruppierten. Immer neue Grüppchen entstanden und lösten sich wieder auf, und wie früher suchten die Frauen die Gesellschaft von anderen Frauen und die Männer die Gesellschaft von Männern. Wenn die Tanzkapelle ein neues Stück spielte, zerfielen die Grüppchen in neue Paare, die ulkig um die anderen Paare herumwirbelten. Nach zwei Stücken trennten sich diese Paare wieder, worauf sich neue Grüppchen bildeten. Aus weiter Ferne und mit Beschleunigung betrachtet, hätten diese Verbindungen und Auflösungen Henry an die wechselnden Muster der Glasstückchen im Kaleidoskop seiner Kindheit erinnert, mit dem Unterschied, daß hier die Bewegungsbahnen der Teilchen ungefähr und ungeregelt waren und die Bewegungen selbst steif und ungraziös. Mavra war nirgendwo zu sehen, weder allein noch in Begleitung des Oberst.

Henry sah Solveig vor der Skulptur des ersten Bürgermeisters der Stadt stehen, neben ihr der Landrat, von dem sie sich bald löste, um energisch dem Getränkebuffet entgegenzustreben. Der Landrat unterhielt sich mit Sandkönig Gropius, den er vor Gericht verteidigte. Der hochgeschätzte Umweltzerstörer hatte wieder einmal zu tief nach Kies gegraben. Er lachte sprudelnd und erinnerte daran, daß ihm jene Landrücken schließlich gehörten, weshalb er auch das Grundwasser darunter besaß. Dennoch war er bereit, Bußgelder zu bezahlen, das war er gewohnt, er nannte sie den Zehnten und behauptete, die Gelder würden am Ende doch in der Tasche der Umweltbewegung landen. Weshalb das Ganze insofern schon abgetan sei. Der Landrat und eine Gruppe Geschäftsleute von der Ankergilde stimmten in sein Lachen ein. Das Lachen von Gropius war ansteckend, denn er war reich. Es war ein sicheres und siegreiches Lachen.

Das Orchester stimmte erneut den Königinwalzer an, der Komponist und Dirigent ergriff das Mikrofon, auf vielfache Bitte aus dem Publikum hatte er sich bereit erklärt, seine Komposition selbst zu singen.

»Dies ist einer Königin Stadt,
Anker und Krone zum Schutze sie hat,
sie trug als Namen N… N…
das bleibt für uns ewige Ehr …«

sang der Stadtmusikant, und die Tanzfläche füllte sich mit rotierenden Paaren. Henry sah den Rektor seiner Schule und zwei Lehrerinnen begeistert in das Lied einstimmen. Die Religionslehrerin mit dem Pagenkopf schaukelte vor dem Rektor im Walzertakt und trippelte im Tanzschritt auf der Stelle, aber der Rektor kam dennoch nicht auf die Idee, sie aufzufordern. Erdstrahler Söderholm torkelte den Walzerpaaren zwischen den Füßen herum und süffelte Schnaps aus seiner eigenen Flasche wie Jergen Puckel in Bellmans Epistel.

»Wenn ihr wissen wollt, wo und wann
wir geboren: an des N.-Flusses Strand
im Jahr siebzehnundfünfundvierzig
dies zu feiern niemand hier ziert sich.«

Dann ging die Tür zum Zimmer des Bürgermeisters auf, und Mavra trat in Begleitung des Oberst heraus, hinter ihnen der Bürgermeister und seine Frau. Sie waren also doch hier, sie waren mit dem weißen Mercedes gekommen, Mavra war gefahren, Henry hatte als blinder Passagier auf dem Rücksitz geschlafen, und sie hatten ihn nicht bemerkt! So mußte es gewesen sein.

Ohne Eile schritt Mavra durch den Saal, der Oberst ging leicht nach hinten versetzt an ihrer Seite, so daß zwischen ihnen ein dezenter, kaum wahrnehmbarer Abstand von zwei Zoll blieb. Die Tanzenden musterten das prächtige, ungleiche Paar und bewunderten Mavras nonchalante, nahezu unmerkliche Art, den Oberst zu führen. Sie hatte ihre Haare lose aufgesteckt, am Hals trug sie einen arabischen Anhänger aus Silber. Das Licht brach sich schön auf dem Samtflor von Mavras weinrotem Kleid und brachte es ganz leicht zum Glänzen. Die blauschwarzen Schuhe machten sie größer, aber sie war noch immer einen Kopf kleiner als der Oberst. In diesen Schuhen hatte sie Henry nur mit nach oben gerecktem Gesicht küssen können, und er hatte sie geküßt, ohne sich zu beugen.

Henry spürte einen stechenden Schmerz am Ohr. Er betastete die Spuren, die Mavras Zähne hinterlassen hatten.

Jetzt beuge ich mich, ohne sie zu küssen, dachte er. Wie Eugen Onegin Ende des achten Kapitels. Auf russisch flüsterte er den Anfang der vierzehnten Stanze:

»Da werden Gespräche eingestellt,
ein Raunen geht durch den Saal
als stolz eine Dame Einzug hält,
gefolgt vom imposanten General.«

Ich kann mich erinnern! Ich werde es ihr vortragen, noch heute. Ich werde es ihr hier vortragen. Sie wird begeistert sein, wenn sie hört, welche Fortschritte ich gemacht habe.

Warum verbarg er sich hier auf dem Balkon? War er nicht ein geladener Gast, wie alle anderen auch? Wofür hatte er sich zu schämen? Er hatte mit der Frau des Oberst geschlafen. So wie der Oberst auch. Er war in die Frau des Oberst verliebt. So wie der Oberst auch. Er war vom Cognac des Oberst betrunken gewesen und eingeschlafen. Der Oberst hatte Alkohol in Hülle und Fülle. Die Frau des Oberst hatte ihm ins Ohr gebissen. Er würde die Spuren des Bisses mit Stolz tragen.

Jemand berührte seine Hand. Solveig war unbemerkt neben ihn getreten.

»Du bist also doch noch gekommen«, sagte sie. »Ich dachte schon, du kommst gar nicht mehr. Aber dann sah ich dich hier auf dem Balkon.«

»Ich bin nicht hier«, murmelte Henry.

»Bist du auch nicht, du bist dort unten«, sagte Solveig.

Sie standen schweigend da und blickten in den Ballsaal hinunter. Die Musiker machten eine Pause. Der Oberst tuschelte mit dem Kapellmeister und dem Bürgermeister, Mavra stand alleine abseits, sie blickte zu Boden und strich gedankenverloren mit den Fingerspitzen über ihr Kleid.

»Sie hat schöne Hände«, sagte Solveig. »Sie weiß nicht, was sie damit anfangen soll. Für diese Fälle haben Frauen diese kleinen Abendtäschchen, mit denen sie spielen können. Ich nicht, ich habe immer in einer Hand das Glas und in der anderen die Zigarette.«

»Warum bist du zu mir gekommen?« fragte Henry.

»Ich wollte dir sagen, daß es mir leid tut.«

»Was?«

»Alles. Was du willst. Ganz allgemein tut es mir leid«, sagte Solveig, wirkte aber nicht so.

»Na gut. Du solltest jetzt gehen, bevor der Landrat ausflippt und uns öffentlich auspeitscht«, sagte Henry.

»Übertreibe nicht. Ich laufe dir nicht nach. Und Rauno ist es egal, wo ich bin. Es ist ihm schon lange egal. Ich habe alles erfunden. Das ist ein Geständnis.«

»Du hast gelogen?« fragte Henry und dachte an den lügenden Kreter und dessen fragwürdige Beziehung zu Schafen.

»Ich habe fabuliert. Für mein neues Buch. Ich dachte, du hättest es begriffen. Ich bin eine Fabuliererin. Fabulosa. Das ist das heilige Recht und die Pflicht der Schriftstellerin. Du kommst in dem Buch auch vor.«

»Natürlich«, sagte Henry.

»Ich komme natürlich vor, und Rauno. Der Oberst auch, und die Frau des Oberst.«

»Was weißt du denn über sie?«

»Ich weiß immerhin, wohin du an jenem stürmischen Abend gegangen bist.«

»Ich bin dort hingeraten, weil die Strömung mich hintrieb.«

»Bist du Treibholz? Kehrt Treibholz oft an denselben Strand zurück?«

»Ich habe Russischstunden bei ihr genommen.«

»Sie ist doch deine Geliebte?« fragte Solveig.

»Nicht mehr«, entgegnete Henry. »Schreib es genau so auf: nicht mehr.«

Das Orchester schmetterte ein Vorspiel, dann brach der Kapellmeister in sein selbstkomponiertes Walzerlied »Es trennt uns der Fluß« aus, aber mit einem neuen Text vom Oberst, den er von einem Zettel ablas.

»Als die Sehnsucht den blinden Soldaten fand,
wählte er als Geschenk ein Samtgewand,
er brachte roten Stoff in Fülle,
daß er den herrlichen Leib verhülle.
Ein Zeichen der Liebe war dieses Kleid,
doch die Ehefrau war es schnell leid.
Warum? Eine andere Frau einmal trug's,
eine von unverschämt gleichem Wuchs«,

sang der Kapellmeister, und die Ballgäste traten zur Seite, um den tanzenden Suoponkis Platz zu machen. Jetzt war der Oberst an der Reihe, Mavra zu führen, das tat er gekonnt mit vier Sinnen, und es bestand nicht die geringste

Gefahr, mit einer Wand, dem Publikum oder dem Orchester zu kollidieren.

»Der Bürgermeister hat erzählt, heute sei der dritte Hochzeitstag von Mavra und dem Oberst«, sagte Solveig. »Sind sie nicht ein bewegendes Paar?«

»Schreibe in dein Buch, daß sie ein Kind von mir erwartet«, sagte Henry und ging davon.

An der Tür zum Ballsaal blieb er stehen, um dem tanzenden Paar zuzuschauen. Für einen Augenblick hatte er das Gefühl, Mavra habe ihn gesehen. Aber als sie sich das nächste Mal an ihm vorbeidrehte, warf sie Henry nicht einmal einen kurzen Blick zu.

Henry ging auf dem roten Teppich die Treppe hinunter, der Neva-Walzer begleitete ihn zum Ausgang.

»Wüßtest du, wie viele Abende ich verbrachte,
im Nebel die Kirov-Brücke betrachtete
und der Neva graues Naß
und demütig dachte, daß
ich dich zufällig fände am Morgen
unter dem Eremitage-Torbogen.
Mit brennendem Herzen ich mich verzehrte
nach dir, wie Puschkin, der hochverehrte.«

Im Saal tanzte, berauscht vor Glück, der Oberst mit Mavra, und es machte ihm nichts aus, daß die Kirov-Brücke neuerdings Brücke der Dreifaltigkeit hieß, zumal dieser Name nie in das Lied gepaßt hätte.

Zehntes Kapitel

Das bessere Auge des georgischen Königs

Am Tag nach dem Ball beschloß Henry, seinen Kopf in den Rachen des Löwen zu stecken. Vielleicht würde er Mavra noch einmal sehen, bevor ihm der Oberst den Kopf abbiß.

Mavra und der Oberst übten César Francks Sonate für Violine und Klavier, als Henry an das Glas der Haustür klopfte. Mavra hatte ihr rotes Abendkleid angezogen, um sich darin an die Konzertsituation zu gewöhnen. Der Oberst war im Jogginganzug. Er hatte gerade gesagt, er würde nie lernen, dieses Stück zu begleiten, und er möge A-Dur ohnehin nicht, denn es sei blau, und er sei kein Freund von Blau. Mavra fand es nicht blauer als andere Tonarten, aber der Oberst blieb bei seinem Standpunkt und verwies auf sein unübertreffliches Hörfarbsehen sowie auf Sibelius, der sich A-Dur ebenfalls blau vorgestellt hatte.

»Wer kann das sein?« fragte der Oberst.

»Ich habe keine Ahnung«, sagte Mavra und ging mit der Geige in der Hand und voller böser Vorahnungen ans Fenster.

Wie viele Wendungen hat diese Mazurka? Ich werde in so viele Richtungen gleichzeitig gebogen, daß ich bald zerbreche, dachte sie, als sie die Gestalt erkannte, die im Halbschatten vor der Tür stand.

»Machst du nicht auf?« fragte der Oberst, als nichts geschah.

»Es ist Henry Loimu«, sagte Mavra mit gesenkter Stimme.

»Das trifft sich ja hübsch«, sagte der Oberst amüsiert.

»Der kommt zur Stunde«, sagte Mavra. »Das hatte ich vergessen. Ich werde ihn bitten, an einem anderen Tag zu kommen.«

»Nicht nötig, bitte ihn herein«, sagte der Oberst.

»Ich möchte nicht«, sagte Mavra. »Und wir müssen üben.«

»Wir haben noch genügend Zeit«, sagte der Oberst. »Wir transponieren die Sonate in C-Dur. Das ist rot wie dein Kleid. Dann lerne ich es. Mach schon auf. Der arme Mann erkältet sich noch da draußen.«

Mavra öffnete die Tür, und vor ihr stand Henry, einen Hut in der Hand.

»Schönen guten Tag«, sagte Henry.

»Sollten Sie heute kommen?« wunderte sich Mavra. »Hatten wir nicht morgen vereinbart?«

»Haben wir das? Es tut mir leid. Ich habe mein Zeitgefühl verloren«, sagte Henry und ließ sich verwirrt Mavras Siezen auf der Zunge zergehen. »Sie haben aber ein schönes Kleid!« bekam er schließlich heraus.

»Ein Mitbringsel aus Sankt Petersburg. Es ist in C-Dur gestimmt«, sagte Mavra. »Aus dem Nachlaß einer Fürstin. Sie glich mir sehr. Auch ihr Körper war geformt wie meiner, auch wenn man mir gegenüber etwas anderes zu behaupten versucht hat. Kann das ein Zufall sein? Sagen Sie es. Sie sind doch Fachmann für die Kräfte von Zufall und Schicksal.«

Henry war irritiert von Mavras Worten und machte sich bereit, den Rückzug anzutreten.

»Ärgere unseren Besucher nicht«, sagte der Oberst.

»Ich will nicht stören«, sagte Henry. »Ich kann ein andermal kommen. Wie ich sehe, üben Sie.«

»Mir ist es recht«, sagte Mavra.

»Wir haben einen Auftritt bei der Weihnachtsfeier der Ankergilde«, sagte der Oberst. »Aber bis dahin ist noch Zeit. Sie stören keineswegs.«

Henry gab sich einen Ruck und betrat an Mavra vorbei den Raum. Dann überfielen ihn Zweifel: Ging man davon aus, daß er von der Rückkehr des Oberst wußte, oder sollte er den Unwissenden spielen?

»Der Herr Oberst ist zurück«, stellte er pauschal fest.

»Ich bin gestern gekommen«, sagte der Oberst. »Viele Grüße aus der Stadt Petersburg. Die Isaak-Kathedrale ist wie früher, aber die Auferstehungskirche wird immer noch renoviert. Oder war es umgekehrt?«

»Ich habe auf dem Rasen einen Hut gefunden«, sagte Henry. »Einen Hut mit breiter Krempe.«

»Das ist sicher mein Hut«, sagte der Oberst. »Er ist mir davongeflogen.«

»Der Wind blies ihn auf den Fluß zu.«

»Danke, daß Sie ihn gerettet haben. Er hat für mich ideellen Wert. Es ist der alte Eden-Hut meines Vaters.«

»Er ist ein bißchen naß geworden und hat seine Form eingebüßt«, sagte Henry und gab den Hut dem Oberst in die ausgestreckte Hand. »Ich war gezwungen, auf ihn zu treten, als der Wind ihn wegwehen wollte.«

»Das macht nichts«, sagte der Oberst. »Ich lasse ihn mit Dampf behandeln, dann bekommt er wieder seine alte Form. Setzen Sie sich doch. Mavra wird uns sicher einen Tee kochen.«

»So wechseln die Rollen auf der Bühne des Lebens: gestern Fürstin, heute Dienerin«, sagte Mavra und ging in die Küche.

»Wegen mir wäre es nicht nötig gewesen«, sagte Henry.

»Achten Sie nicht auf sie«, sagte der Oberst. »Frauen sind manchmal schwer zu verstehen. Ich versuche es seit Jahrzehnten und habe ihre Gedankenwelt und ihr Gefühlsleben noch immer nicht begriffen. Verstehen Sie die Frauen?«

»Nicht besonders gut«, gestand Henry.

»Vielleicht lernen Sie es noch«, meinte der Oberst. »Sie sind noch jung. Mir werden sie ein Rätsel bleiben. Dieses Kleid zum Beispiel … na, ich habe es unter großen Mühen beschafft, und es paßt ihr wie der Handschuh der Hand, aber wie nimmt sie es entgegen? Gut, daß sie es mir nicht an den Kopf geworfen hat … Dann hat sie sich allerdings beruhigt, doch jetzt stichelt sie wieder. Ich habe es ihr für den Ball im Rathaus mitgebracht. Waren Sie auch da?«

»Ich konnte nicht. Es kam etwas dazwischen«, sagte Henry tollkühn.

»Das ist aber schade«, sagte der Oberst. »Sie hätten Mavras Entrée in diesem Kleid sehen müssen. Ich habe es freilich auch nicht gesehen, aber ich hörte die Leute verstummen und dann bewundernd tuscheln. Ich muß zugeben, daß ich stolz war.«

»Nicht ohne Grund«, sagte Henry.

»Schön, daß Sie auch dieser Meinung sind«, sagte der Oberst. »Wie kommen Sie in Ihren Russischstudien voran? Lassen Sie mich raten. Sie kommen mit Riesenschritten voran. Sicherlich reden Sie schon über jedes beliebige Thema. Interessieren Sie sich für die Geschichte von Sankt Petersburg? Wir könnten mal zusammen einen Abstecher dorthin machen, ich kenne dort hochrangige Offiziere, und einige von ihnen sind Militärhistoriker, großartige Führer in Sachen Stadtgeschichte. Wie geht es Ihrer Schulter?«

»Sie ist fast wieder in Ordnung«, sagte Henry und drehte zur Demonstration eine Handmühle, als könnte der Oberst es sehen. »Ein bißchen steif ist sie noch. Ich trainiere sie, indem ich Badminton spiele.«

»So ist es recht«, sagte der Oberst. »Ein Offizier der Reserve leckt nicht müßig seine Wunden. Ich hätte für Jowans ungestüme Tat um Verzeihung bitten sollen, aber ich war am Tag unseres Aufbruchs so beschwipst, daß ich nicht daran dachte. Für Jowan gilt das gleiche. Er darf selbst um Verzeihung bitten, wenn er zurückkommt. Einem Serben geht das nicht leicht über die Lippen, das kann ich Ihnen versprechen. Krakeelen und schimpfen, das können sie, aber sich vertragen und die eigenen Fehler und Irrtümer eingestehen, das will ihnen nicht so recht gelingen. Sie bilden sich ein, immer recht zu haben, egal was sie tun, weil sie seinerzeit unterdrückt und verfolgt wurden. Darum halten sie sich für das auserwählte Volk. Wie auch die Russen. Und natürlich die Juden. Und wer weiß was noch alles für Völker. Haben Sie sich schon überlegt, ob Sie ihn verklagen und Schadensersatz fordern wollen?«

»Das ist mir gar nicht in den Sinn gekommen«, sagte Henry. »Lassen wir es auf sich beruhen.«

»Das ist vernünftig«, sagte der Oberst. »Sie können natürlich einen Revanchekampf verlangen und sich damit Genugtuung und Wiedergutmachung verschaffen.«

»Das ist nicht nötig«, sagte Henry.

»Die Sache ist also schon wiedergutgemacht?« fragte der Oberst.

»Die Sache ist vergessen«, sagte Henry. »Ich denke nicht mehr daran.«

»Dann werde ich es auch nicht tun«, sagte der Oberst.

Mavra hantierte in der Küche. Maotse kam ins Zimmer getappt, setzte sich vor dem Oberst hin und legte das Kinn auf dessen Knie. Er behielt Henry wachsam im Auge und knurrte kaum hörbar. Henry war es zufrieden.

»Er hat sich noch immer nicht an mich gewöhnt«, sagte er.

»Er ist ein wenig übervorsichtig, wenn ich dabei bin«, sagte der Oberst. »Er beschützt und bewacht mich.«

Der Oberst kraulte den Hund andächtig und redete ihm zu.

»Brauchst nicht zu knurren. Der Herr Loimu ist ein gerngesehener Gast bei uns, Freund der Familie und fleißiger Schüler der Hausherrin … Fahren Sie immer noch mit dem Boot? Als ich gestern am Steg vorbeiging, meinte ich zu hören, daß sich die Flanke eines Bootes am Steg rieb. Ich vermutete, es könnte Ihr Boot sein, da mein eigenes schon für den Winter aufgebockt ist.«

»Es liegt dort seit … seit dem Messerringkampf«, sagte Henry. »Zuerst konnte ich nicht rudern, und als ich dann einigermaßen dazu fähig gewesen wäre, war das Wetter schlecht. Ich bin mit dem Fahrrad gekommen.«

»Das ist auch klüger bei diesem stürmischen, naßkalten Wetter«, sagte der Oberst. »In so jungen Jahren soll man keine Risiken eingehen. Wäre ich vorsichtiger gewesen, würde ich jetzt deutlich besser sehen. Freilich war ich nicht mehr jung, als ich mein Augenlicht verlor. Dumm allerdings durchaus. Denn offiziell war ich schon pensioniert. Ich hätte mich auf meinen Lorbeeren ausruhen können. Aber ich mußte unbedingt mitten in der Pulverfabrik den Feuerwehrmann spielen. Besonders vernünftig war das nicht. Andererseits, hätte ich es nicht getan, wäre ich Mavra nie begegnet. Und Sie auch nicht.«

»Und ich auch nicht«, stimmte Henry zu. »Dennoch ist es eine erschütternde Vorstellung, daß Sie dort beinahe ums Leben gekommen wären.«

»Das gehört zum Berufsbild. Sie hätten an dem stürmischen Abend, als sie hierher abgetrieben wurden, auch ertrinken können, obwohl Sie nicht einmal Flößer von Beruf sind«, sagte der Oberst. »Aber trotzdem sind wir hier, am Leben, vorläufig.«

»Man hat mir gesagt ... Jowan hat mir erzählt, daß Sie im ersten Kriegsjahr Mavra und Jowan aus den Händen der Serben gerettet haben«, sagte Henry.

»Technisch gesehen mußte ich Jowan aus den Händen der Kroaten retten, weil er Serbe ist, und Mavra aus den Händen der Serben, weil ihre Mutter Muslimin war. Ich habe sie gerettet, ja. Vermutlich überschritt ich meine Befugnisse, als ich das tat, aber nichtsdestotrotz. Jeder andere an meiner Stelle hätte genauso gehandelt«, sagte der Oberst.

»Und als Sie dann auf die Mine fuhren, rettete Jowan Sie vor den Serben?«

»Das hat er tatsächlich getan. Jowan fuhr den Jeep. Nachdem ich Mavra und ihre Geschwister aus dem Dorf Kukavica in meine Obhut genommen und Jowan aus dem kroatischen Gefängnis herausgeholt hatte, engagierte ich ihn, mich durch das Trebovac-Gebirge zu fahren, damit ich mir einen Überblick über die Lage in der Gegend verschaffen konnte. Jowan glaubte zu wissen, welche Straßen ungefährlich waren. Aber die Lage änderte sich täglich, die Serben waren ins Gebirge vorgerückt und hatten die Straße zum Dorf Zelinja vermint. Jowan fuhr auf eine Mine. Ich saß hinten, das Hinterrad berührte die Mine, und wir flogen beide aus dem Jeep. Jowan ist nichts passiert. Die Serben lagen im Hinterhalt und schossen auf uns. Jowan rief ihnen zu, er sei Serbe und fahre einen neutralen finnischen Offizier. Da hörten sie auf zu schießen und scharten sich um ihn. Jowan log, er besäße die Befugnis des Föderalstaats, mich als Kontrolloffizier der UNO überall hinzufahren, wohin ich wollte, und falls ich hier ums Leben käme, wäre das ein schlimmer politischer Rückschlag für die Serben, in einer Situation, in der ohnehin versucht wurde, die Serben zum Sündenbock für sämtliche Übeltaten zu machen, was, unter uns gesagt, nicht weit von der Wahrheit abweicht. Jowan überredete sie, er redete sie schwindlig, und schließlich gaben sie nach. Sie holten mich, trugen mich in einen Unterstand, gaben mir eine Art Erste Hilfe und transportierten mich dann ins nächste Krankenhaus, das sich in Gradac befand. Dort war ich nahe daran, an Blutverlust und später an Entzündungen zu sterben. Aber ich blieb am Leben. Ich wurde nach Tuzla in ein besseres Krankenhaus verlegt und schließlich nach Italien geflogen, in ein Lazarett der Nato. So war das. Wir haben uns nacheinander gegenseitig gerettet. Das sind so die komischen Zufälle eines Krieges.«

»Haben Sie komisch gesagt?« wunderte sich Henry.

»Im nachhinein sind sie komisch, im Licht der Geschichte betrachtet«, sagte der Oberst. »Sie müßten das doch verstehen, als Geschichtslehrer.«

Henry schwieg und dachte über die seltsame Häufung von Zufällen nach. Alles Mögliche konnte geschehen. Und es geschah auch alles Mögliche.

»Sie sind ganz ernst geworden«, bemerkte der Oberst.

»So viel Heldentum macht ernst«, sagte Henry ohne einen Hauch von Ironie.

»Im Krieg werden Helden und Feiglinge ganz zufällig gebacken. Dafür gibt es Beispiele aus jedem Krieg, von den ersten Keulenschlägereien der Höhlenmenschen bis zum Bosnischen Krieg. Mein Vater zum Beispiel ... Ich bin zu dem Ergebnis gekommen, daß er eine Art Held in zwei Kriegen war, im zivilen Leben jedoch alles andere als ein Held. Er hatte ein äußerst biegsames Rückgrat. Er bog sich in alle Richtungen. Aber nicht seinem Zuhause zu. Verzeihen Sie, das wird Sie nicht interessieren. Ich habe es nur als Beispiel erwähnt. Was meine Heldentat anbelangt, so kam auch sie durch reinen Zufall zustande. Ich hatte einfach Glück. Letztendlich tat ich nur das, wovon kleine Jungen träumen, so wie Sie vermutlich auch«, sagte der Oberst.

»Wovon habe ich denn geträumt?«

»Daß Sie eine schöne Jungfrau aus den Klauen eines Drachen retten. Ich habe es getan. Ich war zufällig zur rechten Zeit am rechten Ort. Ich rettete die Jungfrau, und sie wurde die meine. Dann rettete mich der Vater der Jungfrau. Daher kommt es, daß wir so ein enges Trio sind, Mavra, ihr Vater und ich. Wie ein Wassermolekül. Ein Sauerstoff- und zwei Wasserstoffatome.«

»Eine echte Kernfamilie also«, sagte Henry und beschloß, alles aufs Spiel zu setzen, auch wenn er nichts zu gewinnen hatte. »Da kann ich Ihnen nur gratulieren. Ihnen allen. Hoffentlich leben Sie lang und vermehren sich.«

Der Oberst dachte eine Weile über Henrys Glückwunsch nach.

»Möchten Sie sich gern unserer Molekülfamilie anschließen?« fragte er dann. »Sie wirken manchmal einsam und verirrt. Sind Ihre Eltern noch am Leben?«

»Sie sind tot«, sagte Henry.

»Mein Beileid«, sagte der Oberst. »Dann könnte ich Sie ja adoptieren. Dann wäre Mavra Ihre Stiefmutter und

Jowan Ihr Großvater. Das wäre doch hübsch. Aber dann müßten Sie auf der Hut sein, damit es Ihnen nicht ergeht wie König Ödipus. Sie kennen die Geschichte doch?«

»Soweit ich mich erinnere, blendete sich Ödipus selbst, als ihm klar wurde, daß er seinen Vater getötet und seine Mutter geehelicht hatte.«

»Das wäre komisch, finden Sie nicht? Dann nähmen Sie als blinder Mann die Stelle eines blinden Mannes ein! Es gibt Schlimmeres. Mavra kümmert sich um ihren Blinden mit zarter Hand.«

»Ich werde über Ihren Vorschlag nachdenken«, sagte Henry, »aber ich glaube, bei allem Respekt, daß ich mein Augenlicht lieber behalten möchte.«

Mavra erschien lautlos wie die barfüßige Gräfin in der Tür und blieb dort ausdruckslos stehen. Der Oberst schien ihre Anwesenheit nicht zu bemerken.

»Ich verstehe«, sagte er. »Ich würde alles geben, um mein Augenlicht zurückzubekommen. Und wenn es nur wäre, um Mavra in jenem Abendkleid zu sehen. Wie sah es aus, als sie es trug?«

Henry blickte kurz zur Tür. Mavra legte beide Hände auf ihren Bauch und blähte ihn rund auf.

»Ich verstehe nicht viel von Kleidern und von Mode«, sagte Henry. »Trotzdem würde ich sagen, daß sich in Mavras Kleid Klasse, natürliche Würde und weibliche Wärme verbinden. So wie in ihr selbst auch, wenn ich mir erlauben darf, das zu sagen.«

»Sie dürfen. Loben Sie nur freimütig, das Kleid und die Frau«, sagte der Oberst. »Wir nehmen es nicht übel, würde Jowan sagen. Er hat ein Faible für die erste Person Plural. Könnten Sie mir noch den roten Farbton beschreiben?« bat der Oberst.

»Mir fällt ein voller, sehr reifer Bordeaux ein, sagen wir ein mindestens acht Jahre alter Sauternes.«

»Also kein Bourgogne-Wein?«

»Nein, unbedingt ein Bordeaux.«

»Ich verlasse mich auf Ihre Einschätzung«, sagte der Oberst und deutete eine Verbeugung an. »Sie haben Stilgefühl und eine scharfe Wahrnehmung.«

»Eigentlich kenne ich mich mit Weinen überhaupt nicht aus«, gestand Henry.

»Das habe ich gemerkt. Aber Sie bluffen gekonnt.«

»Der Tee ist im Eßzimmer serviert«, sagte Mavra.

»Mavra?« Der Oberst drehte den Kopf zur Tür. »Ich habe deine Schritte nicht gehört.«

»Doch«, sagte Mavra. »Du hörst alles. Und den Rest denkst du dir aus.«

»Das nennt man schöpferische Phantasie«, sagte der Oberst. »Manchmal trifft sie ins Schwarze, manchmal geht sie ins Gehölz. Ich werde mich umziehen. Im Jogginganzug kann man keinen Tee genießen. Fangt um Himmels willen ohne mich an.«

»Wann wirst du es ihm sagen?« fragte Henry, als der Oberst gegangen war.

»Wenn die Zeit dafür gekommen ist«, sagte Mavra.

»Was wirst du ihm dann sagen?«

»Das ist allein meine Sache.«

»Es ist auch meine. Schließlich ist es mein Kind.«

»Bilde dir bloß nichts ein«, sagte Mavra.

»Du hast es doch selbst gesagt.«

»Das war gestern. Heute ist ein anderer Tag.«

»Was hat sich innerhalb eines Tages so sehr geändert?«

»Du«, sagte Mavra. »Trink deinen Tee, bevor er kalt wird.«

Mavra stand auf, nahm ihre Geige vom Klavier und verschwand.

Henry trank den Tee, den Mavra aufgebrüht hatte, allein und konnte nicht begreifen, warum er nicht aufstand und ging. Mavra würde nicht zurückkommen, bevor er weg war. Sie hatte sich in ihrem Zimmer verschanzt und würde es mit Hilfe eines serbischen Zauberlieds wieder jungfräulich machen, denn jetzt brauchte sie keinen Mann mehr. Und wenn Henry nun mit Schaum vorm Mund das Zimmer stürmen würde wie Puschkins Kavallerist, um aus Mavra eine Erklärung, ein Geständnis oder ein Urteil herauszuschütteln? Er sehnte sich nach klaren Worten, das war das wenigste, was er verlangen durfte. Was immer Mavra ihm sagen würde, er hätte es gewiß verdient. Falls er es nicht gleich verstünde, bliebe ihm sein ganzes restliches Leben Zeit, darüber nachzudenken. Vielleicht sollte er ruhig, aber entschlossen in ihr Zimmer gehen und höflich um eine Erklärung bitten? Wie es so hatte kommen können. Und was nun aus ihm werden sollte, da Mavra ihn nicht mehr liebte. Ihn, der doch immerhin der einzige Frühlingsbote in ihrem Leben gewesen war. Mavra hatte es selbst gesagt. Es war ein Zitat aus einem Lied von Tschaikowski, aber trotzdem, sie hatte es gesagt, und so etwas sagt man nicht, um sich dann abzuwenden und finsteren Blickes zu schweigen.

Auch der Oberst tauchte nicht auf. Henry hatte trotzig die Höhle des Löwen betreten, aber die Löwen hatten keine Lust, ihm den Kopf abzubeißen. Sie hatten sich getrollt und ihn allein in der Höhle zurückgelassen, damit er seine wirren Gedanken ausbrüten konnte.

Henry beschloß, auf die Etikette zu pfeifen und sich davonzumachen. Den Hut des Oberst hatte er zurückgebracht, Sprachunterricht würde er Mavra keinen abringen können, auch keine Antworten auf seine verzweifelten Fragen, keine Entschuldigung und auch kein Bitten darum, weder Liebe noch Mitgefühl, nicht einmal empathisches Kopfstreicheln.

Da kam der Oberst aus seinem Zimmer zurück, gekleidet in eine rotbraune Rauchjacke mit Litzenschnüren und vielen breiten Taschen.

»Verzeihen Sie, daß ich habe auf mich warten lassen«, sagte der Oberst und drehte den Kopf wie ein Hund, der die Ohren spitzte, und Henry hätte schwören können, daß sich seine Ohren dabei bewegten. »Ist Mavra gar nicht zum Tee geblieben?«

»Sie ist in ihr Zimmer gegangen«, sagte Henry. »Vielleicht hat sie wieder Migräne.«

»Das würde mich nicht wundern«, sagte der Oberst. »Bei uns ist es gestern spät geworden. So sind wir also zu zweit, Sie und ich. Wären Sie so freundlich, mir ein Glas Tee einzugießen?«

Henry goß Tee in ein russisches Stakan und stellte das Glas mit der Himbeermarmelade und den Teller mit den Zitronen vor den Oberst hin. Dieser gab Marmelade in sein Glas und drückte eine Zitronenscheibe darüber aus.

»Da Sie ein so cleverer und scharfsichtiger Mann sind, frage ich Sie, ob Sie erraten, was sich hier in meiner Tasche wölbt?« sagte der Oberst überraschend.

»Könnte das eine Pistole sein?« riet Henry.

»Schlaues Bürschchen! Sie werden es noch weit bringen, falls die Gesundheit es erlaubt«, sagte der Oberst, nahm eine schwarzgraue Pistole aus der Tasche und drehte sie in den Händen hin und her.

»Das hier ist die Pistole eines Offiziers der Roten Armee, eine alte Tokarew 7,63, die ›Pistole mit dem Stern‹, eine effektive und relativ genaue Waffe. Ich habe sie einem russischen Offizier, den ich kenne, abgekauft und ins Land gebracht, ohne Lizenz und Einfuhrerlaubnis, versteht sich. Ein Blinder wird beim Zoll nicht überprüft. Ich dachte, ich füge sie meiner Sammlung hinzu. Aber warum soll sie im Schrank Staub fangen, wenn sich bessere Verwendung für sie findet?«

Der Oberst ließ sich dazu hinreißen, von den technischen Eigenschaften der Waffe und von Fjodor Wassiljewitsch Tokarew, dem Waffenschmied eines Kasachenregiments, der sie erfunden hatte, zu erzählen und auseinanderzusetzen, welche Verbesserungen an der Waffe gegenüber der Browning vorgenommen worden waren. Während er sprach, zielte er mit der Pistole in verschiedene Richtungen und richtete sie auch auf Henry.

»An welche Verwendung haben Sie denn gedacht?« fragte Henry.

»Ich werde es Ihnen schon sagen«, erwiderte der Oberst. »Aber verzeihen Sie! So etwas dürfte ich nicht tun. Man darf nicht auf Menschen anlegen, wenn man nicht die Absicht hat, zu schießen. Freilich sehe ich Sie nicht, weshalb ich nicht weiß, ob ich auf Sie ziele.«

»Die Waffe war wohl auch auf mich gerichtet«, sagte Henry.

»Das ist unverzeihlich!« rief der Oberst aus. »Sie können mich vor Gericht bringen, wegen illegalen Drohens mit einer Waffe. Was müssen Sie nur von uns denken! Zuerst werden Sie mit dem Messer verstümmelt und dann mit der Pistole bedroht!«

»Ich gewöhne mich langsam daran«, sagte Henry.

»Sie haben Mumm und Humor«, sagte der Oberst. »Ich glaube, Sie können auch einen kühlen Kopf bewahren, wenn es heiß wird. Das gefällt mir. Darum möchte ich Ihnen eine Geschichte erzählen, die in gewisser Weise etwas berührt, worüber wir uns unterhalten haben, ich weiß nicht, was und wie, aber vielleicht wird es auch mir klar geworden sein, wenn ich es erzählt habe:

In Georgien lebte einst ein König, der mir insofern glich, als auch er sehbehindert war. Allerdings war er nur einäugig. In den Diensten dieses Königs stand ein begabter Kunstmaler, mit dem er sich eines Tages entzweite. Er hegte nämlich den Verdacht, daß der Maler ein Verhältnis mit seiner Lieblingsfrau hatte. Das aber konnte er nicht beweisen. Selbstverständlich hätte es das auch nicht gebraucht, schließlich war er der König, aber er hielt sich für einen aufgeklärten und milden Herrscher und wollte nicht von seinem Recht Gebrauch machen, einen seiner Untertanen sowohl anzuklagen als auch zu verurteilen. So fing er an, nach einem Anlaß zu suchen, den Maler mit diskreteren Mitteln loszuwerden.

›Ich will, daß du ein Porträt von mir malst‹, sagte er zu ihm. ›Es muß mir aufs Haar gleichen. Da die Wahrheit meine Richtschnur ist, dulde ich keinerlei Beschönigung.‹

Der Künstler erschrak und dachte: Jetzt wird es mir schlecht ergehen. Male ich ihn als Einäugigen, wird er sagen, ›wie kannst du es wagen!‹ und mich hinrichten lassen. Gebe ich ihm aber zwei sehende Augen, wird er sagen, ›das bin nicht ich!‹ und mir den Hals brechen. Male ich ihn so klein, daß man die Augen nicht sieht, wird ihn auch das erzürnen. Nicht einmal schlafend, mit geschlossenen Lidern, kann ich ihn malen, denn der König hat sogar im Schlaf wachsam und rege zu sein.

Lange dachte er nach und erwog das Problem, aber er fand keinen Ausweg. Schließlich mußte er mit der Arbeit beginnen. Er fing damit an, die Füße zu malen, und drang langsam zum Gesicht hin vor, stieß aber bei jedem Versuch stets auf dieselbe Schwierigkeit: die Augen. Die Frist neigte sich schon dem Ende zu, doch der Maler mußte noch einmal von vorn anfangen.

Da kam die Lieblingsfrau des Königs, derentwegen der Maler in Schwierigkeiten geraten war, auf die Idee, wie das Problem gelöst werden konnte, und ließ sie dem Künstler heimlich durch ihren taubstummen Sklaven zutragen. Der Künstler machte sich erneut an die Arbeit und bekam das Porträt schnell fertig, da er bereits so viel Übung hatte. Als das Porträt vor dem König enthüllt wurde, war dieser überrascht und höchst entzückt.

Der Künstler hatte den König bei der Jagd gemalt, wie er mit der Büchse auf ein Reh zielte, das blinde Auge geschlossen, das sehende offen! Somit erlangte der Maler wieder die Gunst des Königs, und dieser schenkte ihm seine Lieblingsfrau und nahm sich selbst eine neue, die besser war als die alte. Wie gefällt Ihnen die Geschichte? Eigentlich ist sie wesentlich komplizierter, ich mußte sie etwas straffen.«

»Eine raffinierte Geschichte«, sagte Henry. »Jetzt können Sie die Waffe weglegen. Sie haben beim Erzählen damit herumgefuchtelt.«

»Tatsächlich? Ich bin unverbesserlich«, bedauerte der Oberst. »Ich werde sie weglegen. Ich werde sie Ihnen schenken.«

Der Oberst reichte Henry die Pistole mit dem Griff voran.

»Ich kann sie nicht annehmen«, sagte Henry.

»Warum nicht?« wunderte sich der Oberst. »Sie sind doch Reserveoffizier.«

»Ich habe noch nie eine Waffe gebraucht«, sagte Henry.

»Aber eines Tages brauchen Sie vielleicht eine. Wer weiß, womöglich müssen Sie eine Jungfrau aus dem Schlund eines Drachen retten. Da reicht ein Taschenmesser nicht aus. Nehmen Sie sie. Zieren Sie sich nicht. Ich verlange es. Nein, ich bitte darum«, sagte der Oberst und steckte Henry die Pistole in die Jackentasche. »Sie können sich doch nicht weigern, ein kleines Mitbringsel anzunehmen.«

»Sie hätten mir nichts mitbringen müssen«, entgegnete Henry.

»Aber ich wollte es«, insistierte der Oberst. »Weil Sie Mavra so treu Gesellschaft geleistet haben.«

»Ich kam so oft zu den Stunden, wie ich konnte, im Sinne eines effektiven Unterrichts«, sagte Henry.

»Sie praktizieren Immersion? So soll es sein. Effektivität ist auch beim Sprachenlernen Trumpf. Sie sind bestimmt schon weit vorgedrungen?«

»Kaum über den Anfang hinaus«, sagte Henry.

»Mit einem guten Anfang ist die Hälfte schon gewonnen«, sagte der Oberst. »Machen Sie nur so weiter, dann werden Sie auch ans Ziel kommen.«

An der Tür fragte Henry den Oberst, der ihn hinausbegleitete: »Wissen Sie zufällig, Herr Oberst, ob die Brücke über die Drina noch steht?«

»Sie stellen aber schwere Fragen«, antwortete der Oberst. »Das kann ich Ihnen nicht beantworten. Ist das wichtig für Sie?«

»Es ist mir nur irgendwie eingefallen«, sagte Henry. »Ob sie auch diesen Krieg heil überstanden hat.«

»Ich werde es herausfinden«, sagte der Oberst. »Wenn

Sie morgen zu Besuch kommen, werden Sie es erfahren. Bei der Gelegenheit kann ich Sie dann auch mit den Feinheiten der Tokarew vertraut machen. Ich werde die Patronen dafür heraussuchen. Dann gehen wir in den Wald und ballern richtig schön damit herum!«

Eine Etage tiefer spielte Mavra in ihrem Zimmer eine Partita von Bach, sie spielte aus Glück und Beklemmung heraus. Durch das weit oben liegende Fenster ihres Kellerzimmers hörte sie, wie Henry, in dessen Tasche die fremde Waffe drückte, zu seinem Fahrrad ging. Er hätte gern durch das Fenster gespäht, um zu sehen, wie Mavras sehnige Greifhand einem Zitronenfalter gleich flatterte, aber er tat es nicht. Er war in diesem Haus schon Voyeur genug gewesen.

Elftes Kapitel

Es führt ein Weg von Petersburg

Am nächsten Tag brachte Kiljanders Taxi Jowan nach Hause. Maotse war an der Laufleine angebunden, und während Jowan für die Fahrt bezahlte, drehte sich der Hund wie rasend um die eigene Achse und sprang Loopings und Immelmänner und erdrosselte sich beinahe selbst mit seiner Kette.

»Hat man dich allein draußen gelassen, altes Haus?« sprach Jowan zu dem Hund und tobte ein bißchen mit ihm. »Wo sind denn die anderen?«

In der Diele stellte er die zwei Koffer ab, den des Oberst und seinen eigenen. Er ging ins Wohnzimmer auf der Suche nach den Bewohnern des Hauses, fand aber keinen. Aus dem Untergeschoß hörte er gedämpftes Geigenspiel. Draußen bellte Maotse enttäuscht.

»Ist hier jemand?« rief Jowan. Unten schwoll das Geigenspiel an. Mavra ahmte mit ihrer Geige die rumänische Lerche nach. Entweder übte sie für ein Kaffeehauskonzert oder aber sie hatte Migräne, vermutete Jowan. Er nahm die Balalaika, die an einer Schnur auf seinem Rücken hing, zur Hand und fing an, »Es führt ein Weg von Petersburg« zu klimpern. Das hörte Mavra. Mit der Geige in der Hand rannte sie die Treppe hinauf und stimmte ins Spiel ihres Vaters ein, der das russische Volkslied mit dem finnischen

Text sang, den er auf der Rückreise im Zug von einem Möbelhändler aus Kurikkala gelernt hatte.

»Es führt ein Weg von Petersburg,
der Bursche fährt nach Haus im Zug,
zuckelt durch Karelien,
wohin es wohl mein Lieb verschlug?
Heeei!«

»Hast du hier so einen Radau gemacht?« fragte Mavra und umarmte Jowan.

»Du hörst mich ja sonst nicht. Bist du allein zu Hause?«

»Ja. Der Oberst schnappt frische Luft«, sagte Mavra kurz.

»Du bist nicht mitgegangen? Und Maotse ist alleine draußen in der Kälte«, wunderte sich Jowan.

»Ich bin nicht mitgegangen. Soll ich dir einen Tee kochen?«

»Davon habe ich die Nase voll«, sagte Jowan. »Koch mir einen ordentlichen Kaffee. Ich muß mir den Staub von Sankt Petersburg abwaschen.«

Am Kaffeetisch musterte Jowan seine Tochter. Mavra war froh über seine Rückkehr, aber sie war auch zerstreut und ein wenig schreckhaft. Sie kam nach ihrer Mutter, auch die war schön, feingliedrig und unbegreiflich gewesen. Hätte das Mädchen wenigstens den Charakter von ihrem Vater geerbt, würde es ihnen leichter fallen, einander zu verstehen. Da trank sie ganz ruhig ihren Kaffee und sagte kein Wort über den Oberst, offenbarte weder ihre Freude noch ihre Überraschung, erzählte nichts und stellte keine Fragen.

Vielleicht hatte sie das mit dem Oberst vereinbart. Vielleicht hatte sie ihre Gründe dafür, dachte Jowan und beschloß, sie nicht danach zu fragen.

»Bist du böse auf mich?« fragte er.

»Weswegen?«

»Wegen des Messerringkampfs natürlich«, sagte Jowan und war erstaunt über das schwache Gedächtnis seiner Tochter.

»Das ist längst vergessen«, sagte Mavra. »So was kommt vor, wenn man betrunken ist. Henry sagte, es sei ein Unfall gewesen, es sei dazu gekommen, weil er stolperte und für einen Moment das Gleichgewicht verlor. Er sagte, du hättest nicht absichtlich nach ihm gestochen.«

»Was glaubst du?« fragte Jowan.

»Du hast absichtlich nach ihm gestochen«, antwortete Mavra.

»So ist es. Es war aber Unfug. Ich bereue es schwer.«

»Sag es ihm.«

»Hat er vor, mich vor Gericht zu bringen?«

»Ich glaube, auch er hat es schon vergessen«, sagte Mavra.

Jowan küßte Mavras Hände. Dann öffnete er seinen Koffer.

»Ich habe dir die Noten mitgebracht«, sagte er. »Auch einen russischen Schal habe ich dir mitgebracht, so einen wie ihn deine Mutter hatte. Weißt du noch? Der Hund von den Imamovics hat ihn zerrissen. Dieser hier ist warm und schützt deine Schultern im Winter.«

Mavra schlang sich den großen, bunten Schal um. Sie stellte sich vor, ihn um ein Kind zu wickeln, so daß nur noch das kleine Gesicht zu sehen wäre, die Nasenspitze und die ernsten blauen Augen und der Schnuller, der den Mund verdeckte, und sie hatte Lust, ihrem Vater zu erzählen, daß sie schwanger war und er Großvater werden würde. Ein Grund zum Jubeln! Aber wenn die Freude sich gelegt hätte, würde ihr Vater anfangen, ihr Fragen zu stellen, denn auch er trug den Traditionsrucksack der Jahrhunderte auf dem Rücken, und der war vollgepackt mit Regeln, Verboten und Verdächtigungen, allesamt zum Schutz und zur Herabsetzung der Frauen. Würde ihr Vater in seinem Schreck die gesamte ererbte Last in ihrem Schoß auskippen? Würde er sie unter den Steintafeln der zehn Gebote und Verbote, den Jahrtausende alten mündlichen Ehrenbestimmungen und den Leibern gesteinigter Frauen begraben und anschließend mit dem Blut der Rache übergießen?

Die Wahrheit konnte sie ihm nicht erzählen, und zum Lügen war sie noch nicht bereit.

»Ich habe dir so etwas hier mitgebracht«, sagte Jowan und präsentierte eine kleine, dunkelblaue, mit Perlen verzierte Abendtasche aus Seide. Mavra bereute ihre schroffen Gedanken und küßte ihren Vater.

»Du kannst sie mit dem Abendkleid zusammen probieren«, sagte Jowan und schluckte, denn seine Tochter hatte ihn in der letzten Zeit nicht oft geküßt.

»Der Ball war schon vorgestern abend«, sagte Mavra und sah sich die kleine Tasche an. So etwas hatte sie noch nie besessen. Was trugen die Frauen darin mit sich herum? Schminksachen, Geld, Stift und Papier, Taschentuch, Schmerztabletten, Kondome? Sie könnte darin die Stimmgabel, das Harz und aufgerollte Ersatzsaiten aufbewahren.

»Ach, er war schon? Ich hätte sie früher kaufen und dem Oberst mitgeben sollen«, bedauerte Jowan.

»Mach dir nichts daraus, du hattest etwas anderes zu tun«, sagte Mavra.

»Das stimmt. Ich hätte dich gebrauchen können in Sankt Petersburg, vor allem an den letzten beiden Tagen, als mich der Oberst meinem Schicksal überließ. Offensichtlich mußte er abreisen, weil er dich so vermißt hat. Er ist einfach verschwunden. Mein Russisch reichte für die Mühlen der Bürokratie nicht aus. Überall waren sie patzig zu mir, womöglich hielten sie mich für einen Tschetschenen. Mit Bestechungen habe ich mich dann durchgeschlagen. Hundert Dollar hier, fünfzig dort, genau wie daheim in Bosnien.«

»War dir Dunja denn nicht behilflich?« fragte Mavra.

»Welche Dunja?«

»Die Dunja mit dem trägen ›r‹. Die der Oberst engagiert hat, um ihm Akten aus dem Archiv vorzulesen«, sagte Mavra. »Lopuhina? Lohutina?«

»An eine Dunja kann ich mich erinnern«, sagte Jowan. »Sie war im Krankenhaus als Nachtschwester beim Oberst. Sie spielte ihn mit der Geige in den Schlaf.«

»Im Krankenhaus?« wunderte sich nun Mavra.

»Das war natürlich verboten, aber der Oberst setzt ja immer seinen Willen durch. Und mit Geld bekommt man in Russland alles.«

»Aber warum war der Oberst im Krankenhaus?«

»Hat er dir das nicht erzählt?«

»Was hätte er mir erzählen sollen?«

»Er hat es dir also nicht erzählt …«, murmelte Jowan verwundert. Er begriff die Gedankengänge des Oberst nicht. Der Oberst mochte natürlich seine Gründe haben, aber diese Art von Rätselhaftigkeit ging doch zu weit.

»Warum erzählst du es mir nicht?«

»Ist dir an ihm denn nichts aufgefallen, als er kam?« fragte Jowan und überlegte, ob er etwas erzählen durfte, was der Oberst selbst hätte erzählen sollen.

»Er war heiterer als sonst und gesprächiger«, erinnerte sich Mavra. »Er tanzte mit Maotse und schenkte mir das rote Abendkleid.«

»Kam er mit dem Taxi?«

»Er ist aus dem Taxi ausgestiegen, wo die Uferstraße abzweigt, und dann durch den Wald zu Fuß gegangen, er klopfte an die Tür und spielte den Postillon Petschki. Wie er es schon oft getan hat. Manchmal ist er schrecklich kindisch.«

»Warum klopfte er an die Tür?«

»Er hatte seine Schlüssel vergessen«, sagte Mavra.

»Das ist nicht möglich«, sagte Jowan. »Die Schlüssel waren während der gesamten Reise in seinem Koffer.«

»Er klopfte trotzdem, und ich machte die Tür auf«, sagte Mavra. »Sobald er hereingekommen war, erzählte er, der Wind habe seinen Hut weggeweht. Henry Loimu fand ihn am nächsten Tag und brachte ihn mit.«

»Ist dieser Wolfswelpe die ganze Zeit zu seinen Russischstunden gerannt gekommen?«

»Warum hätte er das nicht tun sollen?«

Jowan kam die Galle hoch, aber er beherrschte sich. Schon einmal war er im Zorn zu weit gegangen, dafür hatte er seine Tochter um Verzeihung gebeten und sie auch bekommen. Den Lehrer würde er kaum um Verzeihung bitten, der hatte sich den Kratzer verdient. Aber ob ihm das eine Lehre gewesen war? Starker Zweifel machte sich in Jowan breit.

»Warst du allein, als der Oberst nach Hause kam?« fragte er scharf.

»Warum fragst du mich so etwas?«

Jowan hob Mavras Gesicht an und sah ihr fest in die Augen.

»Warst du allein, als der Oberst kam?«

Mavra blickte ebenso fest zurück und schwieg.

»Meine kleine Mavra, meine Goldrute, du wirst doch deinen Vater nicht anlügen«, sagte Jowan sanft. »Er war bei dir, als der Oberst kam, nicht wahr?«

»Ja«, sagte Mavra mit dumpfer Stimme.

»Und ihr habt nicht bloß Verben gebeugt?«

»Nein.«

Jowan sank in sich zusammen und faßte sich an den Kopf.

»Verurteile mich nicht, Vater. Ich liebe ihn.«

»Willst du den Oberst verlassen?«

»Ich weiß es nicht.«

»Was willst du tun?«

»Ich weiß es nicht.«

Jowan streckte langsam die Hand aus und schlug Mavra ins Gesicht.

»Dann bring mich doch um!« schrie Mavra. »Bring mich um, dann sind alle Probleme gelöst.«

»Halt deinen Mund«, sagte Jowan ruhig. »Was habt ihr gerade getan, als der Oberst kam?« fragte er mit nüchternem Tonfall.

»Wir haben uns verabschiedet. Er war schon am Gehen«, sagte Mavra.

»Kam er noch rechtzeitig weg?«

»Er hätte es geschafft, aber er ist nicht gegangen. Er ist dageblieben, aus Neugier. Aus Eifersucht. Ich sah ihn plötzlich in der Tür stehen. Still und reglos stand er da.«

»Und der Oberst hat ihn nicht gesehen?« fragte Jowan.

»Du meinst, ob er ihn gehört hat.«

»Nein, das meine ich nicht«, sagte Jowan.

Zwölftes Kapitel

Zehn Schritte auf dem Weg, den der Dichter weist

In der Kiesgrube, die Gropius geplündert und später aufgelassen hatte, schossen Henry und der Oberst mit Pistolen auf Blechkanister. Die Kiesgrube befand sich in der Nachbarschaft des Oberst, er pflegte dort mit Jowans Hilfe das Scharfschießen zu üben, um nicht aus der Übung zu kommen. Die Kanister standen im Abstand von zwanzig Metern vor einem Sandwall auf Spiralfedern, wo sie frei in der Luft schwankten. An jedem war eine lange Angelschnur befestigt, an der man ziehen konnte, um den Kanister zum Schaukeln und die Steine darin zum Rasseln zu bringen. Aufgrund des Geräuschs ortete der Oberst den jeweiligen Kanister, zielte und schoß. Die Treffer konnte er selbst hören. Die Fehlschüsse trafen meistens die Hartfaserplatten dahinter, welche wie Dart-Scheiben in Sektoren und Ringe aufgeteilt waren. Dort las Jowan mit Hilfe des Fernglases die Einschußlöcher ab und teilte ihre Position in Form von Uhrzeiten und Entfernungen vom Mittelpunkt des Kanisters mit, damit der Oberst das Anvisieren korrigieren konnte. Dazu benutzte er einen Rechen als Hilfsmittel. Er hielt ihn aufrecht, mit den Zinken nach unten, so daß der Stiel ungefähr senkrecht von der Erde aufragte. Indem er den Stiel ein kleines Stück zur Seite und die Hand mit der Pistole am Stiel nach oben oder nach unten rückte, war er in der Lage, einigermaßen die Zielrichtung zu bestimmen und entsprechend zu korrigieren.

Der Oberst schoß mit seiner Parabellum, deren Lauf gegen den eines fünfeinhalb Zoll langen Tikkakoski-Maschinengewehrs ausgetauscht worden war, auf die Kanister, während Henry mit der geschenkten Tokarew auf kleinere Konservendosen schoß.

»Eine kleine Vorgabe sei einem Blinden schon gegönnt«, sagte der Oberst.

Henry kümmerte sich auch um das Bewegen der Kanister und die Kontrolle mit dem Fernglas, wenn der Oberst schoß. Dessen Treffsicherheit war verblüffend. Auf drei Schüsse kam bei ihm ein Treffer, bei Henry ebenfalls.

»Sie schießen gar nicht so übel für einen Kathederarbeiter, Herr Loimu«, sagte der Oberst. »Sie haben schon dreimal getroffen.«

»Ich habe sechsmal danebengeschossen, und dabei verfüge ich über mein volles Augenlicht«, klagte Henry.

»Und ich über Gehör und Grips«, sagte der Oberst.

Als Henry an der Reihe war und schon wieder danebenschoß, sagte der Oberst:

»Ärgern Sie sich nicht. Die Tokarew ist wahrlich keine Präzisionswaffe. Ihr Zweck besteht darin, Menschen aus geringer Entfernung umzulegen. Das ist bestimmt auch mit dieser hier getan worden. Zuerst Finnen, dann Russen.«

»In der Reihenfolge?«

»Ich muß gestehen, daß ich die Waffe nicht aus Rußland mitgebracht habe«, sagte der Oberst. »Ich besitze sie schon seit Jahrzehnten. Mein Vater hat sie von der Front mitgebracht. Sie hatte einem Oberst Gavrilow gehört, der in den Kämpfen bei Kuhmo fiel. Dort geriet sie in den Besitz meines Vaters, der sie sozusagen aufhob. So machten es damals alle. Sie nehmen es mir doch nicht übel, daß es sich nicht um ein Mitbringsel handelt? Ich hatte zwar tatsächlich vor, Ihnen etwas mitzubringen, aber dann hatte ich plötzlich keine Zeit mehr. Gestern bin ich dann auf die Pistole meines Vaters gekommen. Ich dachte, Sie würden mein Geschenk dennoch zu schätzen wissen, immerhin hat diese Pistole ideellen Wert für mich.«

»Ich weiß es zu schätzen, aber geben Sie sie auf keinen Fall weg! Behalten Sie sie als Erinnerung an Ihren Vater.«

Henry drückte dem Oberst die Pistole in die Hand. Der aber wollte nichts davon wissen, sondern gab sie sofort zurück.

»Geschenkt ist geschenkt«, sagte er. »Ein Mitbringsel kann man nicht zurücknehmen, auch wenn es mehr ein Ausdenksel als ein Mitbringsel ist. Sie können sie vielleicht noch gebrauchen. Vielleicht sogar schon bald.«

»Wofür sollte ich sie brauchen?«

»Sie können sie als persönliche und zusätzliche Handwaffe in Bosnien verwenden«, sagte der Oberst.

»Wollen Sie mich schon wieder nach Bosnien schikken?« lachte Henry.

»Ich habe die sehr starke Vorahnung, daß Sie als Freiwilliger dorthin gehen werden«, sagte der Oberst. »Sie sind als Friedenssicherer wie geschaffen. Sie sind voller hehrer Grundsätze, Sie haben eine gewisse Vorstellung von Geschichte, wenngleich eine sehr theoretische. Sie sind sprachbegabt und können sogar ein bißchen Russisch. Sie haben genügend militärische Ausbildung genossen, Sie sind kühn, um nicht zu sagen tollkühn, Ihrem Leben fehlt es an klaren Orientierungslinien, und Sie sind gerade jetzt von Ihrem Dasein frustriert.«

»Wie kommen Sie darauf?«

»Das sieht doch ein Blinder«, sagte der Oberst. »Was hält Sie noch hier?«

»Ich habe immerhin einen Hund«, erwiderte Henry und versuchte, das Ganze als Scherz zu nehmen.

»Ihren Hund haben Sie Ihrer früheren Frau zurückgegeben«, sagte der Oberst, und Henry schauderte, daß der Oberst auch das wußte.

»Das ist eine vorübergehende Lösung«, murmelte er.

»Was im Leben des Menschen wäre das nicht? Oder im Leben eines Hundes. Nichts ist sonderlich dauerhaft, nicht das Glück, nicht die Trauer, nicht das Verliebtsein, nicht der Hund, nicht einmal die Brücke über die Drina. Auch Ihr Dienst bei den SFOR-Truppen würde nicht ewig dauern. Sie wären eine Zeitlang dort, kämen ein bißchen älter und klüger zurück und hätten womöglich mit eigenen Augen die Brücke über die Drina gesehen. Die steht nämlich fest an ihrem Platz, trotz allem, das wußte jemand zu berichten, den ich im Camp Jussi in Doboj anrief. Denken Sie darüber nach. Behandeln Sie die Brücke gut. Halten Sie auch diese geschenkte Pistole in Ehren und probieren Sie sie noch einmal aus. Sehen Sie die Cognacflasche dort vor dem Strommast? Natürlich sehen Sie sie. Die lag seltsamerweise in meinem Wagen, im Fußraum vor der Rückbank. Es war mein bester Cognac, Monet XO. Ich hatte seinen Geruch in der Nase, als wir zum Ball fuhren, aber ich begriff nicht, woher er kam. Ich habe ihn nicht getrunken. Mavra wohl auch kaum. Schießen Sie!«

»Muß das sein?« fragte Henry lustlos.

»Schießen Sie ohne Mitleid. Sie ist leer. Die Scherben sammeln wir allerdings ein«, sagte der Oberst.

Henry zielte achtlos und schoß.

»Nicht getroffen«, sagte er.

»Ich habe es gehört«, sagte der Oberst. »Sie waren zu nachlässig. Vielleicht machen wir Schluß für heute. Sie kommen doch noch mit zum Tee? Mavra würde sich freuen.«

Henry hatte den Einfall, sich davonzuschleichen und den Oberst allein in der Kiesgrube zurückzulassen. Sogleich schämte er sich für den Gedanken. Wenn der Oberst unbedingt Katz und Maus spielen wollte, beschloß er, würde er bis zum Ende mitspielen. Als Maus. Aber das Haus des Oberst würde er nicht mehr betreten.

»Leider kann ich jetzt nicht«, sagte er.

»Sie haben doch nicht etwa genug von ihr?« fragte der Oberst.

»Auf keinen Fall«, versicherte Henry. »Sie ist eine ausgezeichnete Lehrerin.«

»Nicht wahr? Sie widmet sich gewissenhaft ihrer Aufgabe. Man hat mir gesagt, eure sprachlichen Immersionsübungen dauerten oft die ganze Nacht hindurch bis zum nächsten Morgen. Das habe ich nicht von Mavra gehört, bilden Sie sich das bloß nicht ein. Söderholm hat es mir erzählt. Ich weiß nicht, wieso er das weiß, schließlich ist der Alte unglaublich kurzsichtig. Vielleicht hat er es an seinen Meßinstrumenten abgelesen. Er wohnt ja auf der anderen Straßenseite. Vielleicht hat er Ihre Strahlung gemessen, wenn Sie kamen und wenn Sie gingen, und hat daraus seine Schlußfolgerungen gezogen. Ich wiederum habe meine eigenen gezogen. Wie soll ich es ausdrücken? Soll ich es direkt sagen oder mit Umschweifen? Ich glaube, ich sage es direkt: Ich bin zu dem Schluß gekommen, daß Sie eine blühende spracherotische Beziehung zu meiner Frau unterhalten. Die werden Sie doch nicht abbrechen, nur weil ich zurückgekommen bin?«

Henry betrachtete die im Wind schwankenden Blechkanister. Sie schepperten, obwohl sie voller Löcher waren. Einschußlöcher waren auch im menschlichen Körper eine saubere Sache. Aber wo die Kugeln austraten, hinterließen sie schlimme Spuren.

»Sie sind auf einmal so schweigsam«, sagte der Oberst. »Heißt das, Sie geben es zu? Oder leugnen Sie es?«

»Ich leugne es nicht«, sagte Henry.

»Das habe ich auch vermutet«, sagte der Oberst. »Sie sind ein rechtschaffener Mann. Und flink. Sie flitzen so schnell von hier nach da, daß Ihr Schatten nicht mitkommt. Sie können gleichzeitig weggehen, da sein und kommen. Von, bei und zu meiner Frau, meine ich. Die wenigsten können das. Aber Liebe macht erfinderisch. Sie lieben sie doch wohl aufrichtig und wollen sie für sich haben und so weiter?«

»Auch das leugne ich nicht.«

»Und ich meinerseits gebe sie Ihnen nicht. Was nun?«

»Vielleicht lassen wir sie entscheiden«, schlug Henry vor.

»Ich weiß nicht recht. Sie würde unter Umständen Sie wählen«, sagte der Oberst.

»Es hat nicht den Anschein«, sagte Henry. »Ich habe mich allerdings darum bemüht.«

»Das bezweifle ich nicht«, sagte der Oberst. »Hier stehen wir jetzt. Wie soll es weitergehen? Haben Sie einen Vorschlag?«

»Vielleicht sollte ich aufgeben«, sagte Henry.

»Das wäre die einfachste Lösung, aber ich befürchte, das wird Ihnen nicht gelingen«, entgegnete der Oberst. »Es ist unmöglich, Mavra aufzugeben. Wenn das jemand weiß, dann ich.«

Der Oberst ging zu einer umgestürzten Kiefer und

setzte sich auf ihren Stamm. Henry wunderte sich über die Sicherheit beim Gehen.

»Bilden Sie sich bloß nicht ein, Sie wären der erste junge Mann, zu dem sie sich hingezogen fühlt«, sagte der Oberst. »Es hat auch vorher schon welche gegeben. Vielleicht hat sie es Ihnen erzählt. Ich habe kein Aufhebens darum gemacht, schließlich kann ich unsere verzwickte Situation einschätzen. Ich bin schon in den Jahren, und sie ist erst zur Blüte gekommen, nach der Hölle, die sie in Bosnien erlebt hat. Wenn ich sie kurzhalte, hört sie auf, mich zu lieben, das habe ich begriffen. Ich wage nämlich zu behaupten, daß wir tatsächlich einmal verliebt waren. So etwas spürt man. Falls es Ihnen nicht möglich sein sollte, das zu begreifen, hat das mit der fehlenden Phantasie eines jungen Mannes zu tun. Ich dachte, wenn ich ihr Spielraum gönne, bleibt sie vielleicht bei mir und beruhigt sich allmählich wieder. Ich erzähle Ihnen das jetzt, auch auf die Gefahr hin, daß Ihnen schlecht wird: Ich habe mich nicht in Mavra verliebt, weil sie so jung und schön war. Oft habe ich mir gewünscht, sie wäre älter. Natürlich habe ich mir öfter gewünscht, ich wäre jünger. Mein Leben mit ihr ist eine einzige Achterbahn. Durch sie fühle ich mich wie ein junger Recke, und im nächsten Moment komme ich mir uralt vor, überflüssig und widerlich. Nichts dazwischen. Das ist nicht ihre Schuld. Sie will das nicht. Ich mache ihr keinen Vorwurf. Ich kasteite mich selbst wie ein Mönch. Alles egozentrische Einbildung voller Selbsthaß. Ich wußte ja nicht einmal, wie alt ich aussah, da ich mein Spiegelbild nicht sah. Aber trotz allem war ich ihre Zuflucht, und sie war mein Trost. Eine solche gegenseitige Abhängigkeit zehrt an einem. An beiden Seiten. Über unser Liebesleben werde ich allerdings nicht reden. Ich kann Ihnen nur soviel verraten, zumal wir uns, wie ich ahne, nicht wiedersehen werden, daß ich diverse körperliche Gebrechen habe, Beschwerden und Schäden. Auch seelische, die von den körperlichen herrühren. Und ein ständig schlechter werdendes Gewissen, weil ich nicht fähig bin, ihr ein Kind zu machen. Womit das wiederum zu tun hat, erzähle ich Ihnen nicht, ich bin mir selbst nicht ganz sicher. Ein Kind hätte sie zur Ruhe kommen lassen und ihrem Leben Erfüllung gegeben, auch meinem, und wir hätten nicht aneinander hängen müssen wie Hirsche, die mit den Geweihen ineinandergeraten sind.«

Der Oberst schwieg und zog eine flache Cognacflasche aus der Innentasche seiner Jacke.

»So einen Unsinn kann man nicht mit trockenem Mund reden. Ich schütte mein Herz aus wie der alte Fürst Gremin vor Onegin«, sagte er und trank einen Schluck. »Er klagte freilich nicht, er beweihräucherte nur seine Liebe zu Tatjana, der alte Narr. Nehmen Sie auch einen Schluck. Besseren Cognac kann ich Ihnen leider nicht anbieten, weil jemand den Monet getrunken hat.«

»Ich habe ihn getrunken«, sagte Henry und trank aus der Flasche.

»Das habe ich fast vermutet.«

»Ich werde Ihnen eine neue Flasche kaufen«, sagte Henry.

»Meinetwegen«, sagte der Oberst und seufzte tief.

In Henrys Innerem regte sich das Mitgefühl wie eine Luftblase und suchte nach einem Platz in den Höhlen seines Körpers. Er hätte am liebsten gesagt, daß vielleicht alles noch gut werden könnte, daß Mavra ein Kind erwartete, und dieses Kind würde ihrem Leben Erfüllung geben und sie vom Geweih des Oberst und von Henrys Geweih befreien. Sie würde anfangen, ihr eigenes Leben zu leben, wie auch das Kind, und das durfte nach Herzenslust angehimmelt und geliebt werden, dafür mußte man nicht der Vater sein … Aber das Mitgefühl war aus seinem Bauch hinauf in die Luftröhre gekrochen und lähmte sein Sprechorgan.

»Also was Mavras Techtelmechtel angeht, kann ich sagen, daß ich einen langen Geduldsfaden gehabt habe«, sagte der Oberst, steckte die Flasche ein und erhob sich, richtete sich zu voller Größe auf.

»Jowan dagegen hatte von Anfang an eine strengere Linie. Da haben wir einen richtigen halsstarrigen Vater vom Balkan. Er hat die Männer in Mavras Nähe davongejagt. Immerhin nicht ums Leben gebracht. Sie sind freiwillig gegangen, jeder einzelne, und nicht wiedergekommen. Aber Sie, Herr Loimu, sind nicht gegangen. Sie sind ein hartnäkkiger Mann. Sie sind ja auch unsterblich verliebt. Ich habe die Flamme Ihrer Liebe beobachtet und gesehen, wie aus der warmen Glut ein Feuer ausgebrochen ist, an dem sich sämtliche wichtigtuerischen Hypokriten und spitzzüngigen Hexen der Stadt N. versengen könnten. Sie sind nicht fähig, sie aufzugeben. Sie haben es womöglich schon versucht, aber es ist Ihnen nicht gelungen. Und ich verstehe Sie. Ich empfinde Ihnen gegenüber sogar einen Hauch von Empathie und Mitgefühl. Das alles ist auch für Sie nicht einfach. Und es wird immer schwerer. Wir halten nämlich beide an ihr fest, so lange der Atem pfeift. Weshalb einem von uns beiden der Atem genommen werden muß.«

»Ich bin, offen gestanden, schon genug geschröpft worden«, sagte Henry, aber der Oberst hörte nicht zu, denn er tat so, als hätte er einen königlichen Einfall.

»Lösen wir die Angelegenheit im Duell. So hat man es zu Puschkins Zeiten gemacht. Sie haben doch eine Schwäche für Puschkin. Folgen wir seinem Beispiel. Beschreiten wir freudig den Weg, den uns der große Dichter weist.«

»Das können Sie nicht ernst meinen«, sagte Henry, spürte aber, daß den Oberst jetzt nichts umstimmen konnte.

»Ich verstehe Ihre Bedenken. Sie sind natürlich nicht bereit, auf einen Blinden zu schießen. Ginge es, wenn wir uns beide blind duellierten? Sie könnten sich die Augen mit meinem Schal verbinden.«

»Ich denke, ich werde verzichten, bei allem Respekt«, sagte Henry.

»Oder wir machen es so, daß Sie zehn Sekunden lang laut singen, dann höre ich, wo Sie stehen. Zum Beispiel das Lied der Pioniere. Wie geht das noch? ›Wir freun uns an der Redensart: Das hat ein Pionier getan!‹ Und Sie versprechen, sich nicht zu bewegen. Dann zählen wir bis zehn und schießen. Sie haben noch eine Kugel übrig. Das reicht. Ich werde meine entfernen und nur eine im Lauf lassen.«

Der Oberst entfernte das Magazin von seiner Parabellum.

»Ich werde nicht schießen. Ich werde nicht singen und nicht schießen«, sagte Henry mit gespannter Stimme.

Er nahm die Sternpistole der Roten Armee aus der Tasche und schoß in die Luft.

»Da fliegt die letzte Kugel«, sagte er.

»Dann sehe ich keine andere Lösung mehr, als Sie auf der Stelle zu erschießen. Oder von etwas weiter weg. Ich gebe Ihnen einen Vorsprung. Gehen Sie zehn Schritte zurück, so wie ich es auch tue. Dann schieße ich!«

Der Oberst ging die zehn Schritte und drehte sich um. Henry rührte sich nicht vom Fleck.

»Ich habe Ihre Schritte nicht gehört«, sagte der Oberst. »Sie glauben, ich treffe sowieso nicht. Da können Sie sogar recht haben. Aber womöglich treffe ich auch. Ich habe vergessen, Ihnen zu erzählen, daß meine Augen in Sankt Petersburg operiert worden sind. In der Klinik von Professor Alexei Kulygin, die von dem Spekulanten Soros finanziert wird, um blinde Millionäre aus der Finsternis ins Licht zu führen. Meine Ersparnisse sind dadurch um die Hälfte geschrumpft, aber jetzt habe ich neue Augen, wahrscheinlich die Augen eines fanatischen tschetschenischen Kämpfers aus dem Heiligen Krieg, die sie ihm aus dem Kopf geschält haben, als sein Leichnam noch warm war. In Rußland weiß man, wie man Menschen die Augen auswechselt, aber nicht einmal in jener Klinik funktionierten die Toiletten richtig. Das ist erstaunlich. Falls sich meine Augenhöhlen nicht gerade in diesem Moment entscheiden, meine neuen Augäpfel abzustoßen und sie einen Meter aus dem Kopf zu schleudern, glaube ich, große Chancen zu besitzen, Sie zu treffen.«

Der Oberst zielte mit der Waffe in Henrys Richtung, der Lauf der Pistole schwenkte von links nach rechts und wieder zurück. Nun visierte er genauer, und für einen Moment wies der Lauf genau auf Henry. Dann senkte der Oberst die Waffe.

»Wollen Sie noch etwas sagen? Ich meine keine Verteidigungsrede oder Bitte um Verzeihung. Sie brauchen sich nicht zu verteidigen, weil ich Ihr Motiv vollkommen verstehe, und eine Bitte um Verzeihung wäre für alle Beteiligten herabsetzend, besonders für Mavra. Haben Sie also einen letzten Wunsch oder Gruß oder einen letzten klugen Ausspruch, an den man später zurückdenken kann?«

»Ich gratuliere zur gelungenen Operation«, sagte Henry und fragte sich, ob der Oberst auch sein blasses Gesicht sehen konnte, oder ob er nur eine undeutliche Gestalt in zehn Schritten Entfernung sah.

»Danke für die Gratulation«, sagte der Oberst. »Sie machen sich nicht in die Hose. Was für einen großartigen Friedensschützer unsere friedlose Welt in Ihnen verliert! Erinnern Sie sich an die georgische Geschichte von dem Porträtmaler des Königs? Professor Kulygin hat sie mir erzählt, bevor er mich operierte. Ich prägte sie mir ein und beschloß, sie Ihnen zu erzählen, falls es Anlaß dazu gäbe. Und den gab es. Ich wünschte, Sie würden sich eine ebenso gute Methode einfallen lassen, aus der Klemme zu kommen, wie jener Maler. Über Ihr Hinscheiden wäre ich nämlich ebenso traurig wie Sie.«

»Bekomme ich Bedenkzeit?« fragte Henry.

»Ja. Genau eine Minute. Die Zeit läuft ab jetzt.«

Henry wandte dem Oberst den Rücken zu. Er schob die Hände in die Taschen und betrachtete die leere Monet-Flasche. Er dachte daran zurück, welchen Geschmack er auf der Zunge gehabt hatte, und das weckte noch immer den Brechreiz in ihm. Das kann nicht das Ende sein, dachte er. Soll das ganze Leben auf so idiotische Weise und mit diesem ekligen Phantomgeschmack im Mund enden? Er hatte sich immer vorgestellt, daß Todesangst nach Eisen schmeckt.

»Mir fällt gerade ein, was mit Mavra geschieht, wenn Sie wegen Mord in den Knast gesteckt werden«, sagte Henry.

»Ein guter Gedanke«, sagte der Oberst. »Ich habe das natürlich berücksichtigt. Ihr Tod wird nach einem Unfall aussehen. So etwas kommt vor auf dem Schießstand. Meine Parabellum ist aus Versehen losgegangen, und Sie standen der Kugel zufällig im Weg. Ein äußerst bedauerlicher Vorfall. Kommissar Nurmi wird mich ausschimpfen, und ich werde mir bis ans Ende meines Lebens Vorwürfe machen. Aber einen Mord wird niemand vermuten. Niemand wird mich als Mörder verdächtigen, denn ich bin schließlich ein alter, blinder Friedenstruppenveteran. Es weiß nämlich niemand, daß meine Augen operiert worden sind und ich nicht mehr im Stockfinsteren umhergehe. Auch Mavra weiß es nicht. Sie wissen es noch einen Augenblick lang. Jowan weiß es, aber seine Solidarität ist von geradezu himmelhohem Ausmaß. Machen Sie sich also keine Sorgen um mich und Mavra. Dennoch, ein guter Versuch. Probieren Sie noch einen. Geben Sie nicht auf. Noch haben Sie eine halbe Minute Zeit. Warum drehen Sie mir den Rücken zu?«

»Ich kann besser nachdenken, wenn ich nicht auf Ihre Pistole starre«, sagte Henry.

»Ist Ihnen schon etwas eingefallen?« fragte der Oberst nach einer kurzen Weile.

»Ja.«

»Dann teilen Sie es mir um Himmels willen mit, die Zeit läuft ab.«

»Das hier ist es«, sagte Henry.

»Wollen Sie sich nicht umdrehen und es mir erklären?«

»Ich werde mich nicht umdrehen. Sie können mir in den Rücken schießen, wenn Sie wollen.«

»Ich werde einem Mann doch nicht in den Rücken schießen«, schnaubte der Oberst.

»Eben«, sagte Henry.

Der Oberst verstummte perplex. Dann brach er in Lachen aus.

»Sie sind raffiniert!«

»Schenken Sie mir jetzt Ihre Lieblingsfrau?« fragte Henry.

»Das werde ich nicht tun.«

»Dann drehe ich mich um«, sagte Henry.

»Wenn Sie sich umdrehen, muß ich Sie erschießen«, sagte der Oberst. »Da ich es nun einmal versprochen habe.«

»Das ist nicht so schlimm«, sagte Henry und drehte sich um. Für einen Moment standen sie sich schweigend gegenüber.

»Sie lieben sie tatsächlich«, sagte der Oberst.

»Genau wie Sie«, sagte Henry. »Was machen wir?«

Mavra kam vom Wald her auf sie zugerannt, schon von weitem schrie sie in drei Sprachen durcheinander.

»Hört auf! Habt Erbarmen! Ich erwarte ein Kind!«

Sie lief auf die beiden Männer zu und blieb in einiger Entfernung stehen, um zu verschnaufen. Der Oberst machte ein paar Schritte auf sie zu. »Hat es geklappt? Von wem ist es?« schrie er zurück.

Mavra ging langsam auf die beiden zu.

»Du kannst also sehen!« sagte sie außer Atem.

»Sag ihm, von wem es ist«, forderte Henry sie auf, aber Mavra hörte nicht auf ihn. Sie trat vor den Oberst und schaute ihm prüfend ins Gesicht. Der Oberst wandte das Gesicht ab.

»Zeig mir deine Augen«, verlangte Mavra. »Nimm die Brille ab!«

»Laß gut sein«, sagte der Oberst. »Was willst du mit meinen Augen?«

»Siehst du mich?«

»Ich betrachte dich mit ganz neuen Augen. Sag mir, von wem du ein Kind erwartest.«

Mavra blickte auf Henry und dann von ihm weg. Sie wandte sich dem Oberst zu.

»Von dir.«

»Bravo!« rief der Oberst, schoß mit der Pistole in die Luft und warf sie auf den Hügel. Henry schüttelte den Kopf, setzte sich auf den Kiefernstamm, öffnete die Schnürsenkel und leerte den Sand aus seinen Schuhen.

»Die Lippen der Wahrheit währen ewiglich, die schöne Lüge nur bis zum Tod«, sagte der Oberst. »Mir genügt das. Sei es von mir! Ich erkenne es an. Haben Sie gehört, Herr Lehrer? So geht das. Machen Sie sich nichts daraus. Sie dürfen die werdende Mutter küssen.«

Mavra trat vor Henry, Henry zog seine Schuhe an und stand auf. Mavra richtete ihr Gesicht nach oben zum Kuß.

»Liebst du mich noch?« fragte Henry.

»Mehr als je zuvor«, sagte Mavra.

Henry küßte ihre Lippen.

Der weiße Mercedes des Oberst kam in die Kiesgrube gefahren und bremste so heftig, daß es staubte. Jowan stürzte aus dem Wagen.

»Finger weg von meiner Tochter!« rief er.

»Schon gut, Jowan«, sagte der Oberst. »Ich habe ihm erlaubt, sie zu küssen.«

»Na, dann …«

Mavra rannte zu Jowan und warf sich ihm weinend an den Hals.

»Vater! Ich erwarte ein Kind!«

Verblüfft umarmte Jowan seine Tochter und tätschelte sie zwischen den Schulterblättern.

»Das ist ja … Herzlichen Glückwunsch! Was flennst du? Ich werde also Großvater? Weine nicht, Mavra. Das Leben siegt.«

»Im Leben erhält jeder, was er verdient«, sagte der Oberst. »Und manche unverdient. Hast du die Bewerbungsformulare mitgebracht?«

»Ich habe sie dabei«, sagte Jowan und löste sich von Mavra. Er holte eine Mappe aus dem Wagen und öffnete sie vor Henrys Augen. »Es fehlt nur die Unterschrift von Herrn Lehrer Loimu.«

»Ich garantiere Ihnen, daß Sie in ein gutes Bataillon aufgenommen werden«, sagte der Oberst. »Lesen Sie sich trotzdem zuerst die Konditionen, Verpflichtungen, Lohnbedingungen und das ganze Kleingedruckte durch, bevor Sie unterschreiben.«

Henry nahm einen Stift aus der Tasche. Er fühlte sich seltsam leicht. Lächelnd sah er Mavra an und unterschrieb. Ein Exemplar nahm er an sich, faltete es zusammen, steckte es ein und ging davon. Mavra holte ihn ein, und sie gingen nebeneinander bis zum Waldrand. Von tiefer Besorgnis erfaßt, blickte Jowan ihnen nach.

»Laß sie gehen. Sie müssen noch ein Verb beugen. Ich habe Champagner im Auto. Der hat gerade die richtige Temperatur«, sagte der Oberst.

Nachdem der Oberst und Jowan auf dem Kiefernstamm die letzte Flasche traditionellen Sowjetchampagner getrunken hatten, machten sie sich auf den Heimweg. Das Auto ließen sie in der Kiesgrube zurück. Der Oberst stützte sich auf Jowan und behauptete, der Champagner sei ihm in die Beine gegangen, so daß er wieder nichts sehe. Aber er hatte sich einen neuen Text für das Lied von den Wischegrader Bergen ausgedacht, und den würde er Jowan jetzt beibringen.

»Champagner schlürfend
feiern wir Mavras Kind,
über das wir eben unterrichtet worden sind.
Wer der Vater ist,
wollen wir nicht mal wissen,
denn auf die Biologie
ist ohnehin gepfiffen!«

Dreizehntes Kapitel

Ein untauglicher Fehlgedanke

Der Oberst stand auf der Terrasse, er hatte die schwarze Brille auf und wärmte sein Gesicht in der Frühlingssonne. Vor dem Haus stand ein Kleinbus. Jowan stellte zwei Koffer davor ab. Kiljander nickte billigend und verstaute das Gepäck im Kofferraum. Jowan ging auf die Terrasse, zum Oberst.

»Ich fahre also jetzt. Bist du sicher, daß du mich nicht mehr brauchst?«

»Ganz sicher«, sagte der Oberst.

»Obwohl du nun doch nicht sehen kannst?«

»Trotzdem«, sagte der Oberst.

»Ich habe schon lange daran gedacht, dich zu fragen, und jetzt tue ich es auch, falls du es mir nicht übelnimmst: Hast du damals gesehen, als ihr in der Kiesgrube geschossen habt, damals, in der dunklen Jahreszeit?«

»Ich kann es nicht mit Sicherheit sagen«, antwortete der Oberst. »Ich glaube, daß ich glaubte zu sehen. Vielleicht sah ich auch. Das ist so relativ. Möglich, daß ich sah. Aber nicht wahrscheinlich. Wahrscheinlich ist statt dessen, daß ich auch damals nichts sah.«

»Sogar mich hast du für einen Moment getäuscht«, sagte Jowan und schlug dem Oberst auf die Schulter.

»Darin bin ich gut. So gut, daß ich sogar mich selbst

täuschte. Würdest du mir noch einen letzten Gefallen tun, Jowan? Schau zum Fluß und sage mir, was du siehst.«

»Mavra steht dort mit hervorgestrecktem Bauch und starrt ins Wasser. Maotse gräbt im Sand.«

»Mavra raucht doch nicht etwa Pfeife?«

»Sie raucht nicht.«

»Bald werde ich zwei Augenpaare haben. Mavra und das Kind«, sagte der Oberst.

»Das ist besser als ein Augenpaar«, sagte Jowan.

»Und viel besser als gar keines«, sagte der Oberst.

»Jetzt muß ich wohl gehen. Bosnien wartet. Und Kiljander.«

»Paß auf dich auf in Kukavica. Sag ihnen, wenn dich jemand schlecht behandelt, komme ich und sorge für Ordnung.«

»Ich werde es ihnen sagen.«

»Falls du zufällig Hauptmann Loimu treffen solltest, richte ihm Grüße aus.«

»Das werde ich tun. Als er damals hier strandete, dachte ich sofort, daß er ein guter Mann ist. Am Ende war er ohne zu mucksen bereit, sich dem Bataillon anzuschließen. Er macht dort weiter, wo du aufhören mußtest.«

»Stimmt. Andererseits hatte er auch gar keine andere Wahl.«

»Was wird sein, wenn er seinen Dienst geleistet hat?«

»Es ist zu früh, sich darüber Gedanken zu machen. Vielleicht kehrt er überhaupt nicht zurück. Falls die Geschichte vor seinen Augen explodiert, Gott bewahre. Andererseits ist es eine große Ehre, im Dienste des Friedens verwundet zu werden. Ich würde dem Hauptmann gegenüber Dankbarkeit und Mitgefühl empfinden. Ebensogut könnte er ums Leben kommen. Warum sollte er nicht ums Leben kommen? Was habe ich da gesagt? Ich bitte um Verzeihung. Das war ein untauglicher Fehlgedanke.«

»Für unsere Gedanken können wir nichts«, sagte Jowan.

Vierzehntes Kapitel

Die Brücke über die Drina

Wischegrad, im Juni 2001

Frau Oberst Mavra Markovic-Suoponki!

Es ist schon über ein Jahr her, daß wir uns zuletzt trafen, an dem Tag, an dem ich nach dem langen Winter zum ersten Mal euer Haus betrat. Es war kurz vor meinem Aufbruch nach Bosnien, und wir sind uns am Tor begegnet. Du wolltest mit Maotse einen Spaziergang machen, ich öffnete dir das Tor, und Maotse knurrte mich an. Wir wechselten fünf Sätze, zwei davon entfielen auf mich, drei auf dich. Die ungleiche Zahl kam zustande, weil du auf meinen letzten Satz, der eine Frage war, nicht antwortetest. Ich fragte dich, ob du glücklich seist. Du antwortetest nicht, sondern gingst zur Uferstraße, und ich blickte dir nach. Du warst entzückend rund geworden.

Der Oberst hat dir vielleicht mitgeteilt, warum ich damals zu euch kam, aber ich schreibe es dir trotzdem, der Klarheit zuliebe. Ich kam auf Bitte des Oberst. Er bat mich, dem Kommandanten des finnischen Bataillons in Doboj einen Brief zu überbringen, und ich versprach ihm, es zu tun. Ich kam direkt von meinem letzten Ausbildungslehrgang, ich war in Uniform, und an meinem Kragen prangten die Oberleutnant-Streifen. Natürlich wollte ich Eindruck auf den Oberst machen. Und vielleicht auch auf dich.

Ich schreibe dies in der Stadt Wischegrad, in einer kleinen Herberge namens Gostionica Lottika. Sie liegt am Ufer der Drina, unmittelbar bei der Brücke, die Mehmed Pascha Sokoli erbauen ließ, dort, wo sich das Hotel Lottika befand, das in Ivo Andrics Buch vorkommt, daher vermutlich auch der Name.

Dies ist also mein erster Brief an dich, und ich versuche, ihn in ›eurer Sprache‹ zu schreiben, so gut ich es kann. Du hast mir diese Sprache eröffnet, und ich habe sie mittlerweile gelernt und in der Praxis geübt. Sie ist mir bei meiner Tätigkeit im Bataillon nützlich gewesen: während des letzten halben Jahres habe ich keinen Dolmetscher mehr gebraucht, wenn ich mit der einheimischen Bevölkerung sprach. Ich weiß nicht, wieviel von dem, was ich sage und in diesem Brief schreibe, Bosnisch ist, wieviel Kroatisch oder Serbisch. Vielleicht ist es meine eigene Mischung, die kein bosnischer, kroatischer oder serbischer Verfechter reiner Sprache akzeptieren würde. Ich habe mir sogar einen Namen dafür ausgedacht: ich schreibe dir auf boskroserbatisch.

Ich habe dir früher schon geschrieben, die Briefe jedoch nicht abgeschickt. Ich hatte den Verdacht, daß der Oberst deine Briefe liest, oder daß du sie ihm vielleicht selbst vorliest, so wie du mir einmal erlaubt hast, mir einen Hörbrief des Oberst anzuhören. Du hättest dafür natürlich gute Gründe und solide Erklärungen zu nennen, so wie für alles, was du tust oder unterläßt. Und ich wußte nicht einmal, ob du wolltest, daß wir von Zeit zu Zeit Kontakt aufnehmen. Ich hatte nichts von dir gehört. Nicht einmal die Geburt deines Kindes hast du mir mitgeteilt. Ich habe über andere davon erfahren. Ich wußte zwar ungefähr, wann das Kind zur Welt kommt, aber die Kenntnis des genauen Geburtstermins hätte Licht in die Frage bringen können, wer der Vater des Kindes ist. Hast du es mir deshalb nicht mitgeteilt, weil du Angst hattest, ich würde die Vaterschaft beanspruchen? Falls dem so sein sollte, ist deine Angst unbegründet. Ich werde es nicht tun. Schon allein aufgrund dessen, was das finnische Gesetz vorschreibt: Akzeptiert die Mutter als Vater ihres Kindes einen Mann, der seine Vaterschaft akzeptiert und anerkennt, kann kein anderer Mann die Vaterschaft beanspruchen.

Wer bin ich, daß ich etwas zu beanspruchen hätte?

Wir sprachen nicht viel, der Oberst und ich, und über dich sprachen wir überhaupt nicht. Der Oberst trug eine schwarze Brille, und er schien mich durch deren Gläser zu mustern wie früher. Er bewegte sich mit gelassener Sicherheit, wie immer bei sich zu Hause. Aus dem Kühlschrank nahm er zwei Flaschen Bier und fand mühelos zum Tisch zurück, er machte die Flaschen auf und schenkte das Bier in die Gläser, ohne etwas zu verschütten oder ein Glas umzuwerfen. Allein der Teufel weiß, wie gut er sieht, wie viel und wie genau. Ich fragte ihn nicht danach. Es wäre sinnlos gewesen, ich hätte ihm nicht geglaubt, ganz gleich was er mir geantwortet hätte. Ein Experiment unternahm ich aber doch. Ich hatte einen teuren Cognac mitgebracht, hatte ihm die Flasche aber nicht in die Hand gegeben, sondern sie gleich nach meiner Ankunft auf den Barschrank gestellt. Ich sagte ihm, ich hätte ihm eine Flasche Cognac mitgebracht, als Ersatz für diejenige, die ich in seinem Auto getrunken hatte, an jenem Tag, an dem er aus Sankt Petersburg zurückgekommen war. Ich bedauerte, daß es im Alkoholladen der Stadt keinen Monet XO gegeben hatte und fügte nicht hinzu, welche Marke ich statt dessen gekauft hatte. Der Oberst blickte zum Barschrank und sagte, das mache nichts, Cordon Bleu sei genausogut. Jedem anderen hätte das als Beweis genügt, daß der Oberst sah. Mir nicht. Ich glaube, er hat gelernt, meine Gedanken zu lesen, zumindest die lautesten Gedanken, die im selben Raum entstanden. Natürlich dachte ich mit neunzig Dezibel an die Flasche. Aber wenn meine Theorie falsch ist und der Oberst entgegen meiner Annahme doch sieht, dann muß es sich um eine nur zeitweise und erstaunlich selektive Sehfähigkeit handeln.

Wenn ich sage, der Oberst hat nicht viel gesprochen, meine ich, daß ich ihm nicht die Gelegenheit dazu gab. Seiner Gewohnheit entsprechend war er sehr wohl bereit, mir eine lehrreiche Geschichte als geistigen Proviant aufzudrängen, aber diesmal ließ ich ihn nicht drauflosreden. Immer, wenn er den Mund aufmachte und so aussah, als würde er zu einem längeren didaktischen Monolog ansetzen, blockte ich ihn ab und fing an, meinerseits zu reden. Ich hatte mehr als genug von seinen Geschichten gehört. Ich bewundere ihn noch immer in gewisser Weise, aber er ist für mich keine heldenhafte Vaterfigur mehr, der ich stumm und in Habachtstellung zuhören muß.

Nachdem ich mein Glas leer getrunken hatte, stand ich auf und schickte mich an zu gehen. Ich sagte, mich amüsiere der Gedanke, einen persönlichen Brief des Oberst zu befördern und nach meiner Ankunft meinem Kommandanten zu überreichen. Der Oberst wunderte sich, was daran amüsant war, es handele sich doch lediglich um den normalen Einsatz eines Militärkuriers. Ich erzählte ihm, daß ich von einem türkischen Sultan gelesen hätte, der die Gepflogenheit hatte, seine in Ungnade gefallenen Wesire ans andere Ende des Reiches zu schicken, mit einem versiegelten Brief des Sultans an den Statthalter der jeweiligen Provinz. Der auf die Reise geschickte arme Wesir hatte auf seinem anstrengenden Weg mehrere Wochen Zeit, über sein bisheriges Leben nachzudenken, wohl wissend, daß der Brief sein Todesurteil enthielt, welches der Statthalter sofort nach der Ankunft des Wesirs zu vollstrecken hatte. Mich amüsierte der Gedanke, daß der Brief des Oberst an den Kommandanten eine ähnliche Nachricht enthalten könnte.

Mein Gedankenspiel amüsierte auch den Oberst, und er sagte, er habe kürzlich eine ähnliche Geschichte in Orhan Pamuks Roman *Das schwarze Buch* gelesen. Darin wurde von einem Henker namens Schwarzer Ömer erzählt, der von Stambul nach Erzurum reiste, mit einem Erlaß des Sultans, demzufolge er Abdi Pascha, den Hauptmann der Festung Erzurum, hinrichten sollte. Weiter kam der Oberst mit seiner Geschichte nicht, denn ich marschierte bereits zur Tür.

Der Oberst gab mir einige praktische Ratschläge hinsichtlich der Arbeit als Friedensschützer und des Lebens in Bosnien, ich nahm den Brief und ging. Auf dem Weg zur Bushaltestelle fiel mir zu meinem Verdruß ein, daß ich meine Geschichte vom Sultan und den Wesiren ohne es zu wissen aus demselben Roman entnommen hatte, und tatsächlich ging es darin um einen Henker und nicht um einen Wesir. Auch daran hatte ich mich falsch erinnert.

Dich sah ich nicht mehr.

Mein Dienst im Nordeuropäischen Bataillon endete vor zwei Monaten. Unwahrscheinlich schnell verging das Jahr. Wir räumten Minen zur Seite, patrouillierten, bewachten, beruhigten erhitzte Situationen zwischen verschiedenen Bevölkerungsgruppen, garantierten den Menschen Bewegungsfreiheit zwischen unterschiedlichen Zonen, halfen und schützten Familien, die es wagten, in ihre Häuser in den vom ehemaligen Feind bewohnten Dörfern zurückzukehren. Wir halfen ihnen, die Häuser zu reparieren oder ein neues Haus an der Stelle zu bauen, wo das alte gestanden hatte. Wir fungierten als Vermittler in Streitfragen, hörten uns Klagen an und ergriffen die unseren Möglichkeiten entsprechenden Maßnahmen. Wir versuchten, inoffizielle »Polizisten« zu entwaffnen, und manchmal gelang uns das auch. Schön ausgedrückt, haben wir versucht, die Hindernisse für den Umgang und das friedliche Zusammenleben der Menschen aus dem Weg zu räumen. Wenn es so etwas wie Sisyphos-Arbeit gibt, dann ist es das, denn die schlimmsten Hindernisse sind die Bürokratie, die Unwissenheit der Menschen, Vorurteile, Gleichgültigkeit und schwelende Ressentiments gegenüber anderen Nationalitäten und allem was anders ist, also die uralten und ewig währenden Hindernisse von Frieden und Fortschritt. Es war eine ermüdende und oft frustrierende Arbeit. Dennoch hatte ich seit langer Zeit das Gefühl, etwas Nützliches zu tun. Als man mich bat, meinen Dienst um ein Jahr zu verlängern, lehnte ich trotzdem ab. Ich dankte für das Vertrauen und sagte, ich hätte andere Pläne.

Der Besitzer des Lottika ist höflich, aber zurückhaltend. Man wundert sich und erzählt Gerüchte über mich. Man staunt, daß ich »eure Sprache« ziemlich fließend, aber doch anders spreche als die hiesigen Leute, die mit größerem serbischen Anteil reden. Ich hüte mich davor, irgend jemandem zu erzählen, daß ich die Sprache bei den Friedenstruppen in Doboj gelernt habe, aber einige hier haben vielleicht schon die nord- oder zentralbosnischen Einflüsse in meiner Ausdrucksweise entdeckt und daraus ihre eigenen Schlußfolgerungen gezogen.

Du fragst dich vielleicht, was ich hier tue. Ich bin nach Wischegrad gekommen, um vor Ort den großartigen Querschnitt durch die Geschichte Bosniens zu studieren, den Andric vor allem in *Die Brücke über die Drina*, aber auch in *Wesire und Konsuln* und seinen anderen Werken bietet. Ich studiere allgemein die Geschichte deines Heimatlandes und im besonderen Andrics Auffassung davon. Da ich kein klares Bild von Andrics Geschichtsauffassung habe, versuche ich, eine Lizentiatenarbeit darüber zu schreiben. Ich habe in Travnik und Sarajevo Material gesammelt. Jetzt bin ich hier. Ich bin nicht mehr sicher, ob es etwas wird.

Im Herbst besuchte ich dein Heimatdorf. Wir fuhren im Geländewagen hin, ich und zwei meiner Untergebenen. Kukavica gehört zum Kontrollgebiet des Bataillons. Es ist eine friedliche und problemlose Ansiedlung, warum auch nicht, schließlich ist sie komplett von Moslems gesäubert worden, nicht weil sie sonderlich unfriedlich gewesen wären, sondern weil sie Moslems waren. Von ihrem Weggang zeugen die Ruinen einiger niedergebrannter Häuser. Nur die ein oder andere kroatische Familie ist zurückgekehrt. Wir gingen in die Dorfkneipe, die ein Mann namens Milan führt. Es stellte sich heraus, daß er ein Bekannter deines Vaters ist. Auch an dich konnte er sich erinnern. Ich erzählte ihm, daß du in Finnland lebst und mit dem Oberst verheiratet bist. Ich hätte ihm auch erzählt, daß du Mutter geworden bist, aber das wußte ich damals noch nicht. Milan wußte es seltsamerweise. Ich dankte ihm für die Information und fragte ihn, ob er Jowan in letzter Zeit gesehen habe und ob Jowan in seinem eigenen Haus wohne. Darauf wollte er nicht antworten, er wechselte das Thema, richtete dir Grüße aus und sagte, er sei glücklich für dich.

Ich fragte Milan, ob er einen gewissen Pavle aus dem Nachbardorf kenne, der in der Schule dieselbe Klasse wie du besucht habe und dann nach Zenica gezogen sei und sich nach Ausbruch des Krieges einer serbischen Bande angeschlossen habe. Das war alles, was ich von ihm noch wußte, außer dem, was mit dir zu tun hat und was ich natürlich nicht erzählen konnte. Milan sagte ausweichend, es gäbe in der Gegend viele, die Pavle hießen, aber als er auf mein Sturmgewehr blickte, las ich in seinen Augen, daß er erriet, welchen Pavle ich meinte. Ich dankte ihm auch für diese geringe Auskunft. Er begleitete mich zur Tür und flüsterte mir ins Ohr, er kenne einen Pavle, der eventuell meiner Beschreibung entspreche. Ich fragte ihn, wo ich diesen Pavle antreffen könne. »Nirgendwo«, sagte Milan, »wenn nicht auf dem Friedhof.« Dieser Pavle war in den Kämpfen von Jajce gefallen, vor dem Friedensabkommen von Dayton.

Ich nahm nicht mein Barett zu seinem Gedächtnis ab.

Wir fuhren zu eurem Haus. Es stand unversehrt da. Eine serbische Flüchtlingsfamilie aus der Krajina wohnte darin. Das Familienoberhaupt regte sich über die drei bewaffneten Finnen auf und geriet völlig außer sich, als ich anfing, Fragen über die früheren Besitzer des Hauses zu stellen. Er redete wie ein Wasserfall und schwor, über die Bank Miete an den Besitzer des Hauses zu zahlen. Ich fragte nach dem Namen des Besitzers, aber den kannte er nicht. Angeblich ist er ihm nie mitgeteilt worden. Ich fragte, ob der Besitzer möglicherweise Jowan Markovic hieß. Der Mann aus der Krajina sagte, der Name komme ihm bekannt vor. Als ich ihm für die Information dankte und ging, sank er bleich auf einen Gartenstuhl.

Hinter dem Haus stand ein zottiges, traurig wirkendes bosnisches Pony. Ich dachte, das mußte Jowans letztes Pferd gewesen sein.

Dein Vater lebt also nicht in Kukavica. Und das wundert mich auch nicht, da ich weiß, wie man sich deiner Familie gegenüber verhalten hat. Ich weiß nicht, wo er lebt. Wahrscheinlich bekommt er keine Miete für sein Haus. Du kennst natürlich seine Adresse. Sag ihm, ich hätte ihn gern gesehen. Ich glaube, er hätte mir einige Bereiche der berühmten serbischen Seele erhellen können, denn ich selbst werde daraus einfach nicht klug. Falls es solch eine mythische Volksseele überhaupt gibt, außerhalb der Köpfe der Serben.

Die Stimmung hier in Wischegrad ist mißtrauisch und gedrückt. Mit Macht versuchen die Menschen, die Bluttaten des Krieges zu vergessen, und genau deshalb gehen sie ihnen nicht aus dem Sinn. Nicht denen, die daran beteiligt waren, nicht denen, die ihr stilles Einverständnis gaben und nicht denen, welche sich entsetzt in ihren Häusern einschlossen und die Ohren zuhielten. Das vergossene Blut ist von den Straßen und Plätzen und von der steinernen Brücke gewaschen worden. Eine Art kollektives schlechtes Gewissen verpestet die Luft wie Smog. Viele versuchen die Stimme des eigenen schlechten Gewissens mit Trotz zu überdecken, sie scheinen nicht daran zu zweifeln, daß das Handeln der eigenen Partei gerechtfertigt war. Sämtliche Bluttaten werden als prophylaktische Selbstverteidigung betrachtet, damit der Feind seine eigenen blutigen Absichten nicht in die Tat umsetzen konnte. Selbst auf unschuldige Fragen zur jüngsten Geschichte wird mit aggressiven Plädoyers geantwortet. Und dabei habe ich noch nicht einmal die schmerzhafteste aller Fragen gestellt: Wohin sind alle Moslems der Stadt verschwunden? Immerhin bildeten sie in Wischegrad eindeutig die Mehrheit. Ich habe nicht danach gefragt, weil ich die Antwort kenne. Ich frage nicht, obwohl ich die Antwort weiß. Und ob ich sie weiß!

Man hält mich für einen Spießgesellen der Nato, für einen Spion, wer weiß wofür. Die meisten sind der Meinung, ich stellte zu viele Fragen, auch wenn meine Fragen den Schriftsteller Andric und die Personen und Orte seines Buches und das Leben in Wischegrad in vergangenen Zeiten betreffen. Ich glaube, sie stellen sich vor, ich könnte hier nach Kriegsverbrechern suchen.

Die würden sich allerdings finden lassen. Die französischen und deutschen Friedenstruppen haben im letzten Jahr Mitar Vasiljevic gefangengenommen, dem der internationale Kriegsgerichtshof vorwirft, in Wischegrad und Umgebung Völkermord, Folter und Vergewaltigungen an der muslimischen Bevölkerung begangen zu haben. Vasiljevic gehörte der paramilitärischen Einheit »Weiße Adler« an, die einstige Bluttaten der Türken rächten, indem sie Männer, Frauen und Kinder in Moscheen einsperrten, die sie dann in Brand setzten. Der Polizeichef von Wischegrad persönlich hat den Festgenommenen als Vasiljevic identifiziert. Dieser Polizeichef war vor dem Krieg Geschichtslehrer am Gymnasium »Gazi Husrev-Beg«, er heißt Leka Savic, und es wird von ihm behauptet, er habe auf eigene Initiative unter den gefangengenommenen ehemaligen Schülern und Lehrerkollegen diejenigen ausgesiebt, die er für »unzuverlässige Moslems« hielt. Daraufhin wurden sie von den »Adlern« vor einem Abgrund erschossen oder in

Konzentrationslager gesteckt. Noch ist dem Polizeichef nichts zur Last gelegt worden, außer daß er nicht ausreichend Initiative bei der Suche nach Milan Lukic an den Tag legt. Lukic ist der Gründer der »Weißen Adler«, ihm werden Morde an über vierhundert Moslems und einem Serben vorgeworfen. Dem Polizeichef zufolge ist Lukic nach Montenegro geflohen, aber ein Gerücht sagt, er halte sich in den Wischegrader Bergen versteckt wie in den alten Zeiten die Hajduken. Noch vor kurzem wohnte er in aller Ruhe in der Stadt, verschwand aber, nachdem eine Belohnung auf seinen Kopf ausgesetzt wurde.

Und diese Stadt wollte ich sehen, seit ich in deinem Zimmer das Buch von Andric aufschlug, während ich auf dich wartete! Jetzt sehe ich sie, diese einbeinige, einäugige, paranoide Geisterstadt, deren Seele das Schwert von Zar Duschan in zwei Teile gespalten hat.

Letzten Sommer war ich zum ersten Mal in Finnland auf Urlaub. Kiljander fuhr mich von der Stadt nach Hause. Ich versuchte, ihn durch die Blume nach dir und dem Oberst auszufragen, aber Kiljander gab sich, seiner Gewohnheit entsprechend, wortkarg. Als ich ihn nicht bat, auf der Uferstraße an eurem Haus vorbeizufahren, nickte er vor sich hin, als hätte er es vorausgeahnt. Nachdem ich die dringlichsten Dinge am Haus in Ordnung gebracht hatte, verschwand ich aus der Gegend. Ich wollte niemanden sehen.

Als ich das nächste Mal kam, war es schon Herbst. Ich sah dich in der Stadt auf dem Markt, du schobst einen Kinderwagen und bliebst stehen, um dem Kind zuzureden. Ich war zu weit weg, um auch nur die Nasenspitze sehen zu können. Wie gern wäre ich zu dir gerannt, um dich zu umarmen und das Baby zu begrüßen. Wie gern wäre ich zu dem Baby gerannt, um es zu umarmen und dich zu begrüßen. Aber der Oberst ging stolz und stattlich neben dir. Ihr setztet euren Weg fort, und ich spürte stärker als je zuvor, daß ich nicht mehr gebraucht wurde. Eure Symbiose war hermetisch und schloß jeden anderen aus, eure Selbstgenügsamkeit überschritt jedes Maß.

Ich stütze mich auf das breite, steinerne Geländer der Brücke über die Drina und setze den Brief fort. Zwischendurch nehme ich einen Schluck Raki aus der Flasche. Die Passanten sehen mich mißtrauisch an, als ahnten sie, was ich schreibe. Daß ich genau über diese Brücke schreibe, darüber, was darauf vor knapp zehn Jahren geschah. Wie bewaffnete serbische Männer, berauscht von Schnaps, Blut, Adrenalin, Testosteron und gottloser Rachgier, ergriffen von wilder geschlechtlicher Erregung und im Zustand glühender religiöser Ekstase gefangene Moslems zu Hunderten folterten und töteten, Frauen und Mädchen vergewaltigten, die Opfer in den Fluß warfen und zum Spaß auf diejenigen schossen, die noch in den Wellen um ihr Leben kämpften. Wie sie genau diese Brücke zum Hinrichtungsort auserkoren hatten, in einer Art Huldigung an Ivo Andric, der in seinem Buch die Grausamkeiten der Türken während des Brückenbaus beschrieb und von da an weiter, bis die Österreicher das Land besetzten und die türkische Macht Vergangenheit war. Wie auf dieser Brücke versucht wurde, das in Jahrhunderten vergossene Blut mit Blut abzuwaschen. Wie dubiose historische Mythen, aus Unwissenheit hervorquellende Angst, von geistiger Faulheit rührende Unwissenheit, aus Gier erwachsender Neid, vom Elend gezeugte Rachegier und ein all dies steuernder, kalt kalkulierender politischer Wille Unschuldige tötete, die Überlebenden ins Exil trieb, eine alte Kultur zerstörte, die unbegreiflichen fremden Heiligtümer in die Luft sprengte, die Wasser und den Boden verschmutzte und die Luft vergiftete und die Herzen der Menschen und das Fundament schuf für künftiges Blutvergießen, das kommen wird, wenn es an der Zeit ist, wenn Haß und Rachsucht, die sich jetzt verpuppt haben, irgendwann wieder hervorbrechen.

Oh, Jesus, Moses, Mohammed! Ich habe genug von diesen Irren! Beäugt euch nur mißtrauisch, belauert euch, droht euch gegenseitig! Ich hätte Lust, den Abendspaziergängern hier laut vorzulesen, was ich geschrieben habe, aufs Brückengeländer zu springen und ihnen mit rotem Gesicht zuzurufen: Ivo Andric ist wegen eurer Taten ein zweites Mal in seinem Grab gestorben, er starb vor Scham ob eurer Dummheit und eurem Irrsinn, er starb ob der Sünden seines ganzen Volkes, aller seiner Völker. Und er ist nicht in den Himmel aufgefahren, sondern dem innersten Kern des Erdballs entgegengesunken, um dort zu verbrennen, damit er euren Lobpreis nicht mehr anhören muß, denn er will mit euch nichts mehr zu tun haben!

Das möchte ich ihnen zurufen. Sollen sie mich vom Geländer in den Fluß stoßen und mir hinterherschießen! Ich würde im Fallen mein rotes Lachen lachen und den Schwarzen Araber um Hilfe rufen!

Wenn ich mich nicht beruhige, wird es mir schlecht ergehen.

Ich war wohl betrunken, als ich die vorangegangenen Absätze schrieb. Aber ich werde sie nicht ausstreichen. Das würde nichts helfen. Ich würde einen Massenmord ausstreichen, damit er nicht wahr wäre. Mein Kopf schmerzt, und die Kneipen haben noch nicht geöffnet. Angeblich hat mich ein Polizist zum Hotel geführt und mich zusammengestaucht, weil ich Radau gemacht und in einer fremden Sprache Passanten beschimpft hätte. Der Gostionicar hat mir das lachend erzählt. Plötzlich scheint er mir etwas freundlicher gesinnt zu sein. Meinen Brief hat offensichtlich niemand gelesen. Ich fand ihn zerknittert in meiner Tasche. Bald werde ich ihn in ein Kuvert stecken und an dich abschicken. Es gibt keine Garantie dafür, daß er ankommt, wenn ich nicht einen deutschen Nato-Schwager bitte, ihn mit seiner eigenen Post mitzuschicken.

Von der anderen Seite der Medaille habe ich dir noch nicht erzählt. In der Stadt Tuzla kamen die lokalen Moslemintelligenzler zu dem Ergebnis, daß Andric ein extrem moslemfeindlicher serbischer Nationalist gewesen sei. Angeblich habe er in seinem Buch die Türken und die Bosniaken herabgesetzt und ihnen alles Böse, Grausame und Unmenschliche aufgeladen, während er die Christen, besonders die orthodoxen Serben, beschönigend und idealisierend darstelle. Sogar die Juden beschreibe er sympathischer als die Moslems. Der kultivierte Moslemrat sah es als erwiesen an, daß Andric sich der serbisch-nationalen Volksverhetzung schuldig gemacht hatte. Murat Sabanovic nahm dies so ernst, daß er mit dem Hammer die Nase von Andrics Denkmal zertrümmerte. In Sarajevo wurde der Andric-Statue der Kopf abgesägt. Muhidin Pasic, Vorsitzender eines Kulturvereins namens »Wiedergeburt«, tönte in der Zeitung, daß man, wäre Andric noch am Leben, ernsthaft dessen Verantwortung für die Verbrechen gegen die muslimische Bevölkerung Bosniens untersuchen müßte.

So behandelt man hier einen Schriftsteller, der den Nobelpreis erhalten hat! Die einen begehen in seinem Namen

Massenmord, und die Opfer ziehen ihn dafür zur Verantwortung, unter Berufung auf die Botschaft seiner Bücher. Und alle lesen sie den armen Schriftsteller wie der Teufel die Bibel. Und ich selbst? Wie lese ich ihn? Warum lese ich ihn überhaupt? Warum lese ich ihn und studiere ihn auch noch mit den mißtrauischen Augen der Wissenschaftler, die versuchen, beide Seiten der Medaille gleichzeitig zu sehen? Was geht er mich an? Was mache ich hier, in diesem Land, wo ein Bücherkrieg echten blutigen Bürgerkrieg bedeutet, Massenmord und unermeßliches Leid für die Lesenden wie für die Unbelesenen.

Auch heute habe ich den Brief an dich nicht zur Post gebracht. Vielleicht ist das auch gar nicht der Sinn der Sache. Immerhin ist er jetzt geschrieben. Vielleicht bekommt ihn irgendwann, Lichtjahre später, irgend jemand im Universum zu Gesicht und liest ihn amüsiert seiner Geliebten vor.

Es ist Abend, und mein Kopf ist wieder klar. Am Tag schlich sich im Café ein Mann an mich heran und flüsterte mir ins Ohr, er wisse, wo sich Milan Lukic versteckt halte! Es dauerte einen Moment, bis ich begriff, von wem er sprach, zum Glück, denn dadurch konnte ich glaubwürdiger sagen, ich wisse nicht, von wem er rede. Hier habe ich gelernt, vorsichtig zu sein. Der Mann verschwand ebenso flink, wie er aufgetaucht war. Versucht man, mich übers Ohr zu hauen? Oder hat man mich auf die Probe gestellt? Ich habe Bier getrunken und überlegt, wer den Mann zu mir geschickt haben mochte. Der Polizeichef, die Bosse der serbischen demokratischen Partei, oder Milan Lukic selbst? Oder fange ich an, unter Verfolgungswahn zu leiden? Das wäre in dieser Stadt kein Wunder. Vielleicht spekulierte der

Mann tatsächlich auf den Preis, der auf Lukic ausgesetzt ist, und kennt tatsächlich dessen Versteck. Sollte ich mich auf Menschenjagd begeben? Wahr ist, daß ich, verdammt noch mal, alles tun würde, damit dieser Mörder in Den Haag neben Vasiljevic und Milosevic vor Gericht geschleift werden könnte. Ich würde selbst am Seil zerren und dabei an dich denken.

Zum Zeitvertreib habe ich Andrics Dissertation *Die Entwicklung des geistigen Lebens in Bosnien unter dem Einfluß der türkischen Herrschaft* gelesen. Ich muß gestehen, daß sie meinen Kopf und meine Gedanken ziemlich durcheinandergebracht hat. Ich weiß nicht so recht, was ich jetzt von ihm halten soll. Offenbar war er in jungen Jahren ein ziemlicher serbischer Nationalist. Sehr einseitig und klar läßt er die Rückständigkeit Bosniens auf das Konto des türkischen und islamischen Einflusses gehen. Das Serbentum sieht er als eine Art religiös-rassische Einheit, als Gegengewicht zum islamischen Orientalismus. Ich kann nicht leugnen, daß ich enttäuscht bin. Aber als Wissenschaftler ertrage ich das. Ich bin nicht hierher gekommen, um Cäsar zu preisen. Ich bin allerdings auch nicht gekommen, um ihn zu beerdigen. Ich bin wohl gekommen, um etwas zu tun, was dazwischen liegt. Meinetwegen. In vollem Tempo vorwärts! Vielleicht bin ich nach der Lektüre der Dissertation eher fähig, ihm gegenüber objektiv zu sein. Außerdem behaupte ich mit Inbrunst, daß er in seinen literarischen Werken kein Volk und keine Religion diskriminiert, herabsetzt oder dämonisiert. Ich behaupte, daß alle seine Figuren, Türken, zum Islam bekehrte Bosnier, Serben, Kroaten, Juden, Zigeuner ebenso wie Abendländer in seinen Büchern zu lebendigen Personen werden, gleichwertig im Guten wie im Bösen. Er ist ein verdammt guter Autor. Ich liebe seine Bücher. Auch ein Wissenschaftler darf sein Thema lieben, solange er die Augen offen und den Verstand scharf hält.

Hör dir an, was er sagt, dieser als serbischer Nationalist beschimpfte Schriftsteller:

»Wir haben Angst, daß etwas geschieht, und hoffen, es möge doch nicht geschehen, und zwischen diese Angst und diese Hoffnung paßt mehr, als wir uns vorstellen können. Auf diesem schmalen, harten, kahlen und dunklen Grat leben viele von uns ihr Leben.«

Sag selbst, meine Liebste, sag, kann ein Mann, der so etwas schreibt, sich die Vernichtung eines Volkes wünschen?

Dein Sohn ist jetzt elf Monate alt, er lacht und singt, krabbelt dir auf allen vieren davon, macht die ersten Schritte, und einen Namen hat er auch, einen, den ich nicht kenne. Hat er große Ohren und lange Ohrläppchen? Der Oberst hat ihn doch mit seinem selektiven Blick gesehen? Falls ja, sieht er in dem Jungen neben dir sich selbst, oder sieht er mich? Vermutlich hast du ihn nicht danach gefragt.

Stillst du dein Baby noch? Ich habe mich manchmal selbst überrascht, indem ich bosnische Babys in Kinderwagen und stillende Mütter auf Parkbänken betrachtet habe. Ich hoffe, sie haben es mir nicht übelgenommen.

Wußtest du, daß Tilhi auch ein Kind hat? Es wurde zur gleichen Zeit geboren wie dein Kind. Tilhi wohnt in meinem Haus, das jetzt ihr Haus ist. Ich habe es ihr verkauft, und sie zahlt es in einer Art Miete an mich ab. Sie wohnt mit ihrem Baby und ihrer Mutter in dem Haus. Ihr Mann ist nicht mitgekommen. Ein Mann paßt nicht in diese Gleichung. Sie haben sich scheiden lassen. Auch so kann es kommen.

Seid also glücklich, du, der Oberst und das Baby! Haltet mit beiden Händen an eurem Glück fest. Es ist ein allzu seltener Vogel auf diesem Planeten. Ich habe hier so viel Unglück, Trauer und Haß gesehen, daß mir sogar amerikanische Schnulzenfilme die Tränen in die Augen treiben.

Sag dem Oberst, daß mich eine große Versuchung überkam, seinen Brief an den Bataillonskommandanten zu öffnen. Ich habe es nicht getan. Heute würde ich es ohne mit der Wimper zu zucken tun. Der Orient lehrt einen so manches. Zumal es nicht einmal offizielle Militärkurierpost war. Jetzt bin ich froh, daß ich ihn nicht aufgemacht habe. Kurz vor dem Ende meiner Dienstzeit teilte mir der Kommandant den Inhalt des Briefes mit, soweit er mich betraf. Der Oberst empfahl mich darin wärmstens, er lobte mich als energischen, entschlossenen, eigensinnigen und einfallsreichen Mann. Auch kühn sei ich, in manchen Situationen sogar tollkühn. Dies, sagte der Oberst, habe er aus nächster Nähe feststellen können. Er forderte den Kommandanten auf, mich mit harter Hand zu bändigen, falls die Verwegenheit in mir überhandnähme.

Danke dem Oberst für seine freundlichen Empfehlungen und teile ihm mit, wie sehr ich ihn meinerseits als Strategen und vorzüglichen Taktiker bewundere. Sag ihm, daß sein Plan geglückt ist, daß er alle Erwartungen übertroffen hat. Sag ihm als erstes: Ich begreife jetzt, daß er generell einen Plan für mich und dich und natürlich auch für sich selbst bereitliegen hatte. Vielleicht nicht von Anfang an, vielleicht ist er erst allmählich gereift, aber irgendwann hat er ihn sich dann doch ausgedacht, und jetzt kann er zusehen, wie sich dieser Plan erfüllt. Sag ihm, daß ich ihm das nicht nachtrage, auch nicht, daß er mich halb unter Zwang dazu gebracht hat, mich in den Dienst der Friedenstruppen zu stellen. Womöglich hätte ich mich aus eigenem Willen dafür beworben. Von der Schule hatte ich längst die Nase voll, und die Stadt war mir allmählich zu eng geworden. Bei uns dreien, bei dir, dem Oberst und mir, war einer zuviel. Möge das Kind meinen Platz einnehmen.

Aber dein Kind – deinen Loimu, deinen Suoponki, deinen kleinen Markovic –, das möchte ich doch einmal sehen.

Ewig dein
Henry Loimu
Historiker, Hauptmann

Zoran Drvenkar:

Yugoslavian Gigolo

Roman

278 Seiten, gebunden, ISBN 3-608-93733-1

Branko desertiert an seinem Geburtstag. Er setzt sich zu Verwandten in eine kroatische Kleinstadt ab. Dort schlägt er sich mit Aushilfsjobs durch, immer am Rande der Legalität, zunächst als Fahrer, später in einer Schlachterei. Seine ganze Kraft konzentriert er auf ein Ziel: Deutschland, das gelobte Land. Bald bemerkt er, daß er seine Sprachkenntnisse bei Touristinnen zu Geld machen kann, deutschem Geld. Endlich in München eskalieren die Kontakte zu drei Frauen. Denn deren Zärtlichkeit kann er nicht erwidern.
Im Hintergrund dieser »tour de force« läuft, kaum bemerkt, der Bürgerkrieg auf dem Balkan ab, der dennoch seine Spuren hinterläßt: Brankos Herzensleid steht auch für die kaum verheilten Wunden Europas.

Hallgrímur Helgason:

Vom zweifelhaften Vergnügen, tot zu sein

Roman

Aus dem Isländischen von Karl-Ludwig Wetzig

615 Seiten, gebunden, ISBN 3-608-93652-1

»... Ein teuflisches Vergnügen!«

Brigitte Kultur

Einar Grímsson findet sich eines Tages auf einem einsamen Schafhof wieder. Und er muß feststellen, daß er, der berühmteste Autor Islands, offensichtlich in einem seiner Romane aufgewacht ist.

»So versteckt Helgason auf der Hochheide und am Fjord kunstvoll die Puzzlestücke einer ganzen Schriftstellerbiographie des zwanzigsten Jahrhunderts.«

Andreas Rosenfelder, F.A.Z

Klett-Cotta